Emma Bieling
Dornröschen auf Föhr

Das Buch

Donna hat einen großen Traum. Sie will zum Radio und Moderatorin werden. Aber sie hat auch ein Handicap, sie leidet an Narkolepsie. Diese Erkrankung ist der Auslöser für Donnas ganztägig erhöhte Schläfrigkeit, die sie immer wieder in verzwickte Situationen katapultiert. Logisch, dass Donna dies bei ihrer Bewerbung verschweigt.

Als sie von *Welle 33*, einem Radio-Sender auf Föhr, angenommen wird, ist das nicht nur der Beginn eines neuen und eigenständigen Lebens, sondern auch eines voller Verwirrungen, Hoffnung und Liebe.

Die Autorin

Emma Bieling arbeitet als freie Autorin und Journalistin für Print-Magazine, Tagespresse und Buchverlage. Ihre Frauenromane verfasst sie gern in Anlehnung an ein grimmsches Märchen und platziert sie mit Vorliebe auf ihre Lieblingsinseln.

Die Autorin lebt im Kreise ihrer pferdenärrischen Familie im wunderschönen SAW-Land.

EMMA BIELING

Dornröschen auf Föhr

ROMAN

Deutsche Erstveröffentlichung bei
Montlake Romance, Amazon Media EU S.à.r.l.
5 Rue Plaetis, L-2338 Luxembourg
Juli 2016
Copyright © der deutschsprachigen Ausgabe 2016
By Emma Bieling
All rights reserved.

Umschlaggestaltung: semper smile, München, www.sempersmile.de
Umschlagmotiv: © Ryszard Filipowicz/Shutterstock;
© Evgeny Karandaev/Shutterstock; © Africa Studio/Shutterstock;
© RobertKuehne/Shutterstock; © KaarinaS/Shutterstock;
© DJTaylor/Shutterstock
Lektorat: Sandra Schmidt
Korrektorat & Satz: Petra Schmidt
Printed in Germany
By Amazon Distribution GmbH
Amazonstraße 1
04347 Leipzig, Germany

ISBN: 978-1-50393-878-6

www.amazon.de/montlakeromance

Für Christine und alle Dornröschen dieser Welt.

KAPITEL 1

Der Glücksbrief

Nach tagelanger Bettelei konnte ich meine Mutter endlich davon überzeugen, dass ich mit achtundzwanzig Jahren alt genug war, um allein auf eine Insel zu fahren. Nicht irgendeine Insel, nein! Die wundervollste Insel auf unserem Planeten! Jedenfalls war sie das für mich, seit ich diesen Traum vom Insel-Radiosender hatte. Okay, vielleicht erscheint es ja naiv, an so etwas wie Träume zu glauben, aber ich hatte nicht wirklich eine große Auswahl in meinem von Narkolepsie bestimmten Leben. Wie ein Fluch klebte diese Schlafkrankheit an mir, ohne die Möglichkeit, sie jemals wieder loszuwerden. Nicht heilbar, hatte der Doktor damals gesagt, bevor meine Mutter in Tränen ausgebrochen war. Danach ging alles nur noch bergab in der Familie, bis zur krönenden Flucht meines Vaters. Mutter hingegen mutierte zu einer Art Übermutter, gab ihren Job auf und behütete mich tagein, tagaus wie eine Glucke ihr Ei.

Für sie war ich alleine nicht lebensfähig und fast glaubte ich selbst daran, bis zu jener Nacht mit diesem Traum. Ich sah mich als Moderatorin in einem Radiosender, mit Blick aufs Meer, mitten auf einer Insel. Hach, wie viel Autorität ich dabei ausstrahlte. Ich schien glücklich in meinem Traum zu sein, ein Quell der Freude für alle Insulaner, die während ihrer Arbeit Radio hörten. Und nachdem ich nach stundenlanger Recherche im Internet endlich meine Trauminsel und den dazugehörigen Radiosender gefunden hatte, bewarb ich mich spontan für ein ausbildendes Volontariat und erhielt kurze Zeit später tatsächlich Antwort.

Sehr geehrte Frau Röschen,
vielen Dank für Ihre netten Zeilen und das Interesse an unserem Radiosender. In der Tat steht ab kommenden Monat eine derartige Volontariatsstelle zur Disposition. Gern möchten wir Sie persönlich kennenlernen und hierzu auf unsere Insel einladen. Ihre Ausbildung zur Moderatorin, sofern dieser nach einem persönlichen Aufeinandertreffen nichts entgegensteht, würde zum 04.07.2016 beginnen. Eine Unterkunft kann allerdings unsererseits nicht gestellt werden, sodass Sie sich in Eigeninitiative um einen Platz für die Zeit Ihrer Ausbildung bemühen sollten. Für Fragen stehen wir Ihnen jederzeit unter der im Briefkopf angegebenen Telefonnummer zur Verfügung.
Bitte sichten Sie noch die beigefügten Formulare und bringen Sie diese ausgefüllt zum Gesprächstermin am Mittwoch, den 27.06.2016, um 12.30 Uhr mit.
Wir freuen uns auf Sie und verbleiben mit freundlichen Grüßen von der Insel Föhr
Ihr Radioteam
Welle 33

Ich heulte, kreischte und sprang panisch durch die Wohnung. Noch nie hatte ich zuvor eine Zusage bekommen. Ein tolles Gefühl, das allerdings von einem schlechten Gewissen überschattet wurde. Ich hatte dieses Mal meine Krankheit vorenthalten. Weshalb sollte ich auch deshalb nicht Moderatorin werden können? Nur dieses eine Mal, dachte ich. Nur einmal im Leben wollte ich eine reale Chance haben.

Und nun war es so weit. Ich hatte einen Ausbildungsplatz und die Chance, Moderatorin zu werden. Tränen rannen über mein Gesicht und ich war noch niemals so glücklich gewesen wie in diesem Augenblick.

»Mama!«, schrie ich völlig hysterisch. »Mama, komm schnell, ich habe einen Ausbildungsplatz!«

Blass wie ein Gespenst kam sie aus dem Bad, ließ den Wäschekorb mit der Bügelwäsche auf den Boden fallen und starrte auf das Schreiben in meiner Hand. Dann las sie Zeile für Zeile, immer wieder.

»Du meine Güte, was willst du denn auf Föhr?«

»*Welle 33* mitmoderieren«, verkündete ich stolz.

»*Welle* was? Und wieso weiß ich nichts davon? Hast du denen auch mitgeteilt, dass du ...«

»Eine ständig einschlafende und nicht zu gebrauchende Arbeitskraft bist?«, griff ich ihr voraus. »Nein, habe ich nicht, weil ich endlich auch einmal eine faire Chance haben will.«

»Aber ...«

»Ich kann das, Mama! Du musst nur aufhören, dir andauernd Sorgen zu machen.«

»Aber ist es denn in deinem Alter überhaupt noch möglich, eine Ausbildung zu absolvieren?«

In Mutters Frage klang hörbar der Schrei nach einem Nein heraus.

»Natürlich, Mama. Es gibt Menschen, die sich noch mit fünfunddreißig oder älter für eine Ausbildung entscheiden. Es ist nie zu spät dafür, solange man es nur will. Und hey, ich habe gelesen, dass ältere Auszubildende viel motivierter und erfolgreicher sind als die jüngeren Schulabgänger.«

Föhr, 14 Tage später.

»Ach Mama! Tu doch nicht immer, als sei ich ein kleines Kind. Du, es piept, ich bin gleich weg.«

»In der Seitentasche deines Rucksacks ist dein Ersatz-Akku«, tönte es erschrocken zurück, als sei es die Batterie meines Herzschrittmachers.

Ich musste grinsen. Aber nicht, weil es bereits der zweite Akku war, der nach Mutters x-tem Anruf gerade den Geist aufgab, sondern wegen der Möwen, die sich um einen geklauten Crêpe stritten und laut kreischend durch die Luft wirbelten.

»Was ist das für ein Krach?«

»Möwen, Mama. Die schönsten, die ich je gesehen habe.«

»Nimm ein Taxi zum Hotel, hörst du? Und vergiss nicht, den Fahrer über deine Krankheit zu informieren, für den Fall, dass ...«

Ein dreifacher Warnton beendete abrupt Mutters Sorge um mich.

»Ja, ja, für den Fall, dass ich einschlafe«, murmelte ich leise vor mich hin.

Ich mochte nicht ständig daran erinnert werden, wollte meine Schlafkrankheit für einen kleinen Moment vergessen. Fasziniert von den geflügelten Luftpiraten kramte ich meine übergroße Verpflegungsbox hervor, riss ein Stück Brot ab und warf es in die Luft. Zwei der Möwen beäugten mich misstrauisch, während die dritte die Gelegenheit nutzte und mit dem Crêpe davonflog. Aufgeregt flatterten die beiden Verlierer über meinen Kopf hinweg, als wollten sie mich für den verlorenen Crêpe bestrafen, und landeten direkt vor meinen Füßen. Ängstlich wich ich zurück. Sie waren von stattlicher Größe und ihre listigen Augen funkelten im Sonnenlicht, während sie mich immer noch skeptisch fixierten. Nach einer Weile hatten sie offenbar ihre Entscheidung getroffen und ein neues Opfer gefunden: mich! Mit einer Möwen-Attacke hatte ich wahrlich nicht gerechnet. Erst recht nicht, dass eine einzige Möwe in der Lage wäre, den Inhalt meiner Verpflegungsbox zu kapern. Ehrfürchtig blickte ich dem Vogel und seiner gut gebutterten Ausbeute nach, bis sich das flatternde Geräusch meiner 6-Liter-Frühstückstüte im Rauschen des Meeres verlor.

»Vorsicht, Kindchen, Ihre Tasche!«, rief jemand hinter mir.

Ich blickte mich um und sah gerade noch rechtzeitig, wie eine weitere Möwe in meinem Rucksack nach geeignetem Diebesgut suchte.

»Weg da!«, schrie ich und fuchtelte mit den Händen herum.

»Ach was, das macht man anders«, sagte die ältere Dame, die mich zuvor gewarnt hatte, und verpasste der Möwe einen kleinen Klaps mit dem Gehstock. Aufgescheucht und wütend flatterte der Vogel aufs offene Meer hinaus.

»Vielen Dank«, erwiderte ich und reichte meiner Retterin die Hand. »Donna Röschen.«

»Frida Tietze, Expertin im Möwenkampf«, meinte sie lächelnd. »Sie sind wohl im Urlaub auf Föhr?«

»Nein, wegen meiner Ausbildung. Ich arbeite, sofern alles gut geht, ab nächste Woche für das Insel-Radio.«

»Ah ja«, murmelte sie und trat näher an mich heran.

»Dann sind Sie gewiss auf der Suche nach einer dauerhaft günstigen Pension, oder?«

»Eigentlich nicht«, sagte ich zögerlich. »Meine Mutter hat mir bereits ein Zimmer gebucht.«

»Doch wohl nicht in einem dieser teuren Hotelbunker? Die Erna, meine Bingo-Freundin erzählte mir, dass die in den Hotels für ein lausiges Frühstück fast zehn Euro kassieren.« Sie schüttelte entsetzt ihren ergrauten Kopf. »Wucher ist das, meint die Erna.«

Ich nickte. Aus irgendeinem Grund mochte ich die alte Dame.

»Und was würde mir die Erna empfehlen? Ich meine als kostengünstige und angemessene Unterkunft?«

»Ich denke, sie würde Ihnen zu ihrer eigenen Pension raten. Sie müssen wissen, dass die Erna in ihrem Haus zwei Gästezimmer hat. Aber das weiß kaum jemand, weil die eigentlich nur für familiäre Gäste sind.«

»Familiäre Gäste also?«, wiederholte ich schmunzelnd.

Die Seniorin blickte sich verstohlen um.

»Ja, man muss ja heutzutage sehen, wo man bleibt, sagt die Erna. Und wenn doch jeder dabei sparen kann.« Ihre Augen funkelten und über ihr runzliges Gesicht huschte ein Lächeln, während sie ihre vom Alter gezeichnete Hand auf meine Schulter legte. »Aber das wissen Sie nicht von mir, Kindchen.«

Ich kramte einen Zettel aus meinem Rucksack, um mir die Inkognito-Adresse von Erna zu notieren, als es plötzlich dunkel um mich herum wurde.

Mit der Peinlichkeit im Magen, dass ich der netten alten Dame den Schreck fürs Leben bereitet hatte, wachte ich Minuten später wieder auf und sah in die erschrockenen Augen der Greisin. Ihre Hände zitterten, während sie über meine Stirn fuhr.

»Gott sei Dank, sie ist wieder bei Bewusstsein!«, rief sie den umherstehenden Passanten zu. Dann griff sie liebevoll nach meiner Hand und flüsterte: »Der Notarzt ist schon unterwegs, Kindchen, keine Sorge.«

Notarzt? Ich richtete mich langsam auf.

»Nein, bitte keinen Arzt, ich bin nicht krank.«

»Kreidebleich sind Sie, Kindchen. Bleiben Sie mal lieber liegen, bis der Arzt kommt.«

»Ich sage doch, ich bin nicht krank. Es ist nur ein …« Frida Tietze starrte mich fragend an. »Na ja, es war nur ein kleiner Schwächeanfall, nix weiter.«

Nachdem ich die hilfsbereite Rentnerin und die Menschen umher davon überzeugt hatte, dass es mir gut ging und der Notarzt getrost abbestellt werden konnte, nahm ich meinen Rucksack und die beiden Taschen auf und notierte noch schnell Ernas geheime Gastwohnungsadresse, bevor ich mich verabschiedete und zum Taxistand lief. Frida Tietze winkte mir verunsichert hinterher. Dann verschwand sie im hölzernen Wartehäuschen der Bushaltestelle.

KAPITEL 2

Ein taffer Kellner namens Fritz

Der Taxifahrer schien nicht sehr redselig zu sein. Wortlos steuerte er den Wagen die endlos lange Inselstraße entlang zum Hotel. Ich blickte fasziniert zum Fenster hinaus. Die Sonne war riesengroß, als wäre sie Föhr viel näher als irgendeinem anderen Ort. Wie ein glühender Feuerball strahlte sie über den Horizont hinweg, der sich augenscheinlich nicht zwischen dunkelorange und hellviolett zu entscheiden vermochte. Wunderschön, dachte ich, lehnte mich entspannt zurück und lauschte den Wellen, die hörbar an das Ufer schwappten. Ich versuchte, die Fahrgeräusche auszublenden und mich vollends auf das Meer zu konzentrieren. Vollkommen zufrieden mit der Entscheidung, meinem Traum gefolgt zu sein, kam ich im Hotel mit dem klangvollen Namen *Zum goldenen Kraken* an. Ich stieg aus und blickte an der gläsernen Fassade hinauf. Erna hatte recht, es war ein Bunker, wenn auch ein prachtvoller. Und er passte so gar nicht in die Idylle dieser Insel.

»Vierzehn Euro siebenundachtzig«, sagte der Taxifahrer, ohne mich anzublicken.

Ich bezahlte, griff nach meinem Gepäck und ging ins Hotel hinein.

Überrascht blickte ich auf die Schlüsselnummer. Zimmer dreiunddreißig? Ich musste grinsen. Wenn das mal nicht ein schicksalhafter Zufall ist, schoss es mir durch den Kopf. Stolz, eine angehende Moderatorin von *Welle 33* zu werden, bestieg ich den Fahrstuhl. Ein klangvolles Bing ertönte, während sich die Türen öffneten und ein pinguinähnlich gekleideter Mann vor mir stand. Er blickte auf den Zimmerschlüssel in meiner Hand.

»Dritte Etage«, murmelte er, drückte den Knopf und faltete butlerartig die Hände hinter seinen Rücken.

Ich musterte ihn begeistert. Bisher kannte ich derartig angezogene Männer nur aus dem Fernsehen.

»Sind Sie so etwas wie dieser Nils im *Prinz von Bel-Air*?«, fragte ich und erntete einen entsetzten Blick.

»Ich verstehe nicht«, erwiderte er leicht angespannt.

»Na ja, so ein Butler, den man auch für daheim anwerben kann.«

»Ich bin kein Butler, sondern ein Lift-Boy! Und Sie sind in der dritten Etage angekommen!«

»Oh, danke«, stammelte ich und zerrte mein Gepäck aus dem Fahrstuhl.

Der Lift-Boy machte keinerlei Anstalten, mir zu helfen, was mich ärgerte.

»Ein Koffer-Boy wäre in diesem Hotel durchaus angebrachter«, murrte ich schimpfend vor mich hin, bis zur Tür meines Zimmers.

Bedächtig blieb ich davor stehen. Zimmer dreiunddreißig, mein erstes eigenes Zimmer. Ich strotzte vor Selbstsicherheit. Behutsam, ja fast schon feierlich, öffnete ich die Tür und trat in mein neues Leben ein. Sonnenstrahlen fielen aufs Bett, das sich linkerhand an der Wand befand. Ein Tisch, zwei gepolsterte Stühle und ein Schrank für meine Kleidung, es war perfekt. Das winzige Duschbad lag unmittelbar am Zimmer an und beinhaltete alles, was ich brauchte. Geschwind bestückte ich das gläserne Wandbord über dem Waschtisch mit meinen Utensilien. Dann packte ich meine Wäsche aus. Fröhlich gestimmt summte ich ein Lied und öffnete das Fenster, das einen ungehinderten Blick aufs angrenzende Meer zuließ. Ich lehnte mich über die Fensterbank, ganz weit. *Föhr, ich umarme dich!* Dann klopfte es.

»Zimmerservice.«

Ich nahm noch schnell einen Atemzug von der erfrischenden Seeluft und lief zur Tür, um sie zu öffnen. Eine sommersprossige Frau lächelte mich an. Sie trug einen Kittel mit dem Logo des Hotels und blaue Gummihandschuhe.

»Benötigen Sie Hygieneartikel?«

Ich zuckte mit meinen Schultern.

»Keine Ahnung, aber finden wir es doch heraus.« Mit einer Handbewegung diktierte ich sie herein und blickte mich im Bad um. »Hm, also Handtücher sind genügend vorhanden. Auch stehen hier ausreichend kleine Fläschchen Duschbad und Shampoo herum«, stellte ich fest. »Mal davon abgesehen, dass meine Mutter an alles gedacht hat und ich doppelt gut versorgt bin, selbst mit Klopapier.«

Die Servicekraft kicherte und entschuldigte sich sofort dafür.

»Tut mir leid, das gehört sich nicht, ich weiß. Aber so wie Sie das gerade sagten, klang es witzig. Sie sollten das zu Ihrem Beruf machen.«

Ich sah sie schmunzelnd an.

»Denken Sie echt, dass ich Talent dafür besitze?«

Sie nickte. Dann streifte sie einen ihrer Gummihandschuhe ab und streckte mir die Hand entgegen.

»Mein Name ist Mia. Wenn Sie irgendwas brauchen, bin ich sofort für Sie da.«

»Donna Röschen«, flüsterte ich, gerührt von ihrer offenherzigen Art. »Und wenn Sie zukünftig mal wieder lachen wollen, dann schalten Sie *Welle 33* ein.«

Ihre Augen wurden größer. Dann folgte ein kurzer Aufschrei.

»Echt? Ich meine, Sie sind echt beim Radio?«

»Noch nicht ganz, aber fast gewissermaßen«, verkündete ich mit geschwollener Brust und erntete bewundernde Blicke.

»Das ist ja cool! Eine echte Radiotante also? Entschuldigung, ähm, ich meinte natürlich Radiomoderatorin.«

Ich nickte.

»Ja, gewissermaßen, aber vorerst noch in Ausbildung.«

Sie blickte kritisch in mein Gesicht, auf dessen Stirn sich schon die erste Falte angesiedelt hatte.

»Ausbildung? So etwas wie Lehrstelle?«

»Ja, nur für ältere Berufsstarter eben, aber mit Abschluss und der Chance, dauerhaft übernommen zu werden.«

Mia hielt immer noch fasziniert meine Hand und schüttelte sie unaufhörlich.

»Das ist ja so was von aufregend. Erzählen Sie mir dann auch, wie es dort ist, ich meine drinnen, im Sender?«

»Klar, mach ich, wenn Sie mir den Weg ins Restaurant verraten. Ich sterbe vor Hunger. Schließlich hat Mutter all-inclusive gebucht, da sollte ja wohl ein Butterschnittchen mit drin sein.«

Mia kicherte erneut.

»Sie sind echt witzig.« Dann trat sie hinaus auf den Flur und wies zum Fahrstuhl. »Mit dem Lift in die erste Etage, dann den Gang rechts bis ans Ende und voilà sind Sie im hauseigenen Restaurant.«

Das Wort *Lift* bescherte mir eine vorübergehende Gänsehaut.

»Noch eine Frage: Gibt es einen Weg, den Lift-Boy zu umgehen?«

Mia grinste.

»Klar, der Treppenaufgang ist gleich dort um die Ecke, direkt neben dem Lift und nicht zu übersehen. Es steht leuchtend und groß Notausgang dran.«

»Wie passend«, flüsterte ich ihr zwinkernd zu. »Ich habe nämlich, glaube ich zumindest, auf Lebenszeit verschissen beim Lift-Boy. Und bevor er mit mir Karussell fährt oder ich mit ihm gar noch stecken bleibe, tu ich lieber was für die Hüfte.«

Mia lachte, drückte sich jedoch die Hand auf den Mund, um den Schall ihres Gelächters zu dämpfen.

»Er ist ein wenig seltsam und spießig, aber ansonsten harmlos«, flüsterte sie zurück, nickte mir zum Abschied zu und verschwand auf dem langen Flur des Hotels in einem der Zimmer.

Ich hatte mich ein wenig frisch gemacht und mir eines meiner schönsten Kleider übergezogen. Mein Haar hatte ich aus dem Flechtzopf, den meine Mutter für die Reise gebunden hatte, befreit. Nun hing es spiralförmig herab und verlieh mir etwas Unantastbares. Ich setzte mich an einen der freien Tische, griff nach der Karte und fixierte das allergrößte Abendgericht. Salzwiesenlamm auf Lauchgemüse mit gebratenen Speckkartoffeln. Mein Magen knurrte mittlerweile so laut, dass ich den herannahenden Kellner nach einer schnellen Vorspeise fragte.

»Ich empfehle den Eintopf aus Stampfkartoffeln, Cornedbeef, Gewürzgurken und Rote-Bete-Saft. Obendrauf ein Spiegelei oder einen sauren Hering, ganz wie Sie mögen.«

Dabei tippte er auf die Speisekarte.

»Labskaus?«, fragte ich stutzig. Ein seltsamer Name für einen Eintopf, wie ich fand. Er nickte. »Bei uns haben sie klangvollere Namen, wie Leipziger Allerlei, Bauerntopf oder Großmutters Kartoffelsuppe mit deftiger Einlage.«

Er lächelte schulterzuckend.

»Tja, damit kann ich leider nicht dienen.«

»Gut, dann nehme ich den schnellen Labskaus vorweg, danach das Salzwiesenlamm auf Lauchgemüse, gefolgt von …«

Die Geräuschkulisse verstummte mit einem Mal, während meine Muskeln erschlafften. Und so sehr ich auch dagegen ankämpfte, schlief ich doch ein. Minuten der Stille folgten, in denen ich nichts zu spüren vermochte. Es war wie ein wiederkehrender Albtraum, aus dem es kein Entrinnen gab.

»Hallo, ist Ihnen nicht gut?«, hörte ich wie in Trance, bevor ich nach und nach wieder meinen Körper fühlte und die Kontrolle über mich gewann.

»Ja, nur ein Schlafschub, ist gleich vorbei«, murmelte ich beim Erwachen.

Alle Gäste im Restaurant starrten mich an. Der Kellner, dem das Ganze sichtbar peinlich war, versuchte in einer atemberaubenden Darstellung, die Aufmerksamkeit auf sich zu lenken.

»Alles in bester Ordnung!«, rief er den gaffenden Gästen zu. »Dies war nur eine Demonstration unserer hauseigenen Werbekampagne für eine durchaus schmackhafte Getränke-Empfehlung am heutigen Abend. Vielen Dank an die junge Dame für ihre spontane Unterstützung.« Dabei klatschte er Beifall in meine Richtung, griff sich ein leeres Glas und klopfte mit dem Löffel dreimal dagegen. »Sehr geehrte Gäste des Hauses, wer von Ihnen möchte die Schwester des allseits bekannten *Pharisäers* zum halben Preis ausprobieren? Das ebenfalls legendäre Getränk namens *Tote Tante* besteht aus Kakao mit Rum und einem leckeren Sahnehäubchen. Also, meine Damen, genau das Richtige für Sie.«

Die Resonanz war unglaublich. Fast jeder Gast bestellte das tödlich klingende Kakaogetränk, für das ich anscheinend die perfekte Werbebesetzung war. Darauf musste ich auch eine *Tote Tante* trinken. Verwegen meldete ich mich.

»Sie möchten auch probieren?«, rief er mir zu.

Ich nickte. Und während er die Bestellungen notierte, überlegte ich, wie ich mich bei ihm bedanken konnte.

Drei *Tote Tanten* später war ich nicht nur satt, sondern auch ein klitzekleines bisschen beschwipst. Ich blinzelte zum Tresen hinüber, wo der taffe Kellner mittlerweile die Zapfanlage bediente, um seinen überforderten Kollegen zur Hand zu gehen.

»Drei kühle Blonde, kommen sofort!«, rief er einer Gruppe Herren zu, die das Restaurant kurz zuvor betreten hatte.

Sie nickten, setzten sich und lachten schallend über ein Foto, das einer der Herren in die Runde hielt. Ich stützte meinen Kopf, der mir viel schwerer als üblich vorkam, auf die Innenfläche meiner Hand und beobachtete das lustige Treiben der Herren. Als der Kellner das Bier an ihrem Tisch abgestellt hatte, blickte er zu mir rüber.

»Haben Sie noch einen Wunsch?«

»Ich? Ähm, vorerst nicht.«

»Gut«, erwiderte er und zwinkerte mir auf eine Weise zu, die mein Herz höher schlagen ließ.

Ein Gefühl, das ich bisher nicht kannte. Dann dachte ich an meine Mutter, die gewiss sehr in Sorge um mich war, seit das Telefongespräch abgebrochen war. *Oje, der Akku*, schoss es mir durch den Kopf und erstickte das gerade aufkommende Gefühl im Keim. Ich hatte völlig vergessen, das Handy aufzuladen. Ob das Restaurant ein Telefon hatte, von dem aus ich daheim anrufen konnte? Ich stand vom Tisch auf und lief zum Restauranttresen, direkt auf den netten Kellner zu.

»Sie werden entschuldigen, wäre es möglich, von hier aus zu telefonieren?«

Er lächelte auf dieselbe charmante Art wie zuvor.

»Aber klar doch, wenn Sie mir bitte folgen würden. Ach übrigens, ich heiße Fritz.«

»Donna, Donna Röschen«, erwiderte ich zögerlich, während mein Herz gerade einen Hüpfer zum Himmel machte.

Ich fixierte seine hellblauen Augen, die blauer als das Meer waren, und reichte ihm die Hand. Er griff danach und sagte:

»Freut mich sehr, Donna Röschen. Also dann, auf zum Telefon.«

Mit festem Schritt lief er hinaus zum Empfang des Hotels. Ich folgte ihm, während meine Blicke über seinen gut geformten Rücken glitten und am Po hängenblieben, der sich unter seiner Kellnerhose abzeichnete. *Gott, was mache ich da gerade?* Noch niemals hatte ich einem Mann auf den Hintern gestarrt. Irritiert über mich selbst, wendete ich meinen Blick peinlich berührt vom Zielobjekt ab. Von dem Augenblick an ahnte ich, dass irgendwas mit mir passiert war, das mein Leben völlig verändern würde.

Nach ein paar gewechselten Worten zwischen Empfangsdame und Kellner stellte diese mir bereitwillig das hauseigene Telefon zur Verfügung und fragte mich nach meiner Zimmernummer, um mir das Angebot einer nach außen geöffneten Telefonleitung zu unterbreiten.

»Nicht nötig, aber danke«, blockte ich ab. »Ich habe ein Handy dabei, nur dummerweise vergessen, den Akku aufzuladen. Meine Mutter ist gewiss schon krank vor Sorge, weil ich mich seit Stunden nicht mehr gemeldet habe.«

Sie schmunzelte zum Kellner hinüber, der sich mit einer Abschiedsgeste abwandte und zurück ins Restaurant ging, dann zu mir.

»Verstehe, kein Problem.«

Dieses Schmunzeln löste in mir einen innerlichen Schrei aus. Bestimmt dachten beide jetzt, ich sei ein Mamasöhnchen in weiblicher Form. Und im Grunde war ich das ja auch irgendwie. Nur eben nicht freiwillig. Ich griff zum Hörer und wählte die Nummer meiner Mutter.

»Hi Mama, ich bin's.«

Ein lautes »Gott sei Dank« dröhnte durch die Ohrmuschel, gefolgt von einer ausführlichen Predigt.

»Ich wollte mich ja früher melden, aber der Akku«, entschuldigte ich meine Nachlässigkeit, die meine Mutter fast in einen mittelschweren Nervenzusammenbruch getrieben hatte, laut ihrer Beschreibung.

»Wofür hast du den Reserve-Akku? Aber nein, meine Tochter denkt nicht im Geringsten an das schwache Herz ihrer Mutter. Stattdessen lässt sie mich im Ungewissen über ihr Befinden und erkundet die Insel.«

»Das war doch bereits der zweite Akku, der leer war, Mama. Und bitte hör auf, dir ständig Sorgen zu machen und über mich in der dritten Person zu sprechen.«

Die maßlos übertriebene Sorge meiner Mutter machte mich wütend. Erst recht, weil die durchaus hübsche Empfangsdame ihre Tätigkeit zunehmend in meine Nähe verlagerte, um kein einziges Wort zu verpassen. Ich schaute sie mit einem frostigen Blick an, in dem sich mein Entsetzen über so viel Indiskretion spiegelte, worauf sie mit einem Nicken in meine Richtung reagierte und noch dichter an mich herantrat.

»Ist denn alles in Ordnung mit dem Empfang?«, fragte sie. »Es gibt hin und wieder Schwankungen, wenn ein Sturm aufzieht.«

»Ja, ja«, stotterte ich. »Alles völlig okay.«

Und während sich meine Mutter am Ende der Leitung erneut in einem Schwall Selbstmitleid ergoss, bereute ich zutiefst, mich nicht schon früher zuhause gemeldet zu haben.

KAPITEL 3

Ein unverhoffter Ausflug

Die Sonne kitzelte mein Gesicht, auf dem sich kleine Schweiß-
perlen niedergelassen hatten. Gähnend rollte ich mich zur
anderen Seite, um in meinen Traum zurückzukehren, in dem
ich nicht unter Narkolepsie litt. Ein tiefer Atemzug, ein leiser
Seufzer, und schon saß ich wieder im Strandkorb, neben einem
engelsgleichen Mann, dessen Augen vom unschuldigen Weiß
seines Körpers abstachen. Vorsichtig berührte ich seine Flügel, während er seinen starken Arm um mich legte und meine
Stirn küsste. Hach, diese Augen. Dieses Blau. Dieses unglaub-
liche Blau. *Moment mal!* Seine Flügel schienen zu schrumpfen.
»Deine Flügel«, warnte ich ihn. Aber er lächelte mich nur wortlos an und zeigte aufs Meer hinaus, wo ein alter Fischkutter
wie aus dem Nichts auftauchte. Ich starrte wie versteinert auf
das näher kommende Boot, auf dessen Rumpf eine gemalte
Welle sichtbar wurde. »*Welle 33*, mein Radiosender!«, stieß ich

spontan heraus, als würde ich bei Günther Jauch sitzen und gerade um eine Million Euro zocken. Er streichelte über mein Haar, zog mich zu sich heran und spitzte seine Lippen zum Kuss. Ich schloss meine Augen. *Nun mach schon! Küss mich!* Aber so sehr ich mich auch danach sehnte, meine Lippen blieben unberührt. Ich öffnete meine Augen. Er war weg. Der Platz neben mir leer. Und überhaupt saß ich nicht mehr im Strandkorb, sondern lag in meinem Hotelbett. Willkommen in der Wirklichkeit, begrüßte ich mich, traurig über sein vorschnelles Verschwinden. Wenn er sowieso weg war, konnte ich auch aufstehen. Ich streckte mich ordentlich und sprang aus dem Bett, einem neuen eigenständigen Leben entgegen. Obgleich ich den liebevoll gedeckten Frühstückstisch meiner Mutter doch schon irgendwie vermisste.

Als es an der Zimmertür klopfte, eilte ich barfüßig im Morgenmantel aus dem Bad, um zu öffnen. Um mein nasses Haar hatte ich ein Handtuch gebunden, das ebenso weiß war wie der Engelsmann in meinen Träumen.

»Ich komme!«, rief ich, griff nach der Klinke und riss die Tür auf.

»Moin, Moin, Frau Röschen, wie ich hörte, sind Sie gestern am späten Nachmittag angekommen«, erwiderte ein mir völlig fremder Mann.

Ich nickte verlegen und hoffte inständig, dass er meiner unpassenden Kleidung keinerlei Beachtung schenkte. Leider vergeblich. Seine Augen glitten von meinen nackten Füßen hinauf zum Handtuch auf meinem Kopf.

»Vielleicht sollte ich mich Ihnen kurz vorstellen.« Er streckte mir seine Hand entgegen, die wie ein Pfeil aus seinem engen dunkelbraunen Jackett schoss. »Michael Mayer, vom Radiosender. Ich möchte Sie im Namen aller Kollegen herzlich willkommen heißen und Ihnen dies hier überreichen.«

Er zückte hinter seinem Rücken einen Strauß Blumen, an dem eine Willkommenskarte angeheftet war.

Ich griff zögerlich danach und presste mir ein Lächeln heraus.

»Wow, danke.«

Irgendwie fühlte ich mich meinem Gegenüber nicht gewachsen, so im Morgenmantel und mit Turban.

»Und wenn Sie sonst nichts vorhaben, würde ich Ihnen gern die schönsten Ecken unserer Insel zeigen«, plauderte er beherzt weiter.

»Sehr gern doch«, stotterte ich ihm entgegen, während meine Blicke hilfesuchend durch den Flur schweiften.

Mia! Erleichtert trat ich einen Schritt aus dem Türabsatz, während das fröhlich gestimmte Zimmermädchen den Servicewagen in unsere Richtung schob.

»Huhu, Mia, darf ich vorstellen, Michael Mayer, von *Welle 33*«, rief ich ihr zu.

Mia bekam große Augen und sprintete die zwanzig Meter zu meiner Tür in weniger als vier Sekunden, so schien es jedenfalls. Und das mitsamt dem Servicewagen. Dann streifte sie ihre Handschuhe von den Händen und glättete ihre Uniform, um sich mit einer Art Knicks vorzustellen.

»Wow! Der Michi Mayer? Das ist ja so aufregend, Sie kennenzulernen. Mia Sternthaler, Angestellte des Hotels und Ihr allergrößter Fan.«

Ihr allergrößter Fan? Ich war mir nicht wirklich bewusst, wie ich die Begeisterungslawine einordnen sollte, konnte mich aber wenigstens zum Ankleiden in mein Zimmer zurückziehen. Dieser Michael Mayer schien auf jeden Fall ein bekannter Mann zu sein, so viel war klar.

Fünf Minuten später hatte ich den Morgenrock gegen ein passenderes Outfit getauscht und den Blumenstrauß zum Überleben ins wassergefüllte Waschbecken gelegt. Mit einem

Sommerkleid, dessen Farbenpracht fast ebenso strahlend war wie Mias Lächeln zuvor, öffnete ich die Tür meines Hotelzimmers, vor der noch immer Mia mit Michael Mayer vom Radio stand und plauderte. Und noch immer himmelte sie ihn an, während er von seinem Plan zu einer neuen Nachtsendung erzählte, die einsamen Singles zum richtigen Partner verhelfen solle. Völlig entzückt davon schlug sie ihre Hände vors Gesicht.

»Ist nicht wahr? Und durch diese Sendung moderieren Sie?« Er nickte zögerlich.

»Ja, das könnte gut sein.«

»Dann werde ich ab sofort jede Samstagnacht einschalten. Und wer weiß, vielleicht ist ja tatsächlich auch mal ein Mann für mich dabei«, kicherte sie derartig verlegen, als sei sie eine Jungfrau, die gerade am Strandabschnitt für Freikörperkultur gelandet war.

Ich räusperte mich, um auf mich aufmerksam zu machen.

»So, ich wäre dann so weit.«

Im Grunde war ich absolut nicht bereit für eine Inselrundfahrt. Mein Haar war noch immer feucht von der morgendlichen Dusche, mein Magen knurrte und in meinem Kopf dröhnten die *Toten Tanten* nach. Michael Mayer verabschiedete sich von Mia und beäugte mich kritisch.

»Sie sind doch keine von den Frauen, die für ihre Figur hungern?«

»Aber nein! Ich bin schon immer so schlank gewesen.«

»Gut. Ich frage nur, weil es ja derzeit wieder in Mode scheint, sich schlank zu hungern.«

»Ach ja? Ich könnte das nicht. Dazu esse ich viel zu gern«, pflichtete ich seiner Meinung bei und sammelte Pluspunkte.

»Das ist eine gesunde Einstellung, wenn ich das so sagen darf.« Er wies mit seiner Hand zufrieden zum Lift. »Na, dann mal los!«

Ich zwinkerte Mia zu, die mir mit ihren beiden Daumen ein *Toi, toi, toi* signalisierte, bevor sie in einem der Hotelzimmer verschwand.

Der Vormittag war rasend schnell vergangen. Und er war überaus interessant. Ebenso interessant wie die zwei Windmühlen, in die mich Michael Mayer zerrte. Dass es insgesamt fünf davon auf der Insel gab, wusste ich aus Reiseführern. Aber nach Windmühle Nummer zwei hatte ich absolut keine Kraft mehr, von Lust mal ganz abgesehen. Ich wurde zunehmend schläfrig, was in mir einen enormen Druck erzeugte. Keinesfalls durfte ich jetzt einfach so einschlafen. Nicht jetzt! Nicht vor Michael Mayer!

»Oh, ich glaube, ich habe meine Kette oben in den Mühlenkammern verloren«, schwindelte ich, um mich für einen Moment loslösen zu können.

Aber der graumelierte Radiostar war pfiffiger, als ich angenommen hatte.

»Sie trugen keine Kette um Ihren Hals.«

»Trug ich nicht? Hm …«

Okay, ich musste also zu Plan B übergehen. Leider hatte ich keinen Plan B, sodass ich mich auf den Stufenabsatz vor die Windmühle setzte und mit dem Handrücken über meine verschwitzte Stirn fuhr.

»Oje, ich glaube, ich brauche dringend ein Erfrischungsgetränk und etwas gegen Vergesslichkeit. Wahrscheinlich liegt meine Halskette noch auf dem Nachtschrank, während ich mir eingebildet habe, ich hätte sie angelegt.«

Er lächelte.

»Eine gute Idee. Machen wir eine kurze Pause.«

Kurze Pause? Ich plädierte für eine längere Pause und überzeugte meinen zukünftigen Chef, dass es Zeit für eine Siesta war. Leider zu spät. Mitten in meinem überzeugenden Appell schlief ich ein, einfach so, auf der Stufe, auf der ich saß.

Als ich Minuten später erwachte, stand der Radiomoderator über mich gebeugt und wedelte mir Luft zu.

»Geht es wieder?«

Jetzt bloß nicht verräterisch gähnen, bläute ich mir ein und nickte ihm zu.

»Danke, ja. Die Hitze und zu wenig getrunken, zwei tödliche Komponenten.«

»Und ich dachte schon, Sie hätten das mit der Siesta wörtlich genommen, im Sinne von einem kleinen Nickerchen.«

Ich spürte die Röte, die mir ins Gesicht schoss.

»Ja, könnte man fast denken. Aber dem war leider nicht so, befürchte ich.«

Er hielt mir seine Hand entgegen.

»Kommen Sie, dort drüben Richtung Fährhafen gibt es ein kleines Eiscafé, direkt an der Promenade.«

Wyk war ein wundervolles Städtchen. Die Menschen waren fröhlich, die Urlauber glücklich, ja selbst die herumstreunenden Katzen schienen ein Friedensabkommen mit Maus und Vogel geschlossen zu haben. Kurzum, es war ein kleines Paradies für einen Großstädter wie mich. Die einzigen Tiere, die sich scheinbar zu einer Art Gang zusammengeschlossen hatten, waren die Möwen. Mit ihren listigen Augen verfolgten sie jeden meiner Handgriffe. Ich zog einen Schluck Eiskaffee durch meinen Strohhalm und deutete in ihre Richtung.

»Richtige kleine Räuber.«

Michael Mayer lächelte, während er mir zunickte.

»Man sollte stets auf der Hut vor ihnen sein. Sie sind diebischer als jede Elster.«

Oh ja, das waren sie in der Tat. Ich musste wie automatisiert schmunzeln beim Gedanken an meine Ankunft, die Möwen-Attacke und meine Retterin, die nette alte Dame mit dem Gehstock. Völlig versunken schlürfte ich den Rest aus meinem Glas. Gleich morgen würde ich Frida Tietze anrufen und sie um einen Termin bei ihrer Freundin Erna bitten. Denn so schön mein Hotelzimmer auch war, aber auf Dauer wollte ich meiner Mutter die Kosten dafür nicht zumuten.

»Und, wie gefällt Ihnen Föhr?«, fragte mich Michael Mayer.

»Ich liebe Föhr!«

»Gut, das ist die richtige Voraussetzung, um mit Leib und Seele die Zuhörer der Insel durch die Sendung zu führen.«

Ich blickte ihn fragend an.

»Unser Ausflug war ein Test?«

»Kein Test, nur eine erste Einschätzung meiner neuen Assistenz.«

»Ich, ich, Sie meinen, Sie und ich …«

»Werden für den Anfang gemeinsam durch die Sendung führen«, unterbrach er mein fasziniertes Gestotter.

»Das ist ja …, was soll ich sagen, wundervoll. Ich dachte, ich würde am Anfang erst andere Dinge tun, so was wie Ordner abheften, Stifte anspitzen, die Nachrichten abtippen für die Sendung und …«

»Kaffee für die Kollegen kochen?«

Ich musste lachen.

»Ja, auch das.«

»Sie wollten doch nicht Buchhalterin werden, oder? Ich denke, es ist wichtiger, dass Sie sendesicher sind. Und dass Sie mit all den Knöpfen und Geräten im Tonstudio umzugehen wissen. Ist die Lampe *On Air*, sind Sie später ganz alleine auf sich gestellt.«

Es leuchtete mir ein, was er sagte. Nur traf mich das irgendwie unerwartet.

»Und das Vorstellungsgespräch?«

»Ist hiermit vorgezogen und positiv verlaufen. Es sei denn, Sie möchten einen Rückzieher machen?«

Ein Rückzieher kam für mich nicht infrage. Nicht bei dieser tollen Insel, diesem obercoolen Chef und der wahrscheinlich einzigen Chance, die ich jemals bekommen würde.

»Einen Rückzieher? Niemals! Ich freue mich gerade so sehr, tausend Dank«, jubelte ich und überlegte für einen kurzen Moment, Michael Mayer zu umarmen.

»Nichts zu danken«, erwiderte er. »Ihre Ausbildung beginnt nächste Woche. Und vergessen Sie nicht, Ihre Steuer- und Bankdaten mitzubringen. Bis dahin genießen Sie die Schönheit der Insel und schalten Sie unbedingt *Welle 33* ein, um erste Eindrücke über unsere Arbeit zu gewinnen.«

»Das tue ich, versprochen.«

Michael Mayer hatte mich zurück ins Hotel gebracht, sich verabschiedet und mir erholsame Urlaubstage gewünscht. Ich winkte ihm hinterher. Als er aus meinem Sichtfeld verschwand, zitterten plötzlich wie auf Knopfdruck meine bis dahin stabilen Kniegelenke. Mit einem Mal überkamen mich Zweifel, nagte die Vernunft meiner Mutter an mir. Was, wenn ich einschliefe in einer Live-Sendung, vor unzähligen Zuhörern? Es gab noch kein Mittel gegen Narkolepsie, gegen das ständige Einschlafen. Ich rannte die Treppe zu meinem Zimmer hinauf. Jetzt war ein guter Moment, Mutter anzurufen, um mich gedanklich auf ihren Schoß zu flüchten, so wie ich es früher als Kind immer getan hatte.

Das Rufsignal ertönte. Einmal. Zweimal. Dreimal. Sonst ist Mutter doch immer schneller am Telefon, dachte ich. Ich blieb hartnäckig. Viermal. Fünfmal. Gewiss war sie im Garten, Blumen gießen. Als ich bei vierzehn angelangt war, machte ich mir ernsthafte Sorgen. Sie wird doch nicht den Pommes-Topf mal wieder zum Explodieren gebracht haben? Ich legte auf und versuchte, an etwas Schönes zu denken. Doch ich kam nicht mehr dazu und schlummerte auf Anhieb ein.

Minuten später erwachte ich aus meinem fortwährenden Albtraum. Ich schlug um mich, ballte meine Hände zu Fäusten und schrie:

»Warum ausgerechnet ich?«

Selbst in all den Jahren konnte und wollte ich mich nicht daran gewöhnen. Wie eine Halbtote, deren Wahrnehmung völlig aus dem Ruder gelaufen ist. Sonnenstrahlen huschten durch den Raum, auf denen Staubteilchen tanzten. Sie zu beobachten, ließ mich ruhiger werden. Ich stand auf und öffnete das Fenster. Der Blick war wunderschön, wenn auch am Horizont getrübt. Die Wellen des Meeres kräuselten sich und rasten weiß schäumend auf den Strand zu. Kinder spielten mit einem Wasserball. Andere bauten eine Matschburg. In weiter Ferne war der Ruf einer Möwe zu hören. Hach, alles wirkte so friedlich, so unglaublich toll, dass ich mich selbst in den Arm zwickte, um festzustellen, dass ich nicht gleich aus einem Traum erwache.

»Autsch.« Es schien wirklich zu sein. Mutter! Ich ließ mich erneut aufs Bett fallen. Das Handy lag immer noch am Kopfende. »Los schon, geh dran«, drängte ich mit jedem Rufzeichen.

Und dann endlich, Mutters Stimme.

»Ich war beim Fleischer, und stell dir vor, die Liselotte heiratet den alten Friedrich von gegenüber. Unglaublich! Wo doch jeder in der Straße weiß, dass er früher mal mit ihrer Mutter liiert war.« Ein kurzes Seufzen unterbrach die Berichterstattung, gefolgt von einem: »Erzähl, was gibt es Neues? Hast du auch deine Tabletten genommen?«

»Ja, Mutter. Und nochmals ja. Ich kann die Liselotte so gut verstehen.«

»Na, hör mal! Das ist eher peinlich als verständlich, was sie da tut. Die Leute reden ja schon länger über das seltsame Verhalten der beiden. Aber jetzt auch noch heiraten? Das ist nicht korrekt, ist das.«

»Wieso? Weil der Friedrich zwanzig Jahre älter ist oder weil er mal etwas mit ihrer Mutter hatte?«

»Beides ist unmoralisch.«

»Ach Mama, lass dich doch nicht auf diese extrem konservative Seite ziehen, die eine Liebe zwischen zwei Menschen nur dann akzeptiert, wenn die eigens aufgestellten Moralregeln erfüllt sind. Liebe ist grenzenlos und sollte es auch immer bleiben.«

Brigitte Röschen hüstelte entsetzt.

»Ich lass mich nirgendwo hinziehen. Und überhaupt, mich geht das doch nichts an.«

»Gut. Was hast du gekauft?«

»Was?«

»Na, beim Fleischer? Du warst doch gewiss nicht nur wegen des aktuellen Klatschthemas dort, oder?«

»Nein! Natürlich nicht!«

»Und? Was hatte die Ingeborg im Angebot?«

»Sülze war günstig, aber ich hatte noch welche. Da habe ich mir ein Stück Kamm mitgenommen, für einen Eintopf. Hast du denn schon was zu Mittag gegessen?«

»Ich hatte einen Eiskaffee in Wyk, spendiert von meinem zukünftigen Boss.«

»Und, wie ist er so? Erzähl.«

Nachdem ich Mutter alle Einzelheiten meines dreistündigen Ausfluges erzählt hatte, kamen wir zum heiklen Thema: Geld. Ich erklärte meiner Mutter, dass ich überlegen würde, wegen meines geringen Ausbildungsgeldes eventuell die Unterkunft zu wechseln und in ein günstigeres Zimmer zu ziehen. Mutter war wenig begeistert, sah es aber ein. Immerhin gingen gerade ihre ganzen Ersparnisse drauf, die sie eigentlich für etwas anderes zurückgelegt hatte. Für was eigentlich? Ich hatte noch nie danach gefragt, tat es aber in diesem Moment.

Die Antwort schockierte mich zugegebenermaßen.

»Du hast das Geld für deine Beerdigung angespart? Über sechstausend Euro?«

»Der Tod ist teuer, mein Kind. Und damit du dich später nicht völlig verschuldest oder ich auf der Müllkippe lande, habe ich eben gespart und schon einmal eine Grabstelle für uns gepachtet.«

»Ähm, eine Grabstelle für uns?«

»An den dicken Lindenbäumen, dort, wo dein Onkel Hubert liegt.«

Ach herrje, Mutter wollte mich also selbst noch nach meinem Tod im Auge behalten. Ich wusste nicht, ob ich das toll oder zum Heulen finden sollte, tat aber so, als fände ich die Idee super. Dann kam ich zum eigentlichen Thema, meinen Zweifeln. Meine Mutter war ganz Ohr. Als ich meine ganzen Bedenken geäußert hatte, holte sie tief Luft. Das tat sie immer, wenn eine ihrer Moralpredigten folgte. Aber dieses Mal war es nicht so.

»Tja, was soll ich sagen? Du solltest es wenigstens versuchen, jetzt, wo du extra dafür auf die Insel gereist bist. Das Hotelzimmer ist doch eh bis Ende des Monats bezahlt. Versuch es wenigstens. Und wenn es schiefgeht, packst du eben deine Koffer und kommst nach Hause.«

Mutter hatte recht, ich durfte jetzt keinen Rückzieher machen. Nicht jetzt, wo ich das erste Mal in meinem Leben die Chance auf meinen Traumjob hatte.

Das Mittagessen hatte ich leider verpasst, aber das Abendbrot nahte. Ich glättete mein Kleid, das über den Tag hinweg zunehmend knitterig aussah, und hübschte mich etwas auf. Genug, um dem netten Kellner Fritz entgegenzutreten. Als er mich sah, winkte er mir zu. Ich setzte mich an einen der freien Tische und blickte hinaus auf die angrenzende Wiese des Hotels, die mit wunderschönen Rosen umrandet war.

»Was darf ich zu trinken bringen?«, fragte mich Fritz und hielt mir die Speisekarte für Gäste mit Vollpension entgegen.

»Alles, außer *Tote Tante*«, scherzte ich.

Er lachte und beugte sich etwas zu mir hinunter.

»Dann empfehle ich heute den lebenden Onkel.«

Ich musste kichern, hielt mir aber sofort die Hand vor den Mund. Dann strich ich mir verlegen eine herabhängende Haarsträhne hinters Ohr und flüsterte ihm zu:

»Okay, den nehme ich. Vielleicht begleitet er mich ja netterweise nach dem Essen zum Strand und baut mir eine Sandburg.«

»Und wenn er das nicht tut, wäre es mir eine große Ehre«, bot Fritz sich an. »Ich bin übrigens ein wahrer Meister im Sandburgenbauen.«

Ich zögerte mit einer Antwort, obwohl mein Herz fast aus dem Kleid hüpfte, und blickte ihn einfach nur wortlos an.

»Ich schlage vor, ich bringe Ihnen erst einmal eine kühle, frisch gezapfte Fassbrause. Eine Spezialität aus Berlin«, meinte er und verschwand hinter dem Getränketresen.

Ich hingegen saß wie versteinert mit der Speisekarte da, die ich immer noch in meinen Händen hielt. War das gerade eine Verabredung zu einem Date? Hatte er mich tatsächlich gerade auf eine umständliche Art gefragt, ob ich mit ihm den Abend am Strand verbringen will? Ich versuchte mich so normal wie möglich zu verhalten, als er mit der Fassbrause zum Tisch zurückkehrte.

»Himbeergeschmack«, sagte er beim Abstellen des Getränkes. »Und? Haben Sie sich entschieden?«

»Ja, ich will!«

Er blickte mich verwundert an.

»Ähm, okay. Und welches der drei Gerichte aus der Abendkarte darf ich Ihnen bringen?«

»Ach so, die Gerichte«, stotterte ich enttäuscht und inspizierte die Sonderspeisekarte. Am liebsten hätte ich mich in Luft aufgelöst, so peinlich war mir in diesem Augenblick meine spontane Willigkeit. »Bringen Sie mir den mediterranen Salat auf Nudeln.«

»Ach ja, da wären noch die drei *Toten Tanten* vom Vortag, die ich auf Ihre Zimmernummer angeschrieben habe. Leider gehören die nicht zur Vollpension.«

»Oh, tut mir leid, ich werde das sofort begleichen.«

»Nein, nein, keine Panik, das hat Zeit«, beteuerte er, notierte meine Bestellung und verschwand in der Hotelküche.

Nachdem ich gegessen und jeglichen Blickkontakt zu Fritz vermieden hatte, versuchte ich mich so unauffällig wie möglich vom Tisch zu erheben und das Restaurant zu verlassen. Gewiss war das Angebot, mit mir eine Sandburg bauen zu wollen, dem Kellner aus reiner Höflichkeit herausgerutscht. Und so sehr sich mein neu errungenes Ego auch gegen diese Erkenntnis wehrte, so sehr war mein Kopf doch davon überzeugt. Noch ehe ich die Pendeltür erreicht hatte, stellte sich Fritz mir in den Weg. Er lächelte, trotz des schweren Tabletts in seiner Hand, auf dem ein Dutzend schmutziger Teller aufgestapelt waren. Ich versuchte erneut, seinen Blicken auszuweichen, was mir aber nicht gelang.

»Entschuldigen Sie, aber Sie haben dieses hier vergessen.«

Dabei hielt er mir einen zusammengefalteten Zettel entgegen. Ich griff danach, bedankte mich und hastete aus dem Restaurant. In der Lobby setzte ich mich für einen Augenblick. Leute mit Koffern gingen an mir vorüber. Andere trugen eine Strandtasche, die erahnen ließ, woher sie kamen. Ich starrte auf den Zettel in meiner Hand. Was mochte da draufstehen? Sollte ich vielleicht doch mein allererstes Date auf dieser wundervollen Insel haben? Vielleicht sogar heute Abend schon? Kurzentschlossen faltete ich den mittlerweile feucht gewordenen Zettel auseinander. Meine Hände schwitzten und zitterten zugleich. Ich fixierte die Uhrzeit, die darauf geschrieben stand. Sie wurde blasser und blasser. Die Stimmen der in der Lobby wartenden Gäste wurden leiser. *Oh, nein*, dachte ich und versuchte, dagegen anzukämpfen. Aber ich schaffte es nicht, wie unzählige Male zuvor.

Kurze Zeit später blinzelte ich umher. Wo war ich? Eine Dame, deren Gesicht ich zu kennen glaubte, stand über mich gebeugt und beruhigte die anderen.

»Keine Sorge, sie kommt gerade zu sich«, erklärte sie einer anderen Frau, die mit dem Handy am Ohr völlig aufgelöst den Hotelportier anschrie:

»Sie müssen doch einen Raum zur Erstversorgung haben, bis der Notarzt da ist!«

Oje, schon wieder eingeschlafen, fuhr es mir durch den Kopf. Noch etwas benommen versuchte ich aufzustehen.

»Nicht doch, Kindchen. Dieses Mal lassen Sie sich mal lieber vom Arzt untersuchen.«

Ich horchte auf.

»Sie? Die Möwenexpertin von der Bushaltestelle?«

Die Rentnerin lächelte mich an.

»In Person und voller Sorge um Ihre Gesundheit. Sie kippen mir einfach zu oft um, Kindchen.«

»Es ist nur ein kleiner Schwächeanfall, glauben Sie mir.«

Sie musterte mich mit zusammengekniffenen Augen und streichelte über meinen Kopf, der auf einer zusammengerollten Decke ruhte.

»Hm, können Sie sich denn noch an meinen Namen erinnern?«

Natürlich konnte ich das nicht. Ich und Namen, das war so ähnlich wie Spülmittel und Fett. Ich tat so, als überlegte ich angestrengt. Dabei fuchtelte ich mit meinem Finger herum.

»Aber natürlich. Ähm, Moment, er liegt mir quasi auf der Zunge.«

Sie legte ihren Kopf schief und beäugte mich noch kritischer als zuvor.

»Sie sollten sich vom Arzt untersuchen lassen. Und ich werde mitkommen und notfalls Ihre Hand halten.«

»Nein, bitte! Ich habe ein Rendezvous in … ähm …!« Ich richtete mich auf. Meine Blicke huschten suchend durch die Lobby, an deren Wand eine Uhr hing. »Oje, in zwanzig Minuten.«

Sie hielt mir ihre Hand entgegen, während die andere fest den Griff des Gehstockes umklammerte.

»Frida Tietze, Kindchen. Aber nennen Sie mich einfach Frida. Und jetzt hoch mit Ihnen, sonst kommen Sie noch zu spät.«

Ein Raunen ging durch die Menge der Umherstehenden. Die Frau, die zuvor den Arzt gerufen hatte, schüttelte energisch ihren Kopf.

»Wie? Sie wollen sie einfach so losmarschieren lassen? Und wer übernimmt die Kosten für den Notarzt?«

Frida Tietze versuchte die Dame zu beruhigen.

»Vielleicht könnten Sie ihn abbestellen. Sie sehen doch, dass es der jungen Frau wieder besser geht.«

Mit einem abwinkenden Murren verließ die Dame die Lobby mit dem Handy am Ohr.

»Danke«, flüsterte ich Frida zu, glättete mein Kleid und setzte mich auf einen der ledernen Sessel.

Frida nahm neben mir Platz.

»Geht es Ihnen auch wirklich besser, Kindchen?«

»Ja, ich denke schon. Was tun Sie eigentlich hier im Hotel?«

»Ich wollte zu Herrn Dr. Friedmann, der heute angereist ist. Er soll sich Ernas Heuler anschauen.« Sie blickte sich um. Dann rutschte sie näher an mich heran. »Die Erna ist Tierschützerin, müssen Sie wissen. Sie hat eine Auffangstation für Heuler, die regelmäßig vor dem Abschuss gerettet werden.«

Ich verstand rein gar nichts. Abschuss? Auffangstation? Und was zum Teufel waren Heuler? Etwas beschämt fragte ich und erhielt eine Antwort, die mich nicht mehr losließ.

»Und Sie sagen, dass die Robbenjäger die Heuler einfach so erschießen?«

Frida lachte höhnisch auf.

»Ja, unter dem Deckmäntelchen einer staatlichen Verordnung.«

Ich war überrascht und angewidert zugleich. Wie konnte man nur zulassen, dass Robbenbabys abgeschossen werden? Dieses Wissen zerstörte jenes Bild in meinem Kopf, das ich mir vom Leben auf einer Insel im Geiste geschaffen hatte. Und fast hätte ich meine Verabredung mit Fritz darüber vergessen, aber Frida tippte auf ihre Uhr am Handgelenk und flüsterte mir zu:

»Noch zehn Minuten, Kindchen, viel Glück. Und nicht vergessen, die Erna hat noch immer ein freies Zimmer.«

KAPITEL 4

Ein Rendezvous mit Überraschung

Ich war zum Meeresufer gelaufen und hatte mich in einen der Strandkörbe gesetzt, die zu Dutzenden herumstanden. Zugegeben, ich hatte tatsächlich nach der Nummer dreiunddreißig Ausschau gehalten, fand sie aber nirgends. Egal. Einhundertdrei war auch nicht übel und weitaus weniger zerschlissen als die Neunundsechzig, die direkt danebenstand. Nervös drehte ich eine herabhängende Haarsträhne um meinen Finger. Gleich würde ich das erste Date meines Lebens haben, Mutter wäre stolz auf mich, aber auch skeptisch. Ein Kellner?, würde sie hinterfragen und damit unweigerlich ihre Absicht untermauern, doch eigentlich nur das Beste für mich zu wollen. Und ein Kellner war eben nur ein Kellner und kein Mediziner. Aber ein Mediziner stand nun einmal ganz oben auf Mutters Schwiegersohn-Wunschliste. Am liebsten der ewige Medizinstudent Jan Kruger, aus der Nachbarwohnung, für den Mutter wöchent-

39

lich die Putzarbeiten gegen Cash übernahm. Aus diesem Grund rief ich Mutter erst gar nicht an. Als schien sie aber einen siebten Sinn für das erste Date ihrer Tochter zu besitzen, tat sie es umgekehrt, und das ausgerechnet in der Minute, in der Fritz am Strand auftauchte und mir zuwinkte.

»Ja, Mama, mir geht es blendend, wirklich. Du, ich ruf dich später zurück, ja?«

Dabei fuchtelte ich mit meinem abgenommenen Strohhut herum, um Fritz auf mich aufmerksam zu machen.

»Ich höre die Wellen rauschen. Du wirst doch nicht um diese Zeit ins Wasser gehen wollen?«

»Nein, ganz sicher nicht.«

»Der König der Sandburgen und Schlösser steht ganz zu Ihrer Verfügung!«, rief Fritz mir zu.

In seiner Hand hielt er eine Rose.

»Höre ich da etwa eine Männerstimme?«

»Ja, Mama. Ich bin nicht alleine am Strand. Mach dir also keine Sorgen, ich melde mich vorm Zu-Bett-Gehen noch einmal.«

Dann legte ich auf und schaltete sicherheitshalber mein Handy aus, um weiteren Fragen zu entgehen.

»Ihre Mutter?«, fragte Fritz mit einem Ausdruck im Gesicht, als würde er sich gerade darüber bewusst werden, auf was er sich eingelassen hatte.

»Ja, ja, so sind Mütter nun einmal. Immer voller Sorge«, schwächte ich die bestehende Affenliebe lachend ab und wechselte geschickt das Thema. »Was für eine wunderschöne Rose.«

»Ich hatte gehofft, dass sie Ihnen gefällt. Eine Edelzüchtung unseres Hotelgärtners«, erwiderte Fritz, während er mir die Rose überreichte.

Ich bedankte mich und schnupperte begeistert am blau geflammten Blütenkopf, dessen Duft einzigartig war.

»Wahnsinn, wie die duftet«, schwärmte ich und klopfte auf das stoffbezogene Sitzpolster. »Möchten Sie sich nicht setzen?«

Er ließ sich in den Strandkorb fallen, beugte sich nach vorn und betrachtete den sandigen Boden zu seinen Füßen.

»Wir sollten Wasser holen.«

»Wasser?«

»Ja, ohne dieses kann ich für Sie kein Schloss bauen.«

»Ach so, die Sandburg«, murmelte ich etwas verlegen.

Meine Gedanken hingen noch immer der grausamen Tatsache nach, dass es Menschen gab, die kleine Robbenbabys töteten. Fritz neigte seinen Kopf zu mir.

»An was denken Sie gerade? Sie wirken so traurig.«

Sollte ich es ihm sagen? Konnte ich mich einem Mann anvertrauen, den ich gerade zwei Tage kannte? Wobei *kennen* durchaus übertrieben war.

»Ach, ich musste nur gerade an die Heuler denken, denen es nicht vergönnt ist, weiterzuleben.«

Er rutschte näher an mich heran. Sein Arm fuhr an der Rückenlehne entlang, um meine Schultern. Ein ergreifender Moment, den ich mit absoluter Steifheit erwiderte. Mein Herz raste wie wild, während meine Kehle sich mit einem Kloß füllte, der mir das Schlucken schwer machte.

»Ja, diese Jäger fahren am Strand entlang und erschießen die schwächsten und kranken Tiere«, sagte Fritz mitleidig. »Aber hey, es gibt auch jede Menge Heuler, die nicht erschossen werden, dank den fanatischen Rettungsaktionen dieser verrückten Robby-Hood-Veteranen.«

Ich horchte auf.

»Sie meinen wohl Robin Hood?«

Er lachte. Seine Hand, die mittlerweile an meinem linken Oberarm ruhte, streichelte sanft über meine Haut.

»Nein, Sie nennen sich Robby-Hood.«

»Und es sind Veteranen?«

»Na ja, zumindest schreibt die Zeitung es so. Allerdings weiß niemand, wer wirklich dahintersteckt.«

Der Kloß in meinem Hals löste sich zunehmend. Eine innerliche Freude machte sich breit und überstrahlte den Schatten der Grausamkeit. Ja, ich begann zu lächeln.

»Eine Handvoll ehemaliger Soldaten, die Robbenbabys retten? Das ist ja wunderbar!«

Fritz zwinkerte mir zu. Die Abendsonne schien in sein Gesicht, was dem Blau seiner Augen einen besonderen Glanz verlieh, als würde sich das Meer darin brechen.

»Na also, mit diesem charmanten Lächeln gefallen Sie mir schon wesentlich besser. Und jetzt sollten wir die Sandburg bauen oder unsere Schuhe ausziehen und einen Spaziergang am Ufer wagen.«

Ich hatte mich für den Spaziergang entschieden. Nicht nur, weil wir weder Sandschippchen noch Eimerchen hatten, sondern auch wegen des späten Abends, der den Bau einer Sandburg nahezu unmöglich machte. Immerhin bedurfte es mindestens drei Stunden, um eine Sandburg stabil genug und in respektabler Größe zu bauen, so Fritz. Aber es war nur verschoben, nicht aufgehoben. Und so lief ich neben ihm her, mit der Vorfreude auf ein nächstes Treffen. Die Wellen schwappten über unsere Füße hinweg und ergossen sich über den Sandstrand. Alles war so friedlich, so still.

»Haben Sie schon einmal einen Heuler am Strand gesehen?«, fragte ich Fritz.

»Ja, morgens beim Laufen.«

»Sie joggen?«

»Vor meinen Frühschichten, um den Kopf freizubekommen.«

Ich nickte, als würde ich verstehen, was ich aber nicht tat. Nur traute ich mich nicht, nachzuhaken. Zu persönlich erschien es mir, danach zu fragen, von was er seinen Kopf befreien musste. Deshalb schwieg ich und genoss jeden Schritt an seiner Seite. Der Wind hatte zugenommen und wirbelte mein Haar durcheinander. Ich versuchte, es mit einer Hand zu bändigen. In der anderen hielt ich die Rose und meinen Strohhut, den ich noch schnell vor dem Treffen aus meinem Zimmer geholt hatte. Eigens für diese Insel hatte ich ihn gekauft. Er sollte mir Glück bringen, was er bisher auch tat.

Viel zu schnell war die Zeit vergangen. Die Sonne machte sich bereit, unterzugehen und es sah aus, als läge sie sich in den Ozean zur Ruhe, bedeckt vom Meeresspiegel. Ein sattes Orange strahlte über die weite See und verteilte sich mit jeder noch so sanften Welle. Fritz saß neben mir im Sand. Und genau wie ich blickte er fasziniert dem Naturschauspiel zu, welches sich uns darbot.

»Was machen Sie nach der Saison?«, fragte ich und durch-brach die Stille der hereinbrechenden Nacht.

»Ich? Ähm, nichts weiter, zurückgehen halt.«

»Wohin ist zurück?«, hakte ich nach.

Ich konnte mir nicht vorstellen, dass Fritz irgendwohin besser als auf diese wundervolle Insel passen würde.

»Bremen. Dort schlage ich mich mit ein paar Gelegenheits-jobs durch den Winter.«

Fritz und Bremen? Nein, das konnte ich mir nicht wirk-lich vorstellen. Erst recht nicht, dass ein so fantastischer Kellner keine feste Anstellung bekam. Ich blickte ihn ungläubig an.

»Und weshalb Föhr?«

»Ich mag die Insel, die Ruhe, diesen Blick übers Meer und die Menschen, die hier leben. Na ja, und ein klein wenig muss ich auch auf meine Schwester aufpassen, die hier ebenfalls sai-sonal tätig ist.« Ein Lächeln huschte durch sein Gesicht. »Sie müssen wissen, dass sie schon als Kind alle Katastrophen des Lebens wie magisch angezogen hat.«

»Eine Art Pech-Marie?«

»Ja, sozusagen«, lachte er über meinen Vergleich. »Nur dass sie eben fleißig, herzlich und einer der wundervollsten Men-schen ist, die ich kenne.«

Wow! Die Aussage über seine Schwester berührte mich sehr. Wenn ich einen Bruder hätte, dann würde ich wollen, dass er genauso wie Fritz wäre. Ein behaglicher Schauer fuhr über meinen Rücken.

»Das ist toll, so wie Sie von ihr reden. Sie scheint ein besonderer Mensch zu sein.«

»Ja, das ist sie. Sie müssten sie eigentlich kennen. Sie ist eine der Servicekräfte im Hotel.«

Mia?, schoss es mir durch den Kopf. Ich starrte Fritz fasziniert an. Vielleicht auch, um eine Ähnlichkeit in seinem Gesicht mit dem immer heiteren Zimmermädchen zu entdecken.

»Sie meinen doch nicht etwa Mia?«

Er nickte.

»Sie haben meine Schwester bereits kennengelernt?«

Und ob ich das hatte. Voller Begeisterung über diesen wundervollen Zufall ließ ich mich zurück in den weichen Sand fallen.

»Mia ist toll und eine wahre Inspiration für mich.«

Fritz ließ sich ebenfalls zurückfallen.

»Inwiefern eine Inspiration?«

»Ihre Schwester ist so lebendig und voller Energie, so unverblümt.«

»Ja, das ist Mia.«

Dann herrschte für gefühlte zehn Minuten Stille. Fritz drehte seinen Kopf zu mir. Er sah mich nur an, ohne ein Wort zu sagen. Und obwohl mir tausend Gedanken und Worte im Kopf herumspukten, bekam ich doch keinen Ton heraus. Lediglich eine Tierstimme drang durch die Stille. Es klang nach einem Vogel, der in Not zu sein schien. Ohne lange zu überlegen, sprangen wir auf und folgten den kläglichen Lauten.

»Es kommt von da hinten!«, rief Fritz, der die Richtung geortet hatte. Seiner Meinung nach klangen die Laute nach einem Säbelschnäbler. Allerdings konnte sich Fritz nicht erklären, was der Vogel um diese Zeit am Wasser suchte. »Diese Vögel gehen meines Wissens nur tagsüber auf Beutefang.«

»Vielleicht ein verletztes Tier?«, fragte ich, während wir durch das Watt liefen.

Ich versuchte im Lichtschein des sich im Meer brechenden Mondes, den Vogel zu erspähen, sah aber nichts als feuchten, schimmernden Sand.

»Da! Da drüben ist was!«

Ich lief Fritz hinterher, der geradewegs auf etwas Weißes zusteuerte, das von Ferne wie ein übergroßer Hühnergott aussah. Aber dann bewegte es sich plötzlich und ließ erneut die schrillen Klagerufe erklingen, die sich für mich nach einem »Quik, quik, quik« anhörten.

Die Schritte von Fritz wurden langsamer, je näher er dem Vogel kam.

»Wie ich vermutet hatte, ein Säbelschnäbler«, murmelte er, zog sein Hemd aus und hockte sich zu dem verängstigten Tier. »Würden Sie mir bitte Ihren Hut geben«, sagte er und umwickelte den Vogel sanft mit seinem Hemd.

Ich reichte ihm den Hut.

»Ist er verletzt?«

»Sein Bein scheint nicht in Ordnung zu sein. Und auch sein Gefieder wirkt zerzaust und stumpf. Ein Jungvogel, der den Abflug seiner Artgenossen scheinbar verpasst hat oder aber nicht mitfliegen konnte. Er scheint mir ziemlich abgemagert, vielleicht sogar ein weiteres Opfer des Plastikmülls.«

Ich war erstaunt und fasziniert zugleich. Woher wusste Fritz so viel über Vögel? Mir schien, als steckten hinter diesem Mann noch jede Menge Geheimnisse. Behutsam setzte er das Jungtier in meinen Strohhut und streichelte sanft über seinen Kopf, während er mit ihm sprach.

»Keine Angst, ich tue dir nichts.«

»Was meinen Sie mit *Opfer des Plastikmülls*?«

Fritz starrte mich an, als sei ich nicht von diesem Planeten. Und ein bisschen kam ich mir auch so vor.

»Seit nunmehr fünfzig Jahren besteht das Problem mit dem Plastikmüll, der unsere Meere verschmutzt und für den Tod vieler Seevögel verantwortlich ist, und Sie haben davon nichts gewusst?«

Ich schüttelte meinen Kopf, um das von Pein berührte »Nein« zu untermauern. Und fast schämte ich mich dafür.

»Der Plastikmüll verstopft ihre Mägen, sie verhungern quasi.«

Ein Schauer des Unbehagens zog über meinen Körper. Aber vielleicht war es auch nur der kühle Wind, der vom Meer hereinzog und mich frösteln ließ. Genau vermochte ich das nicht einzuschätzen. Entsetzt blickte ich zu dem im Strohhut gebetteten Vogel. Seine Augen blinzelten voller Angst umher.

»Das ist alles so grausam, die gejagten Heuler, die vom Müll erkrankten Seevögel.« Unauffällig wischte ich mir eine Träne aus dem Auge. »Dabei dachte ich, das hier sei das Paradies.«

Fritz sah mich mit leuchtenden Augen an.

»Wenn nicht hier das Paradies ist, wo dann? Dieses Problem betrifft alle Meere. Der kleine Kerl hier hat Glück, dass wir ihn gefunden haben.«

»Wird er denn durchkommen?«

»Wenn Sie nur fest genug daran glauben, dann wird er es schaffen.«

Etwas beruhigter trat ich mit Fritz den Rückweg am Strand entlang an. Seine Rose hatte ich mit dem Wunsch, dass es dem Seevogel bald wieder besser geht, dem Gott der Meere überlassen. Fritz war voller Optimismus, dass dieser Wunsch in Erfüllung gehen würde. In seinen Händen trug er meinen Hut mit dem verängstigten Tier darin.

»Gibt es keine Möglichkeit, den Plastikmüll zu reduzieren oder herauszufiltern?«

Zusätzlich flammte in mir die Frage auf, wie zum Teufel Plastikmüll ins Meer gelangen konnte.

»Es gibt Gesetze und Abkommen, weltweit die Ozeane und deren Bewohner vor Plastikmüll zu schützen.«

»Gut«, pflichtete ich voller Zuversicht bei.

Immerhin tat man etwas gegen die Vermüllung der Meere.

»Ja, aber leider sieht die Realität anders aus.« Am Strandkorb angekommen, blieb Fritz stehen. »Möchten Sie ihn bis zum Hotel tragen?«

Ich bejahte. Das erste Mal in meinem Leben dachte ich nicht an meine Krankheit. Alle Ängste, plötzlich einschlafen zu können, waren wie weggeweht. Es gab in diesem Augenblick nur den wunderhübschen Seevogel und mich. Und er schien mich zu mögen.

Ich hatte mich in die Lobby gesetzt, während Fritz auf den Portier einredete. Er wurde zunehmend wütender. Was zur Hölle war da los? Einige Minuten später kam er zu mir und blickte auf den Vogel, der mittlerweile weniger ängstlich schien und im Hut auf meinem Schoß ruhte.

»Er sagt, ich darf ihn nicht mit aufs Zimmer nehmen. Striktes Tierverbot.«

»Auch nicht bis morgen früh?«

Fritz schüttelte seinen Kopf.

»Nein, für Personalzimmer gibt es keine Ausnahmen.«

Ich stand auf.

»Gut. Dann nehme ich ihn mit aufs Zimmer.« Beherzt schritt ich auf den Empfangstresen zu. »Nummer dreiunddreißig, bitte.«

Anstandslos rückte der Portier meine Zimmerschlüssel heraus. Mit einem Kopfnicken wünschte er mir eine angenehme Nachtruhe.

»Danke«, flüsterte Fritz mir zu. »Sie haben einen gut bei mir.«

»Nein, damit sind wir quitt. Schon die Rettung im Restaurant vergessen?«

Er lächelte.

»Gute Nacht. Ich verspreche, ich kümmere mich gleich morgen früh um die tierärztliche Versorgung.«

Es war viel zu spät geworden, als dass ich meine Mutter wie versprochen anrufen konnte. Dafür hatte ich aber auch die bezauberndste Entschuldigung, die man haben konnte. Mit großen Augen musterte mich der Jungvogel und verfolgte jeden meiner Schritte. Ob er Hunger hatte? Bestimmt hatte er das. Aber was fraß ein Säbelschnäbler eigentlich? Ich wusste so rein gar nichts über diesen Seevogel, aber gewiss würde das World Wide Web meiner Wissenslücke auf die Sprünge helfen. Ich schaltete das Handy ein und googelte nach einer Antwort. Mittlerweile war es nach Mitternacht. Doch so müde ich auch war, ich wollte eine Seite finden, die mir etwas über die Bedürfnisse eines Säbelschnäblers vermitteln konnte. Immerhin brauchte mein kleiner Sorgengast etwas Ordentliches im Magen, wenn er schnell wieder gesund werden sollte.

KAPITEL 5

Ein Säbelschnäbler namens Benji

Als es am Morgen an der Zimmertür klopfte, zog ich die Decke über meine Ohren.

»Jetzt nicht«, murmelte ich dem Störenfried zu.

Doch es klopfte erneut.

»Ich bin es, Mia. Und ich habe eine Nachricht von meinem Bruder.«

Von Fritz? Schlagartig war ich wach. Mit einem eleganten Hüpfer sprang ich aus dem Bett und eilte zur Tür. Der Seevogel blickte mir kritisch nach und äußerte das mit einem »Pii-jüli, pii-jüli«, das in meinen Ohren schmerzte. Mia sah mich grinsend an, dann zu dem Vogel, der das zweite Kopfkissen des Doppelbettes vereinnahmt hatte.

»Benji«, entfuhr es ihr. Dann klatschte sie erfreut in ihre Hände. »Ja, es ist ein Benji.«

Ich verstand nicht, was sie meinte.

»Benji?«

Mia strahlte mich an.

»Ja, das bedeutet ›Sohn des Glücks‹. Und das ist er zweifelsfrei. Ohne Ihre Fürsorge wäre er vergangene Nacht einem Fressräuber zum Opfer gefallen. Ach ja, mein Bruderherz lässt ausrichten, dass der Tierarzt wegen eines Todesfalls in der Familie die Insel verlassen musste und erst in einigen Tagen zurückkehrt.«

»Und was wird aus dem Seevogel?«

»Der fühlt sich doch pudelwohl, wie ich sehe. Und wenn Sie erlauben, würde ich später gern nach Benji schauen und ihm Futter bringen.«

Futter war ein gutes Stichwort.

»Ähm, natürlich«, stotterte ich, winkte Mia ins Zimmer und begann nach dem Zettel zu suchen, auf dem ich mir notiert hatte, was mein offensichtlich neuer Mitbewohner fraß.

Mia versuchte unterdessen, Freundschaft mit Benji zu schließen. Doch er wollte nicht und schlug mit den Flügeln, während sein Schnabel in kriegerischer Absicht die behandschuhten Hände anvisierte.

»Okay, dann eben nicht«, gab sich Mia geschlagen und wich zurück.

»Wieso eigentlich ein Jungenname?«, fragte ich beim Durchblättern des Notizblockes. »Könnte doch auch eine Bärbel sein.«

Mia kicherte.

»Wie Sie das so sagen, klingt es irgendwie witzig. Aber nein, er ist eindeutig ein männliches Tier. Die Befiederung der Schnabelbasis verrät es mir.«

»Ah, die Befiederung«, wiederholte ich altklug, obwohl ich weder den Unterschied kannte noch das Wort. »Ich hab den Zettel gefunden. Nur weiß ich nicht, ob die Hotelküche auch mit wirbellosen Lebewesen und kleinen Fischen dienen kann.«

Mia kicherte erneut.

»Ich befürchte, der Koch wird weder Schnecken noch Quallen oder Käfer und erst recht keine Würmer für unseren kleinen Sondergast haben.«

»Dann eben Fisch.«

Mia nickte.

»Eine gute Alternative, ich versuche mal mein Glück.«

Nach dem Duschen wollte ich aus dem Zimmer stürmen, um einen Buchladen mit Literatur zu finden, in dem ich mich über die Bedürfnisse eines Seevogels belesen konnte. Benji fand das allerdings weniger akzeptabel und versuchte, unter lautem Gekreische aufzustehen. Sein Bein war alles andere als in Ordnung. Er fiel immer wieder ins Kissen zurück.

»Ich beeile mich doch, bin gleich wieder da«, versuchte ich, ihn zu beruhigen.

Aber es nützte nichts. Ich musste Benji irgendwie mitnehmen. Hilfesuchend blickte ich in meinen Schrank nach einer geeigneten Utensilie. Mutters Strandtasche fiel mir ins Auge. Abwaschbar, robust und dermaßen bunt, dass Benji nicht sonderlich auffallen würde. Ich faltete sie auseinander.

»Also schön, wie du willst. Dann musst du aber dort hinein. Und du musst den Schnabel halten.«

Ich hatte es nach drei Anläufen geschafft, Benji in die Strandtasche zu hieven. Und als hätte er meine Regeln verstanden, duckte er sich tief hinein und zog seinen Kopf ein. Ich warf die Tür hinter mir ins Schloss und huschte mit Benji zum Lift. Mein Magen knurrte und ich hatte vergessen, meine Tabletten zu nehmen. Egal. Sie schlugen sowieso nicht an, auch wenn Mutter davon überzeugt war. Überhaupt vertraute sie meiner Meinung nach viel zu sehr auf ärztliche Empfehlungen.

»Huhu!«, rief eine Stimme mir hinterher. »Ich konnte Kieler Sprotten aus der Küche ergaunern, in Pflanzenöl und eigenem Saft, gluten- und laktosefrei.«

Mia. Und sie hatte tatsächlich für Benji Frühstück besorgt. Ich blieb stehen und betrachtete die vier Minifische, die lecker angerichtet auf einem Teller lagen, neben einem Stängel Petersilie.

»Oh, wie reizend von Ihnen, danke.«

Sie nickte mir zu.

»Gern doch. Wo ist er?« Ich zeigte auf die Strandtasche, die über meiner rechten Schulter hing. Mia schmunzelte. »Er wollte nicht im Zimmer bleiben?«

»Keine Chance.«

»Gut, dann lassen Sie es uns gleich mal hier versuchen mit der Fütterung.«

Ich stellte die Tasche ab und griff nach einer der Sprotten. Benji äugte interessiert nach dem Fisch. Es schien, als wäre er einem Kieler-Sprotten-Frühstück nicht abgeneigt.

»Moment, erst ablutschen«, wandte Mia ein.

»Was?«

»Die Sprotte. Er sollte sie ohne Pflanzenöl bekommen, denke ich.«

»Ach so, verstehe.« Etwas angewidert lutschte ich das winzige Fischlein ab. »Bäh, ich mag kein Öl«, murrte ich und hoffte, dass Benji mir die unschönen Tischmanieren verzieh.

Er tat es und schnappte nach der Sprotte in meiner Hand. Mit einer komischen Halsbewegung würgte er sein Frühstück hinunter. Dann blickte er mich an, als wollte er mir grünes Licht geben, die nächste Sprotte abzulutschen. Und so sehr ich mich auch vor dem puren Pflanzenöl schüttelte, war ich doch erleichtert, dass Benji keinen verstopften Magen vom herumschwimmenden Plastikmüll hatte.

Freudig war ich aus dem Hotel gelaufen, um einen schönen Platz zu finden, an dem ich Mutter in aller Ruhe anrufen konnte. Danach würde ich mir Seevogel-Literatur besorgen, so mein Plan. Auf mein Frühstück hatte ich zugunsten von Benji verzichtet, also visierte ich eine Crêpes-Bude an, die nahe meiner ausgewählten Sitzbank aufgebaut war. Zwei Möwen hielten davor regelrecht Wache und marschierten mit erhobenem Kopf hin und her, als wollten sie ihre Unternehmensbeteiligung kundtun. Zögerlich schritt ich auf die Bude zu, aus der es lecker nach der gezuckerten Teigware roch. Die Preise erschienen mir gerecht. Und so bestellte ich einen Nougat-Crêpe, mit dem ich zurück zur Bank eilte, um die Strandtasche mit Benji abzustellen. Entgegen aller Erwartungen verhielt sich Benji absolut lieb und blickte mir brav beim Schlemmen zu. Nur die räuberischen Möwen fixierten meinen Essplatz, während sie sich selbstbewusst im Sturmschritt näherten.

»Weg da! Husch!«

Es nützte nichts. Diese Vögel waren keine normalen Möwen, so wie ich sie von den Feldern daheim kannte. Diese Möwen waren anders. Es waren Piraten, ohne Angst und Scheu. Während ich mit meinen Beinen zur Abwehr aufstampfte, musste ich an Frida Tietze denken und schmunzeln.

»Einen Gehstock müsste ich jetzt haben«, murmelte ich belustigt, als ich an den Po-Klaps dachte, den die liebenswürdige Rentnerin der diebischen Möwe verpasst hatte.

Meine Abwehr blieb erfolglos. Gegen zwei derartig hartnäckige Möwen kam ich einfach nicht an. Und auch Benji blinzelte verlegen umher, als schäme er sich für seine gefiederten Freunde. Ich entschied mich für einen Kompromiss und warf zwei abgerissene Stücke den Luftpiraten zu. Dann verschlang ich den Rest in Windeseile, bevor noch mehr hungrige Möwen davon probieren wollten.

Mutter hatte sich schon gesorgt und mehrfach angerufen. Allerdings hatte ich nach meinem Date mit Fritz ihre Anrufe ignoriert. Beschämt darüber entschuldigte ich mich bei ihr und versprach, zukünftig erreichbar zu sein. Dann erzählte ich ihr von Benji, den Sprotten und den Robbenjägern, die Heuler legalisiert abschossen. Mutter lauschte mir. Nur ab und an schluckte sie ihr Entsetzen hörbar herunter und schluchzte.

»Da muss man doch etwas dagegen tun können. Diese armen Tiere.«

»Es gibt eine Veteranen-Vereinigung, die sich *Robby Hood* nennt und die Robbenjäger bei ihrer Arbeit stört.«

»Gut so«, pflichtete Mutter bei. »Diese Leute haben meinen ganzen Respekt.«

Ich war erstaunt. Mutter positionierte sich? Und das auf die Seite der Rechtlosen? Eine völlig neue Seite an meiner Mutter eröffnete sich mir, die ich anscheinend nicht kannte.

»Ja, ich finde es auch total klasse, wie sich diese Menschen für die Robbenbabys einsetzen.«

»Also ich war ja früher mal im Tierschutz aktiv.«

Meine Mutter? Im Tierschutz?

»Echt?«

Ein Räuspern erklang, gefolgt von einem »Tja, hast du mir gar nicht zugetraut, stimmt's?«.

Meine Brust füllte sich mit Stolz. Meine Mutter war eine aktive Tierschützerin, eine Aktivistin im Auftrag geschundener Tierseelen. Weshalb durfte ich dann als Kind nie ein Haustier haben? Ich schwieg und genoss für einen Moment die sanfte Seite meiner Mutter. Leider kehrte kurz darauf die nervige Seite zurück. Mutter begann, mich auszuhorchen.

»Mit wem warst du denn gestern Abend noch so spät am Meer?«

»Mit Fritz, einem sympathischen jungen Mann, ohne den Benji bestimmt heute nicht mehr leben würde.«

»Aber du hast ihn doch gerettet, oder nicht?«

»Ja, aber doch mit Fritz zusammen, Mutter.«

Natürlich betonte ich besonders, wie tierlieb und gebildet Fritz war, aber Mutter hörte nicht zu und verwies mich hinterrücks an unseren Nachbarn, der mit Freuden das Telefonat übernahm.

»Gott zum Gruße, schöne Nachbarin. Ich hoffe, Ihnen geht es gut. Narkolepsie-Patienten reagieren oftmals sehr überreizt nach einem Ortswechsel. Aber keine Bange, die Forschung schläft nicht und arbeitet längst an einem Präparat, das diese Überreizungen abmildert.«

Oh, mein Gott! Dieses Gelaber schlug mir sofort auf den Magen und überreizte lediglich meine sonst so gelassene Friedfertigkeit.

»Auch wenn es Sie jetzt enttäuschen mag, aber mir geht es blendend.«

»Das freut mich zu hören. Und keine vermehrten Schlafschübe?«

»Nein. Nicht einen einzigen«, flunkerte ich und kreuzte dabei die Finger hinter meinem Rücken.

»Hm, sehr außergewöhnlich, ja schlichtweg ein kleines Wunder.«

»Kein Wunder, lieber Herr Nachbar, sondern einfach der Insel-Spirit, die Magie, die von mir Besitz ergriffen hat. Ach, erwähnte ich schon, dass ich mein Herz an einen Säbelschnäbler verloren habe?«

Stille. Er überlegte bestimmt, vermochte aber den Begriff nicht einzuordnen, geschweige denn, einem Tier zuzuordnen. Dann ein »Ähm …« und ein Flüstern im Hintergrund. Mutter! Sie half ihm auf die Sprünge, dem ewig studierenden Assistenzarzt mit Neigung zur Selbstüberschätzung und übertriebener Höflichkeit.

»Quik, quik, quik!«, kreischte Benji.

Er schien den angehenden Doktor anscheinend auch nicht zu mögen.

»Ah, ein Seevogel. Zu gern würde ich mir das Tierchen mal anschauen.«

»Ach, sind Sie etwa zur Tiermedizin gewechselt?«

Er räusperte sich verlegen.

»Nein, wo denken Sie hin. Aus reiner Neugier sozusagen. Ich mag Vögel sehr, müssen Sie wissen.«

Mir graute bei dem Gedanken, als ich mir Jan Krugers schmalziges Grinsen dabei vorstellte, das er immer aufsetzte, wenn er vorgab, das zu mögen, was ich gerade auch mochte.

»Und weshalb haben Sie dann keinen Vogel daheim?«

»Ich verstehe nicht ...«

»Einen Kanarienvogel oder Wellensittich«, fügte ich hinzu, um mich verständlicher auszudrücken. »Es gibt jede Menge Vögel, die im Tierheim sitzen und auf ein nettes Zuhause warten.«

»Ähm, ja, keine üble Idee, aber ... Moment, ich übergebe an Ihre Mutter, mein Melder piept.«

Ja, ja, sein Melder. Ich schmunzelte siegessicher zu Benji, der seinen Schnabel am Tragegriff von Mutters Strandtasche säuberte. Wieder einmal hatte ich den angehenden Herrn Doktor in Verlegenheit gebracht. Und wieder einmal hatte meine Mutter für alles eine Erklärung, was meine Kritik betraf.

»Also hör mal, Donna, als wenn Dr. Kruger Zeit für einen Vogel hätte. Er arbeitet in Schichten, dann noch die Bereitschafts- und Überstunden.«

Mutter hatte also am anderen Telefon im Nebenzimmer mitgehört, so wie sie es schon oft getan hatte, wenn ich mit irgendwem telefonierte.

»Ohne Doktor.«

»Was?«

»Ohne den Titel, Mutter. Noch hat er seinen akademischen Grad nicht erhalten, ergo ist er auch kein Doktor.«

»Ach herrje, du bist aber auch immer kleinkariert ihm gegenüber. Dabei ist er so ein netter junger Mediziner. Und er mag dich. Aber nein, mein Töchterlein lehnt das Gute ab und jagt lieber einem Traum hinterher.«

»Ich lasse mich nur nicht verkuppeln.«

»Ja, ja, Schatz. So, ich muss jetzt aufhören. Und vergiss nicht, deine Tabletten zu nehmen, hörst du?«

»Ja, ich versprech's.«

KAPITEL 6

Der Oevenumer Wochenmarkt

Ich hatte erfahren, dass im Nebendorf Markttag war, und war mit einem Leihfahrrad, welches ich mir spontan ausgeliehen hatte, losgeradelt. Benji gefiel der Fahrtwind, der sein Gefieder und mein Haar durcheinanderwirbelte. Er zappelte aufgeregt herum, als wäre die Radtour der große Flug nach Süden. In Schlangenlinien kam ich schließlich an der alten Eiche an, um die sich einige Stände reihten. Allerdings konnte ich auf den ersten Blick keinen Buchstand ausmachen. Egal. Froh, mit Benji heil angekommen zu sein, stieg ich vom Rad und blickte dem heiteren Treiben der Händler und Touristen zu. Einige ältere Damen standen vor einer handgefertigten Truhe aus Holz, deren Erschaffer auf die Robustheit hinwies. Eine der Damen zückte ihre Geldbörse und wedelte mit der Hälfte des Kaufpreises vor des Händlers Nase herum. Dieser verneinte und verschränkte eingeschnappt, ja fast schon betroffen über derartige Dreistigkeit seine Arme. Ich zwinkerte meinem Begleiter zu und zeigte zu einem Fischstand.

»Was hältst du von einer Portion Fisch ohne Öl zum Abendbrot?« Benji äugte aus der Tasche und stimmte zu. Jedenfalls nahm ich seinen Blick als ein eindeutiges Ja wahr. »Gut, dann lass uns mal den Wochenmarkt unsicher machen.«

Hoch motiviert, doch noch ein Buch über Seevögel zu finden, lief ich in das urig bunte Treiben hinein. An einem Trödelstand blieb ich stehen. In einer Kiste lagen alte, teils verschlissene Bücher. Ich stellte die Strandtasche ab und beugte mich der Literatur entgegen.

»Jedes Buch fünfzig Cent«, erklärte mir die Händlerin. Ich nickte, auch wenn einige der Bücher nur noch fürs Altpapier taugten. »Und, wie gefällt Ihnen Föhr?«, fragte mich die Geschäftsfrau und versuchte damit gewiss, von der Qualität der angebotenen Bücher abzulenken.

»Die Insel ist unbeschreiblich schön, ja fast magisch und voller Abenteuer«, schwärmte ich, sehr zur Freude der Händlerin, die sofort ihre Chance witterte und mir ein altes handgefertigtes Schachbrett zum Schnäppchenpreis anbot.

»Das ist echte Föhrer Handarbeit«, fügte sie hinzu.

Ich staunte über die Figuren, die nicht wie üblich aus Läufern, Bauern und Türmen bestanden. Stattdessen waren es Wale, Seemänner und Leuchttürme. Und anstelle des Königs und der Dame gab es Neptun und je eine Meerjungfrau dazu. Ich gebe zu, ich war für einen Moment begeistert. So sehr, dass ich es kaufte. Ich hatte also nun ein traditionelles Fischerschachbrett, aber noch immer keine Literatur über Seevögel, die mir weiterhalf.

»Wo bekommt man denn so einen?«, fragte eine Urlauberin hinter mir und zeigte auf Benji, der aus der abgestellten Tasche misstrauisch die Fremde beäugte.

»Das ist ein Säbelschnäbler. Und den bekommt man nicht zu kaufen.«

»Aber Sie haben doch einen«, argumentierte sie dagegen und ging schniefend in die Hocke. »Nun schau doch mal, Erika, das wäre doch genau das richtige Mitbringsel für deinen Hendrik.«

Dabei hustete sie.

»Benji ist eine geschützte Vogelart und kein Mitbringsel. Und er ist nur zur Pflege bei mir, bis er wieder gesund ist.«

Die Urlauberin, die gerade nach Benji tätscheln wollte, zog ihre Hand zurück.

»Krank, sagen Sie?«

»Ja, furchtbar krank.«

»Ist doch hoffentlich nichts Ansteckendes?«

»Vielleicht, noch weiß man nichts Genaues.«

Ihre Mundwinkel verzogen sich.

»Komm, Erika. Da drüben hab ich einen Bratwurststand gesehen.«

Ich zwinkerte Benji erleichtert zu.

»Die wären wir los. Und nun kaufen wir dein Abendbrot.«

Ich drängelte mich durch die immer größer werdende Menschenmenge, die zunehmend den Wochenmarkt belagerte. Am Fischstand angekommen fuhr ich mir über die verschwitzte Stirn. Der Verkäufer lehnte sich über den Verkaufstresen und lächelte mich an.

»Die wöchentliche Völkerwanderung«, sagte er belustigt und hielt mir ein Stück Fisch zum Probieren entgegen, das aufgespießt auf einem Holzstäbchen steckte.

Ich bedankte mich und blickte etwas ängstlich zurück ins Gedränge.

»Der Markttag findet jede Woche statt?«

»Ja, an jedem Donnerstag in der Saison, seit vielen Jahrzehnten.«

»Wow«, stammelte ich kauend.

»Der Oevenumer Wochenmarkt wurde 1982 von einer Gruppe Frauen des Dorfes gegründet, müssen Sie wissen. Er ist eine Art Tradition und eines der Highlights auf Föhr. Und, wie mundet unser hausgeräuchertes Kabeljaufilet?«

»Sehr lecker«, erwiderte ich, ohne zu übertreiben. Dieses Stück Fisch war wirklich das Köstlichste, was ich je gegessen hatte. »Kabeljau also.«

»Mit einer Champignon-Sellerie-Remoulade wird er zu einer schnellen Mahlzeit der gehobenen Küche. Ich kann Ihnen gern das Rezept aufschreiben.«

Benji, den ich zu meinen Füßen abgestellt hatte, kreischte ein melodisches »Plüüiit-plüüiit«, welches ich nicht einzuordnen vermochte. Hatte er Hunger? Oder gar Schmerzen? Ich wusste es nicht.

»Ach, schau an, ein Säbelschnäbler«, sagte der Verkäufer, der sich interessiert meiner befiederten Begleitung über den Tresen entgegenbeugte. »Ein Jungvogel, schätze ich mal.«

Ich nickte. Und während er mir erzählte, dass diese Vogelart Mitte des neunzehnten Jahrhunderts in Großbritannien ausgestorben war, wurde seine Stimme leiser und leiser, bis auch der Trubel vom Markt verstummte.

Aufgeweckt durch ein cholerisches »Pii-jüli, pii-jüli« versuchte ich mich aufzurichten. Verdammt! Trotz des neu eingestellten Medikaments schlief ich nach wie vor ohne Vorwarnung ein. Dabei sollten mich diese stärkeren Tabletten doch vor unkontrollierten Schlafschüben bewahren. Oder lag es tatsächlich an der Umstellung, so wie Mutters hoch geschätzter Nachbar klugscheißerte? Ich schüttelte meinen Kopf und fuhr mir durchs Haar.

»Nein, es liegt nicht an der Insel!«

»Was?«, fragte der Fischverkäufer, der direkt neben mir kniete und eine Decke unter meinen Kopf schob.

Er blickte mich fragend an.

»Ach, ich dachte nur über die medizinische Prognose eines angehenden Arztes nach«, versuchte ich die laut ausgesprochenen

Gedankenfetzen zu erklären. »Jener angehende Arzt, der da meint, es läge an der Umstellung vom Festland auf die Insel.«

Er nickte, obwohl ich in seinem Blick deutlich Skepsis erkennen konnte.

»Ich hole Ihnen schnell ein Glas Wasser«, murmelte er und verschwand in der Seitentür seines Fischstandes.

»Wodka wäre mir jetzt lieber«, erwiderte ich beschämt.

Die Menschen umher starrten mich an, während sie zwanghaft versuchten, so zu tun, als wäre es ihnen peinlicher als mir.

»Mit Wodka kann ich leider nicht dienen, aber mit einem Glas Sprudelwasser. Das wird Ihnen guttun bei der Hitze. Die meisten Menschen trinken schlichtweg zu wenig, wissen Sie. Und schwupps, kippen sie um.«

Ich griff nach dem Glas.

»Sie haben doch wohl keinen Rettungsdienst oder so gerufen?«

»Nein, aber wenn Sie möchten …«

»Nein, nein, völlig okay. Ich brauch keinen Arzt.«

Er atmete zufrieden aus.

»Puh, Sie haben mir einen ganz schönen Schrecken eingejagt.«

»Und Benji anscheinend auch«, sagte ich und zeigte auf die umgefallene Strandtasche, vor der sich Benji mit weit aufgestellten Flügeln auftat und den Fischverkäufer anzischte.

Noch etwas benommen trank ich das Glas Sprudelwasser aus, bedankte mich und setzte Benji zurück in die Strandtasche. Doch bevor ich mich auf den Weg zu meinem Fahrrad begab, kaufte ich ein Dutzend Sprotten. Versprochen ist schließlich versprochen.

KAPITEL 7

Hühnergott und Vogelschiet

Ich war zurück nach Nieblum geradelt, um das Leihrad abzugeben. Ein kurzer Check durch den Verleiher, dann durfte ich gehen. Benji wurde zunehmend unruhig, was ich auf das Schachbrett schob, mit dem er sich die Strandtasche teilen musste. Allerdings lag es weniger an der Enge als an einem Bedürfnis, an das ich nicht gedacht hatte. Voller Entsetzen starrte ich in den hinteren Teil von Mutters geliebter Strandtasche, in dem sich ein großer Haufen Vogelkacke befand. Nicht etwa fest, so wie ich es vom Meerschweinchen meiner Schulfreundin kannte, nein. Vielmehr war Benjis Ausscheidung mit hellgrünem Spinat vergleichbar, welcher suppend am Karton meines Schachbrettes hinab und über die eingewickelten Sprotten lief.

»Igitt, Benji!«, entfuhr es mir.

Entsetzt eilte ich zum Strand hinunter auf einen der freien Strandkörbe zu, um meinen befiederten Begleiter aus seinen

Exkrementen zu befreien und meine Neuerwerbung zu retten. Benji schien den erhitzten Sand unter seinen Füßen nicht zu mögen und versuchte, im Stelzenbein-Humpelschritt zum feuchten Ufer zu gelangen. Dabei flatterte er unterstützend mit seinen Flügeln, hob aber keinen Zentimeter vom Boden ab. Ein kleines bisschen hoffte ich ja auf ein Wunder, auf ein Abheben von Benji und ein eventuelles Goodbye mit Happy End. Aber der mir mittlerweile ans Herz gewachsene Säbelschnäbler watete stark humpelnd, statt gen Süden zu fliegen, im kniehohen Wasser umher und suchte erfolglos nach Getier. Erschöpft ließ ich mich in einen Strandkorb fallen. Das Rauschen der heranbrausenden Wellen vermittelte mir das wundervolle Gefühl von Urlaub am Meer. Ich schloss meine Augen. Für einen Moment wollte ich nicht an das Säubern der Strandtasche denken. Auch nicht an meine Zweifel oder Ängste, die mich beim Gedanken an meine bevorstehende Aufgabe, meinen Traumjob heimsuchten.

»Mit geschlossenen Augen sind Sie noch schöner«, sagte eine mir bekannte Stimme.

Erschrocken fuhr ich aus meiner bequemen Sitzposition hoch.

»Fritz, was tun Sie denn hier?«

»Ich habe gewissermaßen Feierabend und dachte, ich entspanne noch ein wenig am Strand, bevor ich mich in mein kleines, aber durchaus nobles Personalzimmer zurückziehe. Wie ich hörte, hat der Seevogel die letzte Nacht äußerst angenehm auf einem Kopfkissen verbracht.«

Ich spürte die Röte, die sich durch mein Gesicht fraß.

»Ja, er mag es unheimlich, sich auf Federkissen zu betten.«

Fritz blickte zum Strand hinunter zu Benji.

»Man könnte glatt neidisch werden auf den kleinen Kerl. Es scheint ihm schon viel besser als gestern zu gehen, abgesehen von seinem Bein. Allerdings wundert es mich, dass er nicht längst weggeflogen ist.«

Ich zuckte mit den Schultern.

»Vielleicht hat er Flugangst oder kann nicht fliegen.«

»Dann sollten wir es ihm beibringen«, witzelte Fritz.

Allerdings schien mir das gar keine so üble Idee zu sein. Immerhin könnte Benji so seinen Artgenossen in den Süden folgen, obwohl mir Fritz erzählte, dass einige Säbelschnäbler den Winter auf der Insel verbringen, wenngleich dies auch meist ältere Tiere waren.

»Wann beginnen wir?«, fragte ich begeistert, während sich Fritz mir gegenüber in den Sand setzte.

»Es war ein Scherz, nichts weiter.«

»Warum sollte man einen Seevogel nicht zum Fliegen motivieren können?«

Fritz starrte mich skeptisch an.

»Entweder wollen Sie mich veräppeln oder Sie sind die verrückteste Frau, die ich je kennengelernt habe.«

»Okay, damit kann ich leben.«

»Sie meinen es tatsächlich ernst, oder?«

Ich nickte, schob Fritz die Strandtasche zu und bat ihn, einen Blick auf den Inhalt zu werfen. Instinktiv wich er naserümpfend zurück.

»Das da ist alles von einem einzigen Seevogel? Unfassbar!«

»Allerdings«, kicherte ich etwas verlegen. »Denken Sie, dass diese Konsistenz normal ist, abgesehen von dem Geruch?«

»Ich habe nicht die geringste Ahnung. Aber wir könnten es herausfinden.« Er hielt mir seine Hand entgegen. »Was halten Sie von einem Spaziergang in ruhigere Strandabschnitte, wo wir vielleicht auf einige seiner Artgenossen treffen?«

»Jetzt?«

»Klar, wenn Sie gerade abkömmlich wären und Lust auf eine Exkursion ins Reich der Vogelexkremente hätten.«

Lachend stimmte ich zu. Und auch Benji, der vom Wasser zurückgehumpelt kam, stimmte freudig mit einem »Pii-jüli, pii-jüli« ein.

»Aber zuvor sollte ich die Sauerei aus Benjis Tragetasche entfernen«, sagte ich und eilte zum Wasser, um Mutters gutes Stück auszuspülen, mein Schachbrett zu reinigen und die Folie, in der Benjis Abendbrot eingewickelt war.

Fritz hielt an einer ruhigen Stelle inne und sah sich um.

»Komisch«, murmelte er. »Weit und breit kein Säbelschnäbler in Sicht.«

Ich hingegen genoss den Spaziergang, obwohl sich der Tragegurt der Strandtasche zunehmend in meine angebräunte Schulter fraß. Lächelnd stellte ich Benji im feuchten Sand ab, streifte meine Sandalen von den Füßen und lief auf die Wellen zu, die sich rhythmisch über den sandigen Boden ergossen. In der Ferne war ein Boot zu sehen, das übers Wasser glitt. Möwen folgten ihm. Unter meinen Füßen spürte ich etwas Steinähnliches. Neugierig beugte ich mich nach vorn.

»Schauen Sie, was ich gefunden hab«, jubelte ich. »Einen Hühnergott.«

Fritz kam näher. Er blickte auf den löchrigen Stein in meiner Hand. Dann tief in meine Augen.

»Darf ich Sie küssen?«, fragte er ungeniert, ohne jede Vorwarnung.

Ich stand wie angewurzelt da und bekam kein Wort heraus. Meine Knie begannen zu zittern, mein Herz wie wild zu pochen. Ich schloss meine Augen und hielt den Atem an. Dann spürte ich seine Lippen. Behutsam presste er sie auf meinen Mund, während seine Hand durch mein herabhängendes Haar glitt. Eine Explosion der Gefühle ergoss sich, als flögen tausend Schmetterlinge zugleich durch meinen Körper, gefolgt von einer Ameisenarmee, die über meine Haut zu marschieren schien. Vorsichtig öffnete ich die Augen. In meiner rechten Hand hielt ich krampfhaft den Hühnergott, als wäre er die Lampe Aladins, die mir gerade den erotischsten Wunsch beschert hatte. Fritz lächelte mich an.

66

»Ich hoffe, Sie ohrfeigen mich jetzt nicht.«

Ich? Ihn ohrfeigen? Ganz im Gegenteil. Ich nahm allen Mut zusammen, schwang meine Arme um seinen Hals und drückte meine Lippen auf seine, bis Benji, der aus seiner Tasche geschlüpft war, mit dem Schnabel gegen unsere Beine schlug.

»He Kleiner, was soll das?«, ermahnte ihn Fritz. »Ich glaube, er will den Anstandswauwau mimen.«

»Oder uns an die eigentliche Aufgabe erinnern.«

»Gut, dann stopfen wir unseren Mister Hinkebein mal wieder in seine Tasche und laufen noch etwas weiter in die Dünen hinein.«

Ich sah Fritz zu, wie er liebevoll den Säbelschnäbler zurück in Mutters Strandtasche setzte. Besonnen strich ich über meine noch angefeuchteten Lippen. War das gerade wirklich geschehen? Ich fühlte mich mit einem Mal größer, schöner und fraulicher als je zuvor. Mein erster echter Kuss, wenn man den von Ingo Lohmann aus der 10b nicht mitrechnete, den er mir zum Abschlussball versehentlich auf den Mund drückte, als er beim Ballontanz abgerutscht war. Ich musste kichern beim Gedanken an diesen Tanz. So einen unsinnigen Tanz konnte sich auch nur unsere überkatholische Religionslehrerin ausdenken, die stets um unser biologisches Gleichgewicht bangte. Selbst auf Klassenfahrten trennte sie euphorisch die Geschlechter voneinander, um jede sich anbahnende Liebe zu verhindern.

»Da hinten, das könnte ein Säbelschnäbler sein!«, rief Fritz, der mit Benji und meinem Schachbrett vorausgegangen war. Aus den Gedanken gerissen, folgte ich mit meinen Sandalen in der Hand. Den Hühnergott – den Stein des Glücks – umgriff ich fest mit der anderen. Ich war mir sicher, dass dieser Stein mein Leben verändern würde. »Es sind sogar zwei!«, rief Fritz und zeigte auf eine Erhöhung.

Ich blinzelte hinüber. Und tatsächlich, im grellen Sonnenlicht standen zwei Seevögel, die Benji zum Verwechseln ähnelten.

»Mit etwas Glück finden wir auch ihre Häufchen«, erwiderte ich und stapfte barfüßig auf die Stelle zu.

Als wir näher an die Vögel herantraten, drohten sie mit grellen Schreien und setzten zum Abflug an. Benji beobachtete das Schauspiel interessiert aus der Strandtasche heraus. Was er wohl in diesem Moment dachte? Fritz setzte die Tasche ab und legte das Schachbrett daneben.

»Mich wundert, dass er den Fisch noch nicht gefressen hat, der in der Tasche liegt«, meinte er und tätschelte Benjis Kopf.

»Er ist eben ein Gentleman und möchte mit mir gemeinsam zu Abend speisen oder aber er wartet darauf, dass ich sein Abendmahl ablutsche«, scherzte ich, während mir eine Frage im Kopf herumspukte:

Sollte ich den taffen Kellner, dessen Kuss mich vor wenigen Minuten in den siebten Himmel katapultiert hatte, duzen oder siezen?

Fritz schien sich dieselbe Frage zu stellen. Geschickt wich er einer persönlichen Anrede aus. Vielleicht hatte er ebenso wenig Erfahrung im *Verliebt-Sein* wie ich. Und auch die alte Schulregel *Geküsst = miteinander gehen* half mir ehrlich gesagt nicht weiter, zumal ich schon eineinhalb Falten über's Teenageralter hinaus war. Sollte ich vielleicht einfach nach seiner Hand greifen und sie festhalten, so wie es die Liebespaare am Strand taten? Das Gefühl von Zugehörigkeit, das Zur-Schau-Tragen seiner Zuneigung, all das eben, was eine Liebesbeziehung ausmachte. Während ich vor mich hinrätselte, fand Fritz, wonach er gesucht hatte. Und er nahm es in die Hand.

»Es riecht weniger unangenehm und ist viel heller als Benjis Stuhl. Scheint, als hätte unser Sorgenknabe vielleicht doch irgendeinen Virus oder so. Riechprobe und Urteil?«

Er streckte mir seine Hand entgegen. Ich wich zurück und starrte auf die sandummantelte Ausscheidung, die nicht nur heller, sondern kreideweiß war. Nannte er es gerade Stuhl?

Für mich sah das eher nach einer Handvoll Alpina-Weiß aus. Besorgt nickte ich.

»Ja, scheint mir auch so.«

Aber keinesfalls war ich bereit, daran zu schnuppern. Und auch der Gedanke, mit Fritz Hand in Hand am Strand entlangzuschlendern, wich zunehmend dem aufkommenden Ekel. Ich rubbelte an dem Hühnergott, schloss meine Augen und konzentrierte mich ganz fest. Wenn er tatsächlich Wünsche erfüllen konnte, dann konnte er Fritz auch zum Händewaschen bewegen. Fehlanzeige! Statt zum Wasser zu laufen, ließ Fritz den leicht angetrockneten Stuhlgang zurück in den Sand plumpsen und rieb seine Hände aneinander. Dann blickte er mich lächelnd an.

»Wir könnten übermorgen rüber nach Sylt fahren, wenn das okay ist.«

Wow! Sylt, die Insel der Promis. Nur Fritz und ich.

»Ja, gern.«

»Gut, dann besorge ich uns dort einen Termin.«

Einen Termin? Er hatte sich gewiss versprochen. Er meinte bestimmt einen Tisch in einem besonderen Restaurant. Ich nickte.

»Ja, ich freu mich.«

Sofort ging ich in Gedanken meine Kleider durch, die ich mitgenommen hatte. Welches konnte ich zu diesem Anlass tragen? Und vor allem welche Schuhe?

»Der Tierarzt soll einer der Besten sein«, merkte Fritz an und zerstörte damit meine Vorfreude auf ein weiteres Rendezvous.

Aber wenigstens war damit die Kleiderfrage geklärt. Das schlichte Montagskleid würde es also locker tun.

KAPITEL 8

Keine Kompromisse

Zurück im Hotel erwartete mich bereits der Chef des Hauses persönlich. Nicht etwa, weil er mich begrüßen wollte, nein. Vielmehr erläuterte er mir die Hausordnung, die besagte, dass Tiere im Hotel untersagt waren. Erstaunt über diese Belehrung zeigte ich auf eine Dame mit Hut, die gerade aus dem Lift schritt mit einem Mops an der Leine.

»Aber diese Dame hat doch auch ein Tier.«

Der Chef lächelte verlegen.

»Diese Dame ist Miteigentümerin des Hauses und kein Gast.«

Ah ja, das Hotel, für das meine Mutter all ihre Ersparnisse geopfert hatte, schien also mit zweierlei Maß zu messen. Enttäuscht darüber senkte ich mein Haupt und blickte zur Strandtasche.

»Darf er wenigstens noch bis morgen bleiben, bis ich eine andere Unterkunft für mich und ihn gefunden habe?«

»Selbstverständlich. Allerdings erstatten wir vorausgezahlte Beträge nicht zurück, sofern Sie in Erwägung ziehen, vorzeitig auszuchecken.«

Ich zwang mich ernsthaft, die gute Kinderstube meiner Erziehung zu repräsentieren und lächelte, wenn auch theatralisch.

»Leider zwingt mich Ihre Hausordnung dazu. Aber seien Sie beruhigt, ich werde Sie auf Garantie nicht weiterempfehlen, wenn ich zukünftig auf Sendung bin.«

Fritz stand etwas abseits. Er verfolgte das Gespräch und signalisierte mir mit einer eindeutigen Geste, dass er meine Entscheidung guthieß. Bestärkt davon nickte ich zum Abschied und ließ den Chef des Hauses unbeachtet seiner versuchten Milderungstaktik stehen. Ein geiles Gefühl, wenn ich das an dieser Stelle erwähnen darf. Allerdings auch mit einer ernüchternden Konsequenz: Wohin so kurzfristig mit einem Vogel im Gepäck, der zu groß war, um als Wellensittich durchzugehen?

Auf meinem Zimmer angekommen streifte ich die Sandalen von den Füßen. Sie waren sandig und rieben unangenehm bei jedem Schritt, den ich tat. Benji, den ich aufs Bett gesetzt hatte, blickte mir nach, als ich im kleinen Badezimmer verschwand. Ob er meine Sorgen gerade teilte? Ich mutmaßte es, wenn auch mit Wehmut. Wie konnte dieser aufgeblasene arrogante Schlipsträger nur so herzlos sein. Wut stieg in mir auf. So viel, dass ich rote Wangen bekam. Dann spürte ich meine Muskelkraft schwinden. Zuerst im Gesicht, dann in den Beinen. Wie ein geknicktes Streichholz fiel ich zu Boden, unfähig, mich aufzufangen. Regungslos lag ich auf den Fliesen. Nein, ich war nicht wie üblich eingeschlafen, ich war hellwach. Ein Zustand, der mich ängstigte und den ich zuvor nur aus Prospekten meiner Ärztin kannte. Ich hatte einen kataplektischen Anfall, ausgelöst durch einen Affekt wie Lachen, Ärger oder Überraschungen. Warum man diesen Anfall auch Lachschlag nannte, war mir in diesem Moment rätselhaft. Das Lachen war mir nämlich mehr als nur vergangen. Mein Blick fiel auf einen gefalteten Zettel, der unter dem hängenden Toilettenbecken lag. Ich musste ihn dort verloren haben. Es war der Zettel, auf dem die Telefonnummer und Adresse von Erna stand. Langsam kehrten meine Reflexe zurück. Ich schob meine Hand allmählich in Richtung der Notiz, die meine Rettung sein konnte. Vorausgesetzt, dass besagte Erna nichts gegen einen Sprotten fressenden Säbelschnäbler einzuwenden hatte. Noch ein kleines Stück, dann hielt ich ihn in meiner Hand. Benji rief unterdessen nach mir. Und auch wenn ich ihn nicht sehen konnte, hörte ich doch aus seinen Rufen die Sorge heraus. Gewiss stand er am Rand des Bettes und rang mit sich, hinabzuspringen.

»Ja, ja, ich komme ja gleich«, versuchte ich, ihn zu beruhigen. »Und dann bekommst du dein Abendbrot.«

Dabei fiel mir ein, ich hatte ja selbst noch keines. Ich liebte meinen gefiederten Zimmergenossen über alles, war mir aber bewusst, dass ich ihn ins Restaurant nicht hineinschmuggeln konnte. Vielleicht ließ er sich ja mit genügend Sprotten eine Zeit lang ablenken. Nur so lange, bis ich gegessen und uns eine neue, dauerhafte Bleibe gesichert hätte.

Das Hotelrestaurant war ohne Fritz nicht dasselbe. Es wirkte irgendwie trister als sonst. Vielleicht lag es aber auch nur an seinem Lächeln, welches jeden Raum erhellte, den er betrat. Natürlich hätte ich viel lieber mit Fritz gemeinsam zu Abend gegessen. Aber auch dem stand eine Hotelregel gegenüber, die besagte, dass Mitarbeiter ihre rabattierten Speisen nicht im Gastraum einnehmen durften. Eine bescheuerte Regel, wie ich fand. Aber was nutzte es, sich darüber aufzuregen, wo doch meine Stunden im Hotel längst gezählt waren. So jedenfalls mein Beschluss. Ob Mutter damit einverstanden war, wollte ich vorerst weit von mir wegschieben. Wenigstens so lange, bis ich mir eines der angepriesenen Gästezimmer bei Erna gesichert hatte. Dann erst wollte ich es meiner Mutter mitteilen und dies mit guten Argumenten begründen. Und diese mussten wahrlich überzeugend sein, denn immerhin verzichtete ich Benji zuliebe auf Mutters eingebrachtes Sparvermögen. Ich blickte auf den Zettel mit Ernas Telefonnummer in meiner Hand, während ich die separierte Gästespeisekarte schloss und zur Mitte des Tisches schob. Gleich nach meiner Bestellung wollte ich sie anrufen und ihr mein gefiedertes Problem schildern.

»Sie haben gewählt?«, fragte mich der Kellner freundlich.

Er wirkte unsicher und schien noch nicht lange im Restaurant zu arbeiten.

»Abend-Menü B«, erwiderte ich. »Aber bitte anstatt der Speckbohnen mit Mischgemüse.«

Er notierte nickend.

»Welches Getränk darf ich Ihnen bringen?«

»Ich hätte gern eine *Tote Tante*. Und das Sahnehäubchen darf gern doppelt so hoch sein wie üblich.« Etwas verwundert über meine Getränkewahl, verwies er auf die Kostenpflichtigkeit des Getränkes. »Ja, ich weiß«, versicherte ich ihm. »Und glauben Sie mir, kein Tag könnte passender für eine *Tote Tante* sein als der heutige. Schreiben Sie es an, auf Zimmernummer dreiunddreißig.«

Er nickte etwas skeptisch und notierte. Und fast schien es, als schwang ein Hauch Mitleid in seinem Nicken mit. Ich sah ihm nach, bis er in der Küche des Restaurants verschwand. Dann nahm ich allen Mut zusammen und tippte hoffnungsvoll Ernas Nummer ein. Immerhin war sie nicht nur meine letzte, sondern auch meine einzige Hoffnung.

Wie viel schlimmer konnte es noch kommen, wenn man beim ersten Satz bereits ins Fettnäpfchen trat und die Stimme der Hausherrin am Telefon für die ihres längst verstorbenen Mannes hielt?

»Ich bin Erna. Mein Mann verstarb übrigens vor neun Jahren.«

»Oh, ich dachte, Sie seien ... Entschuldigen Sie bitte.«

»Schon gut. Was kann ich für Sie tun?«

Ich zögerte, mit meinem Anliegen herauszurücken. Wieso hatte mir Frida Tietze nicht von der rauen, tiefen Stimme ihrer Freundin erzählt? Auch kannte ich nur den Vornamen von Erna, was ein Telefonat äußerst erschwerte. Dann fielen mir schlagartig Fridas Worte ein: *Aber das wissen Sie nicht von mir, Kindchen.* Wie um Himmels willen sollte ich erklären, an ihre Telefonnummer gekommen zu sein? Wie erklären, dass ich von ihrer illegalen Zimmervermietung wusste? Ich räusperte mich.

»Ich, ich ...«

»Ah, verstehe«, murrte Erna. »Sie haben gewiss Interesse an einer Besichtigung meines Hauses, oder irre ich?«

»Ähm, nein, ich meine ja.«

»Gut. Ich erwarte Sie morgen Mittag gegen dreizehn Uhr. Und grüßen Sie mir die Frida, auch wenn Sie sie angeblich nicht kennen und mir gleich erklären werden, sich nicht mehr an die Person zu erinnern, die mich Ihnen empfohlen hat.«

Ich musste grinsen. Alle Angst vor dem Telefonat war mit einem Mal verschwunden.

»Da ist noch etwas, was Sie wissen sollten.«

»Ja?«

»Ich hab einen Vogel.«

»Ach herrje, haben wir den nicht alle?«

»Nein, einen echten Seevogel, der derzeit bei mir im Hotelzimmer lebt.«

»Tiere kosten eine Spende in die Teebüchse extra. Ich hoffe, Sie mögen Tee mit Rum?«

»Klar«, stammelte ich überrascht. Nach all den *Toten Tanten* konnte mich ein Kännchen Tee mit Rum doch nicht erschüttern. »Ich freu mich schon sehr auf die Hausbesichtigung, wenn Sie verstehen. Und danke für die Einladung.«

Die alte Dame lachte.

»Danken Sie mir lieber erst, nachdem Sie die Regeln meines Hauses kennen.«

Ich schluckte. Schon wieder Regeln? Egal! Wenn Frida sie mir empfahl, konnte sie niemals so streng sein wie der Hotelchef. Vielleicht ein wenig kauzig, aber dennoch okay.

»Gut«, erwiderte ich. »Dann sehen wir uns morgen Mittag.«

Genüsslich schlabberte ich das heiße Kakaogetränk, nachdem ich das Sahnehäubchen vor seiner Zersetzung bewahrt und abgelöffelt hatte, und bat den Kellner, mir mein Abend-Menü einzupacken. Ich hatte kein gutes Gefühl dabei, Benji so lange im Zimmer allein zu lassen. Außerdem hatte ich ihm ein gemeinsames Abendbrot versprochen. Kurz darauf erschien auch schon der Kellner.

»Es liegen noch ein paar Sprotten bei, mit lieben Grüßen vom Koch.«

Erstaunt blickte ich zu ihm auf.

»Ähm, Sprotten, sagen Sie?«

Er nickte und beugte sich herab.

»Für Ihren Freund mit dem Schnabel«, flüsterte er.

Ich bedankte mich, griff die in Silberfolie verpackte Mahlzeit und eilte hinauf aufs Zimmer.

Benji hatte währenddessen seine Höhenangst überwunden und war irgendwie vom Bett gehopst. Sein fischiges Abendmahl hatte er samt Pappteller vom Bett geworfen und im Zimmer verteilt. Das ganze Ausmaß seiner Abenteuerlust schlug mir jedoch erst beim genaueren Hinsehen entgegen.

»Benji!«, rief ich entsetzt. »Du hast das ganze Zimmer vollgeschissen?« Mit seinen großen dunklen Augen starrte er mich verschämt an. Dann hinkte er mir entgegen, um mich zu begrüßen. Ich legte das Päckchen ab und ging in die Hocke. So angewidert ich auch war, ich konnte ihm nicht böse sein.

»Komm schon her, du Glückskind.«

Dabei tätschelte ich seinen Kopf, den er mir entgegenstreckte. Auf was hatte ich mich da nur eingelassen.

»Klopf, klopf«, hörte ich Fritz hinter mir. Er stand vor der geöffneten Tür und lächelte mich an. »Darf ich eintreten?«

»Ähm, klar.« Ich strich verlegen eine Haarsträhne hinters Ohr und blickte ihn freudig an. »Was machst du, ähm, machen Sie denn hier?«

»Ich hatte Sehnsucht.«

»Nach mir?«

»Nein, nach Benji.«

Betrübt senkte ich meinen Blick.

»Ach so, verstehe.«

Fritz schloss die Tür hinter sich, zog mich an sich heran und küsste mich fast ebenso innig wie am Strand.

»Natürlich nach dir«, flüsterte er in mein Ohr, bevor seine Hände meinen Körper fest gegen seinen pressten.

Wir waren also eindeutig über die Phase hinweg, in der man sich siezte. Ich genoss seine Zärtlichkeiten, seine Berührungen, während ich mich fragte, ob ich vielleicht nur ein Saisonflirt für ihn war.

»Hast du gesehen, was unser Sorgenkind angerichtet hat?«, fragte Fritz sich umblickend.

Ich nickte. Aber was war schon ein vollgekacktes Zimmer, wenn man gerade auf Wolke sieben schwebte, fernab von den realen Problemchen des Alltags.

»Ist im Nu wieder sauber«, versicherte ich, um gleich darauf auf Ernas geheime Pension zu kommen. »Und stell dir vor, ich hab wahrscheinlich eine gute Alternative zum Hotelzimmer gefunden, die wesentlich tierfreundlicher ist. Eine Pension, die ein Geheimtipp ist.«

»Wirklich?« Fritz strahlte. »Das ist ja wunderbar. Obwohl, dann sehe ich dich wahrscheinlich weniger als bisher. Und wer soll denn nun das Getränk des Tages anpreisen?«

Ich schlug ihn vor den Arm.

»Pass ja auf. Von wegen anpreisen. Es war vielmehr so was von peinlich, dass ich einfach eingeschlafen bin.«

»Autsch«, lachte Fritz. Dann wurde er ernst. »Geht es dir denn wieder besser? Ich meine, niemand schläft einfach so mitten im Restaurant ein, es sei denn, er ist krank.«

Da war es wieder, mein Problem, das mich von Wolke sieben ohne Fallschirm auf den Boden der Realität zurückwarf. Was sollte ich Fritz erzählen? Dass es nur ein Einzelfall war? Einer der bedauerlichen Einzelfälle, die noch öfters vorkommen würden? Ich schwieg stattdessen und ging wortlos ins Bad, um Papier zu holen.

»Was ist los? Warum sagst du nichts?« Fritz folgte mir. Seine Hände griffen nach meinen und hielten sie fest, während seine Augen Blickkontakt suchten. »Hör zu, ich mag dich. Nein, ich mag dich sogar sehr. Also sag mir bitte, was los ist. Bist du krank?«

»Nein«, log ich. »Mir geht's blendend. Es war nur ein bedauerlicher Schwächeanfall, nix weiter.«

»Sicher?«

»Ja, ganz sicher.«

»Gut, dann lass uns jetzt mal die Sauerei hier wegmachen, bevor der Chef des Hauses einen Herzinfarkt erleidet. Und dann erzählst du mir von dieser geheimen Pension.«

Ich schüttelte rebellisch meinen Kopf.

»Nein, das werde ich nicht. Oder was glaubst du, warum es *geheime* Pension heißt?«

Fritz lachte.

»Wetten, dass ich es aus dir herauskitzeln werde.«

KAPITEL 9

Der Tierärztekongress

Dass ich die Nacht nicht gut schlafen konnte, lag zum einen an meiner Gesundheits-Lüge gegenüber Fritz, zum anderen war ich nervös, was das Treffen mit Erna anbelangte. Ob sie mich wohl mögen würde? Wenn ja, was würde das Zimmer kosten? Und musste ich tatsächlich jeden Tag Tee mit Rum trinken? Tausend Fragen, die mir durch den Kopf spukten. Zu viele, um den Tag damit zu beginnen, dachte ich und zog die Bettdecke über meinen Kopf. Benji, der es sich neben mir gemütlich und zwischen Kopfkissen und Decke eine Kuhle getreten hatte, schlug mit seinem Schnabel gegen meinen Rücken.

»Lass das!«, mahnte ich ihn.

Es schien, als wollte er mich keine Minute länger schlafen lassen. Ich setzte mich zur Wehr und versuchte, ihn von meinem Rücken wegzuscheuchen. Aber er ließ einfach nicht locker.

»Na schön, du hast gewonnen. Aber beschwer dich später nicht, wenn ich schlecht gelaunt bin und deine Sprotten nicht ablutsche.«

»Quik, quik, quik«, schimpfte Benji und hopste beleidigt vom Bett, hinkte aber immer noch genauso wie am Vortag.

Ich stand auf und zog die Gardinen beiseite, um das Fenster zu öffnen. Hach, was für ein wundervoller Tag. Und es war noch jede Menge Zeit bis zum Treffen mit Erna, deren Nachnamen ich immer noch nicht kannte.

»Komm, Benji, wir laufen zum Strand hinunter. Dorthin, wo die vielen Surfer sind.«

Aber statt sich über die Idee eines spontanen Morgenausfluges zu freuen, suchte er nach einer geeigneten Stelle, um seinen morgendlichen Toilettengang zu absolvieren. Wunderbar, dachte ich und blinzelte aus dem Fenster zum Meer. Ich brauchte dringend einen Tüftler für Benjis Schiet-Problem, mit dem Ergebnis: Vogel-Klo. Ich schloss die Augen und lauschte dem Rauschen der Wellen, das sich mit Kinderlachen vermischte. Eine Geräuschkulisse, die es nur am Meer gab. Ein leises Klopfen an der Tür unterbrach meinen Weitblick.

»Hotelservice, guten Morgen«, schallte es auf dem Flur.

Ich huschte zur Tür, um Mia zu öffnen.

Mit einem ebenso charmanten Strahlen wie Fritz stürmte sie an mir vorbei.

»Ich hab Frühstück für Benji dabei und ein Reinigungsmittel für stark verschmutzte Teppiche.« Sie stellte den Kieler-Sprotten-Teller auf den Tisch, drapierte den Petersilienstängel neu und eilte raus auf den Flur zu ihrem Servicewagen. »Fritz erzählte mir bereits von dem Malheur. Aber hey, kein Problem. Jedenfalls nicht mit diesem Mittel hier.« Dabei hielt sie mir eine Schaumsprayflasche entgegen und fügte hinzu: »Der Mercedes unter den Teppichreinigern.«

Ehe ich mich versah, hatte Mia auch schon alle Häufchen von Benji aufgesammelt und mit der Reinigung begonnen.

»Wow, das Zeug riecht ja schon mal unglaublich gut«, bekräftigte ich sie.

»Ja, sage ich doch, die absolute Luxusklasse.« Dann streifte sie sich die Handschuhe ab und fuhr sich über die verschwitzte Stirn. »So, das muss jetzt ein paar Minuten einziehen, bevor ich es mit dem handlichen Feuchtsauger eliminieren kann.«

»Ah, okay.«

»Ist heute echt stressig, weil doch gleich die Tagung im Konferenzraum beginnt.«

»Welche Tagung?«, fragte ich, während ich über die Schaumhäufchen stieg, um mir ein Kleid aus dem Schrank zu angeln.

»Die Tierärzte tagen mal wieder, so wie jedes Jahr. Und wie jedes Jahr bedeutet das Ausnahmezustand für das Personal.«

Ich kicherte.

»Unter Ausnahmezustand stelle ich mir eine katastrophale Situation vor.«

Mia legte ihren Kopf in den Nacken und verschränkte die Arme.

»Ganz genau, das ist es auch. Eine katastrophale Situation, die in unbezahlten Überstunden und schmerzenden Gelenkentzündungen endet. Sie müssen wissen, diese Tierärzte saufen, was das Zeug hält. Und ab dem dritten Glas pinkeln die neben das Klo. Also ich glaub nicht, dass dabei jemals etwas Gutes im Sinne der Veterinärmedizin herausgekommen ist.«

Benji betrachtete derweil Mias Schaumhaufen neugierig von sicherer Entfernung aus und äugte hinterm Stuhl hervor. Völlig spontan streckte ich Mia meine Hand entgegen.

»Lass uns bitte Du sagen, ja? Ich bin Donna.«

Mia schmunzelte verlegen.

»Ich weiß nicht. Immerhin bin ich nur eine Servicekraft und Sie sind Gast in diesem Nobelhaus.«

»Stimmt. Allerdings checke ich mit etwas Glück noch heute aus und ziehe in eine private Unterkunft. Somit wäre ich kein Gast mehr.«

»Okay, das überzeugt mich.« Mia wischte ihre verschwitzte Hand am Schürzenbund ab und ergriff die meine. »Mia, das beste Zimmermädchen im ganzen Haus. Nur leider weiß das meine Vorgesetzte nicht.« Dabei schüttelte sie meine Hand und musterte mich misstrauisch. »Wo wir jetzt beim Du sind, darf ich da etwas Persönliches fragen?«

Ich war mit einem Mal supergut gelaunt. Alles lief perfekt und das Glück schien mir wohlgesinnt.

»Klar«, gab ich fröhlich gestimmt den Startschuss für Mia, deren Lächeln sich plötzlich in ein höhnisches Grinsen verwandelte.

»Zwischen meinem Bruder und dir, da läuft doch was, oder? Und ich meine mehr als nur die adoptionselterliche Fürsorge für Benji.«

Wow! Mia schien wahrhaft kein Blatt vor den Mund zu nehmen, was mir einerseits gefiel, mich andererseits aber in eine verzwickte Lage katapultierte. Hatte sie denn noch nie was von den Fragen gehört, die man einfach nicht fragte? Die Sorte Fragen, die schlichtweg unterm Teppich schlummern sollten, weil sie einfach zu schamhaft für die Zielperson waren.

»Ähm, was ist das denn für eine doofe Frage?«, stotterte ich mich aus der miserablen Situation heraus.

Die Schamesröte, die mir ins Gesicht schoss, verriet ungewollt meine Pein. Was sollte ich darauf auch antworten? Ja, wir haben geknutscht? Völlig verunsichert davon suchte ich nach meinen Schuhen, obwohl sie direkt zu meinen Füßen standen.

Mia spürte meine Unsicherheit.

»Ups, da bin ich wohl mit der berühmten Tür ins Haus gefallen.«

Mia hatte ja keine Ahnung, wie sehr sie den Nagel auf den Kopf getroffen hatte.

»Ach was, nicht so schlimm«, murmelte ich, während ich mir die Sandalen anzog. Dabei versuchte ich so cool wie möglich zu wirken. »Und nochmals danke für deine Hilfe und für Benjis Frühstück. Hach, ich würde ja auch gern das Frühstücksbuffet im Restaurant stürmen, zumal es vielleicht das letzte für mich ist, aber mit Benji ist das einfach unmöglich.«

»Stimmt«, erwiderte Mia nachdenklich. Mit einem *Ritsch* zog sie sich einen gummierten Handschuh über. »Auf dem Zimmer lassen geht auch nicht, wie man unweigerlich erkennen kann. Hm, ich hätte da vielleicht eine Lösung.« Sie lief zum Servicewagen und warf den handlichen Minifeuchtsauger an, um die mittlerweile eingezogenen Schaumhäufchen zu entfernen. »Ich könnte ihn bei Frau Becker abgeben, unserer Wäschewächterin!«, rief Mia.

»Und du meinst, dass das klappt?«, rief ich lautstark zurück, um den Lärm des Saugers zu überstimmen.

Dieses Ding war zwar klein, aber es machte Krach für zwei große Sauger.

»Ja, ich denke schon. Sie sortiert die Wäsche fürs Hotel und ist die gute Seele des Hauses.«

Eine gute Seele konnte ich wahrlich gebrauchen. Einen Tierarzt allerdings auch.

»Du, sag mal, diese Konferenz heute, gibt es da eine Möglichkeit, an einen der Tierärzte heranzukommen?«

»Ich glaube nicht!«, rief Mia und schaltete das lärmende Saugwunder ab. »Die Ärzte haben quasi inkognito eingecheckt. Da wird sich keiner von denen Benji widmen, solange es nicht um Leben oder Tod geht.«

Ich kämmte enttäuscht mein Haar und blickte auf Benji, der mir ins Bad nachgehumpelt kam.

»Dann wird es eben um Leben oder Tod gehen! Ich werde es auf jeden Fall versuchen. Aber vorher sollte ich dringend etwas frühstücken.« Motiviert griff ich nach Mutters Strandtasche. »Komm, Benji, hinein mit dir.«

»Ein Versuch macht klug«, erwiderte Mia. »Ich drück dir jedenfalls die Daumen. So, und jetzt gehst du mal schön das Buffet abräumen, während ich Benji zu Frau Becker bringe.«

Mit einem eleganten Schwung griff ich nach meiner überaus praktischen Bauchtasche, die als Gürtel getarnt genügend Stauraum für meine Tabletten und die Geldbörse bot.

»Danke, Mia. Ich weiß gar nicht, wie ich das wiedergutmachen kann.«

Mia grinste. Und das fast ebenso höhnisch wie Minuten zuvor.

»Ich wüsste da schon was.«

»Okay, raus damit«, forderte ich sie auf, obwohl mir ehrlich gesagt etwas mulmig dabei war.

Was, wenn sie mir jetzt doch eine Antwort bezugnehmend meiner Gefühle ihrem Bruder gegenüber abverlangte? Ich hielt die Luft an.

»Michael Mayer.«

»Was?«

»Du weißt schon, dein zukünftiger Boss und der aufregendste Mann auf der ganzen Insel.«

Ich blies die Luft, die ich angehalten hatte, mit einem Seufzer der Erleichterung aus.

»Ja, ja, ich weiß, wer er ist.«

»Es wäre so irre, wenn du mir ein …«

Bitte sag jetzt kein Date, schoss es wie ein Sekundenblitz durch meinen Kopf. Wie in Trance starrte ich auf Mias Lippen, die sich wie in Zeitlupe zu einem *A* formten.

»A.U.T.O.G.R.A.M.M. besorgen könntest.«

Boa. Erleichtert fiel ich ihr spontan um den Hals.

»Aber klar doch, gern.«

»Gut, dann bringe ich jetzt Benji runter in die Wäschestube. Merk dir bitte Zimmernummer zwei.«

Ich nickte und eilte hinaus auf den Flur, meinem vielleicht letzten Drei-Sterne-Frühstück entgegen.

»Aber vergiss nicht, ihn abzuholen!«, hörte ich Mia auf dem Treppenabsatz noch rufen.

Den Lift hatte ich absichtlich ignoriert.

Das Frühstück ist die wichtigste Mahlzeit am Tag, hatte mir Mutter eingetrichtert und immer auf *ordentlich was drauf* verwiesen. Damit meinte sie die Beilage, an der bei uns im Haus nie gespart wurde. Marmeladentoast war was für Anfänger, laut Mutter. Der Profi-Frühstücker stapelte sich Knackwurst aufs Toast, welches er zuvor ordentlich mit einem Gemisch aus Butter und Frischkäse bestrichen hatte. Am Ende war das Toast nur eine Haltefunktion für das Obendrauf, welches den Löwenanteil ausmachte.

Ich gesellte mich in die Reihe der Hotelgäste, die wie ich Vollpension gebucht hatten, und blickte an mir herunter. Trotz Mutters deftigem Frühstück in all den Jahren war ich schlank gewachsen. Vielleicht etwas groß, aber kein bisschen dick. Mit einem Meter achtundsiebzig und achtundsechzig Kilo lag ich voll im BMI – dem Body-Maß-Index. Die Haarfarbe hatte ich von meiner Mutter, schwarz wie Ebenholz. Ich ringelte eine Haarsträhne um meinen Finger und kicherte leise vor mich hin. Mutter verglich unser Haar tatsächlich immer mit dem Holz eines Baumes. Vater hingegen hatte schon frühzeitig eine Glatze bekommen. Als er uns verließ, thronte ein Toupet auf seinem Haupt.

»Nun greifen Sie schon zu oder gehen Sie zur Seite«, maulte eine aufgedonnerte Dame hinter mir.

Sie drängelte sich an mir vorbei mit dem Zielpunkt: vegane Produkte.

Ich griff einen leeren Teller und legte mir provokant von jeder noch so fettigen Echtwurst ordentlich etwas drauf. Mutter wäre jetzt gewiss stolz auf mich. Den Salat ließ ich links liegen und steuerte zur Käseecke des Buffets, gefolgt von der aufdringlichen Dame.

»Veganen Käse gibt's hier nicht«, teilte ich ihr mit, worauf sie mich mit einem entsetzten Blick strafte.

»Natürlich gibt's den hier, Sie müssen nur nach dem Siegel *Vegan* gucken.« Dabei presste sie ihren Busen gegen meine Schulter, um nach dem ersehnten Unecht-Käse zu grapschen. »Und sogar den Guten, den mit dem Bio-Siegel.«

Ich ließ mich auf einen kurzen Blick ein und stellte zu meinem Erstaunen fest, dass dieser Käse tatsächlich rein pflanzlich und so was von vegan war, dass ich mich fragte, weshalb er unbedingt auch noch sojafrei sein musste. Sojabohnen wären meines Erachtens wenigstens ein essbarer Inhaltsfaktor gewesen. Der veganen Dame schien er jedenfalls zu schmecken. Zwei Scheiben landeten direkt in ihrem Mund, bevor sie den künstlichen Käse zu Hauf auf ihren Teller auftürmte.

»Probieren Sie ruhig mal«, schmatzte sie mir begeistert ins Ohr und ging dezent zur Süßspeise über.

Ich und dieses undefinierbare Etwas kosten? Niemals! Auch fand ich es fragwürdig, weshalb ein Stück pflanzliches Nichts, ein Placebo der Lebensmittelindustrie ausgerechnet wie ein echter Käse aussehen musste. Ich Nicht-Veganer verlangte doch auch keine Wurst in Möhrchenform. Die aufdringliche Dame hatte derweil eine Konfitüre gesichtet, die sie mir ebenfalls empfehlen musste.

»Die da, ganz hinten links, die müssen Sie versuchen. Ein irdischer Traum, sag ich Ihnen.« Dabei stupste sie mich freundschaftlich an. »Ich bin übrigens die Inge. Und ick komme aus Berlin.« Sie lachte und hustete zugleich. »Det hätten Se nich jedacht, wa? Ick kann nämlich och richtig hochdeutsch.«

Erneut lachte sie auf. Ihr Busen, der locker eine kleine Fußballmannschaft hätte nähren können, wackelte ordentlich mit.

»Freut mich sehr, Donna Röschen«, stellte ich mich höflich vor und hoffte inständig, dass ich nicht ihre Hand mit den zuvor abgelutschten Fingern schütteln musste.

»Sind Sie schon länger auf Föhr?«

Ich nickte.

»Den vierten Tag.«

Sie schlug mir freundschaftlich auf die Schulter, was mein Gleichgewicht in Schieflage brachte.

»Dafür sind Sie aber noch ziemlich blass um die Nase. Oder meiden Sie die Sonne aus allergischen Gründen? Gibt ja heutzutage dutzendweise neue Allergien, die es früher nicht gab.«

»Nein, ich bin allergiefrei und sonnentauglich«, bestätigte ich, worauf Inge aus Berlin einen erneuten Hustenlachkrampf bekam.

»Sie sind 'ne Ulknudel, das gefällt mir.«

»Und verdammt hungrig«, fügte ich hinzu, in der Hoffnung, die letzte Hürde zum Kaffeeautomaten nehmen zu können.

Und es gelang mir auch tatsächlich.

»Hierher«, winkte die taffe Berlinerin. »Ick hab Ihnen einen Platz zu meiner Rechten freigehalten.« Dabei klopfte sie ordentlich aufs Polster des Stuhls. Etwas missmutig setzte ich mich. Dabei hätte ich doch viel lieber die Ruhe beim Frühstück bevorzugt. Nun musste ich mich mit einer geschwätzigen Urlauberin auseinandersetzen und bereute zutiefst, sie am Buffet geneckt zu haben. »Sehen Sie ock gut det Meer? Deshalb sind wir schließlich doch ock da.«

»Ich nicht«, rutschte es versehentlich aus mir heraus.

»Wie soll ick det denn verstehen? Sie machen Urlaub auf einer Insel, Schätzchen. Da ist det Meer allgegenwärtig.«

»Ich weiß. Allerdings mache ich keinen Urlaub, sondern eine Ausbildung zur Radio-Moderatorin.«

Inge bestrich ihre aufgeschnittenen Brötchenhälften, die sie Schrippen nannte, mit veganem Streichfett, belegte sie mit jeder Menge Unecht-Käse und gab einen Marmeladenklecks obendrauf.

»Radio, sagen Sie? Und wo, wenn ick fragen darf?«

»Bei *Welle 33*.«

»Schätzchen, ich kenne mich etwas in der Branche aus. Radiomoderator ist kein Ausbildungsberuf, sondern ein Job für Quereinsteiger. Quasi für Quasselstrippen wie mich oder Menschen, die sich auszudrücken wissen. Und det können Sie ja schon einmal ganz gut, denke ick.«

Verschämt blickte ich mich um.

»Ich nenne es nur Ausbildung, weil es klangvoller ist, als zu sagen: Ich volontiere beim Radio. Meine Mutter hätte mich sonst nie auf diese Insel gelassen.«

»Verstehe«, murmelte Inge. »Im Grunde genommen ist es auch dasselbe, nur heißt es eben anders. Darf ick fragen, wie lange Sie volontieren?«

»Zwei Jahre, mit dem Hauptziel, später eine eigene Radiosendung zu moderieren.«

»Na, da haben Sie sich ja was richtig Gutes vorgenommen.«

Mein Blick fiel zur Uhr.

»Ach herrje, schon so spät?« Hastig stopfte ich den letzten Bissen in meinen Mund, kramte meine Tablette aus der Bauchtasche, nahm sie ein und trank den Kaffee in einem Zug leer. »Ich hab noch einen wichtigen Termin am Mittag«, entschuldigte ich meine Eile. »Und für Benji muss ich auch noch einen Tierarzt besorgen. Sollen ja genügend im Hotel gerade sein«, murmelte ich in mich hinein.

Inge setzte gelassen ihre Tasse Tee ab und wies zum Nebentisch. Dabei beugte sie sich etwas zu mir rüber.

»Der ältere Grauhaarige da, das ist ein Veterinärmediziner.«

Offenbar hatte sie verdammt gute Ohren.

»Ehrlich?«

Inge nickte.

Selbstbewusst sprang ich auf und steuerte zum Nebentisch.

»Sie verzeihen die Störung«, unterbrach ich die gut gekleideten Herren, die mich alle fragend anblickten. »Ich habe gehört, dass ein Tierarzt hier am Tisch sitzen soll und wollte fragen, ob Sie vielleicht mal nach meinem schwer erkrankten Vogel schauen könnten.«

Dabei fixierte ich den ergrauten Herren, der sich elegant die Mundwinkel abtupfte und mich anlächelte.

»Ein Vogel, sagen Sie? Welcher Art?«

»Ein Säbelschnäbler.«

Ein Raunen ging durch die Runde. Die Männer blickten sich erstaunt an, dann mich.

»Sie haben einen Säbelschnäbler daheim?«

»Nicht daheim, sondern hier im Hotel.«

»Und was fehlt ihm?«

»Er hinkt und kann nicht fliegen. Und er hat komischen Stuhlgang.«

Der grauhaarige Mann nickte, stand auf und reichte mir seine Hand.

»Prof. Dr. Friedmann, Amtsveterinär, Robbenliebhaber und Vogelkundler. Da haben Sie rein zufällig den Richtigen angesprochen. Wo befindet sich das Tier?«

»Ähm, in der Wäschestube des Hotels.« Meine Antwort löste Gelächter am Tisch aus. »Nein, wirklich. Ich kann ihn nicht alleine lassen im Hotelzimmer, aber auch nicht mit ins Restaurant nehmen. Deshalb ist er zur Betreuung dort.«

Meine Erläuterung machte es nicht unlustiger. Die Männer lachten und hielten es scheinbar für einen Witz.

»Ich bitte Sie, meine Herren. Wir wollen doch nicht, dass uns die junge Frau für unhöflich befindet«, sagte Prof. Dr. Friedmann. Dann wandte er sich wieder mir zu. »Erst gestern kam ein Mann, der ein Pferd im Kofferraum hatte. Ich muss dazu sagen, dass es sich um ein Miniaturpferdchen handelte und meine Kollegen und ich es anfangs nicht geglaubt hatten. Deshalb sind die Herren so belustigt, die übrigens allesamt Veterinärmediziner sind.«

»Ah, verstehe«, erwiderte ich, obwohl ich nicht wirklich die Pointe verstand.

»Aber lassen Sie uns jetzt zum Patienten gehen, damit ich ihn mir kurz anschauen kann.«

Eine Aufforderung, der ich gern nachkam. Inge, die aufmerksam die Unterhaltung verfolgt hatte, zwinkerte mir zu und rief:

»Ick drück die Daumen für den Vogel. Vielleicht sieht man sich ja zum Abendbrot wieder.«

Welches Zimmer, sagte Mia gleich? Ich überlegte angestrengt, während der Tierarzt mir kreuz und quer über den Flur folgte. Um ihn etwas milde zu stimmen, verwickelte ich ihn in ein Gespräch.

»Irgendwie kommt mir Ihr Name bekannt vor. So, als hätte ich ihn schon einmal in Verbindung mit einem Tier gehört.«

Dr. Friedmann zuckte gelassen mit seinen starken Schultern. Er war eine stattliche Erscheinung im besten Alter, wie meine Mutter zu sagen pflegte. Schätzungsweise um die fünfzig Jahre herum.

»Mich kennen viele Leute hier. Am meisten holt man mich für die Neueingänge der Heuler, um sie durchzuchecken.«

Bingo! Schlagartig wusste ich wieder, weshalb mir der Name Friedmann so bekannt vorkam. Frida Tietze hatte doch irgendwas von Heulern und einem Tierarzt erwähnt, nachdem ich aus einer meiner Schlafschübe erwacht war.

»Sie kennen gewiss die Erna und Frida Tietze?«, fragte ich, während mir auch wieder die Zimmernummer vom Wäschestübchen einfiel.

»Ja, klar. Erna ist die Mutter aller Heuler hier auf Föhr. Sehr engagiert im Tierschutz und dem Förderverein mobiler Tierärzte.«

Behutsam klopfte ich an die Tür. Ein leises »Herein« ertönte.

»Guten Tag, ich bin Donna Röschen, die vorläufige Vogelersatzmama vom Benji. Mia sagte …«

»Ja, ja, ich weiß Bescheid, kommen Sie ruhig näher und schließen Sie bitte die Tür hinter sich.« Dann musterte sie Dr. Friedmann, der hinter mir stand. »Und Sie sind?«

»Veterinärmediziner, Dr. Friedmann. Frau Röschen bat mich, nach dem kranken Tier zu sehen.«

»Angenehm, Erika Becker, Wäschesortierung und Ausgabe. Der Seevogel sitzt dort drüben am Fenster.«

Sie wies in den Raum hinein, wo ich Benjis Silhouette erkennen konnte, die sich im Sonnenlicht abzeichnete. Friedlich, wie ein kleines Kind, hockte er am Boden und haschte nach den Schatten eines Windspiels.

»Was tut er da?«, fragte ich begeistert davon, dass er so furchtbar lieb war.

»Seinem natürlichen Trieb folgen«, erörterte Dr. Friedmann. Er trat zu Benji und hockte sich zu ihm. »Na, kleiner Mann, wie ich höre, magst du nicht fliegen und hast Probleme beim Laufen.«

Benji beäugte den Fremden misstrauisch, ließ ihn aber an sich heran. Behutsam tastete der Veterinär das verletzte Bein des Vogels ab, danach die Fluggelenke.

»Und? Ist es was Schlimmes?«, fragte ich angespannt.

»Hm, ich würde vor einer Diagnose gern ein Röntgenbild von ihm machen, um auch wirklich sicher zu sein.«

»Okay, gern. Haben Sie denn einen Verdacht, was es sein könnte?«

»Der Fuß ist nicht geschwollen, sodass ich von einer abheilenden Überdehnung ausgehe. Allerdings macht mir der linke

Flügel Sorgen, dessen Knochenfluss am Gelenk auf eine Fraktur hindeutet, die sich bereits im Verknorpelungsstatus befindet.« Er streichelte über Benjis Kopf und blickte mich mit ernster Miene an. »Sollte sich die Diagnose durch ein Röntgenbild bestätigen, bliebe nur eine schwierige Operation, deren Ergebnis nicht absehbar wäre. Alternativ könnte man den Seevogel, was ich bei Diagnosebestätigung für wesentlich humaner hielte, in menschlicher Obhut belassen, in einem Tierpark oder so.«

Ich war entsetzt. Benji sollte vielleicht niemals die Reise in den Süden antreten können?

»Aber er ist doch jung und kräftig«, wehrte ich mich gegen diesen Gedanken und appellierte an das Können unserer modernen Medizin. »Er gehört in Freiheit und an den Strand, wo auf ihn noch unzählige Abenteuer warten. Es schafft das, das weiß ich.«

Dr. Friedmann seufzte auf. In seinem Gesicht zeichnete sich deutlich ein innerer Kampf zwischen Ärzte-Logik und Idealismus ab.

»Hm«, brummte er und blickte auf Benji herab, der sich erneut mit Freude der Schattenjagd widmete. »Vielleicht gibt es da tatsächlich eine medizinische Möglichkeit. Ein vollkommen neues Operationsverfahren, das jedoch noch nicht anerkannt ist.«

»Manchmal sollte man den Dingen eine Chance geben, auch wenn nicht alle Experten davon überzeugt sind. Auch Studien sind mitunter nicht frei von der Voreingenommenheit menschlicher Skepsis«, sagte Erika Becker, die mittlerweile ihren Platz verlassen und zu uns herangetreten war. »Also geben Sie sich einen Ruck, Herr Doktor, und schenken Sie diesem wunderschönen Vogel eine Chance auf ein Leben in Freiheit.«

Wow! Fasziniert starrte ich die Servicemitarbeiterin an, deren Worte nicht nur mich berührten. Dr. Friedmann lächelte auf eine Weise, die vermuten ließ, dass sein innerer Kampf entschieden war.

»Ich glaube, Sie haben recht. In diesem Fall sollte niemand Gott spielen.«

Erika Berger nickte zufrieden, während ich nicht einzuordnen vermochte, was in diesem emotionalen Moment passiert war. Ich spürte nur die Gänsehaut, die sich über meinen Körper ergoss.

»Heißt das …«, stammelte ich hoffnungsvoll, »… er wird fliegen können?«

Die Antwort des Arztes verzerrte sich zunehmend zu einem röhrigen Stimmensalat. Hilfesuchend griff ich nach einer Stuhllehne, um mich daran festzuhalten. Dann wurde es dunkel und still um mich herum.

»Frau Röschen, hören Sie mich? Wissen Sie, wo Sie sich befinden?«

Allmählich zeichneten sich die Umrisse von Dr. Friedmann vor mir ab, der meine Hand hielt, während er zwei seiner Finger auf meine Pulsadern am Handgelenk drückte.

Ich bejahte mit schwacher Stimme.

»Vielleicht leidet sie unter zu hohem Blutdruck?«, hörte ich die nette Dame aus der Wäschestube rufen.

»Eher zu niedrig«, erwiderte Dr. Friedmann und blickte besorgt zu Erika Becker, die mit einem Kissen angelaufen kam.

Sie beugte sich zu mir herab und schob es behutsam unter meinen Kopf.

»So, jetzt dürften Sie wesentlich bequemer liegen, bis der Notarzt eintrifft«, sagte sie, griff sich einen Stuhl und setzte sich neben den am Boden kauernden Veterinärmediziner.

Nach und nach registrierte ich, was passiert war. Und nach und nach kehrte auch meine Muskelkraft zurück. Mein Mund fühlte sich schrecklich trocken an.

»Ich bin kurz weggetreten, stimmt's?«, fragte ich.

Dr. Friedmann nickte.

»Für ganze sechs Minuten.«

Ich versuchte meinen Kopf zu heben, um nach Benji zu sehen, den ich neben mir hörte. Er schien aufgeregt und rief unentwegt: »Quik, quik, quik.«

»Alles ist okay, Kleiner«, murmelte ich noch etwas kraftlos und tätschelte seinen Schnabel.

»*Okay* würde ich es weniger nennen«, korrigierte mich Dr. Friedmann. »Aber bis der Notarzt da ist, sollten Sie Ihre Kräfte sparen und sich völlig entspannen.«

»Und um den Seevogel müssen Sie sich auch keine Gedanken machen«, pflichtete die gute Seele der Wäschestube bei. »Der Doktor und ich werden uns um ihn kümmern.«

»Nein, Sie verstehen das nicht. Mir geht es gut, wirklich. Ich brauch keinen Arzt.«

Erika Becker schüttelte verständnislos den Kopf.

»Sie sind kreidebleich und waren für einige Minuten ohnmächtig. Ihnen geht es alles andere als gut.«

Auch Dr. Friedmann schenkte meiner Aussage keinen Glauben.

»Ich schätze mal, Sie wissen, weshalb Sie zusammengebrochen sind, oder?«

Mein Blick wanderte zu Erika Becker, die mich ebenso wie der Veterinär fragend anstarrte.

»Na ja, ich weiß nur, dass es diesmal kein kataplektischer Anfall war, weil ich mich sonst an jede Sekunde erinnern könnte.«

»Verstehe, Sie leiden unter Narkolepsie, nicht wahr?«

Ich nickte verschämt.

»Könnten wir das mit dem Notarzt bitte lassen und uns stattdessen wieder Benji widmen?«

Dr. Friedmann legte seine Hand testend auf meine Stirn und nickte zögerlich.

»Nur unter einer Bedingung: Sie müssen sich medikamentös richtig einstellen lassen, um so etwas zukünftig zu verhindern.«

»Ich versprech's.«

»Nun gut, dann können wir jetzt den Notarzt abbestellen, Frau Becker.«

Erika Becker schaute skeptisch drein.

»Sind Sie sicher?«, fragte sie mit einem ängstlichen Ausdruck.

Sie hatte offenbar nicht die geringste Ahnung, was eine Narkolepsie war, traute sich aber auch nicht, danach zu fragen.

»Ja, ich denke schon, auch wenn ich nur ein Tiermediziner bin.« Dann wandte sich Dr. Friedmann wieder mir zu. »Hier ist meine Visitenkarte. Rufen Sie in meiner Praxis an und lassen Sie sich einen Termin zur OP geben.«

KAPITEL 10

Ernas geheime Pension

Mit einem mulmigen Gefühl kam ich an der Inkognito-Pension von Erna an, die nahe am Strand gelegen war. Fasziniert blickte ich am Reetdach-gedeckten Haus empor, in dem ich vielleicht bald leben würde. Ein stolzer Augenblick, den ich nur allzu gern mit Benji teilte, der genau wie ich neugierig das hübsche Häuschen beäugte. Es lag etwas abseits von den anderen Häusern und war regelrecht von Strandflieder ummantelt, der den Vorgarten zierte. Vor den kleinen hölzernen Fenstern hingen Blumenkästen, die mit Grasnelken bestückt waren. Schmetterlinge flatterten umher und der Geruch des Meeres vermischte sich mit dem blumigen Duft des Flieders. Hach, was für ein schönes Zuhause, dachte ich, und schritt den kleinen unbefestigten Weg durch den Garten zur Eingangstür. Auf dem Namensschild stand *Ernas Home*, was mich etwas verwunderte. Konnte es möglich sein, dass Erna gar keinen Nachnamen besaß? Und während ich grübelnd vor der Klingel stand, öffnete sich die Tür.

»Immer hereinspaziert in die gute Stube«, empfing mich eine ältere Dame, die einen bunten Strohhut auf ihrem Kopf trug.

Und auch sonst wirkte sie ungewöhnlich farbenfroh für ihr Alter.

»Guten Tag, ich bin Donna und dies ist Benji«, stellte ich meinen fedrigen Begleiter und mich vor. »Und Sie müssen Erna sein.«

Die ältere Dame nickte, blickte sich verstohlen um und schob mich zügig ins Haus hinein.

»Mögen Sie Tee mit Rum?«, fragte sie und wies mit der Hand in die Küche des urigen Hauses.

»Ich weiß nicht«, stammelte ich überrascht und setzte die Tasche mit Benji ab.

»Gut, dann bekommen Sie den Tee mit Rum und ich den Rum mit Tee«, lachte sie schallend und stellte zwei frisch aufgebrühte Tassen auf dem runden Tisch ab, der in der Mitte des Raumes stand. »Nun setzen Sie sich doch und erzählen Sie etwas über sich.«

Ich tat wie mir geheißen und setzte mich auf einen der sechs Stühle, die rund um den Tisch standen.

»Was möchten Sie denn wissen?«, fragte ich.

»Alles, was interessant ist«, erwiderte Erna und nippte am heißen Rum mit Tee.

»Ich bin seit vier Tagen auf Föhr und muss sagen, dass ich wahrhaft überwältigt von der Schönheit dieser Insel bin.«

»Das freut mich. Und woher kennen Sie Frida?«

Ups. Auf diese Frage war ich keineswegs vorbereitet. Was sollte ich ihr jetzt erzählen? Mit einem »Ähm …« versuchte ich, Zeit zu schinden, was mir jedoch nichts nutzte. Die taffe Oma Erna ließ nicht locker und auch keinen Zweifel an ihrer Überzeugungskraft.

»Ich weiß doch ganz genau, dass die Frida dahintersteckt. Und bestimmt hat sie Ihnen eingebläut, dass Sie den Tipp mit der Pension nicht von ihr haben, stimmt's?« Erna lachte. »Als ob irgendwer Fremdes auf Föhr herumläuft und für mich Gäste anwirbt.«

Mir war das Ganze mehr als peinlich. So sehr, dass ich mit Genuss den alkoholversetzten Tee trank, der vor mir stand. Lieber betrunken als eine Verräterin.

Zwei Tassen Tee mit Rum später führte mich Erna durch ihr Haus und zeigte mir das freie Pensionszimmer, das ja eigentlich gar keins war. Etwas beschwipst folgte ich ihr.

»Wow, was für ein wunderschönes Zimmer.«

Erna lächelte gedankenversunken.

»Ja, es gehörte meiner Tochter.«

»Braucht sie es denn nicht mehr?«

Erna schüttelte ihren Kopf und kämpfte sichtbar gegen aufkommende Tränen an.

»Nein, Sie können das Zimmer haben, wenn Sie möchten.« Dann wandte sie sich um und lief in den Flur. »Bleiben Sie ruhig noch ein bisschen im Zimmer und schauen Sie sich um. Allerdings bitte ich Sie, das Bild an der Wand nicht anzufassen oder abzuhängen, wenn Sie das Zimmer anmieten möchten. Dies wäre meine einzige Bedingung.«

»Ja, natürlich«, erwiderte ich zu dem riesigen Gemälde an der Wand blickend. Aus irgendeinem Grund zog es mich magisch an. »Hat das Ihre Tochter gemalt?«

»Ja, zu meinem fünfzigsten Geburtstag«, rief Erna. »Du meine Güte, das ist mittlerweile über achtzehn Jahre her.«

Ich konnte meinen Blick nicht von dem Kunstwerk nehmen, das für die Hausherrin etwas ganz Besonderes zu sein schien. Es zeigte eine Frau, die mit zwei Robbenbabys über das tosende Meer in einem kleinen Boot ruderte, gefolgt von einer Art Jäger, der sich wie Neptun aus dem Wasser erhob mit einer

Flinte statt eines Dreizacks. Der wolkenverhangene Himmel wirkte bedrohlich grau und untermauerte die Gefahr, die von dem Jäger auszugehen schien.

»Es ist fantastisch, ja fast magisch, aber auch traurig!«, rief ich.

»Was?«

»Dieses Bild an der Wand von Ihrer Tochter.«

»Ja, sie war ein wahres Talent in allem, was sie tat!«, rief Erna zurück.

Und es war, als schwang eine tiefe Sehnsucht in Ernas Worten mit. Schlagartig wurde mir bewusst, dass ich vielleicht einen wunden Punkt getroffen hatte, eine schmerzvolle Erinnerung geweckt hatte, die sich in jedem Pinselstrich des Gemäldes spiegelte. Ja, Erna schien ihrer Tochter nachzutrauern. Nur hatte ich keine Ahnung, ob ihre Tochter die Insel samt Mutter verlassen hatte oder aus dem Leben geschieden war. Ich beschloss, nicht weiter nachzufragen. Vorerst wenigstens.

»Was soll das Zimmer denn kosten?«, fragte ich und wechselte damit geschickt das Thema.

Erna, die noch immer im oberen Flur herumwerkelte und eine sich abgelöste Fußleiste anleimte, richtete sich mit schmerzverzogenem Gesicht auf und griff sich in den Rücken.

»Mit dem Alter kommen die Wehwehchen, sag ich Ihnen. Da hilft auch kein Wärmepflaster mehr. Ach so, die Kosten fürs Zimmer. Hm, was verdienen Sie denn im Monat?«

»Ich bekomme noch kein Gehalt, sondern nur eine Pauschale fürs Volontariat in Höhe von vierhundertfünfzig Euro. Aber meine Mutter würde mich unterstützen.«

»Nein, ist nicht nötig, denke ich. Wenn Sie mir fünfzig Euro Miete zahlen und sich mit fünfzig Euro an den Nebenkosten beteiligen, haben Sie noch ausreichend Geld für Unternehmungen übrig.«

»Sie meinen, dieses wunderschöne große Zimmer kostet nur einhundert Euro im Monat?«

»Wenn Sie mir jetzt noch erzählen, wo Sie volontieren und mir Ihre Verschwiegenheit garantieren, gebe ich Ihnen meine Hand darauf.«

Ich trat zu Erna und streckte ihr meine Hand entgegen.

»Beim Radio, *Welle 33*, und ja, ich garantiere absolute Verschwiegenheit.«

Erna grinste mich an und bekräftigte das Geschäft mit einem festen Händedruck.

»Gut, dann haben wir einen Deal.«

Nachdem ich zum Abendbrot bei Erna geblieben war, betätigte ich mich tatkräftig beim Abwasch. Seite an Seite stand ich mit Erna am Spültisch, die mir innerhalb kürzester Zeit ans Herz gewachsen war. Und auch Benji, der sich pudelwohl in seinem neuen Zuhause fühlte, humpelte fröhlich jeden Schritt, den Erna tat, hinter der faszinierenden Rentnerin her. Er mochte sie, was er unübersehbar ausstrahlte. Als der letzte Teller abgetrocknet und im oberen Schrankteil des altbackenen Küchenbüfetts verstaut war, legte Erna das Geschirrtuch beiseite und setzte sich. Sie klopfte auf den Stuhl neben sich.

»Kommen Sie, ich will Sie etwas fragen.« Ich setzte mich und blickte sie erwartungsvoll an. »Wieso haben Sie ihn nicht einfach am Strand zurückgelassen?«

»Sie meinen Benji?« Erna nickte. »Nein, niemals hätten Fritz und ich das gekonnt. Er hatte Angst, war völlig panisch und schrie.«

»Ich frage, weil ich Sie gern in etwas einweihen möchte. Eine Sache, die nicht legal ist, aber gut für die Tiere.« Erna holte tief Luft. »Aber zuvor sollten wir uns einen Verdauungstee aufbrühen und auf die anderen warten.«

»Auf welche anderen?«

»Die, die sich für diese ganz besondere Sache einsetzen. Aber dazu kommen wir später.«

Ich spürte die Neugier, die in mir aufkeimte. Erna machte es wahrlich spannend. Ich lehnte mich zurück und sah ihr beim Aufsetzen des Teekessels zu. Ob ich sie nach ihrem Nachnamen fragen sollte? Dann drehte sich Erna um und lächelte mich an.

»Ich bin froh, dass die Frida Sie hergeschickt hat. Diese verrückte alte Frau hatte wieder einmal den richtigen Riecher.«

Den richtigen Riecher? Für was? Was meinte Erna damit? Und wieso war sie sich so sicher, dass mich Frida geschickt hatte? Ich zog es vor, Frida weiterhin zu decken und dem Sprichwort *Schweigen ist Gold* alle Ehre zu machen.

»Ach ja, da wäre noch eine Kleinigkeit«, setzte Erna nach und holte den Rum aus der Küchenbar. »Wenn Sie jemand aus dem Dorf oder der Gemeinde fragt, Sie sind meine Nichte dritten Grades.«

Ich schmunzelte.

»Was bitte ist eine Nichte dritten Grades?«

»Genau das ist ja der Clou. Weil es kaum einer einzuordnen vermag, aber sich auch niemand traut nachzufragen, um nicht dümmlich zu wirken, ist es nahezu die perfekte Ausrede.«

Ich verstand. Es ging um die Mieteinnahmen, die eigentlich steuerpflichtig waren. Und ich musste zugeben, Erna gefiel mir von Stunde zu Stunde mehr. Und auch an ihren Tee mit Rum konnte man sich gewöhnen, trotz der heißen Jahreszeit. Mit rumroten Bäckchen bestätigte ich das Nichte-dritten-Grades-Alibi und freute mich stumm über den günstigen Mietpreis, der selbst meine immer skeptische Mutter überzeugen würde.

Punkt neunzehn Uhr klopfte es an der Eingangstür. Erna sprang auf und flüsterte:

»Ah, da kommt der Rest der Robby-Hoods.«

Langsam dämmerte mir, was Erna mit der guten Sache meinte. Diese Vereinigung, von der mir Frida bereits erzählt hatte, bestand also aus einem Haufen Rentnern und, ähm, Frida?

»Huch, was für ein netter Zufall«, begrüßte mich die liebenswerte Frida Tietze und zwinkerte mir merkwürdig zu. »Was machen Sie denn hier, Kindchen?«

»Was ich hier mache?«

Frida zuckte erneut mit dem rechten Auge und tat, als sei sie völlig überrascht, mich hier zu sehen.

»Ähm, ich bin Ernas Nichte dritten Grades, wussten Sie das nicht?«

Im Raum wurde es still. Dann brach Erna samt den Robby Hoods in schallendes Gelächter aus, das Sekunden später auch auf die erstaunt dreinblickende Frida übergriff.

»Darauf einen Tee mit Rum!«, rief einer der Herren in der Runde und setzte sich zu mir an den Tisch. »Ich bin der Georg, Fallensteller und Organisator.«

»Angenehm, Donna. Wieso Fallensteller? Ich dachte, Sie setzen sich für die Heuler ein.«

Georg grinste.

»Tun wir doch auch. Die Fallen sind für die Robbenjäger, um ihnen die Jagd zu erschweren.«

Ich verstand, griff mein Teeglas und stieß es gegen seines.

»Prost! Auf dass die Robbenjagd erfolglos bleiben möge.«

Nach und nach setzten sich auch die anderen zwei Männer zu mir an den Tisch und stellten sich mir vor. Ein wahres Händeschütteln, bei dem ich neben Georg auch Franz, den Robbenprofi, und Dittmar, den Bootsführer und Meeresexperten, kennenlernte. Mit Frida und Erna saßen wir zu sechst am runden Tisch, während ich in die illegalen Machenschaften der Robbenretter-Veteranen eingeweiht wurde. Ich war mächtig stolz, dass man mir so viel Vertrauen entgegenbrachte. Aber auch etwas nervös wegen des Schwures zur absoluten Verschwiegenheit, den mir die Rentnertruppe abverlangte. Wenn irgendwer fragen sollte, so war dies der Bingo-Club meiner, ähm, was wäre Erna eigentlich für mich, wenn ich ihre Nichte dritten Grades war? Ich wusste es nicht, stimmte aber dennoch zu.

Der Abend war im Nu vergangen. Viel zu schnell, wie ich fand. In der gemütlichen Runde der Robby Hoods hatte ich mich sichtlich pudelwohl gefühlt. Aber nicht nur ich, sondern auch Benji. Für ihn gab es ein besonderes Highlight an diesem Abend, ein Stück Freiheit. Erna hatte mich hinters Haus geführt, zu einer Salzwiese, die direkt zum Meer führte. Ein Teil war abgezäunt. Darin tummelten sich drei Robbenbabys, deren Augen wie große dunkle Knöpfe herausragten. Sie hatten mich neugierig gemustert. Daneben gab es einen nicht eingezäunten Teil, auf dem ein alter Schuppen stand. Hier durfte Benji sich frei bewegen, konnte aber über eine Katzenklappe auch jederzeit ins Haus.

»Er wird es lernen, keine Scheu vor der Klappe zu haben«, beteuerte Erna.

Und sie behielt recht. Nur wenig später pochte er mit seinem Schnabel gegen die Tür und verlor seine Angst vorm Pendeln der Klappe. Dann huschte er hindurch, drehte sich um und schimpfte furchtbar mit der Katzenklappe, die ihm einen Poklaps versetzt hatte. Ich genoss den Anblick und auch Erna erfreute sich daran.

Als der Abschied nahte, machte sich Wehmut in mir breit. Ich hatte keine Lust, ins Hotel zurückzukehren, in die Welt wohlhabender Touristen. Frida spürte meinen Abschiedsschmerz und begleitete mich hinaus.

»Ist doch nur zum Koffer packen«, besänftigte sie mich.

Was sie allerdings nicht wusste, war, dass es auch ein Abschied von Fritz und Mia sein würde. Erna, die uns in den Vorgarten gefolgt war, reichte mir ihre Hand zum Abschied.

»Und keine Sorge wegen Benji. Er wird die Nacht gut schlafen, ein ordentliches Fischfrühstück bekommen und sich morgen auf Ihre Rückkehr freuen.«

Ich bedankte mich und umarmte beide Rentnerinnen spontan.

»Ich danke Ihnen für alles.«

Mit dem letzten Bus kam ich im Hotel an. Etwas missmutig schlurfte ich hinein und betätigte die kleine silberne Klingel, die auf dem Empfangstresen stand. Kurz darauf kam der Portier von den Personaltoiletten angelaufen.

»Entschuldigen Sie die Wartezeit.«

»Kein Problem«, beschwichtigte ich und kam sofort zum Grund meines abendlichen Klingelterrors. »Ich würde morgen gern auschecken, nach dem Frühstück möglichst.«

Er blickte mich entsetzt an.

»Zimmernummer dreiunddreißig, nicht wahr?«

»Ja, genau.«

»Aber Sie haben bis Ende des Monats im Voraus bezahlt.«

»Ja, und?«

Er räusperte sich, zog seine Fliege akkurat gerade und musterte mich über den Rand seiner Brille.

»Sie haben hoffentlich das Kleingedruckte im Vertrag gelesen?«

Ich wusste, worauf er anspielte.

»Wenn Sie den nicht rückerstattungsfähigen Buchungsbetrag meinen, ja.«

»Und Sie sind sicher?«

Ich blickte mich um, holte tief Luft und hauchte ihm ein »Ja« entgegen. Die Einzigen, die ich vermissen würde, wären Fritz und Mia. Und die gehörten definitiv in meinen Buchungsbetrag hinein, sodass ich sie am liebsten beide mitgenommen hätte. Aber ich war kein Hotelier und konnte ihnen keinen vergleichbaren Job anbieten. Dafür aber meine neue Adresse, für gelegentliche Benji-Besuche. Dabei fiel mir ein, ich musste Fritz unbedingt vom Tierarzt und der vorläufigen Diagnose erzählen.

»Ich sehe gerade, Ihre Mutter hat heute mehrfach versucht, Sie telefonisch zu erreichen. Sie bat darum, dies Ihnen auszurichten. Um es mit den Worten Ihrer Mutter wiederzugeben: ›Donna, mach das verdammte Handy an!‹«

Ach herrje, Mutter! Die hatte ich bei all den schönen Erlebnissen ganz vergessen. Und natürlich auch mein Handy anzuschalten. Das schlechte Gewissen ergriff Besitz von mir. Gewiss war Mutter schon voller Sorge und völlig panisch.

»Danke, ich werde mich umgehend daheim melden«, stotterte ich verlegen.

Meine bis dahin so selbstbewusste Haltung erschlaffte unter dem Gedanken, welche Vorhaltungen ich mir von Mutter zu Recht anhören müsste. Und auch der Restalkoholgehalt von Ernas Tee mit Rum wich mit einem Mal aus meinem Körper und entriss mir das betäubende Gefühl von Glückseligkeit.

Der Portier schob mir ein Dokument zu und setzte drei Kreuze.

»Hier bitte unterschreiben«, sagte er. Dabei wies er mit dem Kugelschreiber auf die angekreuzten Kästchen. »Mit der letzten Unterschrift bestätigen Sie, dass Sie ab dem morgigen Nachmittag auf das Zimmer bis zum Ende der Buchungszeit verzichten und das Zimmer erneut belegt werden darf.«

Gerade als ich den Stift ansetzte, polterte ein junger Mann mit Rucksack aus dem Restaurant, angeschoben von einem Kellner, der lautstark ein Hausverbot aussprach. Fritz folgte ihnen. Als er mich sah, hob er seine Hand zum Gruß und lächelte mich an.

»Was ist denn los?«, fragte ich. »Was hat er getan?«

Fritz schüttelte wortlos seinen Kopf und signalisierte mir, dass dies kein guter Zeitpunkt für Erklärungen sei. Sein Kollege hingegen schubste den Unbekannten Richtung Ausgang.

»Einen Moment bitte«, ging ich dazwischen und positionierte mich vor den Fremden mit dem Rucksack, der mich ängstlich anblickte. »Warum wirft man Sie aus dem Hotel?«

Er zuckte mit seinen Schultern und sagte:

»I do not speak German.«

Hilfesuchend blickte ich zu Fritz, der tief Luft holte und mir erklärte, dass der Fremde sich an der Salattheke bedient hatte.

Ich verstand die Aufregung nicht. Wegen ein bisschen Salat behandelte man ihn wie einen Verbrecher? Ich wandte mich dem Fremden zu.

»Are you hungry?«

Er nickte.

»Do you have a place to sleep here on Föhr?«

»No. I want to work as a lifeguard, like my brother on Sylt. But unfortunately there is no job on Sylt for me, but maybe here on Föhr.«

Ich weiß nicht, warum, aber plötzlich überkamen mich ein Gefühl der Hilfsbereitschaft und die Idee, mein Zimmer diesem jungen Tramper auf Jobsuche zu überlassen. Immerhin war es bezahlt und er könnte sich satt essen, ohne Angst vor einem Rauswurf haben zu müssen. Fritz ahnte, was ich vorhatte, fand die Idee aber weniger gut. Er schickte seinen Kollegen ins Restaurant zurück und trat an mich heran.

»Ich schätze, du verlässt unser Hotel, oder?«

»Ja, das Pensionszimmer ist hell und groß und einfach wundervoll.«

»Und was ist mit Benji?«

»Du wirst es nicht glauben, aber es gibt jede Menge guter Neuigkeiten.«

»Die du mir vielleicht besser nach Feierabend erzählen solltest«, unterbrach mich Fritz und blickte mit ernster Miene in Richtung des Portiers, der uns beobachtete.

Ungeduldig trommelte dieser mit seinen Fingern auf das Dokument, das ich noch immer nicht gegengezeichnet hatte.

»Gut, dann nach Feierabend. Du darfst zwar keine Tiere halten, aber doch wohl Besuch empfangen?«

Fritz starrte mich mit seinen großen blauen Augen an.

»Du willst …«

»Ja, ich will die Nacht auf deinem Bettvorleger verbringen, alternativ auf zwei zusammengeschobenen Stühlen«, witzelte ich und wandte mich erneut dem unbekannten Besucher zu. »What's your name?«

»Samuel. And your's?«

»Donna, Donna Röschen.« Ich schüttelte seine Hand, die rau und schmutzig war, und machte ihm das wohl verrückteste Geschenk seines Lebens. »You can have my room here at the hotel until the end of the month, all inclusive. But I ask you to select only free drinks and food, because I'am not a Millionaere.«

Seine Augen füllten sich mit Tränen, während der Portier das Dokument kopfschüttelnd zerriss.

»I thank you with all my heart. And I want pay it back soon, when I have earned money.«

Seine Worte rührten mich sehr. Ich nickte ihm zu und erklärte ihm, dass ich dies gern tue, allerdings zuvor noch schnell meine Koffer packen und aus dem Zimmer holen müsste. Fritz konnte nicht fassen, was ich da gerade getan hatte. Er lächelte mich auf dieselbe verliebte Weise an wie am Strand und flüsterte:

»Du bist unglaublich, weißt du das?«

Und ob ich das wusste. Immerhin war ich Donna Röschen. Und ich war bis über beide Ohren verliebt – in Fritz und in Föhr. Doch bevor ich mich auf den Feierabend von Fritz und unsere erste gemeinsame Nacht freuen konnte, musste ich noch Mutter anrufen.

KAPITEL 11

Eine schicksalhafte Nacht

Wer schon einmal auf Föhr war, kennt die abendliche Stimmung auf der Insel. Ich stand am Fenster und genoss die Farben des dämmerigen Himmels, die sich im Wasser spiegelten. Der Mond schwebte wie ein leuchtend großer Ball über dem Horizont und strahlte unendliche Ruhe aus.

»Hast du das Gesicht vom Portier gesehen, als du dein Zimmer dem arbeitslosen Mann abgetreten hast? Ich dachte, der spuckt gleich seine dritten Zähne aus.«

Ich kicherte leise in die Nacht hinaus. Zu lustig war der Gedanke daran, der auch Fritz amüsierte. Er trat an mich heran, schwang seine Arme hinterrücks um meinen Bauch und bettete sein Kinn auf meine Schulter, während wir gemeinsam den Mond über Föhr bestaunten. Ich war sicher, dass der Mond in diesem Augenblick lächelte.

»Darf ich dich was fragen?«

Ich nickte.

»Leidest du an einer Schlafkrankheit?«

Ertappt drehte ich mich um und blickte ihn erzürnt an.

»Und wie kommst du bitte darauf?«

»Elsbeth Becker von der Wäschestube, sie erwähnte dies bei meinem Dienstantritt beiläufig.«

»Sie hat was?« Beleidigt löste ich mich aus seiner Umarmung und setzte mich an den kleinen Tisch des Personalzimmers. »Wie konnte sie nur«, schimpfte ich kopfschüttelnd über diesen derartigen Verrat.

Fritz hockte sich zu meinen Füßen. Seine Augen suchten Kontakt zu meinen.

»Donna, hör mir zu, es ist okay. Egal, ob Schlafkrankheit, Phobie oder Fußpilz, ich habe mich in dich verliebt. Ich will mit dir zusammen sein, dich kennenlernen. Und ich will dich genau so, wie du bist.«

So gekränkt ich auch war, ich musste plötzlich lachen. Eine Liebeserklärung, in der das Wort *Fußpilz* vorkam, hatte bestimmt noch keine andere Frau erhalten. Liebevoll strich ich über sein Haar und versuchte so ernsthaft wie möglich zu antworten. Aber was sagt man in so einem Moment? Ich entschied mich für:

»Ja, ich weiß.«

Das Leuchten in seinen Augen wechselte zu Skepsis.

»Und?«

»Was, und?«

»Na, ob du dich auch in mich … Ach, vergiss es.«

»Nein, bleib hier.«

Ich hechtete mich an seinen Hals, umarmte ihn so fest ich konnte, um ihn daraufhin zu küssen. Und genauso wie am Strand war es ein besonders inniger Kuss, der mir das Gefühl verlieh zu schweben. Ich spürte seine Hände, die zu meinem Po herabglitten, um mich gegen seinen erhitzten Unterleib zu pressen. So fühlte es sich also an, verliebt zu sein. Meine Beine wurden wie Pudding, während mein Kopf sich einer Explosion der Sinne näherte. Und gerade als Fritz mich gegriffen und auf sein Bett gelegt hatte, klopfte es an der Tür.

»Ich bin es, Mia.«

»Nicht jetzt!«, rief Fritz.

»Ist aber wichtig.«

»Geh weg.«

»Mama hatte einen Unfall, bitte mach auf.«

Alle bis dahin produzierten Glückshormone waren mit einem Mal weg. Fritz sprang auf, richtete sein T-Shirt und öffnete seiner Schwester.

Mia stürmte schluchzend hinein und warf sich zu mir aufs Bett. Ich glaube, sie registrierte mich nicht wirklich, dennoch grüßte sie mit einem Kopfnicken.

»Sorry, tut mir leid, ich wollte ganz bestimmt nicht stören, aber ein Lkw hat sie am Übergang nicht gesehen beim Rechtsabbiegen, kannst du dir das vorstellen? Und jetzt liegt sie auf der Intensivstation!«, schrie Mia leicht hysterisch.

Fritz setzte sich zu ihr und streichelte über ihren Rücken.

»Nun beruhige dich doch erst mal und erzähl mir, woher du das weißt.«

»Der *Kluge* hat's mir erzählt, gerade am Telefon.«

Ich kramte Taschentücher aus meiner Tasche und reichte ihr eins.

»Fritz hat recht, du solltest dich erst einmal beruhigen und durchatmen, bevor du zusammenbrichst.«

Mia griff sich ein Tuch.

»Sie wird doch wieder gesund, oder?«

Dann schnäuzte sie sich und brach in einen regelrechten Heulkrampf aus, der mich so sehr schmerzte, dass ich ebenfalls in Tränen ausbrach.

»Du sagst, Herr Kluge hat dir das erzählt?«, fragte Fritz.

Mia nickte.

»Ja, ich wollte Mom anrufen, um ihr zu sagen, dass ich unser Geld überwiesen habe. Du weißt doch, sie will das immer wissen.«

»Ich weiß«, stammelte Fritz.

»Aber statt Mom war unser Nachbar am Telefon, weil er doch die Ersatzschlüssel hat. Er sagte, sie wurde notoperiert und auf die Intensivstation verlegt, und Moms Freundin sei gerade dabei, ein paar Sachen fürs Krankenhaus zu packen.«

Fritz versuchte, seine Emotionen zu unterdrücken und einen klaren Kopf zu bewahren. Er griff sein Handy und blickte Mia fragend an.

»Sagte er, in welches Krankenhaus sie unsere Mutter gebracht haben?«

»Ja, in die städtische Unfallklinik.«

»Okay, ich rufe da jetzt an und sage denen, dass wir sofort kommen.«

»Nein«, schluchzte Mia. »Mom braucht das Geld fürs Haus. Du weißt doch, es darf keine Rate verspätet kommen.«

»Dann wirst du fahren«, entschied Fritz. »Ich bleibe hier und werde Doppelschichten schieben. Kopf hoch, Schwesterherz, wir schaffen das. Wichtig ist doch, dass sie bald wieder gesund wird und nach Hause kann.«

Und während sich Fritz rührend um seine Schwester kümmerte, sie in den Arm nahm und tröstete, wuchs in mir die Liebe zu ihm. Instinktiv wusste ich, dass er der Mann fürs Leben war. Einer der Männer, den sich jede Frau wünscht.

Zwei Stunden später hatten Fritz und ich Mias Sachen für die Reise gepackt. Selbst war Mia dazu nicht fähig. Noch immer schluchzte sie unentwegt vor sich hin. Nur mit sehr viel Mühe hatte ich meine Gefühle im Griff. Kein Wunder, denn es sah wahrlich nicht gut für ihre Mutter aus. Das jedenfalls sagte der

Stationsarzt, mit dem Fritz zuvor gesprochen hatte, und wies deutlich auf die schwerwiegenden Verletzungen hin, die nur im künstlichen Koma zu ertragen sind. Querschnittslähmung war die vorläufig beste Prognose, so der Arzt, der damit Fritz zum Weinen brachte. Zusammengekauert wie ein kleines Kind saß der Mann meiner Träume vor mir auf dem Boden und weinte bitterlich. Doch er wollte keinen Trost. Stattdessen bat er mich, im Internet nach der schnellsten Zugverbindung nach Bremen zu recherchieren, was ich natürlich gern tat. Es war das Einzige, was ich für die beiden Geschwister tun konnte, die mir beide in dieser vom Schicksal behafteten Nacht noch mehr ans Herz gewachsen waren.

»Der nächste Zug fährt sieben Uhr acht«, murmelte ich, mit dem Finger über das Tablet von Fritz streichend. »Früher ist nichts zu machen.«

»Gut, den nimmst du«, entschied er für Mia. »Dann werde ich jetzt ein Taxi für sechs Uhr dreißig bestellen.«

»Und wenn ich das alleine nicht packe?«, erwiderte Mia ängstlich. »Was, wenn ich Entscheidungen treffen muss, von denen Moms Leben abhängt?«

Fritz griff Mias Oberarme und blickte ihr mit ernster Miene ins Gesicht.

»Du wirst die richtigen Entscheidungen treffen, das weiß ich. Fang endlich an, erwachsen zu werden und reiß dich zusammen.«

Harte Worte von Fritz, die Mia dazu bewegten, sofort mit dem Jammern aufzuhören. Sie löste sich aus dem Griff ihres Bruders, wischte sich den Rotz mit dem Ärmel ihres Pullovers weg und nickte.

»Okay.«

»Gut«, sagte Fritz. »Und jetzt wirst du dich hinlegen und versuchen zu schlafen, bis das Taxi kommt. Donna und ich bleiben solange hier und wecken dich später.«

Dass ich mir die erste Nacht mit dem Mann meines Herzens etwas anders vorgestellt hatte, muss ich an dieser Stelle der Geschichte gewiss nicht erwähnen. Zusammengekauert und eng an Fritz gekuschelt saß ich mit einer Decke umhüllt vor Mias Bettsofa und starrte wortlos auf das kleine Notlicht, das in einer Stromdose steckte. Ab und zu gähnte ich, zwang mich aber, wach zu bleiben. Keinesfalls wollte ich Fritz in diesen schweren Stunden alleine lassen.

»Erzähl mir von der Pension und deinem Zimmer«, sagte Fritz leise.

Dabei legte er seinen Arm um mich und streichelte zärtlich über meinen Oberarm.

»Es ist wunderschön, groß und lichtdurchflutet«, flüsterte ich, um Mia nicht aufzuwecken.

»Und was wird mit Benji?«

»Ihm geht es dort gut. Und stell dir vor, er hat ein kleines Stück Salzwiese für sich ganz alleine.«

»Klingt gut, aber was sagt der Tierarzt? Du hattest ihn doch in der Wäschestube untersuchen lassen.«

»Der Tierarzt meint, er hätte vielleicht einen verwachsenen Flügelbruch. Diesen medizinisch zu richten, würde ein schwieriger und komplizierter Akt werden.«

»Und wer weiß, ob er danach fliegen kann«, fügte Fritz hinzu. »Von den Kosten mal abgesehen, solltest du über diesen Eingriff sehr genau nachdenken, Benji zuliebe.«

»Ich will, dass er frei ist und fliegen kann, koste es, was es wolle«, erwiderte ich fast trotzig, wie ein kleines Kind.

»Dachte ich mir«, murmelte Fritz, umfasste mein Gesicht mit beiden Händen und küsste mich. »Du und meine Schwester, ihr zwei seid euch sehr ähnlich.«

Na ja, *ähnlich* traf es nicht annähernd. Immerhin musste Mia nie befürchten, einfach so einzuschlafen, ohne jede Vorwarnung. Egal, ich nickte und schmiegte mich fest an die Schulter von Fritz. Die Müdigkeit zerrte an mir, doch ich versuchte, dagegen anzukämpfen. Wie lange ich das allerdings schaffte, weiß ich nicht mehr.

Als mich am Morgen die Sonne weckte, wusste ich im ersten Augenblick nicht, wo ich war. In wessen Bett lag ich? Vorsichtig spähte ich unter meine Decke. Gut, meine Sachen vom Vortag trug ich noch. Also hatte ich auch kein Liebesabenteuer gehabt, an das ich mich nicht erinnern konnte. Dann fiel mir wieder Mia ein, die unter Tränen vom Unfall ihrer Mutter berichtet hatte.

Ich sprang pfeilschnell aus dem fremden Bett. Der Zug! Nur schwerlich konnte ich mich an die Zeit erinnern sowie das Gleis. Ich blickte mich um und suchte verzweifelt nach einer Uhr. Viertel vor neun? Panisch rannte ich aus dem Zimmer, den Flur entlang zum Ausgang und geradewegs in die Arme von Fritz, der gerade ins Hotel zurückkehrte.

»Verdammt, tut mir leid, ich muss eingeschlafen sein«, stotterte ich mit einem schlechten Gewissen.

»Hey, alles gut«, meinte Fritz und griff nach meiner Hand. »Ich hab es nicht übers Herz gebracht, dich zu wecken, und dich auf Mias Bett gelegt.«

»Aber jetzt ist Mia bestimmt böse oder enttäuscht von mir.«

»Nein, sie lässt dich lieb grüßen.«

»Aber …«

»Nichts aber, es ist alles gut. Und jetzt wirst du dich in aller Ruhe frisch machen, dein Haar kämmen und mit mir frühstücken gehen. Ab heute Mittag schiebe ich doppelte Schichten und Überstunden, um Mias fehlendes Gehalt irgendwie auszugleichen.«

»Ja, ich springe schnell unter die Dusche, bin gleich wieder da.«

Noch immer nicht richtig wach, stolperte ich in Richtung des Liftes.

»Wo willst du hin?«, fragte mich Fritz.

»Auf mein Zimmer.«

»Schon vergessen, dass du dein Zimmer einem jungen Mann überlassen hast?«

Ach herrje, Fritz hatte recht. Wo sollte ich mich nun frisch machen? Immerhin könnte dieses gemeinsame Frühstück vorerst unser letztes sein. Und das wollte ich nicht mit zerzaustem Haar einnehmen.

»Okay, dann verschwinde ich mal schnell auf der Toilette im Restaurant.«

»Kommt nicht infrage, du kannst bei mir im Zimmer duschen.«

Ich zögerte etwas.

»Ich dreh mich auch um oder verlasse meinetwegen auch das Zimmer, wenn du willst«, setzte Fritz nach, um mir meine Scheu zu nehmen. »Aber keinesfalls wirst du dich auf der Restauranttoilette frisch machen.«

Ein sauberes Kleid zu tragen, war fast wie ein neues Leben. Ich kämmte mein feuchtes Haar und cremte ordentlich mein Gesicht ein, um einer zweiten Stirnfalte vorzubeugen. Jetzt, wo ich meinen allerersten festen Freund hatte, wollte ich mich besonders um ein hübsches Aussehen bemühen. Fritz wartete derweil im Zimmer. Seine Gedanken hingen gewiss bei seiner Mutter, auch wenn er es sich weitestgehend nicht anmerken ließ. Ich entriegelte die Tür des Duschraumes und trat ihm aufgehübscht entgegen.

»Könntest du mir meinen Föhn aus der Tasche reichen?«, bat ich ihn.

Er nickte und tastete sich durch meine übergroße Reisetasche, in der vom Föhn bis zum Radiowecker alles außer meiner Wäsche drin war.

»Wie sind die Pensionswirte?«, fragte Fritz, während er mir den Föhn reichte. »Und vor allem, wann sehe ich dich wieder?«

»Ich weiß nicht, vielleicht an deinen freien Tagen? Und Erna, so heißt die Frau, bei der ich lebe, ist einfach wahnsinnig cool. Stell dir vor, Benji hat sie sofort ins Herz geschlossen und ist die ganze Zeit nur noch hinter ihr her gewatschelt.«

Fritz drückte sich ein Lächeln heraus.

»Freut mich für euch beide.«

Er wirkte etwas missmutig, fast schon depressiv. Ich schaltete den Föhn auf die geringste Stufe und begann, mein Haar zu trocknen.

»Ihr zwei seht euch gar nicht ähnlich«, rief ich ins angrenzende Personalzimmer hinaus. »Ich meine, Mia und du.«

»Wir sind Pflegegeschwister«, erwiderte Fritz. »Aber sie und unsere Mutter sind mir genauso lieb, wie es meine echte Familie wäre, wenn ich eine hätte.«

Wow! Ich hatte ein Thema angeschnitten, das tiefer ging, als es sollte.

»Tut mir leid, ich wusste ja nicht ...«, versuchte ich mich zu entschuldigen.

Mir schien, als gäbe es da noch jede Menge, die Fritz und ich uns zu erzählen hatten.

KAPITEL 12

Abschied ist ein blödes Muss

Fritz hatte mich nach Wyk entführt zu einem Bistro-Café, an dem ich bereits mit dem Sendeleiter von *Welle 33* vorbeige-schlendert war. Schon da hatte mir das Ambiente des kleinen Ladengeschäftes gefallen, vor dem liebevoll dekorierte Tische aufgestellt waren, die farblich zu den Stühlen und Strandkörben passten, auf denen man mit Blick aufs Meer die Delikatessen des Hauses entspannt genießen konnte.

»Hier gibt es die besten Waffeln, die du je gegessen hast«, schwärmte Fritz und stellte meine Reisetasche ab.

Ich blieb stehen mit dem Rollkoffer in meiner Hand und lächelte zufrieden über seine Entscheidung, hier zu lunchen. Fürs Frühstück war es längst zu spät und die Idee, mit Fritz erst nach Wyk zu fahren und danach in meine neue Pension, gefiel mir mehr als gut. So konnte ich Fritz meine neue Bleibe zeigen und mich von ihm verabschieden.

»Wo möchtest du sitzen?«, fragte Fritz.

Ich zeigte auf einen der Strandkörbe, in denen Platz für zwei war.

»Fein«, sagte er und steuerte den blau-weiß gestreiften Doppelsitzer an.

Ich folgte ihm.

»Schau dir diese Aussicht an«, lobte ich den perfekten Ausguck. Mit einem Seufzer ließ ich mich neben Fritz aufs Sitzpolster plumpsen. »Hach, ich wünschte, ich könnte immer auf Föhr bleiben.«

Fritz nickte.

»Ich kann diesen Wunsch gut verstehen. Ich hatte mal denselben.«

»Und jetzt nicht mehr?«

Fritz seufzte auf.

»Im Grunde genommen schon, nur spielt eben das Leben nicht immer mit.«

Ich kramte meine Tabletten heraus und legte sie auf den Tisch, um nicht zu vergessen, sie einzunehmen.

»Was ist passiert, dass sich dein Wunsch geändert hat?«

»Ein Orkan mit dem klangvollen Namen Xaver, der nahezu unser halbes Haus zertrümmert hat, im Dezember 2013, das ist passiert.«

Dann blickte er auf meine Tabletten, die vor ihm auf dem Tisch ruhten.

»Ist ein psychostimulierendes Medikament zur Therapie von exzessiver, krankhafter Tagesmüdigkeit.«

»Klingt krass.«

»Ja, ist auch ein Hammerzeugs. Hier, schau.«

Ich hielt ihm meinen Unterarm entgegen, auf dem sich seit der Einnahme kleine juckende Pusteln gebildet hatten. Fritz strich behutsam mit seinen Fingern über die Stelle.

»Sieht ganz nach einer Überempfindlichkeitsreaktion aus.«

»Ist es auch. Nur hab ich keinen Bock, wieder irgendwelche noch krasseren Amphetamine einnehmen zu müssen.«

»Ich dachte, so etwas bekommen nur ADHS-Patienten.«

Ein Kellner näherte sich und unterbrach unser Gespräch.

»Haben Sie schon gewählt?«

Fritz blickte mich fragend an, während ich die Tabletten so dezent wie möglich mit der Getränkekarte verdeckte.

»Also ich würde die Waffeln versuchen, die du mir so heiß empfohlen hast«, merkte ich an.

»Gut, dann nehmen wir zweimal die heißen Waffeln nach Art des Hauses. Und dazu zwei Cappuccino, oder?«

»Ja, mit einer großen Portion Sahne obendrauf«, fügte ich hinzu.

Der Kellner nickte, notierte und verschwand ins Innere des Bistro-Cafés. Dann wandte sich Fritz wieder mir zu.

»Seit wann hast du diese Schlafkrankheit?«

»Narkolepsie«, verbesserte ich ihn. »Und ich leide darunter seit meiner Teenagerzeit. Nun bist du aber wieder dran. Erzähl mir von dir.«

Fritz räusperte sich verlegen.

»Ach, da gibt es nichts zu erzählen.«

»Doch. Es gibt immer etwas zu erzählen«, hakte ich nach. »Wie seid ihr beide ins Hotel auf diese Insel geraten?«

»Durch Mias Freundin. Sie jobbte einige Jahre hier, bevor sie geheiratet und eine Familie gegründet hat. Sie meinte, auf Föhr ließe sich saisonal gutes Geld im Servicebereich verdienen.«

»Und im Winter?«

»Im Oktober packen wir unsere Klamotten und reisen zurück nach Bremen, so wie jedes Jahr zuvor. Aber es ist okay für mich, denn ich hab keine eigene Wohnung oder so, die mich in der Saison unnötiges Geld kostet.«

Ich musste schmunzeln. Der Mann meiner Träume lebte also auch bei seiner Mutter, so wie ich. Nur wollte seine ihn wahrscheinlich nicht mit einer benachbarten Akademikerin verkuppeln. Das hoffte ich zumindest.

»Ich lebe auch noch in meinem Kinderzimmer«, erwiderte ich. »Mutter gluckt auf mir, wie eine Henne auf ihrem allerersten Ei, seit ich unter Narkolepsie leide. Ich bin heilfroh, dass sie mich nach Föhr hat fahren lassen, um mich meinem großen Traum zu stellen.«

Fritz griff nach meinen Händen.

»Meine Schwester verriet mir bereits, dass du beim Radio anfängst.« Er lachte auf. »Sie ist irre vernarrt in diesen Mayer.«

»Ja, ich weiß.«

»Zweimal Cappuccino mit Sahnehaube!«, rief der Kellner, während er sich durch eine Touristengruppe von Frauen zwängte, die lautstark überlegten, ob sie im Schatten oder lieber sonnig sitzen wollten. »Die Waffeln kommen sofort«, fügte er beim Abstellen der Heißgetränke hinzu.

Fritz bedankte sich mit einem Nicken, erhob den riesigen Porzellanbecher und fragte mich:

»Glaubst du an Gott?«

Etwas irritiert darüber zuckte ich, nippend am Cappuccino, mit den Schultern.

»Weiß nicht, wieso?«

»Weil ich es nicht tat, bis heute Morgen jedenfalls. Doch nachdem du eingeschlafen warst, hab ich gebetet, das allererste Mal in meinem Leben. Und ich hab ihn angefleht, das Leid meiner Pflegemutter zu lindern und ihr schnelle Genesung zu bescheren.« Seine Augen füllten sich mit Tränen. »Sie darf nicht sterben. Nicht auf diese unfaire Weise, wo sie doch ein so guter Mensch ist.«

Ich setzte wortlos meine Tasse ab und ergriff seine Hände, die zitternd sein Getränk umschlossen.

»Sie wird nicht sterben«, versuchte ich, ihm Mut zu machen und hoffte inständig, dass ich recht behalten würde.

Mia jedenfalls fehlte mir jetzt schon. Dann zeigte ich zum Meer. »Siehst du die Möwen dort drüben?« Fritz bejahte. »Es sind nicht einfach nur Möwen, sondern kleine Krieger, die sich an Land und auf dem Meer gegen mächtige Gegner behaupten. Und sie sind nur so siegreich, weil sie zusammenhalten, so wie Mia und du. Zusammen seid ihr stark, zusammen schafft ihr es, den Schicksalsschlag zu überwinden.«

Fritz nahm eine Serviette vom Tisch und schnäuzte sich.

»Ja, du hast recht. Der Zusammenhalt ist jetzt wichtiger denn je.«

»Zweimal die Waffeln nach Art des Hauses«, unterbrach uns der Kellner.

Fritz nickte ihm dankend zu. Dann blickte er wieder zu mir.

»Und jetzt sollten wir uns diesem wundervollen verspäteten Frühstück widmen, nachdem du deine Tablette eingenommen hast. Allerdings macht mir das mit deinem Ausschlag etwas Sorge.«

Als unser Lunch vorüber war, liefen wir gemeinsam zum Bus. Fritz war ungewöhnlich still. Aber es war okay für mich. Hand in Hand blieben wir stehen und blickten uns an. Jeder spürte, was in dem anderen vor sich ging. Der Abschied nahte, der eigentlich gar kein richtiger Abschied war. Dennoch fiel es mir zunehmend schwer, daran zu denken, dass ich die Liebe meines Lebens spätestens in Ernas Pension loslassen musste. Fritz würde ins Hotel zurückkehren und ich beim Radio mein zweijähriges Volontariat antreten. Mich überkam mit einem Mal das Bedürfnis, meine Mutter anzurufen und klar Schiff zu machen. Ihr zu sagen, dass ich volontiere und keine richtige Ausbildung antrete, so wie ich es ihr glauben gemacht hatte. Ich suchte mein Handy im Gepäck, zog es heraus und blickte Fritz fragend an.

»Darf ich?«

»Mit deiner Mom telefonieren?«

»Ja. Ich denke, ich schulde ihr da noch eine Erklärung.«

»Weißt du, was? Wir sollten den übernächsten Bus nehmen«, schlug Fritz vor. »Und nach deinem Telefonat noch einen Strandspaziergang machen. Was hältst du davon?«

Natürlich fand ich die Idee super, zumal ich noch etwas mehr Zeit mit Fritz genießen konnte, bevor wir uns trennen mussten auf unbestimmte Zeit.

»Gibt es was Wichtiges, ich bin in Eile«, empfing mich Mutter am Telefon. »Du weißt doch, dass man am Samstag nach dreizehn Uhr kaum noch Chancen auf ein frisches Bäckerbrot hat.«

»Ja, ich weiß. Doch, es gibt etwas Wichtiges, das ich dir sagen muss.«

Mutter stöhnte.

»Wichtiger als ein frisches, dampfendes Bäckerbrot?«

»Ich denke schon.«

Mutter wurde hellhörig. Wichtiger als ein frisches Bäckerbrot konnte ihrer Meinung nach scheinbar nur ein Desaster sein.

»Du bist doch wohl nicht eingeschlafen und hast etwas Furchtbares angestellt, so wie voriges Jahr, als dein Hirn schlief und du irrsinnigerweise fast vor die Straßenbahn gelaufen bist?«

»Nein, Mama.«

»Gott, du bist schwanger!«

»Nein! Moment mal, und wenn ich das wäre? Wo läge das Problem?«

»Es wäre kompliziert eben. Aber das ist ja jetzt nicht das Thema, also erzähl mir, was passiert ist.«

Ich holte tief Luft und ließ es aus mir heraus.

»Ich werde keine Ausbildung antreten, sondern ein zweijähriges Volontariat.«

Puh, es war draußen. Nun stand mir nur noch Mutters Reaktion bevor, auf die ich mich bereits eingestellt hatte und wegen der ich das Handy ein Stück weit vom Ohr weghielt. Aber es blieb still.

»Bist du noch dran?«, vergewisserte ich mich.

»Ja, und ich werde heute wohl nur noch abgepacktes Brot bekommen.«

Mein schlechtes Gewissen hatte mich vollends im Griff. Als wenn ich mich nicht schon übel genug fühlte, Mutter wegen meines Berufstraumes beschwindelt zu haben, gesellte sich auch noch die Sünde hinzu, am trockenen Wochenendbrot schuld zu sein.

»Nun vergiss doch mal das Brot und sag was! Meinetwegen schimpf mit mir, sei böse oder so, aber sag irgendwas.«

»Was soll ich sagen? Du bist alt genug, um zu wissen, dass man seiner Mutter immer ehrlich gegenüber sein sollte. Nichts anderes hätte ich mir gewünscht.«

»Es tut mir leid, wirklich. Aber wenn ich dir vom Volontariat erzählt hätte, wärst du nicht zu überzeugen gewesen und hättest mich nicht fahren lassen.«

»Stimmt. Und ich hätte noch mein Beerdigungsgeld. Nur Gott weiß, in welcher Billigkiste ich nun meine letzte Ruhe antreten muss.«

»Ach Mama. Ich zahle es dir irgendwann zurück.«

Brigitte Röschen lachte theatralisch.

»Ach Gott, du und zurückzahlen? Vielleicht, wenn du zur Vernunft kämst und dem durchaus liebenswerten und um dich besorgten Jan Kruger endlich mal Beachtung schenken würdest, dann könnte ich das glauben. Aber mit einem Kellner an deiner Seite wirst du niemals zu Geld kommen, mein Kind.«

»Wieso machst du meine Zukunft eigentlich immer von dem Status eines zukünftigen Mannes an meiner Seite abhängig? Ich bin durchaus fähig, für mich allein zu sorgen und Entscheidungen zu treffen. Du musst mir bloß mehr zutrauen.«

»Du bist krank, mein Kind, das vergisst du nur leider sehr gern. Und ich will nicht, dass es dir genauso ergeht wie mir mit deinem Vater. Nur ein Arzt kann verstehen, was du durchmachst, warum du plötzlich Dinge tust, die nicht erklärbar sind, und weshalb du öfters in eine Schlafphase verfällst. Du nimmst doch deine Tabletten regelmäßig?«

»Ja, Mutter. Aber dennoch kannst du nicht alle *Nicht-Ärzte* mit Vater vergleichen, der beim ersten Problem geflüchtet ist. Fritz ist anders.«

»Bitte schön, wie du willst. Aber beschwere dich später nicht, wenn du enttäuscht wirst. Hier ist dein Zuhause, nicht auf einer Insel, wo du nicht einmal einen Beruf erlernen kannst.«

Beleidigt legte ich auf. Vielleicht wollte ich aber auch nur einer weiteren Konfrontation aus dem Wege gehen. Fritz saß noch immer am Tisch vorm Bistro-Café. Ich schlurfte wortlos zurück und ließ mich neben ihm nieder.

»Und? Alles klar mit deiner Mom?«, fragte er besorgt, als er mein trauriges Gesicht sah.

»Nein, ich hab sie vom Einkauf abgehalten. Und nun muss sie auf ein frisches Bäckerbrot verzichten.«

Fritz lachte.

»Du bist witzig, nein, im Ernst, ist alles okay bei dir daheim?«

»Ja, ich denke schon.« Ich griff seine Hand und sprang auf. »Komm, lass uns die Seepromenade bis zum Strand spazieren.«

»Und dein Gepäck?«

Ich blickte mich suchend um.

»Hm, vielleicht könnten wir das für kurze Zeit im Bistro-Café abgeben.«

Und ich hatte Glück. Der Betreiber war sehr nett und bat uns, die Sachen derweil hinter dem Kuchenverkaufstresen abzustellen.

Hand in Hand schlenderte ich mit Fritz über die belebte Strandpromenade, vorbei an Touristen-Ständen und einer Badekarre. Letztere faszinierte mich so sehr, dass ich stehenblieb und mir das kutschenähnliche Gefährt näher betrachtete. Kaum zu glauben, dass sich darin vor weit über einem Jahrhundert Frauen umgezogen und ins Meer zum Baden haben fahren lassen, um nicht den Blicken der Herren ausgesetzt zu sein.

»Früher schickte es sich eben nicht, in kurzem Bikinihöschen herumzuplanschen«, erläuterte der Rettungsschwimmer, der es sich in der Badekarre bequem gemacht hatte. »Heutzutage benutzen wir diese umgebauten Karren als Rettungsschwimmerposten, da sie mobil sind und wir schnell damit den Standort wechseln können.«

»Suchen Sie denn hin und wieder Rettungsschwimmer?«, hinterfragte ich, mit Gedanken an den arbeitssuchenden Samuel, der voller Hoffnung auf Föhr gestrandet war.

Der gut durchtrainierte Lebensretter musterte mich, dann Fritz.

»Nein, nein, nicht wir sind auf der Suche, sondern ein Freund, der allerdings kein Deutsch spricht«, stellte ich klar.

»Hm …« Er fuhr sich über seinen durchaus attraktiv wirkenden Dreitagebart. »Ich weiß nicht so recht, kommt auf die Kondition Ihres Freundes an. Weicheier können wir hier nicht gebrauchen. Aber Moment bitte.« Er verschwand im Inneren der Badekarre und kam mit einer Visitenkarte zurück. »Hier, geben Sie die Ihrem Freund und sagen Sie ihm, er soll mich anrufen.«

Ich bedankte mich und lächelte Fritz zufrieden zu.

»Kannst du ihm die Visitenkarte später im Hotel geben?«

»Klar.« Fritz steckte sie in seine Geldbörse und legte seinen Arm um mich. »Ich kann nur immer wieder sagen, du bist unglaublich.«

Dann schlenderten wir der Mittagssonne entgegen, zum Strand hinunter.

Wir hatten uns hinter einer Düne niedergelassen und schauten begeistert dem bunten Strandtreiben zu. Kleine

Kinder tobten mit einem aufgeblasenen Wasserball herum und kicherten fröhlich. Hin und wieder winkten sie ihren Eltern zu, die entspannt unter einem Sonnenschirm lagen und in einem Buch lasen. Ein älteres Paar daneben cremte sich gegenseitig den Rücken ein. Alle schienen glücklich zu sein. Ich war es auch, trotz Mutters unbegründeter Zukunftsangst. Wieso konnte sie mir nicht ein einziges Mal etwas zutrauen? War ich wirklich ein Mensch ohne Nutzen und Schaffenskraft? Erneut kamen Zweifel auf und sägten zunehmend an meinem Nervenkostüm. Ich schmiegte mich an Fritz und sah ihn an.

»Darf ich dich was fragen?«

Er lächelte.

»Aber immer doch.«

»Glaubst du, dass ich mit Narkolepsie eine reale Karrierechance beim Radio habe?«

»Warum solltest du die nicht haben? Etwa wegen der Erkrankung? Sorry, aber das ist doch Blödsinn.«

»Sagst du. Meine Mutter ist da anderer Meinung. Sie traut mir rein gar nichts zu und meint, ich …«

Ich stockte.

»Was meint sie?«

»Ach, vergiss es.«

»Nein, nein, nein, heraus damit. Also, was meint sie?«

Ich schluckte den Kloß hinunter, der plötzlich in meinem Hals zu stecken schien.

»Mutter meint, ich sollte einen Arzt heiraten, der sich mit den Symptomen meiner Erkrankung auskennt und damit nicht überfordert wäre.«

Das Entsetzen über meine Worte zeichnete sich im Gesicht von Fritz ab. Mit ernster Miene starrte er mich an.

»Das sagt deine Mutter? Sorry, aber ich bin gerade etwas geplättet. Hat sie vielleicht auch schon den passenden Arzt zur Hand?«

Ich nickte verschämt.

»Nein, das ist doch nicht wahr, oder? Sie drängt dich in die Arme eines Arztes und redet dir ein, du seist kontraproduktiv, weil du krank bist?«

»Er ist noch kein Arzt«, korrigierte ich ihn.

»Was, du kennst ihn bereits?« Fritz ließ seinen Arm, den er zuvor fest um mich geschlungen hatte, zu Boden sinken. »Heißt das …?«

»Nein, um Gottes willen«, unterbrach ich seine aufkommenden Gedanken. »Ganz im Gegenteil. Ich kann ihn nicht ausstehen.«

Eine Wurfscheibe fiel vor unsere Füße und riss uns aus der vertraulichen Unterhaltung, gefolgt von einem Teenager. Fritz warf die Scheibe dem Jungen zu, der diese auffing und sich mit einem »Cool man, danke« auf den Weg zurück zu seinen Freunden begab. Danach saßen wir einfach nur so da, ohne auch nur ein einziges Wort zu sprechen, und blickten hinaus aufs Meer. Minuten später legte Fritz seinen Arm erneut um mich und drückte seinen Kopf fest gegen meinen.

»Tut mir leid, dass ich barsch reagiert habe, ich war eifersüchtig. Und bin es im Grunde noch immer.«

»Musst du nicht«, erwiderte ich.

»Sicher?«

Ich lachte beim Gedanken an Jan Kruger, der wahrscheinlich ein Leben lang Dauersingle bleiben würde. Selbst mit einem Doktortitel in der Tasche.

»Absolut.«

Ein Lächeln huschte über sein Gesicht.

»Ist der Typ ein Monster oder so?«

»Ein Nachbarsmuttersöhnchen gewissermaßen«, sagte ich scherzhaft und brachte es damit eigentlich auf den Punkt.

»Und wegen deiner Zweifel«, begann Fritz, das Thema zu wechseln. »Daran darfst du niemals denken. Du wirst deine

Sache gut machen, das weiß ich. Du wirst eine wundervolle Moderatorin sein, und ich dein allergrößter Fan.«

Ich schloss meine Augen. Und ich stellte mir vor, wie ich vor dem Mikrofon im Sender saß, mit riesigen Kopfhörern auf meinen Ohren, während ich rhythmisch zur eingespielten Musik wippte.

»Ja, genauso sollte es sein, wie in meinem *großen Traum*.«

»Und wann beginnt dein *großer Traum*?«, fragte Fritz.

Ich öffnete meine Augen.

»Oje, schon übermorgen.«

Etwas angespannt löste ich die Schnallen von den Sandalen und bohrte meine verschwitzten Füße in eine Sandkuhle. Ich bereute, keinen Bikini unter meinem Kleid zu tragen. Zu gern wäre ich baden gegangen. Fritz schien meine Gedanken zu teilen. Er zog sich sein Shirt über den Kopf und öffnete seine Hose.

»Du willst doch nicht …«

»Und ob ich will«, meinte er und streifte seine Hose herunter.

»In Unterwäsche?«, fragte ich, mich umblickend.

Immerhin waren dutzende Touristen am Strand, die ordentliche Badesachen trugen.

»Nein, nicht doch in Unterwäsche, sondern nackt.«

Noch bevor ich den Wortknäuel in meinem Kopf zu einem sinnvollen Satz der Gegenwehr zusammenpuzzeln konnte, stand Fritz splitterfasernackt vor mir. Ich wollte etwas sagen, brachte aber kein einziges Wort heraus. Jetzt bloß nicht auf sein Gemächt glotzen, schoss es mir wie ein Geistesblitz durch den Kopf. Puppenähnlich steif presste ich mir ein Lächeln heraus und tat, als wäre ein nackter Mann das Normalste von der Welt. Ein nackter Mann! Ein Mann, ja. Aber nackt? Mein Genick schmerzte, aber ich zwang mich hinaufzuschauen, in sein Gesicht. Sollte ich vielleicht besser aufstehen, um auf Kopfhöhe zu sein?

127

»Kommst du mit schwimmen?«, fragte Fritz, beugte sich herab und küsste meine schweißbehaftete Stirn.

Dann flitzte er auf die erste Welle zu. Ich sah ihm wie versteinert hinterher. Und ja, für einen kurzen Augenblick auch auf seinen knackigen Po. Sollte ich oder sollte ich nicht? Ich rang mit meiner Scham. Noch nie zuvor war ich nackt baden gewesen. Mein Kopf schrie: *Nein!*, mein Herz sagte: *Tu es!* Herz über Kopf begann ich, mein Kleid abzulegen. Sollte ich vielleicht besser meinen Stringtanga anlassen? Ich kam nicht mehr dazu, darüber nachzudenken, überrannt von einer Schlafattacke der besonders peinlichen Art.

»Aufwachen, Donna«, hörte ich in verzerrtem Ton.

Fritz kauerte über mir und streichelte über meine Wange. Langsam konnte ich sein fürsorgliches Gesicht erkennen, von dem Wassertropfen herabperlten.

»Gib mir noch einen Moment«, flüsterte ich schwerfällig.

Das wache Dasein war noch nicht ganz in meinen Kopf zurückgekehrt.

»Du hattest wieder eine Schlafphase«, erwiderte Fritz. »Nur gut, dass ich es noch rechtzeitig bemerkt habe. Du hättest ertrinken können.«

Ertrinken? Wieso ertrinken? Ich richtete mich auf und blickte auf meinen ebenfalls nackten Körper. Nur mein linker Busen war von meinem langen Haar bedeckt.

»Ich hab ja gar nichts an«, sagte ich erschrocken und zog die Beine schützend an, um meine Scham zu bedecken, während ich meine Arme überkreuzend vor die Brüste drückte.

Fritz sah mich fragend an.

»Du hast dich ausgezogen und weißt das nicht mehr?«

»Ja, nein, es ist kompliziert.«

»Okay, lass dir Zeit. Du musst mir nichts erklären«, wandte Fritz ein und versuchte, mir den Druck zu nehmen, der sich spürbar in mir aufbaute. »Wichtig ist doch, dass du wieder wach bist und ganz nah bei mir.«

»Weißt du …«, begann ich, die Situation zu erläutern, »… manchmal tue ich im Schlaf Dinge, die ich nicht steuern kann, so wie eben.«

»Das heißt, du hast dich ausgezogen und bist zu mir ins Meer gestolpert gekommen, während du geschlafen hast?« Ich nickte. »Wow, das ist allerdings krass.«

»Und peinlich«, merkte ich an, im Hinblick auf meine Nacktheit.

Fritz wurde ernst. Seine Augen funkelten heller als je zuvor. Er ließ seine Blicke über meine Beine gleiten, während seine Hand meinen Schenkel sanft berührte.

»Du zitterst ja.«

Ich registrierte mein Zittern nicht, umklammerte Fritz und zog ihn zu mir herab. Seine Haut war feucht und sandig, sein Atem schwer und voller Lust. Ich war bereit, mich ihm vollends hinzugeben. Behutsam umkreisten seine Hände meinen Busen, umspielte seine Zunge meine Nippel, die sich aufstellten, als seien sie der Mount Everest der Liebe. Ein merkwürdiges Kribbeln kam in mir auf, das ich noch nie zuvor erlebt hatte. Fritz umgriff meine Handgelenke, die neben meinem Kopf im Sand ruhten, und presste lustvoll seine Männlichkeit gegen meinen Körper. Gott, lass es niemals enden, schrie mein Hirn, während mein glühend heißer Körper bebte. Eine Explosion der Sinne überflutete mich, als ich sein Glied nach einem kurzen Brennen in mir spürte. Besonnen glitt er unter heftigem Stöhnen rein und raus. Ich schloss meine Augen und genoss den schönsten Moment in meinem ganzen Leben, während sich mein Unterleib taktvoll unserer lustvollen Liebe anpasste.

»Mama, schau mal!«, hörte ich ein Kind rufen. »Die küssen sich.« Danach folgte ein entsetztes: »Komm sofort hierher und guck da nicht hin!«

Schlagartig wurde mir bewusst, was wir da gerade in aller Öffentlichkeit taten. Und auch Fritz besann sich und kehrte aus dem Liebesrausch zurück, der uns beide überkommen hatte. Ein Moment, in dem ich am liebsten im Erdboden versunken wäre.

Wieder in Sachen gehüllt versuchte ich, nicht an den peinlichen Augenblick zu denken und schnitt ein Thema an, das fernab von Lust und Liebe war – Mutter. Ich erzählte Fritz, wie sehr sie sich um mich sorgte, nachdem uns mein Vater verlassen hatte. Ich wollte ihm damit aufzeigen, dass meine Mutter durchaus auch liebenswerte Züge besaß und nicht nur eine Kupplerin war. Wer weiß, vielleicht würden wir eines Tages ja zusammen an einem Tisch sitzen, bei Kaffee und Kuchen, Fritz, meine Mutter und ich. Und dann würde ich wollen, dass sie sich mögen.

Fritz lauschte meinen Erzählungen von Heim und Herd, während er den Sand aus seinen Turnschuhen schüttelte. Er zog sie an, griff nach meinen Händen und zerrte mich an sich heran.

»Das eben war wundervoll.«

»Ja, Mutter ist schon was Besonderes.«

»Nein, nicht deine Mutter, der Sex mit dir.«

Ich spürte förmlich, wie mir die Röte ins Gesicht schoss. Unfähig, auch nur ein Wort zu sagen, nickte ich mit weit aufgesperrtem Mund. Niemals hätte ich gedacht, dass Liebe Gesichtsreflexe zu lähmen imstande war, ähnlich einer Kataplexie. Und insgeheim dankte ich dem Herrn der Schöpfung, dass ich meinen ersten Sex ohne einen kurzzeitigen Verlust meines Muskeltonus erleben durfte.

KAPITEL 13

Ein unverhoffter Einsatz

Gegen vier Uhr trafen wir in Dunsum ein. Bis zu Ernas Haus waren es nur wenige Meter. Fritz lief neben mir her und blickte sich um. Ihm schien zu gefallen, was er sah. Vorm Haus blieb er stehen und überreichte mir die Reisetasche.

»Wie, du kommst nicht mit hinein?«

Fritz schüttelte traurig seinen Kopf.

»Nein, lass uns hier verabschieden.«

Der Moment des *Adieu-Sagens* war gekommen. Ich stellte den Rollkoffer ab und schloss Fritz in meine Arme.

»Wir telefonieren doch?«, murmelte ich weinerlich in sein Ohr.

»Ja, das tun wir.«

»Gut, und vergiss nicht, die Visitenkarte meinem Zimmernachfolger zu geben.«

»Ich denke daran.«

»Okay, dann mach's gut und grüß Mia von mir.«

»Ja, mach ich.«

»Und für eure Mom toi, toi, toi.«

»Wird schon alles gut werden«, erwiderte Fritz, küsste meine Stirn und signalisierte mir, dass ich ins Haus gehen sollte.

Doch irgendwie konnte ich nicht. Wie versteinert stand ich da und hörte meinem Herzschlag zu, dessen Pochen bis in die äußerste Ecke meines Kopfes vorgedrungen war. *Bumm-bumm, bumm-bumm.* Plötzlich ging die Tür auf und Erna stand in Schürze und Gummistiefeln hinter uns. Sie warf ihre Hände in die Hüften und rief:

»Was steht ihr beide so deppert hier herum? Los, rein mit euch, der Tee wird sonst kalt!«

Ich musste lachen. Schon wieder Tee. Und bestimmt hatte Erna nicht am Rum darin gespart. Mit einer herzlichen Umarmung begrüßte ich sie.

»Darf ich vorstellen, Fritz. Fritz, das ist Erna, meine …«

»Urgroßtante«, unterbrach mich Erna und reichte Fritz die Hand zum Gruß.

Ich musste kichern, als ich das grübelnde Gesicht meines Liebsten sah. Er schüttelte Ernas Hand und sah mich fragend an.

»Das erkläre ich dir später«, meinte ich keck und hakte ihn unter. »Aber vorher trinkst du mit uns einen Tee. Und glaub mir, der wird dich wirklich aufmuntern.«

Fritz fühlte sich innerhalb kürzester Zeit sehr wohl in Ernas Haus. Entspannt lehnte er sich in das Polster der Rückenlehne und kraulte Benji, der seinen Retter sofort wiedererkannt hatte und angehumpelt gekommen war. Dann leerte er sein Teeglas und blickte zur Uhr an der Wand.

»Was, schon zehn vor fünf?« Erschrocken fuhr er hoch. »Verdammt, meine Schicht beginnt gleich, das schaffe ich doch nie.«

Erna lächelte.

»Immer ruhig Blut, mein Jung.« Dann hatschte sie in den Flur und rief: »Robeeeert!«

Ein »Ja« ertönte aus der oberen Etage, gefolgt von der Toilettenspülung.

»Kannst du deine Knatterkiste schnell anwerfen und den jungen Mann hier nach ...« Sie stockte. »Wohin müssen Sie eigentlich?«

»Ins Hotel, nach Nieblum.«

»Nach Nieblum fahren, hörst du, Robert?«

Ein mir unbekannter junger Mann sprang die Treppen herab.

»Na, dann mal los«, sagte er im Vorbeigehen zu Fritz, der ihm zum Mofa folgte.

Ich blickte Erna an, die grinsend mit den Schultern zuckte.

»Unverhoffter Besuch meines Neffen dritten Grades. Der Robert wohnt übrigens im Zimmer gegenüber. Das Bad müsst ihr euch teilen.«

Der schnelle Abschied war weniger schmerzhaft als der zuvor gescheiterte Versuch eines langsamen, das wusste ich nun. Zufrieden stand ich in meinem neuen Zimmer und packte meine Sachen aus. Wohin nur mit den Waschutensilien, dem Deodorant und meiner Haarbürste? Egal. Ich legte es erst einmal zur Seite, ließ mich in den großen Lederohrensessel fallen und genoss den Ausblick aus dem weit geöffneten Fenster. Benji war mir hinauf gefolgt. Stufe für Stufe hatte er sich allmählich hochgearbeitet, um danach ein Freudentänzchen aufzuführen. Mit einem schnatternden Geräusch durchforstete er meine am Boden liegende Tasche in der Hoffnung, irgendwo eine Sprotte zu finden. Erna hatte mir erzählt, dass Sprotten tatsächlich Benjis Lieblingsfische waren.

»Hörst du das?«, fragte ich ihn. »So schön kann nur die weite See klingen.« Benji schnäbelte mir zu, als hätte er verstanden und wollte mit seinem Klappern des Schnabels zustimmen. Ich beugte mich zu ihm herab. »Und, hast du mich vermisst, kleiner Mann?« Was für eine Frage. Natürlich hatte er das. Ich fuhr sanft über sein Köpfchen hinunter zum Hals. »Was für ein hübscher Säbelschnäbler du doch bist.«

Müdigkeit kam auf. Nur fünf Minuten, dachte ich und ließ mich zurück in eine bequeme Sitzposition fallen. Das Rauschen der Wellen und die salzhaltige Luft ließen mich im Nu wegschlummern und den schönsten Augenblick des Tages Revue passieren.

Es dämmerte längst, als ich erschrocken hochfuhr.

»Entschuldigung, ich wollte Sie nicht erschrecken«, sagte Robert, der plötzlich vor mir stand. »Ich hatte geklopft und hörte Sie was sagen, das wie ein *Ja* klang.«

»Und was sagte ich tatsächlich?«

»›Ja, ja, Fritz, ja‹ oder so ähnlich.« Er reichte mir seine Hand und schob sich schmunzelnd eine Haarsträhne hinters Ohr. »Ich heiße allerdings Robert und nicht Fritz, obgleich ich das ein wenig bereue.«

Verlegen und ein wenig empört über seine Dreistigkeit ergriff ich seine Hand, die sich rau anfühlte.

»Bereuen Sie es mal lieber nicht. Wenn Sie Fritz hießen, würden Ihre Hände jetzt in einer übergroßen Tube Hautpflegecreme stecken.«

Er räusperte sich verlegen und verzog seine Mimik zu einer angewiderten Grimasse.

»Ähm, okay. Er lässt Sie lieb grüßen und ausrichten, dass er es fast pünktlich zur Schicht geschafft hat.«

»Danke, auch für Ihren spontanen Fahreinsatz. Das war wirklich sehr nett von Ihnen.«

»Kein Problem. Kommen Sie nun mit?«

»Wohin?«

»Morgen, in aller Frühe nach Sylt.« Er wies mit seiner Hand zum Fenster hinaus. »Da drüben, wo die Lichter sind, zum Oststrand.«

»Und was machen wir so früh am Oststrand?«

Robert starrte mich fragend an.

»Hat Erna Ihnen nichts gesagt?«

Nein, hatte sie nicht. Und obwohl ich es eigentlich gar nicht wissen wollte, erfuhr ich es dennoch einige Minuten später, als ich in der Küche nach etwas Essbarem suchte.

Georg, Dittmar und Erna hockten gemeinsam am Tisch über einem Plan. Als sie mich sahen, hießen sie mich freudig in ihrer Mitte willkommen.

»Sie müssen ja einen Mordshunger haben«, stellte Erna zu Recht fest und ersparte mir die Frage, ob ich etwas zu essen haben könnte.

Bei all den Glücksmomenten und der Aufregung hatte ich völlig vergessen, etwas Essbares einzukaufen, das ich mir mit aufs Zimmer nehmen konnte. Mit den Gepflogenheiten des Hauses war ich eben noch nicht vertraut, bekam aber zu hören, dass man in Ernas Haus immer gemeinsam aß.

»Schließlich sind wir ja fast eine Familie«, argumentierte sie und überzeugte mich davon, zukünftig pünktlich am Tisch zu sitzen. »Gut, dass ich Ihnen eine ordentliche Portion Eintopf aufgehoben habe.«

Ich bedankte mich und schlang hastig die verspätete Mahlzeit hinunter. Hin und wieder äugte ich neugierig auf den Plan, der das eingeteilte Revier eines Robbenjägers auswies, der aus Diskretion *Jäger B* genannt wurde.

»Hören Sie, Donna, wäre es möglich, dass Sie in aller Frühe mit uns an den östlichen Strandabschnitt von Sylt aufbrechen?«, fragte Erna mit einem Dackelblick, den niemand ignorieren konnte.

»Ich weiß nicht«, stotterte ich und versuchte, mich irgendwie aus der Affäre zu ziehen.

»Der Frida geht's nicht so gut, der Rücken mal wieder«, setzte sie nach. »Und da dachten wir, dass Sie vielleicht ...«

»Die Frida ersetzen?«, komplettierte ich ihren Gedanken und stellte ihn gleichzeitig infrage. »Hm, welche Aufgabe hat Frida denn im Team?«

So schwer konnte es ja nun wahrlich nicht sein, eine Rentnerin in einem illegalen, einmaligen Einsatz zu ersetzen. Illegal, klang es in meinem Kopf nach. Illegal und ungesetzlich. Egal. Es war für den guten Zweck, zur Rettung der Robbenbabys, etwas, das selbst ein Richter nicht verurteilen könnte.

»Sie bedient die Pfeffersraykanone.«

Ah ja! Eine Kanone mit Pfefferspray. Ich war mir plötzlich nicht mehr so sicher, unbescholten bei einem Richter davonzukommen, sollte der Einsatz schiefgehen. Und in meinem Kopf ratterte bereits die Moralpredigt meiner Mutter, die sich wie ein endlos langer Kassenbon vom Kleinhirn ins Großhirn zog.

»Meinetwegen, für die Frida und die Robbenbabys.«

Robert, der unbemerkt zu uns gestoßen war, gab sich freudig mit Dittmar *alle Fünfe*. Erna umarmte mich.

»Ich hab's gewusst. Sie sind ein Geschenk des Himmels.«

War ich das wirklich? Hatte ich nicht vielmehr gerade all die konservativen Regeln, nach denen ich bisher gelebt hatte, über Bord geworfen? Nein, das tat ich ja bereits mittags, am Strand mit Fritz. Jetzt warf ich den letzten Rest meiner Rechtschaffenheit ins Klo und spülte ihn zusammen mit meiner bis dahin lupenreinen Weste hinunter. Ich atmete tief ein und freute mich mit den anderen. Was sollte schon schiefgehen?

»Ähm, wie viele Jahre stehen auf den Beschuss mit Pfefferspray auf eine staatlich ausführende Kraft?«

Erna lachte auf.

»Da gibt's Bewährung und allerhöchstens eine Geldstrafe, die auch ausgesetzt und zu sozialen Stunden umgewandelt werden kann.«

Das beruhigte mich doch sehr. Denn beim einzigen Anruf, den ich als Straftäterin frei hätte, wollte ich keinesfalls um Geld bitten. Dann lieber ein Aktivist mit der Option, im schlimmsten Fall soziale Dienste ableisten zu müssen im Auftrag des Tierschutzes.

Die Nacht verging viel zu schnell. Ich hatte mich gerade an den Härtegrad der Matratze gewöhnt und eingekuschelt, als es leise an der Tür klopfte. Ein Lichtstrahl fiel ins Zimmer, in dem ich Ernas Silhouette erkennen konnte.

»Donna, aufstehen«, flüsterte sie leise.

Ich stöhnte innerlich auf. Es konnte doch unmöglich schon morgens sein. Selbst die Vögel waren noch nicht aufgestanden. Es war Totenstille.

»Sicher, dass es schon Morgen ist?«, flüsterte ich zurück. »Ich bin doch gerade erst ins Bett gegangen.«

»Es wird gleich hell«, entgegnete Erna und schloss die Tür leise von außen.

Dann hörte ich sie mit Robert reden. Also schön, dann mal raus und die erste gute Tat vollbracht, bestärkte ich mich selbst. Mein Blutdruck war noch im Tiefschlaf. Gerade stand ich, fiel ich auch schon wieder zurück. Ich sortierte meine Gedanken. Yeah, PfeffersSpraykanone. Aber das Schönreden half nur bedingt. Niemand schießt gern auf andere. Und ich schon gar nicht. Mit der Schnelligkeit einer von Mutter stets verwöhnten Göre durchwühlte ich meine Sachen auf der Suche nach einem unauffälligen, dunklen und dem Anlass entsprechenden Outfit. Was aber trug ein aktiver *Robby Hood*? Robert, den ich auf dem Weg ins Bad fast umgerannt hätte, gab mir Nachhilfe im kriminellen Ankleiden. Zufrieden trottete ich im Jogginganzug hinunter zur Küche, um mich meinem ersten und hoffentlich letzten Undercover-Einsatz zu stellen. Aber zuvor gab es noch Marmeladenbrote, die die Hausherrin eigens für uns zubereitet hatte.

Die Sonne lugte bereits ein Stück über dem Horizont, als wir ins Einsatzboot stiegen. Franz, der als Letzter mit dem Fahrrad aus dem Nebenort eingetroffen war, streifte seinen Rucksack vom Rücken und beförderte Skimasken zutage. Jeder bekam eine, auch ich.

»Brauchen wir die wirklich?«, protestierte ich.

Aber Georg meinte, ein Geheimtrupp könne nur geheim bleiben, wenn die Mitglieder nicht erkannt werden, was so viel hieß wie: Mund halten und drübergestülpt das Ding. Ich gestehe, ich fühlte mich ein wenig unbehaglich, ja fast wie ein echter Krimineller. Mutig bestieg ich das Boot und wartete auf meine Anweisung. Erna, Dittmar, Georg und Franz saßen ebenfalls im Boot.

»Leine los, Robert!«, rief Dittmar, der den Kapitän mimte.

Robert löste das Tau und sprang aufs Boot.

»Und jetzt?«, fragte ich ängstlich, denn das Boot begann hin und her zu schaukeln mit jeder ankommenden Welle.

»Jetzt legen wir die Rettungswesten an«, erwiderte Georg. Alle griffen unter ihren Sitz. Ich versuchte auch mein Glück und hievte tatsächlich eine dieser orangenen Westen hervor. »Überziehen, zack, zack. Gleich wird's ungemütlich«, meinte Georg und gab Dittmar das Zeichen zum Start.

Der Motor heulte auf, dann folgte ein Schub mit derartiger Gewalt, dass ich fast über Bord fiel. Krampfhaft klammerte ich mich mit der einen Hand an der Sitzfläche und mit der anderen Hand am Bootsrand fest. Erna saß mir gegenüber. Sie wirkte routiniert und fest entschlossen, an diesem Morgen die Heuler an der Sylter Ostküste zu retten. Nach einigen Minuten Fahrt verlangsamte Dittmar die Geschwindigkeit und schaltete das Licht aus. Der Motor brummte nur noch leise vor sich hin, während das Boot unbemerkt durch den Morgendunst glitt, der sich vom Meer erhob.

»Motor aus«, kommandierte Georg und hielt drei Finger hoch.

Dittmar nickte. Robert stupste mich an.

»Na, schon nervös?«

Logo war ich das. Franz rutschte näher an mich heran und überreichte mir eine Schulterkanone.

»Eigene Konstruktion«, erörterte er mir. Dann wies er mich kurz in die Funktion des Schussgerätes ein, das so simpel wie ein Wasserkocher funktionierte. Es gab eine Ladevorrichtung und einen Abzug, mehr nicht. »Beim Abschuss gibt es ordentlich Druck nach hinten«, warnte Franz. »Also immer gut am Griff sichern während des Beschusses.«

Oh, mein Gott, was tat ich hier eigentlich? Ich kam mir vor wie eine Terroristin, die vor ihrem ersten Kampfeinsatz stand und die Hosen voll hatte. Zurück ging nicht, dazu konnte ich zu schlecht schwimmen. Mir blieb nichts anderes übrig, als die Pfefferkanone auf meine Schulter zu laden und mich mit dem Zielfernrohr vertraut zu machen. Franz erklärte mir noch einige Besonderheiten, die ich bei Wind zu beachten hatte. Dann legte er die Pfefferspraypatrone ein.

»Maximale Entfernung zwölf Meter«, sagte Franz beiläufig. »Darüber ist keine optimale Zielanpeilung möglich. Und nur einsetzen, wenn wir das Kommando dazu geben. Also im äußersten Notfall oder bei Behinderung des Rückzuges.«

Georg beugte sich nach vorne und blickte mich an.

»Alles verstanden?«

Ich bejahte. Trotzdem war es mir nicht geheuer, mit diesem Ding auf einen Menschen zu zielen, auch wenn er Böses tat.

Eine Weile schipperten wir motorlos und von den Wellen getragen auf der See. Dann endlich folgte der Funkspruch, auf den alle gewartet hatten.

»Moin, Moin, Kameraden, eure Koordinaten bitte.«

Dittmar gab alles Nötige an.

»Gut, dann mal los«, erwiderte der geheimnisvolle Informant, der für die Robby Hoods vor Ort auf Sylt war. »Ab sofort wird nur noch unter Codenamen kommuniziert. Seeteufel auf dreizehn Uhr. Ich bin gut getarnt und befinde mich etwa auf halb zwölf.«

»Wer ist das?«, wollte ich wissen.

Erna rutschte an mich heran und flüsterte:

»Major Schulze, ein Kriegsveteran und einer der Mitbegründer der Robby Hoods. Sein Codename ist schlichtweg *Major.*«

»Verstehe«, flüsterte ich zurück.

Ich wurde zunehmend nervöser, weil ich keine Ahnung hatte, was mich an der Sylter Ostküste erwarten würde, und auch nicht, weshalb wir plötzlich flüsterten. Georg und Franz steckten Paddel zusammen, hakten sie in die Halterung am Bootsrand ein und ruderten zum Strandufer. Dittmar gab ihnen die Richtung vor. Meter für Meter kamen wir näher. Dann sah ich einen Mann, der mit einer Flinte über seiner Schulter am Strand entlanglief.

»Er wird uns sehen«, murmelte ich Erna zu.

»Keine Sorge, wir sind nicht sein Zielobjekt.« Sie stupste mich an und zeigte auf eine Stelle am Strand, während sie mir das Fernglas hinhielt. »Schauen Sie, da ist eine Gruppe Robbenmütter mit Jungtieren. Die visiert er an und schießt die schwächsten Heuler ab.«

Mir graute bei diesem Gedanken. Ich fixierte die Tiergruppe, dann den Jäger, der sich den Tieren langsam näherte. Gänsehaut überkam mich schauerartig.

»Er ist gleich bei ihnen«, zischte ich erzürnt.

»Ruhig Blut, unser Major liegt direkt vor ihm.«

Ich fixierte den Strand, konnte aber niemanden außer dem Jäger sehen.

»Wo denn?«

Erna lachte leise.

»Glauben Sie mir, den Major sehen Sie nicht, bevor Sie auf ihn draufgetreten sind. Er ist ein Meister der Tarnung.«

»Ah, hm, okay.«

Nur noch wenige Meter trennten uns vom Festland. Dittmar bat uns, beim Anlegen leise das Boot zu verlassen. Er selbst würde beim Boot bleiben, um den schnellen Rückzug vorzubereiten. Meine Nerven lagen blank. »Bloß nicht einschlafen«, murmelte ich mir zu. Ein Wegschlummern wäre fatal und würde nicht nur den Einsatz gefährden, sondern uns alle auf die Anklagebank bringen.

»Los jetzt«, tuschelte Georg und tippte mich an. »Und nicht vergessen, nur auf den Jäger schießen, wenn das Kommando *Feuer frei* ertönt.«

Ich nickte, stieg über den Bootsrand ins Wasser und lief in geduckter Haltung den anderen nach. Der Jäger schien uns bemerkt zu haben und wurde schneller. Zügig eilte er auf die Robbenbabys zu, legte sein Gewehr an und peilte einen der Heuler an. Doch ehe er zum Abschuss kam, sprang vor ihm ein Mann aus dem Sand, trat ihn vors Bein und rief:

»Reintrieb, Leute, los!«

Ähm, Reintrieb? Erna zerrte mich am Ärmel. Gemeinsam rannten wir hinter Georg, Franz und Robert her, direkt auf die Herde zu. Der Jäger war mittlerweile aufgestanden, klopfte sich den Sand ab und versuchte erneut, einen der Heuler, der abseits der Gruppe lag, anzupeilen. Allerdings tat Erna das auch. Zielsicher stürmte sie auf das Jungtier zu, dem Jäger vors Visier. Der rief:

»Ihr schon wieder! Ich rufe die Polizei, verschwindet!«

Major Schulze, der sich aus seinem Versteck erhoben hatte, trieb mit den anderen die Robbengruppe zurück ins Meer. Ich stand nur da und betrachtete das Szenario. Gemächlich setzten sich die Robben in Bewegung.

»Los schon, rein mit euch!«, rief Major Schulze.

Georg und Robert taten es ihm gleich. Nur Erna hockte beim abseits liegenden Heuler und diskutierte mit Franz. Wie war eigentlich mein Codename? Ich hatte völlig vergessen zu fragen. Der Jäger, der bereits Verstärkung gerufen hatte, lief auf Erna und Franz zu, die den Heuler in eine Decke gehievt hatten und auf dem Weg zum Boot waren.

»Achtung, Beschuss!«, brüllte Georg, der mitbekam, dass sich der Robbenjäger den beiden in den Weg stellen wollte.

Ich justierte die Kanone auf meiner Schulter und drückte ab, dem Jäger mitten ins Gesicht. Er schrie, warf die Hände vors Gesicht und krümmte sich. Mittlerweile waren die Robben im Meer. Georg und Robert liefen ebenfalls zum Boot.

»Komm schon!«, brüllte Georg und stieß mich an. »Wir müssen weg hier!«

Ich lief so schnell ich konnte zum Boot. Sand hatte sich in meinen durchnässten Joggingschuhen gesammelt und rieb schmerzhaft bei jedem Schritt. Dittmar nahm mir die Pfefferspraykanone ab, als ich am Boot angelangt war.

»Gut gemacht«, sagte Erna, während Robert mir beim Einsteigen half.

Kaum saß ich, dröhnte auch schon der Motor auf.

»Festhalten!«, schrie Dittmar.

Dann gab es einen Ruck und der Wind, der über das Meer hinwegzog, blies durch den Stoff meiner Ski-Maske. Ich klammerte mich am Rand des Bootes fest und musterte den Heuler, den Franz und Erna vor dem Abschuss gerettet hatten.

»Was passiert jetzt mit ihm?«, rief ich laut, um das Motorengeräusch zu übertönen.

»Wird aufgepäppelt und wieder frei gelassen!«, rief Erna zurück.

Dann spürte ich meine Muskelkraft schwinden. Mit einem lautstarken *Platsch* fiel ich rücklings über Bord. Das Wasser war kalt und die Wellen schwappten über mein Gesicht. Ich versuchte, mir die Maske abzuziehen, konnte mich aber nicht bewegen. Die Schutzweste hielt mich über Wasser.

»Stopp das Boot!«, hörte ich Franz schreien, bevor mir erneut eine Welle über den Kopf schwappte.

Völlig erstarrt durch die Kataplexie erlebte ich jede Sekunde mit, in der ich annahm zu sterben. Ich bekam kaum Luft, schluckte Wasser und begann mich von der Welt zu verabschieden. Ich fühlte die Kälte, die mich zunehmend vereinnahmte, doch ich konnte nicht einmal zittern. Musste ich ausgerechnet jetzt sterben, wo ich die Liebe meines Lebens gefunden hatte? Und dann war da noch Mutter. Nein, ich durfte sie nicht allein lassen. Das Boot kehrte um und die Lichter blendeten mich. Dann verlor ich das Bewusstsein.

Als ich wieder zu mir kam, hing ich kopfüber auf der Schulter von Georg, der mich in Ernas Haus trug.

»Du meine Güte, da wäre uns das Mädel fast noch ertrunken«, hörte ich Erna sagen. »Sie muss schnell aus den nassen Sachen raus.«

Mit wurde kotzübel. Im Flur des Hauses konnte ich es nicht mehr zurückhalten und erbrach mich. Georgs Hose bekam eine ordentliche Ladung ab, was mir unheimlich peinlich war. Aber er tat, als sei es das Normalste von der Welt, setzte mich auf einen der Küchenstühle ab und lächelte.

»Sie haben Frida mit Würde vertreten«, murmelte er. Dann schlug er mir freundschaftlich auf die Schulter. »Gut gemacht.«

Robert hatte derweil den Wasserkessel aufgesetzt. Mitleidig blickte er mich vom Herd aus an.

»Geht's wieder?«

Ich nickte.

»Mir ist nur so kalt.«

»Erna lässt gerade ein heißes Wannenbad für Sie ein«, erwiderte er.

»Und ich werde mal dem Franz bei der Erstuntersuchung zur Hand gehen«, meinte Georg und verschwand im Flur.

»Geht's dem Robbenbaby gut?«, fragte ich Robert.

Er übergoss das Tee-Ei mit Wasser und griff nach dem Rum.

»Ich denke schon. Einen Doppelten?«

»Lieber nicht«, blockte ich ab. »Ich hätte lieber nur den Tee, vielleicht mit etwas Zucker.«

»Das Bad ist eingelassen!«, rief Erna, in die Küche kommend. In ihren Händen trug sie eine Decke, die sie mir fürsorglich umlegte. »Wie weit ist der Tee?«

»Bereits aufgebrüht«, sagte Robert.

»Gut.« Erna beugte sich zu mir herab und legte ihre Hand besorgt auf meine Stirn. »Jetzt trinken Sie mal schön Ihren Tee und dann gehen Sie hinauf und schlüpfen aus dem nassen Zeugs heraus.« Ich nickte, während mir Robert das Teeglas in die Hand drückte. »Und später, wenn Sie ausgeschlafen haben, zeige ich Ihnen die Waschkammer. Wenn Sie nichts dagegen haben, wasche ich Ihre nassen Sachen gleich mit.«

»Danke, aber das ist doch nicht nötig«, erwiderte ich.

Ich wollte Ernas Gastfreundschaft wirklich nicht überfordern.

»Ach was, nur das eine Mal, bis Sie sich hier eingelebt haben«, meinte Erna. »Übrigens, ich habe Ihnen ein sauberes Handtuch auf den Wannenrand gelegt, für den Fall, dass Sie keins haben. Aber nun trinken Sie erst einmal.«

Robert wischte unterdes die Spuren meiner Übelkeit weg.

»Wäre ich wirklich fast ertrunken?«, fragte ich ihn.

Er bejahte.

»Wir hatten tierisches Glück«, sagte Robert. »Die herbeigerufene Wasserpolizei hätte uns diesmal fast erwischt. Aber Dittmar war schneller.«

KAPITEL 14

Der Tag vor Tag X

Die Sonne schien auf das hübsche Bild von Ernas Tochter, das gegenüber meines Bettes an der Wand hing. Im Sonnenschein wirkte es fast noch magischer. Unten hörte ich Stimmen, Geschirr klapperte. Bestimmt aßen Robert und Erna bereits zu Mittag. Wie spät war es eigentlich? Gähnend tastete ich nach meinem Reisewecker, den mir Mutter vor meiner Abreise gekauft hatte. Ach ja, Mutter. Die Diskrepanz zwischen ihr und mir belastete mich. Wie gern hätte ich sie sofort nach meinem *ersten Mal* angerufen, um ihr von meiner tiefgreifenden Liebe zu erzählen. Immerhin war sie nicht nur meine Mutter, sondern auch eine Art Freundin. Aber mit achtundzwanzig war es vielleicht an der Zeit, sich eine echte Freundin zu suchen, mit der ich ohne Scham über Verhütung und Beziehungsdinge plaudern konnte. Eine Freundin, die mich nicht mit einem angehenden Arzt verkuppeln wollte und mich wie ein krankes Kind behandelte. Der Wecker stand auf fünfzehn Uhr. Ich nahm ihn und rüttelte daran. Unmöglich. Konnte es tatsächlich schon so spät sein? Doch er schien völlig in Ordnung. Ich stieg aus dem Bett, schlüpfte aus meinem Pyjama und öffnete das Fenster, mit Blick auf die Salzwiese hinterm Haus und das Meer. Die Luft roch nach einer Mischung aus Ernas Strandflieder und unendlicher Freiheit, mit einer Brise Salz. Für einen Moment genoss ich den Ausguck aus dem Reetdach-Fenster des schönen Inselhauses. Und ich genoss meine Nacktheit. Beschwipst von den starken Gefühlen zu Fritz, meiner Liebe zu ihm und stolz, eine Robbenbabytötung verhindert zu haben, tänzelte ich durchs Zimmer. Vorm hölzernen Kleiderschrank blieb ich stehen. Seine Türen knarrten ebenso wie die Dielenstufen des Hauses. Mein Blick blieb an einem rosa Sommerkleid hängen, das ich schon viele Jahre besaß. Aber ich mochte es, genauso wie meinen alten Teddybär, der zwei unterschiedliche Knopfaugen besaß, weil eines der echten Augen verloren gegangen war. Er war verschlissen und sein Fell abgewetzt. Doch ich mochte ihn viel zu sehr, als dass ich ihn jemals wegwerfen könnte. Ja, heute würde ich das in die Jahre gekommene rosa Kleid anziehen, in dem ich so unschuldig wirkte. Ich musste kichern. Meine Unschuld hatte ich am Strand verloren, in einem Rausch der Lust und einem von Pein getragenen Moment. Schon dutzende Male hatte ich mir mein *erstes Mal* vorgestellt und fabuliert, dass es immer in einem verschlossenen Raum, in einem Bett passieren würde. Vielleicht sogar im Kerzenlicht mit leiser Musik. Auf die Idee, dass es auf Föhr hinter einer Düne dazu kommt, wäre ich in meinen tollkühnsten Träumen nicht gekommen. Fröhlich summend warf ich mir das Kleid über und verschloss das Schleifenband am Rücken. Barfüßig tänzelte ich weiter zur Schuhablage, beugte mich herab und streifte meine Sandalen über. *Ein Radio wäre jetzt toll*, dachte ich. Immerhin sollte ich mir einige Sendungen von *Welle 33* anhören.

»Einen wunderschönen guten Tag, Föhr«, begann ich spontan und hielt mir die Deospraydose alternativ als Mikro vor den Mund. »Uns liegen aktuell keine Störungsmeldungen vor, was mich sofort zum Wetter bringt. Dies ist sommerlich mild, ohne jede Regenfront, bei vierunddreißig Grad im Schatten. Wer jetzt erst auf dem Weg zum Strand ist, sollte die Sonnencreme nicht vergessen und immer schön daran denken: Nie mit vollem Magen ins offene Meer stürmen. Ein Hinweis Ihrer Rettungsschwimmer-Vereinigung Föhr, die sich hin und wieder über einen persönlichen Besuch an den mobilen Badekarren freuen würden. Als Mitbringsel sind Crêpes, gekühlte Getränke und Frauen in knappen Bikinis gern gesehen. So, genug der Werbung, jetzt geht's weiter mit einem Hammersong von Sarah Conner. Ich bin Donna Röschen und wünsche allen Zuhörern einen schönen Feierabend.«

»Klüüüit!«, rief Benji mir melodisch zu, als er mich erblickte.

Ich staunte, dass er weitaus weniger humpelte als die Tage zuvor. Erna meinte, alles sei nur eine Frage der richtigen Behandlung seines Fußes, und verwies auf eine hauseigene Kräutermischung, die aufgetragen als Heilcreme nicht nur Säbelschnäblerfüße heilen könnte. Mit einem Seufzer der Zufriedenheit ließ ich mich an dem großen urigen Küchentisch nieder, der perfekt mit dem Rest der Kücheneinrichtung harmonierte.

»Ich habe noch etwas vom Kabeljau auf Rosmarinkartoffeln im Ofen«, sagte Erna schmunzelnd, als wüsste sie von meinem Mordshunger.

»Gern«, willigte ich ein und stützte mein Kinn auf die Innenfläche meiner Hand, während ich sie bei der Küchenarbeit beobachtete. Mit einem Geschirrhandtuch griff sie die erhitzte Auflaufform und stellte sie auf ein Holzbrett oberhalb des Herdes. Sie legte Besteck dazu und eine Scheibe Weißbrot, dann stellte sie es vor mir ab. »Hm, das duftet gut«, murmelte ich und griff nach der Gabel.

Es war ungewöhnlich still. Wo waren eigentlich die anderen? Erna setzte sich mir gegenüber.

»Danke für Ihre Hilfe heute Morgen«, begann sie, meinen Einsatz lobend hervorzuheben. »Der Kleine wird übrigens schon bald wieder zu den anderen ins Meer können.«

»Wirklich? Das sind ja tolle Neuigkeiten«, erwiderte ich kauend. »Aber weshalb sollte er abgeschossen werden?«

Erna schüttelte unverständlich ihren Kopf.

»Eine der vielen Fehleinschätzungen, die diese Robbenjäger als heiliges Motiv für ihre abscheulichen Taten vorschieben. Sie glauben, sie könnten Gott spielen und einen kranken, nicht überlebensfähigen Heuler von Weitem erkennen.« Sie schlug mit der Hand auf die Tischplatte. »Aber nicht mit uns!« Ich schwieg und streichelte Benji, dessen Kopf unter der Wachstuchtischdecke hervorlugte. »Ach übrigens, die Frida lässt lieb grüßen.«

»Oh, das ist lieb. Wie geht es ihrem Rücken?«

»Ach herrje, so wie es einem Rücken halt geht, der einen prägnanten Sturschädel einundsiebzig Jahre lang mit sich herumtragen muss.«

Ich musste lachen.

»Heißt also, Frida geht es wieder besser«, mutmaßte ich und lag richtig.

Erna wechselte dennoch das Thema.

»Erzählen Sie mir von Ihrem Job beim Radio.«

»Ich lerne dort die nächsten zwei Jahre und hoffe, ganz bald eine eigene Sendung moderieren zu dürfen.«

Erna musterte mich.

»Ich denke, dass Sie das schaffen werden.« Dann stand sie auf, streifte ihre Hände an der Schürze ab und strich liebevoll über meine Schulter. »Kommen Sie, ich will Ihnen was zeigen.«

Draußen im Garten angekommen zeigte Erna auf ein Beet.

»Wissen Sie, was das ist?« Ich hatte nicht die geringste Ahnung, vermutete aber, dass es eine Art Kraut war. »Eine

Heilpflanze«, berichtigte Erna und beugte sich herab ins Beet. »Man nennt diese Pflanze Sauerampfer. Im Grunde ist es ein Wildgemüse mit sehr viel Vitamin C, welches roh oder gekocht verzehrt werden kann. Das Grünzeug in Ihrem Kabeljau war beispielsweise diese krautige Pflanze hier, die die nötige Würze in die Rahmsoße gebracht hat. Aber das ist nicht der Grund, weshalb ich Sie herausgelockt habe.« Sie brach ein Blatt ab und reichte es mir. »Schauen Sie, hier verpuppt sich gerade ein Salzwiesen-Kleinspanner, ein äußerst seltener Falter, den es nur noch an wenigen Küsten gibt.«

Fasziniert beäugte ich das zerbrechliche Lebewesen, das wie eine Miniatur-Mumie erschien. Die Verpuppung der Raupe war noch nicht abgeschlossen, sodass noch die zarten rosaroten Tupfen erkennbar waren, die das Tierchen unverwechselbar zeichneten. Erna brach einen Strauch vom Strandflieder ab.

»Das hier ist der gemeine Strandflieder. Er gilt als Futterpflanze für den Salzwiesen-Kleinspanner. Und obwohl ich jede Menge davon in meinem Garten habe, haften doch zunehmend mehr Raupen dieser Falterart am Sauerampfer, der ihr Todesurteil sein kann, weil er vermehrt auf den Salzwiesen und im Überflutungsbereich wächst.«

Ich verstand, worauf Erna hinauswollte.

»Sie meinen, die Raupen ertrinken?«

»Leider, ja. Was ich aber damit sagen will, nicht alles im Leben ist wissenschaftlich erklärbar. Weder die bevorzugte Lebensweise dieses Salzwiesen-Kleinspanners hier noch die Robben-Populationen oder die durchaus miserablen Essgewohnheiten unserer Möwen.«

»Au ja, die sind wahrlich miserabel.«

»Aber die Tiere entscheiden es, nicht der Mensch. Eine Tierpopulation von Menschenhand begrenzen zu wollen, ist Unrecht.« Erna griff nach meiner Hand, in der ich noch immer das Sauerampferblatt hielt. »Sie haben geholfen, das

Ungleichgewicht auszubalancieren, indem Sie gegen die ausführende Person und die unrechte Begrenzung eingetreten sind. Also lassen Sie niemals das schlechte Gewissen in sich zu, das Sie vielleicht eines Tages ergreifen wird, wenn Sie an diesen heutigen Morgen zurückdenken.«

Ich nickte und legte das Blatt in meiner Hand zurück ins Feld.

»Das verspreche ich.«

»Gut«, meinte Erna. »Dann stelle ich Ihnen jetzt mal unseren Neuzugang vor, der noch dringend einen Namen benötigt.«

Der Nachmittag war wie im Fluge vergangen. Robert hatte Erna beim Streichen des alten Bootsschuppens geholfen, der am hinteren Teil des Hauses angrenzte. Darin stand mit einer Plane abgedeckt das Boot, welches die Robby-Hood-Veteranen bei ihren frühmorgendlichen Einsätzen benötigten. Georg hatte es nach dem Einsatz auf einem Bootsanhänger in den Schuppen gefahren und die anhaftenden Aktivistenaufkleber, die die wahre Identität des Bootes verdeckten, abgelöst. Niemand durfte wissen, wer sich hinter der Robbenschützer-Gruppe verbarg. Selbst Fritz nicht. Darum jedenfalls bat mich Erna im Hinblick auf weitere illegale Rettungseinsätze. Der neue Anstrich gefiel mir gut. Und auch Erna nickte zufrieden über Roberts Arbeit mit ihrem Kopf und sprach sich lobend aus. Die Robbenbabys, die Roberts Tun von sicherer Entfernung musterten, schienen sich wohlzufühlen. Nur der Heuler vom Morgen äugte ein wenig ängstlich. Er lag getrennt von den anderen auf einem kleineren Stück Wiese. Erna erklärte mir, dass die Quarantäne notwendig sei, um etwaige Krankheiten nicht auf andere Tiere zu übertragen. Und zuvor müsse sowieso der Tierarzt einen Blick auf das Tier werfen und gegebenenfalls impfen.

Mit Benji im Schlepp lief ich zur Futterkiste, in der frischer Futterfisch lag. Benji mochte diese Kiste so sehr, dass er eine

Art Tänzchen aufführte, als ich sie öffnete. Mit hoch und runter schwingendem Kopf und aufgestellten Flügeln freute er sich über jeden zutage beförderten Futterfisch. Ob er hoffte, dass die alle für ihn bestimmt waren? Ich nahm es an, schob ihn beiseite und sagte:

»He, he, kleiner Mann, die sind nicht alle für dich.«

»Quik, quik, quik!«, kreischte Benji und klopfte mit seinem Schnabel gegen den Eimer.

»Also schön, hier hast du einen Vorabhappen«, ergab ich mich seinem Charme.

Dann lief ich zu Erna, die bereits bei den jungen Seehunden wartete.

Mit seinen Kullerknopf-Äuglein lugte der Neuzugang aus seinem Unterschlupf. Es war eindeutig ein männliches Tier, meinte Erna. Und sie musste es ja schließlich wissen als Robbenersatzmama.

»Ich weiß nicht, mir fällt kein passender Name ein«, grübelte ich laut vor mich hin.

»Huhu!«, rief jemand von ferne.

Und es klang verdammt nach Frida. Freudig winkte ich ihr zu. Frida war gekommen, um mich zu besuchen und mir für die gelungene Vertretung zu danken. Sie umarmte mich herzlich.

»Ach was, ich hab das doch gern getan«, milderte ich meine hochgepriesene Tat.

Allerdings bereute ich das im selben Augenblick, als ich bemerkte, dass Frida meiner Pensionswirtin zuzwinkerte.

»Dann haben wir also ein neues Mitglied?«, fragte Frida.

Bitte nicht! Bitte nicht noch einmal mit der Pfefferspraykanone auf einen Menschen schießen müssen! Ich schluckte hörbar mein Gewissen herunter, das sich auf üble Weise in meiner Kehle festgesetzt hatte.

»Ähm, ich weiß nicht so recht. Immerhin wären die Robby Hoods meinetwegen fast aufgeflogen.«

»Ach was, Kindchen«, bekniete mich Frida. »Sie haben gute Arbeit geleistet, wie ich hörte. Und mal ehrlich, was wäre denn aus dem hübschen kleinen Kerl geworden, wenn Sie nicht seine Rettung samt Rückzug unterstützt hätten?« Ich zuckte verlegen mit den Schultern und vermied jeglichen Kullerknopfaugen-Kontakt. »Ein weiterer großer Blutfleck am Sylter Strand«, setzte Frida nach. Sie wusste ganz genau, womit sie mein Herz erweichen konnte. »Nun schauen Sie ihn sich doch an. Er mag Sie.«

»Und wartet auf seinen Namen«, fügte Erna hinzu.

Name war ein guter Stichpunkt und ein Grund, das Thema zu wechseln. Schlagartig dachte ich an Fritz, dem ich meine Heldentat gern erzählt hätte. Aber ich durfte nicht. Ich war zur Verschwiegenheit verdammt.

»Wir könnten ihn doch Fritz nennen, Robby-Fritz, quasi als Doppelnamen.«

Erna nickte, nahm mir den Eimer aus der Hand und wühlte sich mit ihrer Hand zum Eimerboden, um sie in das zusammengelaufene Blut zu tunken. Dann bespritzte sie die kleine Robbe damit.

»Hiermit taufe ich dich auf den Namen Robby-Fritz. Möge Gott dir Gesundheit und jede Menge Überlebenskraft schenken und dich vor der Menschheit behüten, Amen.«

Frida lächelte zufrieden.

»Ein schöner Name.«

Und auch ich war fasziniert von der Seehundtaufe, die mich dazu bewegte, meinen Kopf zu senken und die Hände zum Gebet zu falten.

Frida klopfte mir freundschaftlich auf die Schulter.

»Überlegen Sie es sich noch einmal. Die Seehunde da draußen brauchen Menschen wie Sie. Und berücksichtigen Sie bei Ihrer Überlegung, dass allein im Januar diesen Jahres über einhundertdreißig junge Seehunde durch Abschuss sterben mussten.« Frida trat näher an mich heran. »Diese Robbenjäger kommen mit ihren Jeeps angebraust, suchen sich ein Tier heraus, laufen wenn überhaupt einmal drumherum und knallen es ab. Übrig bleibt eine Blutlache, die im Sand versickert.«

Mir lief es eiskalt über den Rücken. Zu scheußlich war der Gedanke an dieses Unrecht. Unrecht, das auch noch vom Umweltminister unterstützt wurde. Das jedenfalls erörterte Erna mit ernster Miene.

»Was haben wir schon für Petitionen eingereicht, aber alles vergebens. Die staatliche Abschlachtung geht munter weiter. Da kann man doch nicht die Hände in den Schoß legen und zusehen.«

Natürlich konnte man das nicht. Ich gab Erna tausendprozentig recht. Und ja, ich bekannte mich zum neuen Mitglied der Robby Hoods.

Den Abend wollte ich alleine sein, mich ins Bett kuscheln und ein Buch über Kegelrobben lesen, welches ich mir aus Ernas Bücherregal ausgeliehen hatte. Jetzt, wo ich eine von den Robby Hoods war, musste ich mich schließlich mit den possierlichen Tierchen auskennen. Mit großem Interesse las ich mich Seite für Seite durchs Buch. *Hätten Sie gewusst, dass Seehunde bis zu einer Woche an Land bleiben können?* Ich nicht. Ich blätterte um und kam zum interessantesten Thema: *Woran erkennt man eine kranke Robbe?* Die Antwort darauf erschien mir plausibel. Warum dann dem zuständigen Umweltminister nicht? Wieso stellte er sich hinter die Robbenjäger und hinter deren überhebliche Meinung, kranke Tiere innerhalb weniger Minuten erkennen zu können, wenn doch Experten schon bis zu achtundvierzig Stunden bedenkliche Tiere analysieren mussten, um eine erste Diagnose zu stellen? Die Antwort war für mich so simpel wie logisch: Es kratzte den Umweltminister offenbar nicht im Geringsten, was Fachleute, Urlauber und Tierschützer darüber dachten. Hier schien es um mehr als nur um Statistiken zu gehen. Politik war für mich bisher immer grün gewesen. Aber seit ich in die Kullerknopfaugen von Robby-Fritz gesehen hatte, hatte sich meine Meinung schlagartig geändert. Niemand konnte einen Lungenwurmbefall innerhalb weniger Minuten feststellen. Auch kein staatlich beauftragter Robbenjäger.

Das Klingeln meines Handys riss mich aus der tierischen Lektüre. Mutter! Bestimmt hatte sie ein ebenso schlechtes Gewissen wegen unseres Konfliktes wie ich. Hoch motiviert, den Streit beilegen zu können, nahm ich den ankommenden Anruf an. Immerhin wollte ich ihr auch von Samuel erzählen und der neuen Pension.

»Hi, schön, dass du anrufst.«

»Donna, wir müssen reden«, begrüßte mich Mutter.

Ihre Stimme klang ernst.

»Du bist doch nicht etwa krank?«

»Ich?« Mutter räusperte sich ungewöhnlich laut. »Unkraut vergeht nicht, keine Sorge.«

Unkraut vergeht nicht? Meine Mutter hatte wohl keine Ahnung, wie schnell auch das krautigste Unkraut verdorren konnte.

»Du bist kein Unkraut, Mutter.«

»Aber du behandelst mich oftmals so«, konterte sie.

»Na schön, es tut mir leid, dass ich einfach aufgelegt habe. Und auch, dass ich nicht ganz ehrlich war. Bitte lass uns wieder vertragen, ja?«

»Darum geht es nicht.«

»Nicht? Um was dann?«

»Es geht um Jan Kruger …«

»Och Mama, fang doch nicht schon wieder mit unserem benachbarten Möchtegern-Doktor an«, unterbrach ich sie. »Ich werde mit ihm nicht ausgehen und ihn an mir auch nicht Doktor spielen lassen. Also bitte, lass uns lieber über was Schönes reden, über Föhr zum Beispiel und mein neues Pensionszimmer.«

»Du schläfst nicht mehr im Hotel?«

»Ich hatte dir doch von der netten älteren Dame erzählt, die mir die Adresse ihrer Freundin gab, die wiederum günstige Zimmer vermietet. Und glaub mir, günstig heißt in diesem Fall *fast gar nichts*.«

Stille.

»Mama, bist du noch dran?«

»Ja, ja, was bitte heißt *fast gar nichts*?«

»Einhundert pro Monat.«

»Hast du deine Tabletten genommen?«

Ups, die hatte ich völlig vergessen. Ich log und beschloss, sie sofort nach dem Telefonat einzunehmen, sodass die Lüge keine richtige war.

»Klar, mach ich doch immer. Was sagst du denn nun zu dem Zimmerpreis?«, wechselte ich schnell das Tablettenthema.

»Also *fast gar nichts* ist es ja nicht, aber gut. Und was ist mit deinem bezahlten Hotelzimmer?«

Ich seufzte auf.

»Hach, gut, dass du mich darauf ansprichst, es dient quasi einem guten Zweck. Stell dir vor ...« Ich erzählte meiner Mutter die Geschichte vom arbeitslosen Samuel, der dringend einen Job auf Föhr sucht und ohne mein Hotelzimmer am Strand hätte übernachten müssen. »So dient das Zimmer, für das ich sowieso kein Geld zurückerstattet bekommen hätte, noch einem guten Zweck.«

Mutter stammelte ein »Hättest es ja noch bis zum letzten Buchungstag nutzen können. Nun entstehen doppelte Kosten« ins Telefon. Sie schien nicht wirklich Interesse an Samuel und meiner neuen Pensionsbleibe zu haben.

»Aber gut, meinetwegen. Ich notiere mir dann gleich mal deine neue Adresse, aber weshalb ich eigentlich anrufe: Dr. Kruger und ich kommen für ein paar Tage nach Föhr.«

»Ähm, ihr tut was?«

»So, jetzt hab ich einen funktionierenden Stift gefunden. Gib mir erst einmal deine Adresse.«

»Was soll das heißen, ihr kommt nach Föhr? Etwa um mir nachzuspionieren?«

»Ich muss doch sehr bitten«, erwiderte meine Mutter mit ebengleichem Ernst, den sie das ganze Gespräch über im Unterton hatte. »Der Jan und ich wollten nur mal die Gegend anschauen, in der du die nächsten zwei Jahre vorhast zu leben. Ein kleiner Besuch, nix weiter.«

Ah ja, ein kleiner Besuch also. Ich war sprachlos. Nicht nur über den Spontan-Besuch, noch mehr über den Umstand, dass Mutter Herrn Kruger beim Vornamen nannte.

»Seid ihr jetzt etwa schon beim *Du*?«

»Der Jan war so freundlich, mir das *Du* anzubieten. Aber ich verstehe nicht, weshalb du dich darüber aufregst. Er ist ein so netter Mann, tüchtig, ehrgeizig und so bodenständig. Und er mag Kinder, am liebsten ein ganzes Haus voll.«

»Logo, dass er Kinder mag. Mit jedem Nachwuchs schrumpft auch die Kreditrate für sein Traumhaus, von dem er ständig labert.«

»Ich habe deine unangebrachten Worte jetzt mal überhört und bitte dich, ihm gegenüber höflich auf der Insel zu sein. Immerhin bezahlt er die Reise. Welcher Nachbar ist so lieb und tut das?«

Stimmt. Niemand würde das für seinen Nachbarn tun. Es sei denn, er hieße Jan Kruger und wäre hinter der schönen Nachbarstochter her, die ihm versprochen ward. Nein! Nicht mit mir! Beleidigt legte ich auf, noch ehe Mutter sich meine neue Pensionsadresse notieren konnte. Und ich ging noch einen Schritt weiter: Ich schaltete das Handy aus.

KAPITEL 15

Das Yin und Yang

Ich konnte nicht wirklich gut schlafen. Immer wieder wachte ich schweißgebadet auf, weil mich Albträume plagten. Schlaftrunken torkelte ich zum Fenster. Die Sonne äugte bereits einen Spalt über dem Meeresspiegel. Vögel zwitscherten, während die Schafe auf dem benachbarten Grundstück noch zu schlafen schienen. Auch von unseren Seehunden war noch keiner aus seinem Bretterverschlag gekommen. Nur Benji stand mutterseelenallein am abgezäunten Wasserrand und dümpelte nach Getier. Es tat gut zu sehen, dass es ihm von Tag zu Tag besser ging. Im Haus war alles ruhig. Weder Robert noch Erna schienen sich ihren Schlaf durch verkorkste Träume stören zu lassen. Nur das Windspiel am Küchenfenster spielte eine leise Melodie. Noch gut vier Stunden bis zum Beginn meines ersten Tages beim Radio. Ich wollte heute ganz besonders hübsch sein und einen guten Eindruck hinterlassen. Fritz sollte stolz auf mich sein. Oh ja, das sollte und würde er. Immerhin glaubte er an mich und meine Fähigkeit. Apropos Fritz. Ich eilte zum Handy, das noch immer völlig leblos auf dem Nachtschrank lag, und schaltete es wieder ein. Bestimmt hatte mich Fritz versucht zu erreichen oder mir eine Textnachricht geschrieben. Mit dem gewohnten Signalton erleuchtete das Display. Kurz darauf folgte der Ton, auf den ich gewartet hatte. Zwei neue Nachrichten. Glücksselig tänzelte ich mit dem Handy in meiner Hand zum Schrank. Für den heutigen Tag sollte es ein ganz besonderes Kleid sein, mein allerschönstes. Der Blick aufs Display trübte allerdings meine gute Laune. Zwei Nachrichten von Mutter. Wollte ich die wirklich lesen? Ich entschied mich, erst einmal zu frühstücken und meine Tabletten einzunehmen, bevor ich einen kataplektischen Anfall riskierte.

Morgens halb sechs auf Föhr – das sollte jeder wenigstens einmal erlebt haben. Ich setzte den Pfeifkessel mit Wasser auf und nahm am Küchentisch Platz. Ich trug noch immer meinen Pyjama. Und ich sorgte mich, weil Fritz sich nicht gemeldet hatte. Ob es ihm gut ging? Jetzt schienen auch die Möwen erwacht zu sein. Mit Gebrüll flogen sie aufs offene Meer hinaus. Sie steuerten einen Fischkutter an, dessen Crew die eingeholten Netze von Unrat und totem Meeresgetier befreite. Die Nacht schien fangträchtig gewesen zu sein. Ein schriller Pfeifton kündigte an, dass das Wasser im Kessel bereits kochte. Zeit, sich einen ersten Tee aufzubrühen. Dank Erna wusste ich, wo alles stand und öffnete die obere Schranktür des alten Küchenbuffets. Dort befand sich die Dose mit ostfriesischem Tee, der eine hauseigene Mischung war. Ich schnupperte an dem kräftig aromatisierten Teeblättermix.

»Wussten Sie, dass die Ostfriesen den weltweit größten Teeverbrauch pro Kopf haben?«, fragte mich Erna, die plötzlich in der Küche aufgetaucht war.

Ich erschrak furchtbar und hätte fast die Dose fallen lassen.

»Nein, wusste ich nicht. Ich hab Sie doch hoffentlich nicht geweckt?«

Erna nahm den Pfeifkessel vom Herd und lächelte mich an.

»Der Pfeifkessel war es.«

»Oh, tut mir leid, ich konnte nicht schlafen und wollte nur …«

»Einen ordentlichen Ostfriesentee trinken, um wach zu werden«, komplettierte Erna meinen Satz. Dann nahm sie mir die Dose aus der Hand und streichelte über meinen Rücken. »Setzen Sie sich, ich brüh uns einen Tee auf. Mit Kandiszucker?«

Ich nickte. Süßes konnte ich jetzt gut gebrauchen, zumal es tatsächlich meine angespannten Nerven besänftigen konnte. Schon früher aß oder trank ich Süßes, wenn ich überreizt war.

»Nervös?«, fragte Erna.

Sie goss die Porzellankanne auf und ließ das Tee-Ei hineinsinken.

»Ja, ein bisschen.«

»Das müssen Sie nicht, glauben Sie mir. Ihr erster Tag wird voller aufregender Ereignisse sein, über die Sie mir heute Abend unbedingt berichten müssen.« Sie stellte zwei Tassen auf den Tisch, die Zuckerdose nebst Teekanne und setzte sich. »Ein neuer Anfang muss nicht immer schlechter sein als das, was war.«

Ich musterte die alte Dame, deren Worte mir weiser erschienen als alles, was meine Mutter mir je gesagt hatte.

»Woher wissen Sie, dass es ein neuer Anfang ist?«

Über Ernas Gesicht huschte ein Lächeln.

»Ich fühle das, kann Ihre Körpersprache deuten. Aber ich fühle auch, dass Sie Angst vor der neuen Zukunft haben und voller Zweifel sind.«

Erna, eine Hellseherin? Meine Pensionswirtin erstaunte mich immer wieder aufs Neue.

»Es ist das erste Mal in meinem Leben, dass ich eine reale Chance bekommen habe, mein Können unter Beweis zu stellen. Aber jetzt, wo ich kurz davorstehe, bin ich mir nicht mehr so sicher.«

Erna goss uns Tee ein und schüttelte ihren Kopf.

»Nein, völlig falscher Ansatz. Sie müssen an sich glauben, nicht zweifeln. Wer, wenn nicht Sie, sollte es sonst tun? Nicht zu vergessen, dass der eigene Glaube Berge versetzen kann. Fragen Sie einen Asiaten oder einen Menschen, der sich mit dem Yin und Yang auskennt. Er wird Ihnen bestätigen, wie wichtig die polar einander entgegengesetzten und dennoch aufeinander bezogenen Kräfte von stark und schwach, von gleich und ungleich, von männlicher und weiblicher Affinität sind.«

»Sie meinen, Zweifeln ist ein natürlicher Teil meines *Ichs*?«

»Genauso ist es. Dennoch darf der Zweifel, der die schwache Seite ausdrückt, nicht überwiegen. Sie geraten sonst ins Wanken, wie ein Schiff auf hoher See, dessen Steuerbord der Sturmseite zugewandt liegt.«

Ich dachte noch einige Minuten über Ernas Worte nach, während ich am Tee nippte und ihr beim Brotschneiden zusah. Vielleicht hatte sie ja recht. Vielleicht sollte ich wirklich mehr an mich glauben, als ich es bisher tat. Ich musterte Erna, während ich an den weltweit höchsten Teeverbrauch dachte.

»Die Ostfriesen trinken echt mehr Tee als die Engländer?«

Erna nickte.

»Dreihundert Liter pro Kopf und Jahr. Ich stamme von Norderney, einer Teetrinkerhochburg gewissermaßen. Meine Tee-Sucht verdanke ich meinem Großvater, der mir schon frühzeitig Ostfriesentee in die Babymilch mischte.«

Ich musste kichern.

»Und der Rum?«

»Der kam 21 Jahre später dazu«, witzelte sie. »Aber jetzt sollten wir was Ordentliches frühstücken, bevor Sie mir noch einmal umkippen.« Ihr Blick fiel auf die Tablettenschachtel, die vor mir auf dem Tisch lag. »Sie sind doch nicht tablettenabhängig oder drogensüchtig?«

»Wer, ich? Nein«, beteuerte ich und ließ die Schachtel auf den Stuhl unter meinen Oberschenkel verschwinden. »Ist nur ein unterstützendes Präparat, nix weiter.«

»Gut«, erwiderte Erna. Sie musterte mich skeptisch. »Ich mag nämlich keine Drogen in meinem Haus.« Dann klatschte sie in die Hände. »So, und jetzt sollte einer von uns die Schlafmütze des Hauses wecken und ihn zu Tisch bitten.«

Nach dem Frühstück war ich mit einer Flasche Mineralwasser hinauf aufs Zimmer geeilt. Ich hatte mich nicht getraut, meine Tabletten am Frühstückstisch einzunehmen, um weiteren Fragen aus dem Weg zu gehen. Irgendwann wollte ich es Erna erzählen, weshalb ich dazu verdammt war, diese Dinger zu schlucken. Aber nicht heute. Nicht am ersten Tag meiner Berufung. Ich drückte eine Tablette aus der Folie und schluckte sie widerwillig. Ein kräftiger Schluck aus der Flasche ließ den Ekel schneller verstreichen. Warum ich? Warum ausgerechnet ich? Diese ewige Tagesmüdigkeit machte ein aktives Leben wahrlich nicht einfach. Wenigstens half der neue Wirkstoff über das dauernde Gähnen hinweg. Aber die gefürchteten Schlafphasen schwanden davon nicht. Langsam schlüpfte ich aus meinem Nachtzeug, warf es aufs Bett und zog mir mein schönstes Kleid über. Es war schwarz-weiß und wirkte eleganter als meine anderen Sommerkleider. Mein Haar zwirbelte ich zu einem gedrehten und ausgefransten Zopf zusammen. Noch etwas Rouge und die Augen betont, fertig. Ich blickte in den kleinen Standspiegel, den ich mir auf die Kommode, gleich neben den Kleiderschrank, gestellt hatte. Darüber hing das wunderschöne Bild, das Ernas Tochter kreiert hatte. Ein magischer Ort, der mich inspirierte.

Zufrieden über mein Aussehen lief ich ins Bad. Ein strahlendes Lächeln sei das *A und O*, meinte Mutter immer. Ich putzte meine Zähne und gurgelte eine Melodie, bevor ich die aufgeschäumten Zahnpastareste ins Waschbecken spuckte.

»Hübsch«, merkte Robert an, der angelehnt am Türrahmen mein Tun beobachtete.

»Klar, ein Muss, wenn man hoch hinaus und Karriere machen will.«

»Erna sagt, du fängst bei *Welle 33* an. Ich darf doch Du sagen?«

»Klar darfst du, vorausgesetzt, du willst jetzt keine Brüderschaft mit mir trinken oder so. Die Mundspülung verdirbt nämlich jeglichen Geschmack. Hach, *Welle 33*, ich kann es selbst kaum glauben.« Mit einer hoffähigen Drehung wandte ich mich ihm zu. »Und? Kann ich so gehen?«

Robert musterte mich kritisch von Kopf bis Fuß und umgekehrt.

»Hm, fast zu hübsch fürs Radio, weil man ja nur die Stimme hört.«

Sein Kompliment rührte mich sehr. Und es motivierte mich, nicht länger auf eine Nachricht von Fritz zu warten, sondern ihn selbst anzurufen. Ich musste einfach seine Stimme hören, bevor ich meinem Traumjob entgegentrat.

Ach, hätte ich doch nicht mein Handy in die Hand genommen. So jedenfalls wurde ich dazu verleitet, Mutters Nachrichten zu lesen.

Donna, es zeugt von Unreife, wenn du ständig auflegst. Und es hat mich bestärkt, dass mein Besuch von Notwendigkeit ist. Dein Umgang scheint nicht der beste und lässt dich scheinbar deine gute Erziehung vergessen. Jan Kruger und ich treffen morgen im Lauf des Tages ein. Bitte sende mir rechtzeitig deine Adresse zu. Ich sorge mich sehr um dich, Mutter

Der Anruf, den ich eigentlich tätigen wollte, war mir vergangen. Ich überlegte, ob ich Mutters zweite Nachricht lesen sollte. Sie war sowieso auf dem Weg hierher, was konnte es also Schlimmeres geben? Ich drückte auf *Nachricht lesen.*

> **Donna, wir sind bereits unterwegs. Also sei so lieb und melde dich zwecks Adresse. Und schalte dein Handy an! Hast du deine Tabletten auch regelmäßig genommen? Der Jan sorgt sich sehr um deine Gesundheit**

Gott, ich konnte es nicht glauben. Ich zwickte mir selbst ins Handgelenk, um festzustellen, dass dies real war und kein Albtraum. Sollte ich klein beigeben und mich tatsächlich wie eine brave, gehorsame Tochter Mutters Willen beugen? Die Rebellin in mir schrie: *Nein, niemals!* Immerhin war ich längst nicht mehr das unbeholfene Wesen, das Mutter zu kontrollieren imstande war. Ich war eine erwachsene Frau, eine frisch verliebte obendrein. Jawohl. Leider war ich aber auch von Mutters Geld abhängig. Mutlos ließ ich mich aufs Bett fallen. ›Du musst das Yin und Yang in Einklang bringen‹, schossen mir Ernas Worte durch den Kopf. Aber welches der Symbole war Mutter? Wahrscheinlich war sie keines davon, sondern eher der Sturm, der mich zum Wanken brachte. Ich musste also nur darauf achten, ihr keine Angriffsfläche zu bieten und meine Steuerbordseite stets von ihr abzuwenden. Sollte ich ihr antworten? Sollte ich ihr meine Pensionsadresse geben? Ich wollte nicht wirklich. Vielleicht auch, weil mich die Anwesenheit unseres Nachbarn störte. Dass sich dieser Typ nicht albern vorkam, mit seiner sogenannten Haushälterin nach Föhr zu reisen, um sich in den Fokus ihrer Tochter zu rücken. Angewidert warf ich das Handy zur Seite. Vielleicht später. Vorerst mochte ich meine Adresse nicht herausrücken.

KAPITEL 16

Radio ist Leidenschaft

Ich war rechtzeitig mit dem Bus abgefahren, um am ersten Tag nicht zu spät zum Radiosender zu kommen. Dass dieser sich in einem restaurierten Fischerboot befand, wusste ich bereits. Dennoch blieb ich völlig fasziniert vorm Sendekutter stehen, der gut befestigt auf einem Steinsockel lag. Passend zum urigen Flair des Kutters verlief eine hölzerne Treppe hinauf, die ins Innere führte.

Ich faltete meine Hände vorm Bauch und betrachtete das Kunstwerk *Radio* aus einiger Entfernung, bevor ich es betreten wollte. Es lag quer, backbord zur Straße hin, so viel hatte ich bereits bei den Robby Hoods gelernt. Das Steuerbord ließ also einen guten Blick auf den unterhalb angrenzenden Strand und das Meer zu.

»Schön geworden, nicht?«, sagte ein älterer Herr, der sein Fahrrad die Straße entlangschob. »Niemand hätte geglaubt, dass der Michi den alten Kahn tatsächlich zu einem Radiosender umbauen kann.«

Ich nickte.

»Ja, wundervoll aufgearbeitet. War das Schiff tatsächlich im Dienst der Fischerei auf dem Meer unterwegs?«

»Und ob es das war«, lachte er. »Doch einst auf hoher See, da gab es heftige Gewitter und Sturmböen, die die Wellen so hoch wie Wohnhäuser anwachsen ließen. Der Funkspruch eines jungen Leuchtturmwärters rettete den Fischkutter, als er die Crew vor Welle dreiunddreißig warnte, der mächtigsten Welle von allen.«

Interessiert lauschte ich seiner Geschichte, die immer spannender wurde.

»Ah, deshalb der Name *Welle 33*«, schlussfolgerte ich.

»Genau«, bestätigte der ältere Herr und fügte hinzu: »Am Ende ging alles gut aus und die alte *Moiken II*, so wie der Fischkutter früher hieß, schipperte noch viele weitere Jahre auf dem Ozean herum, bevor sie ausgemustert und feierlich ihrem Retter übergeben wurde.« Er lachte auf. »Ein besonderer Tag war das in Utersum, als der Michi das Schiff entgegennahm und verkündete: ›Ich mache daraus einen Radiosender.‹«

Michael Mayer lächelte, als ich ihm pünktlich entgegentrat. Ich hatte alle Unterlagen dabei und überreichte sie ihm. Irgendwie hing mir noch immer die Geschichte des alten Mannes hinterher, was meinen Einstieg in diesen Radiosender noch bedeutungsvoller werden ließ.

»Gut, Frau Röschen, dann stelle ich Ihnen erst einmal das Radioteam vor«, sagte mein zukünftiger Chef und wies hinaus aus seinem Büro in einen angrenzenden Raum, in dem sich bereits alle Mitarbeiter versammelt hatten.

Reihum standen sie vor einem Bürotisch, über dem Luftballons schwebten. Ein bunter Kuchen mit der Aufschrift:

Willkommen im Team stand auf einem festlich geschmückten Tisch.

»Ein kleiner Willkommensgruß«, erklärte eine Dame, die sich mir als Rebecca von der Tontechnik vorstellte.

Weiter ging es mit Tim, der Morgenstimme auf Föhr, gefolgt von einem dickeren Mann mit Hornbrille, dessen Name Björn war. Ich begrüßte alle und schnitt den Kuchen unter Beifall an.

»Ist ein Papageienkuchen, nach dem Rezept meiner Tante«, sagte Rebecca.

Ich nickte ihr lächelnd zu.

»Hm, schmeckt superlecker.«

Das Willkommensfest währte eine gute halbe Stunde. Zeit, um sich mit den zukünftigen Kollegen auszutauschen und schnell festzustellen, dass Michael Mayer ein guter und lehrreicher, aber auch strenger Chef war. Wer bei ihm punkten wollte, der durfte sich keine Patzer erlauben. Umso schwerer fiel es mir, nicht ans Handy zu gehen, als Fritz anrief. Im Gegenteil, ich schaltete es auf Anraten meines Chefs ab. Er war der Auffassung, dass Handys im Dienst von der Arbeit nur ablenkten und erst wieder zum Feierabend ihre funktionale Erlaubnis seinerseits hatten. Willig, wie es eine Volontärin sein sollte, gehorchte ich. Fritz würde es bestimmt verstehen.

»Nun mache ich Sie mit dem Raum aller Räume vertraut, den Sie nur, und ich betone nochmals nur dann betreten dürfen, wenn die Lampe über der Tür grün leuchtet. *On Air* heißt für Sie und jeden anderen: *Stopp, nicht eintreten!* Haben Sie das verstanden?«

»Ja, der Kollege drinnen ist dann auf Sendung«, erklärte ich meinerseits das *On Air*.

Michael Mayer nickte.

»Genau. Also tun Sie mir den Gefallen und stürzen Sie niemals mitten in eine laufende Sendung hinein.«

»Ich versprech's.«

»Gut, dann mal hinein mit Ihnen in die Höhle des Löwen. Wie Sie sehen, leuchtet gerade das grüne Licht, weil der Kollege, der auf Sendung ist, für unseren Rundgang drei Lieder in Folge eingelegt hat.« Er blickte auf seine Uhr am Handgelenk. »Das bedeutet, wir haben gute zehn Minuten.«

Die ersten Stunden verflogen im Nu. Es machte mir großen Spaß, den Kaffee für die Kollegen zu kochen, Geschirr zu spülen und die Mittagbrotwünsche einzusammeln, die ich bei einem benachbarten Restaurant in Bestellung gab. Das Arbeitsklima war locker, trotz meiner Anspannung. Und weil ich alles so perfekt erledigt hatte, durfte ich die ankommenden Nachrichten dem Fax entreißen und meinem Chef persönlich überreichen, der die Nachmittagssendung übernommen hatte.

»Was halten Sie davon, die Nachrichten zu lesen?«, fragte er mich. Überrascht davon, nickte ich wortlos. »Dann mal los«, sagte Michael Mayer, zog mich in den Senderaum und verpasste mir Kopfhörer, die größer waren als meine Ohren. Er drückte mich auf den Stuhl vom Pult gegenüber und tippte auf das Fax, das ich immer noch in meinen Händen hielt. »Einfach nur die Nachrichten von oben nach unten lesen, mit Betonung, versteht sich. Und nach einer kurzen Ankündigung meinerseits, das Wetter. Alles klar?« Ich war mir nicht so sicher, nickte aber dennoch wie in Trance. »Gut. Wir gehen fünf vor voll on Air, worauf ich Sie kurz ankündige und Ihnen das Zeichen zum Start gebe.«

»Okay, welches Zeichen?«, fragte ich verunsichert.

Ich war aufgeregter als vor meinem ersten Sex am Strand. Aber wenigstens waren hier keine Zuschauer.

Michael Mayer erhob seine rechte Hand.

»Ich zähle stumm von vier auf null. Letztere Zahl ist Ihr Einsatz. Ach ja, und ich werde Sie beim Vornamen nennen, also nicht wundern.«

Mein Herz raste.

»Donna, bleib cool«, stammelte ich leise vor mich hin. »Du schaffst das!«

Ob mich Fritz hören würde? Oh, mein Gott, meine Knie schlackerten, meine Hände zitterten. Ich starrte auf die Uhr, die sich rasend schnell meiner Einsatzzeit näherte. Als dann die Musik verstummte, setzte Michael Mayer routiniert ein. Seine Stimme klang wirklich sehr markant, insofern konnte ich Mia jetzt verstehen.

»Die Nachrichten präsentiert euch heute eine völlig neue Stimme. Donna, bist du bereit?«

Seine Hand zeigte vier und zählte runter.

»Aber klar doch, Michael«, setzte ich auf null ein.

Ohne mit der Wimper zu zucken, las ich den Text zu meinen Händen. Voller Spontanität ging ich lückenlos zum Wetter über, bezog allerdings meinen Boss mit ein.

»Gegen Abend wird dann das Tief Helge auf uns treffen, mit mittelstarken bis starken Windböen. Das ideale Wetter fürs Einkuscheln auf dem Sofa, bei einem guten Buch. Was ist dein Buchtipp, Michael?«

»*Moby Dick*, ein Klassiker, der geht immer«, erwiderte mein Chef. »Aber nun verrate unseren Zuhörern doch bitte, ob wir morgen Bade- oder Schmuddel-Wetter bekommen.«

»Morgens tut sich die Sonne noch etwas schwer, durch die Nebelfelder des Tiefs Helge zu gelangen. Doch spätestens gegen Mittag ist die Wolkendecke dann über ganz Föhr aufgebrochen und unser Sonnenplanet gewinnt zunehmend die Überhand. Und das bei Temperaturen um angenehme fünfundzwanzig Grad.«

»Na, das klingt doch voll nach Sommer auf Föhr, Donna«, setzte Michael Mayer nach. »Und passend zum Sommer gibt es jetzt jede Menge Gefühle aufs Ohr. Hier kommt Jasmine Thompson für euch, mit ihrem Sommerhit: *Ain't Nobody*. Also, ihr Lieben, zurücklehnen und genießen.«

Mein Boss drückte das grüne Lämpchen an. Das war mein Startsignal, vom Stuhl aufzuspringen. Enthusiastisch riss ich mir die Kopfhörer herunter und starrte ihn fragend an. Ich hatte den Sprung zum Wetter verpatzt, das wusste ich. Nur, wie würde er darauf reagieren? Er erhob sich und lächelte kopfschüttelnd.

»Das war unglaublich.«

»Tut mir leid, ich hab Ihren Zwischeneinsatz verpatzt, stimmt's?«

Er trat an mich heran, ganz dicht. Dann ergriff er meine Hände.

»Das war unglaublich, sagte ich. Vorläufig sind Sie die Wetterfee in meiner Sendung. Das liegt Ihnen besonders gut, denke ich.«

»Aber ...«

»Nichts aber, Sie sind ein Naturtalent. Aber lassen wir das Sie mal beiseite, Frau Kollegin. Ich bin der Michael, auch Michi genannt. Willkommen im Team, Donna.«

Ich konnte es kaum erwarten, in meine Pension zu kommen und Erna zu berichten, was mir heute Schönes widerfahren war. Michael Mayer hatte mich früher gehen lassen. Allerdings hatte ich Hausaufgaben mitbekommen. Ich sollte mich mit dem Wetter der nächsten Tage vertraut machen, das ein Meteorologe für Föhr erstellt hatte. Hach, das sind die schönsten Hausaufgaben, die ich jemals bekommen habe, schwärmte ich im Stillen auf dem Weg zum Bus. Das Schicksal war also nicht immer ein mieser Verräter, so viel stand fest. Ich musste das sofort Fritz erzählen. Hastig tippte ich mich durchs Menü meiner Kontakte. *Finanzamt, Frauenarzt, Fritz.* Es klingelte. Ungeduldig stammelte ich ein »Los schon, geh dran« ins Telefon. Dann endlich.

»Hi, ich bin es, Donna. Du hattest ...«

»Moment bitte«, unterbrach mich Fritz. »Hier ist die Hölle los, ich versteh kein Wort.«

Es klang, als sei Fritz in der Küche des Hotels. Geschirr klimperte, Töpfe klapperten.

»Soll ich später anrufen?«, rief ich.

»Nein, bleib dran. Ich geh mit dir in eine ruhige Ecke. So, jetzt dürfte ich dich besser verstehen. Erzähl, wie ist es gelaufen?«

»Stell dir vor«, begann ich voller Stolz, »ich bin auf Sendung gewesen.«

»Was, direkt am ersten Tag? Ist doch ein Scherz, oder?«

»Nein, kein Scherz. Und jetzt halt dich fest. Mein Boss meint, ich bin ein Naturtalent und ab sofort die Wetterfee in seiner Sendung.«

»Du hast es gerockt, Baby!«

»Ja, ich hab es gerockt!«, kreischte ich so laut, dass mich eine Touristengruppe mit entsetzten Blicken fixierte. »Wann sehen wir uns?«

Fritz seufzte auf.

»Gott, frag mich nicht. Ich komme vor dreiundzwanzig Uhr nicht raus. Da liegst du schon tief in deinen Träumen. Hast du dich schon eingelebt?«

»Ja, es ist toll dort. Und Benji macht Fortschritte. Sag, wie geht es deiner Mom?«

»Mia meint, die Ärzte haben ...«

Im Hintergrund ertönte eine weibliche Stimme, die nach Fritz rief.

»Sorry, Donna, ich muss wieder rein. Ich melde mich später auf gut Glück.«

»Ja, der Bus kommt sowieso gerade«, stammelte ich traurig ins Telefon.

Doch Fritz hatte längst aufgelegt.

Ich blickte noch einmal zurück zum Sender, der wie ein gestrandeter Fischkutter inmitten der malerischen Dünenlandschaft von

Utersum lag – einem kleinen Inseldörfchen, von dem aus man bei guter Sicht nach Sylt und Amrum schauen konnte. Bis zu meiner Pension waren es nur wenige Haltestellen. Nach Nieblum ins Hotel zu Fritz allerdings auch. Ich zögerte beim Einsteigen und überlegte, Fritz spontan zu überraschen.

»Könnten Sie mal mit anfassen?«, fragte mich eine junge Mutter und schob mir ihren Kinderwagen vors Bein. Ich nickte und half ihr in den Bus hinein. Dann schlossen auch schon die Türen. Wehmütig blickte ich entgegengesetzt unserer Fahrtrichtung. Der einzige Trost war das Baby im Wagen, das mich mit einer Rassel im Mund unentwegt anlächelte. Und auch wenn es dabei sabberte, war es doch für mich das allerschönste Lächeln in diesem Moment und an diesem Tag, den ich erneut ohne meine große Liebe Fritz verbringen musste.

Erna arbeitete im Vorgarten, als ich zum Haus geschlendert kam. Sie zupfte Blätter von einem Busch. Als sie mich erblickte, säuberte sie ihre Hände am Bund der Schürze und lächelte mir entgegen.

»Na, wie war der erste Tag?«

Ich erzählte ihr von meinem Sprung ins kalte Wasser der Radiowelt und meiner zukünftigen Aufgabe, das Wetter für Föhr vorhersagen zu dürfen. Ernas Augen wurden größer. Und fast schien es, als füllten sie sich mit Stolz.

»Hach«, klatschte sie freudig in ihre Hände. »Ich wusste es.« Dann legte sie ihren Arm über meine Schulter. »Kommen Sie, ich mache uns einen ordentlichen Tee. Und danach sollten Sie Ihre Mutter anrufen.«

Ach herrje, Mutter! Bestimmt waren sie und der Möchtegern-Doktor schon längst auf Föhr und irrten ziellos durch die Dörfer. Ich musste mich dem Problem stellen und sie anrufen, auch wenn ich es viel lieber noch eine Weile vor mir hergeschoben hätte. Widerstandslos ließ ich mich von Erna in die Küche führen.

»Setzen Sie sich erst einmal.«

Ich legte den Stapel Papiere, den ich von meinem Boss mitbekommen hatte, auf den Tisch und seufzte auf. Ach, wäre doch nur Fritz hier. Erna bemerkte meinen versteckten Unmut sofort. Ich glaube, sie hatte eine Art Antenne für solche Dinge.

»Was ist denn los?«, fragte sie und setzte sich neben mich. »Sie sind am ersten Tag zur Wetterfee befördert worden und dennoch spiegeln Ihre Augen, dass Sie nicht glücklich sind.« Sie ergriff meine Hände. »Also heraus damit.«

»Ach, es ist nichts weiter, nur ...«

»Ja?«

»Ich vermisse meinen Freund, meine Mutter will mich mit unserem Nachbarn verkuppeln und ich habe einen ziemlich miesen Ausschlag.«

Erna starrte mich an.

»Gut so, lassen Sie alles raus, das reinigt das Karma. Und nach dem Tee gehen Sie erst einmal schlafen. Sie sehen müde aus.«

»Tee mit Rum bitte«, erwiderte ich. »Ganz viel Rum, um genau zu sein. Wenn ich meine Mutter anrufe, will ich so relaxt wie möglich sein.«

»Ist sie denn so schlimm?«

»Nein, nicht schlimm, nur schwierig.«

Der Pfeifkessel kündigte an, dass es in ihm sprudelte. Erna sprang auf und goss den Tee auf.

»Mögen Sie einen Happen vom Mittagbrot? Ich habe Ihnen eine Portion aufgehoben. Es gab Nierenragout auf Stampfkartoffeln.«

Ich spürte, wie mein Kopf instinktiv nickte. Dann sank ich ins Traumland, in dem manchmal alles einfacher schien.

KAPITEL 17

Mutter ist da

Als ich einige Zeit später aufwachte, saß ich nicht mehr auf Ernas Küchenstuhl, sondern lag in meinem Bett. Wie zum Geier war ich hierhergekommen? Ich blinzelte zum Fenster, durch das die Sonne hereinschien. Der Himmel war wundervoll blau. Nur eine einzige Schäfchenwolke zog vorüber. Noch etwas kraftlos versuchte ich aufzustehen. Vergeblich. Ich war einfach noch nicht so weit. Dann hörte ich Benji rufen. Er spürte, dass ich mentale Unterstützung brauchte. Das jedenfalls redete ich mir ein, während ich mich auf-raffte und zum Fenster torkelte. Ich öffnete beide Fensterflügel und blickte hinunter. Und tatsächlich, Benji stand zwischen den Robbenbabys und blickte hinauf zu meinem Fenster.

»Ich komme gleich runter!«, rief ich ihm zu.

Er sollte schließlich auch von meinem Wetterfeendasein erfahren. Und er war ein kleiner Ersatz für Fritz, das Glied einer Kette, das uns miteinander verband. Ich glättete mein Kleid, das durch meinen Tagesschlaf etwas zerknittert aussah, und stürmte zur Zimmertür hinaus, die Treppen hinunter. Aus der Küche drangen leise Stimmen. Ich blickte im Vorbeigehen hinein, um die Besucher zu grüßen. Doch beim Anblick meiner Mutter stockte mir nicht nur der Atem, auch meine Beine blieben wie angewurzelt stehen. Ich rieb meine Augen. Lieber Gott, lass das nicht wahr sein. Neben meiner Mutter saß Jan Kruger. Er grinste wie immer fröhlich zu allem, was meine Mutter von sich gab. Als er mich erblickte, sprang er auf.

»Hallo Donna, Sie sehen umwerfend aus.«

Sah ich das wirklich? Oder war es nur eine eingebläute Ansprache, die ihm meine Kuppler-Mutter aufs Auge gedrückt hatte? Ehrlich gesagt, war es mir egal. Ich trat zwei Schritte in die Küche, nickte ihm zur Begrüßung zu und versuchte so erwachsen wie möglich auf Mutter zu wirken.

»Tag, Mutter. Oder besser gesagt: Moin. Ich hoffe, eure Reise war angenehm.«

Mutter stellte ihr Teeglas ab und streckte mir ihre weit geöffneten Arme entgegen.

»Komm her, mein Kind, und lass dich anschauen. Und gib deiner Mutter gefälligst einen Begrüßungskuss.«

Dabei tippte sie auf ihre gut gerougte Wange. Ich beugte mich ihr entgegen und umarmte sie. Und auch das verlangte Küsschen gab ich zähneknirschend. Immerhin war sie meine Mutter. Auch wenn ich mich in diesem Augenblick fragte, woher sie meine Pensionsadresse hatte. Die Antwort schockierte mich allerdings.

»Und da saßen wir also im Restaurant des Hotels und unterhielten uns über dich, als der Kellner, der uns die Getränke servierte, meinte, er würde dich kennen. Dann stellte er sich uns vor, nicht, Jan?« Dabei stupste Mutter unseren Nachbarn an. »Ich sag nur, Zufälle gibt es überall. Und auf dieser kleinen Insel wahrscheinlich noch häufiger als bei uns daheim.«

»Fritz, sagst du?«, stammelte ich zwischen Entsetzt-Sein und der aufkeimenden Hoffnung, dass Mutter ihn vielleicht doch mögen könnte.

»Ja, ja, Fritz hieß er, glaube ich. So ein dreckig blonder, unrasierter Typ. Also für ein Drei-Sterne-Hotel ist das ja nicht gerade die Art Personal, die man sich vorstellt.«

Ich verschränkte eingeschnappt meine Arme.

»Ach nein? Wolltest du lieber von einem Buttler im Frack bedient werden, der dir statt gewöhnlicher Kartoffeln piekfeine Kartüffeln serviert?«

»Gott, Kind, was ist denn in dich gefahren?«

»Fritz ist der Mann, von dem ich dir erzählt hatte, Mutter. Und er ist meine große Liebe. Schön, dass du ihn wenigstens einmal kennengelernt hast, bevor du Föhr wieder verlässt. Du bleibst doch nicht lange, oder?«

Mutter blickte hilfesuchend zu Jan Kruger, der immer kleiner zu werden schien.

»Bis Mittwoch, gell, Jan?«

Jan Kruger nickte.

»Ja, länger geht leider nicht, weil ich Prüfungstermine habe.«

»Oh, Sie meinen die Prüfungen, die den Akademikergrad besiegeln?«, setzte ich zynisch nach und erntete böse Blicke.

»Donna, ich erkenne dich nicht wieder«, zischte meine Mutter und erhob sich. »Willst du uns nicht lieber dein Zimmer zeigen, anstatt dich wie eine zwölfjährige Göre aufzuspielen?«

Klar wollte ich. Aber zuvor sollte Mutter meinen gefiederten Freund kennenlernen, der mich schon sehnsüchtig erwartete.

Jan Kruger führte meine Mutter so gut es ging um die Kothäufchen von Benji, die mittlerweile farblich normal aussahen. Sein Hinkefuß war auch keiner mehr. Man merkte ihm die Verletzung kaum noch an, wenn er über die Salzwiese stolzierte. Ich präsentierte voller Stolz den aufgepäppelten Seevogel, in den ich mich völlig vernarrt hatte und dessen Flug in den Süden mein

175

großes Ziel für ihn war. Mutter beäugte ihn argwöhnisch. Dann blickte sie auf die Heuler, die sich in gewohnt neugieriger Form auf jeden Besucher zubewegten, der sich ins Gatter begab.

»Ein schönes Tier«, sagte meine Mutter. »Aber wieso fliegt er nicht weg? Ich meine, er ist ja hier völlig im Freien.«

»Er kann nicht fliegen«, erklärte ich. »Erst muss er sich einer komplizierten Operation unterziehen.«

»Operieren, sagst du?«

Mir war, als hörte ich Mitleid aus Mutters Worten.

»Ja, und ich hab auch schon einen Tierarzt gefunden, der das macht.«

»Und die Kosten?«, fragte Mutter.

Als gäbe es nichts Wichtigeres in diesem Moment, als nach dem Geld zu fragen, das es kosten würde. Typisch meine Mutter eben.

»Das Geld spielt keine Rolle«, argumentierte ich gegen die für mich nebensächliche Fragestellung. »Viel wichtiger ist doch, dass er irgendwann wieder fliegen kann.« Ich blickte hinauf in den Himmel zu zwei Uferschwalben, die düsenjetartig durch die Luft flogen. »Und wer weiß, vielleicht kann er schon bald seinen großen Flug in den Süden antreten, um seiner Familie zu folgen.«

Benji stimmte mir zu, indem er mit seinem Kopf auf und ab schwang, als sagte er: *Ja, so ist es.* Dann folgte etwas, womit ich nicht gerechnet hatte. Mutter bekam glänzende Augen, als würde sie gleich anfangen zu weinen. Na ja, und irgendwie tat sie es auch. Natürlich war es offiziell der Wind, der ihr Pollen in die Augen blies. Aber ich und Mutter wussten, was der inoffizielle Grund war. Sie nickte mir zu, streichelte über Benjis Kopf und trat ganz dicht an mich heran.

»Ich bin stolz auf dich, Donna, auch wenn ich nicht immer deiner Meinung bin. Und ich denke, du hast dich hier sehr gut eingelebt. Und wenn du mir jetzt noch von deinem Job erzählst, bist du mich auch schon bald wieder los. Ich glaube, du bekommst das alles hier ganz gut ohne mich hin.«

Wow! Ich konnte nicht glauben, was ich da hörte. Mutter war bereit, mich loszulassen? Und sie war stolz auf mich? Ich folgte Mutter ins Pollentränenland und umarmte sie. Jan Kruger stand etwas abseits mit gesenktem Kopf. Dämmerte ihm gerade, dass er Mutter völlig umsonst einen Föhr-Trip bezahlt hatte? Ich musste schmunzeln. Aber irgendwie tat er mir auch leid, so wie er dastand.

»Was haltet ihr von einem gigantischen Eisbecher mit anschließendem Strandspaziergang?«

Durch Jan Krugers Gesicht huschte ein Lächeln.

»Wenn Sie sich die Zeit nehmen würden, gern.«

Mutter war ebenfalls einverstanden und hakte mich unter.

»Eisbecher klingt gut. Dann mal los.«

Erna, die an der Pforte zum Gatter stand, zwinkerte mir zu. Dann reichte sie meiner Mutter und Jan Kruger die Hand zum Abschied.

»Hat mich gefreut, Sie kennengelernt zu haben. Sollten Sie allerdings Lust auf einen deftigen Obstkuchen verspüren, dann sind Sie morgen herzlich zu unserer Teerunde am Nachmittag eingeladen.«

Auf dem Weg zum Café waren wir Frida begegnet, die mir ein Angebotswerbeblatt vom Frischemarkt in die Hand drückte.

»Ist billiger, als auswärts zu essen«, meinte sie.

Dann gratulierte sie mir zur schnellen Beförderung und erklärte, dass sie diese Neuigkeit bereits von Erna wüsste. Mutter lauschte ihren Worten. Fragend blickte sie mich an.

»Du bist befördert worden?«

»Nichts Großes«, erwiderte ich.

»Holla, nichts Großes?«, sagte Frida und trat dicht an meine Mutter heran. »Diese junge Dame hier ist seit heute die Wetterfee auf *Welle 33*, dem poppigsten Radiosender der Insel.«

»Ach, was Sie nicht sagen«, meinte Mutter feixend und lud Frida spontan auf einen Eisbecher ein. »Meine Tochter hat offenbar Qualitäten, von denen ich bisher gar keine Ahnung hatte.«

Frida willigte ein.

»Ein Eis bei der Hitze? Da sage ich doch nicht Nein.«

Und ehe ich mich dazu äußern oder die beiden einander vorstellen konnte, waren meine Mutter und Frida auch schon auf dem Weg zum *Wattenläufer*, einem Restaurant und Café, das im Ort, nur wenige Gehminuten entfernt, unterhalb des Deiches lag. Ich nickte Jan Kruger zu, der ebenso erstaunt wie ich den beiden hinterherblickte.

»Wollen wir?«

Er bejahte. Gemeinsam schlenderte ich mit ihm die Dorfstraße entlang, von der aus man das Meer sehen konnte. Die Wellen schwappten ruhig, ja fast gelassen über den sandigen Boden der Küste. Möwen zogen laut kreischend ihre Runden.

»Wie läuft es in der Klinik?«, fragte ich beiläufig.

Nicht, dass es mich wirklich interessierte. Aber nur stumm nebeneinander herzulaufen, erschien mir unpassend.

»Alles läuft gut. Und mit etwas Glück bleibe ich dort und übernehme später die Stationsleitung der Neurologie.«

»Das freut mich für Sie.«

Er blieb stehen und blickte mich an.

»Wie läuft es mit der Einstellung des neuen Präparates?«

»Och, ganz gut.«

»Keine Nebenwirkungen?«

»Ich schlage vor, wir widmen uns lieber der Schönheit dieser Insel, wo Sie schon einmal hier sind«, wechselte ich das Thema und ging zu den Seehunden über, die man von Dunsum aus per Wattwanderung in ihrer natürlichen Umgebung besichtigen konnte.

Ich erzählte ihm, dass Dunsum aus den Ortsteilen Klein-Dunsum und Groß-Dunsum bestand und aus Ernas Anwesen, das etwas abseits derer lag. Ich schwärmte vom ausgeprägten landwirtschaftlichen Charakter und der Tatsache, dass Dunsum ein anerkannter Erholungsort ist, der für eine Narkolepsie-Patientin wie mich perfekter nicht sein konnte. Natürlich durfte auch der Hinweis auf das Schöpfwerk sowie die faszinierenden Sonnenuntergänge nicht fehlen. Und so erzählte ich und erzählte, bis wir am Zielobjekt angekommen waren.

Frida und Mutter hatten sich bereits einen Tisch ausgesucht und stürmten darauf zu, als sei es das Spiel *Die Reise nach Jerusalem.*

»Hierher!«, rief Mutter und winkte uns zu.

Ich setzte mich Frida gegenüber. Jan Kruger nahm den Platz gegenüber meiner Mutter ein. Eine Weile blickten wir uns alle an. Dann griff Mutter nach der Speisekarte.

»Also, ihr Lieben, wir hätten folgende Eisvarianten zur Auswahl.«

Alle lauschten Mutters Vortrag. Und jeder äußerte seinen Wunsch. Auch Frida, die allerdings noch einen Geheimtipp auf Lager hatte.

»Ich sag Ihnen, die Friesentorte aus Blätterteig, Pflaumenmus und Sahne, die müssen Sie einfach versuchen.«

Mutter war keineswegs abgeneigt. Und so schlemmten wir nicht nur ein Eis, sondern versuchten auch Fridas Geheimtipp, der sich als Gourmet-Volltreffer entpuppte.

Es war spät geworden, als wir zum Strand hinunterliefen. Frida hatte sich verabschiedet, um ihrer langjährigen Freundin Erna bei den Vorbereitungen für eine wichtige Mission zu helfen. *Spätes Wattwandern* nannte sie es, während sie mir zuzwinkerte. Der Wind hatte aufgefrischt und blies durch das feine Gewebe meines Kleides. Dennoch wollte ich den abendlichen

Spaziergang nicht abbrechen. Ich rubbelte über meine Oberarme, um sie aufzuwärmen und genoss jeden Meter, den ich mit meiner Mutter untergehakt lief. Wie gern hätte ich ihr mehr von Fritz und meiner Liebe zu ihm erzählt. Aber die Anwesenheit unseres Nachbarn ließ mich zu diesem Thema schweigen. Obgleich ich ihm schon gern das ultimative *Nein* meiner Anti-Liebe ins Herz gestoßen hätte. Ich zog es jedoch vor, den Abend nicht mit Gefühlstritten zu verderben und entledigte mich stattdessen meiner Schuhe.

»Wirklich schön lebst du hier«, schwärmte meine Mutter.

Und dann tat sie etwas, das für sie so untypisch war wie Ostfriesentee für einen Nordfriesen. Sie beugte sich herab, öffnete die Schnallen ihrer Sandalen und zog sie aus. Jan Kruger schloss sich an. Auch er streifte seine Birkenstocksandalen von den Füßen und genoss den Spaziergang barfüßig. Seine Tennissocken steckte er kurzerhand in seine Hosentaschen, was mich zusätzlich abtörnte. Mit derlei geschmacklosem Outfit war ihm ein Dauersingleleben gewiss. Ob ich ihm das sagen sollte? So unter Nachbarn gewissermaßen?

»Erzähl mir mehr über den Radio-Job«, drängte Mutter und brachte mich vom *In-und-out*-Vortrag ab, den ich mir für Jan Kruger gerade zurechtlegte.

»Och, da gibt es im Grunde nicht viel zu erzählen, außer dass der Sender voll taff ist.«

»Es ist also genau das, was du dir immer gewünscht hast?«

»Mit *Ja* zu antworten, ist vielleicht noch zu früh, schließlich bin ich heute den ersten Tag da. Aber mein Kopf und mein Herz sind im Einklang und sagen spontan mal *Ja*.«

»Gut«, erwiderte Mutter. Sie blickte sich nach Jan Kruger um, der uns mit etwas Abstand folgte, und legte ihren Arm um mich. »Und du bist dir sicher, was den Kellner angeht?«

»Ja, absolut. Er ist ein ganz besonderer Mensch, der jeden Raum erhellt, den er betritt.«

Mutter lachte auf.

»Gott, ich glaub es ja nicht, meine Tochter ist ernsthaft verliebt.«

»Mutter!«, mahnte ich sie, während mein Blick verschämt zu unserem Nachbar wanderte. »Nicht so laut.«

»Tut mir leid. Aber da war gerade dieses Feuer in deinen Augen. Dasselbe Feuer, das damals auch in mir loderte, wenn ich von deinem Vater sprach.«

Autsch! Von dieser Art Mutter-Tochter-Gespräche hatte ich schon viel gehört. Gleich würde mir Mutter von ihrem ersten Kuss mit Dad erzählen, gefolgt von den ersten Zärtlichkeiten. Gott, nein! Ich war froh, den Streit mit Mutter begraben zu haben, aber darüber hinaus das Sexualleben meiner Eltern zu thematisieren, wollte ich keinesfalls. Ich hakte meine Mutter erneut unter und brachte sie dazu, stehenzubleiben.

»Schau dir die Farben des Horizonts an. Sind sie nicht wunderschön?«

»Ja, das sind sie. Weißt du, was? Ich werde jetzt etwas ganz Verrücktes tun und dem Horizont entgegenschwimmen.«

»Was? Es ist viel zu windig. Und ein Handtuch haben wir auch nicht.«

Mutter ignorierte meine Worte. Sie öffnete ihr Haar, warf ihre Sandalen in den Sand und schlüpfte aus ihrem Kleid.

»Ich wollte schon seit meiner Ankunft schwimmen gehen!«, rief sie, auf den Sonnenuntergang zulaufend.

Jan Kruger stand mittlerweile neben mir. Auch er blickte mit weit aufgesperrtem Mund meiner Mutter nach.

»Wow«, stammelte ich. »So viel Lebensfreude hatte ich ihr gar nicht zugetraut.«

»Ich auch nicht«, erwiderte er, noch immer meiner Mutter fassungslos nachblickend.

Mutter plantschte wie ein kleines Kind im Meer herum, als mich der ersehnte Anruf von Fritz erreichte. Ich entschuldigte mich bei Jan Kruger und lief mit dem Handy am Ohr den Strand entlang.

»Ich vermisse dich«, säuselte Fritz und bescherte mir eine zweite Gänsehaut. Und so sehr ich Fritz auch böse sein wollte, weil er Mutter meine Adresse gegeben hatte, es ging einfach nicht. Willenlos lauschte ich seiner Stimme. Bis er die Frage stellte, auf die ich sehnsüchtig gewartet hatte. »Sehen wir uns morgen nach meiner zweiten Schicht?«

Ich hatte keine Ahnung, wann die zweite Schicht im Restaurant endete, sagte aber spontan:

»Ja.«

»Gut«, säuselte Fritz. »Dann treffe ich dich vor deiner Pension, so gegen neun Uhr?«

»Abends?«

Fritz lachte.

»Ähm, ja schon. Morgens bist du im Sender und ich stehe am Frühstücksbuffet und äuge wohlgeformten Damen hinterher.«

Jetzt musste ich auch lachen.

»Tust du nicht!«

»Oh doch.«

»Soso, du gaffst also gut gebauten Frauen hinterher, während deiner Dienstzeit?«

»Und verführe sie mit einer *Toten Tante*«, fügte Fritz hinzu.

»Na warte, darüber reden wir morgen«, scherzte ich. Dann wurde ich ernst. »Ich vermisse dich auch unheimlich, hörst du?«

»Nur noch einmal schlafen«, tröstete er mich. »Und dann komme ich auf meiner Vespa angesaust.«

»Du hast 'ne Vespa?«

»Seit heute Morgen. Und nun rate, welche Farbe.«

»Schwarz-weiß wie Benji?«

»Kalt.«

»Ähm, grün wie der Frosch, der gegen die Wand flog, weil er im Bett der Prinzessin nächtigen wollte?«

Fritz lachte auf.

»Du erst wieder. Und nein, ich fahre weder grün noch bin ich ein Frosch, der sich gegen Wände werfen lässt.«

»Gut, dann verrate es mir.«

»Orange, wie der Sonnenuntergang, den wir aneinandergekuschelt von meinem Personalzimmer aus verfolgt haben.«

»Oh, wie traumhaft. Ich liebe orange.«

»Und ich liebe dich.«

Sekunden der Stille folgten. Und gerade als ich zu einer Antwort imstande war, kam Mutter bibbernd auf mich zugelaufen.

»Du, ich muss aufhören. Meine Mutter ruft, erklär ich dir später. Ach ja, da ist noch was. Ich bin die Wetterfee auf *Welle 33*, also vergiss nicht reinzuhören morgen.«

Ich küsste auf das Display meines Handys und legte schweren Herzens auf.

Muschelschalen zu sammeln, war mir geläufig. Sich an einer zu verletzen, nicht. Mutter hatte sich vor mir in den Sand plumpsen lassen und hielt mir jammernd ihren Fuß entgegen, aus dem Blut rann.

»Es war eine Muschel, die mich gebissen hat«, stotterte Mutter mit schmerzverzogenem Gesicht. »Jan muss mir den Fuß abbinden, bevor ich verblute.«

Ich versuchte sie zu beruhigen, während unser Nachbar von Urlauber zu Urlauber lief, um Verbandszeug oder Selterswasser zu organisieren.

»Nein, Mutter, Muscheln beißen nicht.«

»Wenn ich es dir doch sage«, zischte mich Mutter an. »Oder glaubst du, ich hätte mich am Beckenrand gestoßen!«

»Du bist wahrscheinlich hineingetreten und hast dich an der Schale einer Muschel oder Schnecke geritzt.«

Mutter stöhnte auf, als hätte ihre letzte Stunde geschlagen.

»Von wegen geritzt, pah«, erwiderte sie höhnisch. »Überlassen wir die Diagnosestellung lieber jemandem, der sich damit auskennt.«

Ich verdrehte die Augen.

»Mutter, Jan ist angehender Neurologe, kein Chirurg und Biologe.«

»Er ist Mediziner und kann Bisswunden genauso gut behandeln.« Sie wurde plötzlich blass und riss ihre Augen angsterfüllt auf. »Du meine Güte, ich werde doch nicht Tollwut oder so ein Zeugs bekommen?«

»Nein, natürlich nicht«, versicherte ich.

Aber Mutter ließ keine Ruhe und pushte sich zunehmend in einen bedenklich hysterischen Zustand.

»Daran kann man sterben, oder?«

»Muscheln haben keine Tollwut, das ist Fakt.«

»Und woher willst du das wissen?«

Ich gestehe, dass ich diese Frage nicht beantworten konnte, und log.

»Von einem Tierarzt weiß ich das.«

Mutter zog mich ganz dicht an sich heran.

»Und das ist auch wirklich wahr?«

»Großes Ehrenwort.«

Natürlich kreuzte ich dabei meine Finger hinterm Rücken, um nicht später an der Himmelspforte unnötig Schwierigkeiten zu bekommen. Dennoch war ich heilfroh, als Jan Kruger endlich mit einem Sanitätskasten angelaufen kam, bevor mich Mutter zu weiteren Lügen inspirierte. Er kniete sich in den Sand, um den Wundrand zu säubern. Dann drückte er eine Kompresse darauf und umwickelte den Fuß mit einer selbsthaftenden Binde.

»Es war eine Muschel«, stammelte Mutter zitternd.

Ihr Körper war völlig ausgekühlt durch den nassen Badeanzug.

»Zieh das Ding aus«, forderte ich. Aber Mutter wollte keinesfalls ohne Unterhöschen unterm Kleid ins Hotel fahren. »Gut, dann laufe ich schnell zur Pension und leihe dir eins von mir.«

»Aber nicht so ein Fadenteil, das in der Po-Ritze verschwindet«, sagte Mutter. »Bring mir einen deiner Regelblutungsschlüpfer.«

Oh, mein Gott! Hatte Mutter das jetzt wirklich laut gesagt? Jan Kruger verkniff sich ein Grinsen und tat, als hätte er nichts gehört. Ich blickte Mutter wütend an.

»Hotpants, Mutter! Hotpants heißen die.«

Auf dem Weg zur Pension fluchte ich laut vor mich hin. Diese Peinlichkeit, wie konnte sie nur. Und ausgerechnet vor unserem Nachbarn. Als Kupplerin war Mutter eine echte Niete. Spätestens in diesem Moment hätte ihr favorisierter Bewerber das Handtuch vor Ekel geworfen. Gut, dass Fritz nicht an Jan Krugers Stelle am Strand war. So konnte ich das Geheimnis um meine Hotpants noch ein wenig aufrechterhalten. Von Weitem konnte ich schon die Lichter im Haus erkennen. Mittlerweile dämmerte es. Ich stürmte zur Haustür hinein, an der Küche vorbei, und gerade als ich Erna und die anderen Robby Hoods begrüßen wollte, die sich in der Küche versammelt hatten, rutschte ich zusammen wie ein Kartenhaus, dessen man den König beraubt hatte.

»Kindchen, mach keinen Quatsch!«, rief Frida und sprang auf.

»Hotpants«, murmelte ich mit halb gelähmtem Kiefer.

Mehr brachte ich nicht heraus.

»Sie ist bewusstlos«, meinte Franz, der sich ebenfalls neben mir niederließ und meinen Puls fühlte.

Nein, ich bin nicht bewusstlos, ich muss dringend Unterwäsche für meine Mutter holen, die von einer bissigen Muschel angegriffen wurde, fuhr es durch meinen Kopf, der absolut intakt war. Ich verstand jedes Wort, spürte jede Berührung, nur konnte ich mich keinen Zentimeter bewegen. Es war ein weiterer kataplektischer Anfall und der ultimative Beweis, dass ich diese Narkolepsie niemals loswerden würde.

»Sie sagte Hotpants«, murmelte Robert und blickte auf die Stelle meines Körpers, an der er das Wortpuzzleteil vermutete.

Wag es ja nicht! Untersteh dich!, schrie mein Ego. Und am liebsten hätte ich ihn geohrfeigt, so wütend war ich auf mich, meine Krankheit und seine Blicke.

Minuten später konnte ich mich wieder ein Stück weit bewegen. Meine erste Amtshandlung war, mich aufzurichten und klarzustellen, dass ich nicht bewusstlos war, sondern lediglich einen Anfall hatte, der meine Muskeln lähmte. Und dass dieser Anfall eine Begleiterscheinung meiner Narkolepsie-Erkrankung war, die ich schon sehr lange hatte. Jetzt, wo mein neues, freies Leben begann, wollte ich nicht länger meine Krankheit verschleiern. Denn immerhin war ich eine von ihnen, eine der Robby Hoods. Frida streichelte liebevoll über meine Schulter.

»Dann waren das alles keine Schwächeanfälle?«

Ich verneinte, auch wenn ich mir im Nachhinein wie eine miese Lügnerin vorkam, weil ich Frida an der Bushaltestelle und im Hotel angelogen hatte.

»Und der Unfall vorletzte Nacht?«, fragte Franz.

»Der auch«, gab ich zu.

Aber es war weniger schlimm als ich dachte. Die Robby Hoods lächelten mich allesamt an, ohne mich weiter mit Fragen zu löchern, so wie es die meisten Menschen taten, die von meiner Krankheit erfuhren.

»Na, dann mal Prost«, scherzte Dittmar und hielt Erna sein leeres Teeglas entgegen. »Der Rum ist nicht nur zum Rumstehen.«

Gelächter folgte.

Erna schob mir einen Stuhl hin.

»Nu setzen Sie sich mal schön hin und trinken in aller Ruhe einen Tee. Was hat Sie eigentlich so gehetzt?«

»Ihre Hotpants«, meinte Robert und grinste mich an.

Autsch! Ich hatte Mutter ja völlig vergessen. Wahrscheinlich war sie schon halb erfroren in ihrem nassen Badeanzug. Mit weit aufgerissenen Augen entschuldigte ich mich und versprach, gleich zurückzukehren. Dann stürmte ich aufs Zimmer hinauf, um nach einem passenden Unterhöschen für Mutter in der hölzernen Schublade zu suchen. Frida folgte mir. Sie blieb an der geöffneten Zimmertür stehen und klopfte demonstrativ.

»Darf ich eintreten?«

»Klar«, erwiderte ich. »Ich muss nur schnell ein paar Sachen für meine Mutter holen und noch mal zurück zum Strand. Sie war baden und hat sich verletzt.«

»Ach herrje.« Frida schlug die Hände vors Gesicht. »Wie schlimm ist es denn?«

»Ein Schnitt seitlich der Fußsohle.«

Ich wühlte nach einem Handtuch, während Frida aus dem Zimmer eilte. Als ich mit den Sachen hinuntergelaufen kam, stand bereits Robert im Flur.

»Können wir?« Ich blickte ihn fragend an. »Zu deiner Mutter«, fügte er hinzu.

Ich drückte ihm spontan ein Küsschen auf die Wange.

»Danke, du bist ein Schatz.«

Robert nickte, zerrte seine Hose am Hosenbund hoch, während er errötete.

»Ich weiß«, meinte er lässig und stürmte vorneweg.

Dass Männer an einer Grippe den langsamen Mannestod sterben, kannte ich von meinem Vater. Frauen waren da völlig anders. Härter, schmerzloser, eben Heldinnen, wenn es ums Wegstecken von Wehwehchen ging. Mutter nicht. Sie lag noch immer jammernd am Strand, ihren Kopf auf Jan Krugers Schoß gebettet. Als sie uns erblickte, begann sie zu fluchen.

»Was hat denn so lange gedauert? Der Jan wollte mir gerade sein Hemd leihen.«

»Ihre Tochter hatte einen Anfall«, verteidigte mich Robert.

»Einen kataplektischen Anfall?«, fragte Jan Kruger, sprang auf und ließ den Kopf meiner Mutter in den Sand plumpsen.

»Na ja, es war nur ein ganz kleiner, ein winziger Anfall.«

Unser Nachbar spielte sich auf wie der Ritter vom heiligen Samariterorden. Ähm, gab es den Orden überhaupt? Egal. Jan Kruger griff nach meinen Händen und blickte mir tief in die Augen.

»Ich befürchte, dass die Dosis nicht gut eingestellt ist. Sie sollten dies unbedingt mit einem Arzt besprechen, vorausgesetzt, es gibt einen Spezialisten hier auf der Insel, was ich ehrlich gesagt bezweifle.«

Robert, der die Tüte mit der Wäsche trug, blickte mich ratlos an. Dann zu Jan Kruger.

»Moin erst mal, ich bin der Robert.«

Mutter seufzte unzufrieden auf.

»Und ich die Verletzte.«

Jan Kruger reichte Robert die Hand zum Gruß.

»Ähm, angenehm, Kruger.«

Ich nahm Robert die Tüte ab und hockte mich zu Mutter, die beleidigt ihr Haar vom Sand befreite.

»Ich hab dir noch einen Pullover mitgebracht.«

Sie blickte in die Tüte.

»Doch nicht etwa den, den dir dein Vater letztes Jahr zu Weihnachten geschenkt hat?«

Wieso konnte ich Mutter nie etwas recht machen? Natürlich hatte ich genau diesen Pullover dabei, den Pullover des Anstoßes, den angeblich seine Geliebte ausgesucht hatte, laut Mutter. Ich fand das albern und völlig haltlos.

»Du weißt doch gar nicht, wer den Pullover ausgewählt hat. Vielleicht war es ja doch Dad.«

»Pah! Als wenn der sich jemals für Mode interessiert hätte. Den hat *die* ausgesucht, da verwette ich mein Sparbuch drauf.«

»Gut, dann frier eben«, erwiderte ich ebenso schnippisch und drückte den Pullover zurück in die Tüte. »Hier ist trockene Unterwäsche und ein Handtuch für dein Haar.«

Mutter griff danach und starrte auf die Männer.

»Wenn Sie beide so freundlich wären, meine Herren?«

Jan Kruger wendete sich sofort um, während Robert weiter zu uns äugte.

»Huhu, Robert«, mahnte ich ihn. »Umdrehen.«

Jetzt hatte auch er begriffen, was meine Mutter meinte, und wandte sich blitzschnell mit hochrotem Kopf um. Er war zwar nicht der Hellste, aber dafür eine ganz liebe Seele.

KAPITEL 18

Die Kraft der Liebe

Zuversichtlich stürmte ich zum Bus. Hurra, mein zweiter Tag beim Radio. Und am Ende des Tages würde ich endlich Fritz wieder in meine Arme schließen können. Erna hatte mir vorsorglich ein paar Frühstücksbrote geschmiert, bevor sie und die anderen zur Nordküste nach Sylt aufgebrochen waren. Ein Zettel mit dem Hinweis: *Für die Wetterfee* lag auf dem eingewickelten Frühstückspaket. Ein kleines bisschen plagte mich das schlechte Gewissen, weil ich immer noch nichts eingekauft hatte und Erna mich quasi alleine versorgte. Aber auch damit sollte ab heute Schluss sein. Ich schwang mich auf die Bank im Wartehäuschen und kramte meine Hausaufgaben heraus, zu denen ich am Vortag nicht gekommen war. Mutters Besuch hatte meine gesamte Planung durcheinandergewirbelt. Dies versuchte ich nun aufzuholen. Ich studierte die Zahlen und Wahrscheinlichkeiten und legte mir eine passende Kombination aus Fakten und Unterhaltungswert zurecht.

»Sechsundzwanzig Grad und ein Sonnen-Wolken-Mix, der auch genug Schattenmomente für Sonnenallergiker spendet«, murmelte ich vor mich hin und erregte die Aufmerksamkeit zweier Herren, die mich grübelnd musterten. Ich tat, als bemerkte ich ihre Blicke nicht und wechselte zur Vorschau. »Auch in den kommenden Tagen bleibt uns der Sonnenplanet treu, der nur ab und an hinter einer Quellwolke verschwinden wird. Wer auf Regen hofft, den muss ich enttäuschen. Hoch Silvia ist im Anmarsch und beschert uns Temperaturen um die vierunddreißig Grad im Schatten. Eine gute Zeit für Getränkehersteller und Eisverkäufer sozusagen. Also, ihr Lieben, genießt das Hoch mit dem richtigen Lichtschutzfaktor und verbrennt euch nicht die Füße im heißen Sand.«

Ich vernahm Applaus, der von einem der Herren kam. Schmunzelnd verbeugte ich mich, auch wenn es mir etwas peinlich war. Dann kam auch schon der Bus.

Der Tag im Sendekutter verflog im Nu. Mit den Mitarbeitern kam ich gut klar und auch mein Chef war überzeugt von mir und plante bereits Großes.

»Eine eigene Sendung?«, fragte ich ungläubig.

Ich konnte meine Freude kaum zügeln, war aber auch skeptisch, ob ich den Anforderungen gerecht werden könnte.

»Eine Stunde Übergang gewissermaßen, die die Frühstücksshow mit der Mittagssendung verknüpft«, erklärte Michael Mayer und lächelte mir aufmunternd zu. »Es liegt dir im Blut, Donna. Du kannst das. Und außerdem beschallst du die Hörer dreiviertel der Sendezeit mit Wunschtiteln, die dir Rebecca einlegt. Du brauchst nur auf den jeweiligen Titel eingehen und die Grüße oder Wünsche, die mit dem Titel verknüpft sind, anzukündigen.«

Ich stimmte zu, obwohl ich mir nicht wirklich sicher war. Immerhin hatte ich gerade einmal zwei Live-Übungen hinter mich gebracht. Gut, ich hatte diese mit Bravour absolviert, aber war ich wirklich schon für eine Übergangssendung bereit?

»Und was ist mit der Wettervorhersage?«

Michael Mayer lachte.

»Du bleibst natürlich die Wetterfee, keine Frage.«

Nach Feierabend, sofern man das Ende eines harten Volontariats-Tages so nennen konnte, lief ich freudestrahlend zur Bushaltestelle. Ich war trotz der Strapazen voller Energie und fieberte meinem Treffen mit Fritz entgegen, freute mich aber auch auf Benji, mit dem ich heute etwas Zeit verbringen wollte. Das Wetter war traumhaft, wenn sich auch die Sonne hin und wieder hinter einer Wolke versteckte. Ich setzte mich auf die Bank ins Wartehäuschen und studierte die Wetterkarte. Aber ich konnte mich einfach nicht darauf konzentrieren. Vielleicht ging es ja kauend besser. Ich zückte meinen Frühstücksbeutel aus dem Heidekörbchen, das mir Erna für meinen heutigen Einkauf geliehen hatte, und griff nach dem letzten belegten Brot, einer Leberwurststulle. Dann ging ich erneut die Wettergegebenheiten der kommenden Tage durch. An die neue Aufgabe wollte ich vorerst nicht denken. Es machte mir geradezu Angst, dass ich völlig allein im Senderaum sitzen würde, während mir ganz Föhr zuhörte.

»Ach kick mal eener an, so ein netter Zufall«, hörte ich eine Stimme neben mir, die verdammt nach Inge aus Berlin klang. »Was machen Sie denn hier so alleene?«

Ich strich mir eine, sich aus dem Zopf gelöste Haarsträhne hinters Ohr und reichte Inge die Hand.

»Ja, ein netter Zufall. Ich bin auf dem Weg zu meiner ...«

Ich stockte und biss mir auf die Unterlippe. Um ein Haar hätte ich *Pension* gesagt und Erna verpfiffen.

»Auf dem Weg in die neue Unterkunft?«, fragte Inge.

»Ähm, nein. Auf dem Weg zu meiner Tante.«

Inge lachte, während sie meine Hand immer noch derart durchschüttelte, dass die Erschütterung bis in mein Hirn schlug.

»Wie Sie so dasitzen mit Ihrem Brot und dem Körbchen auf dem Schoß, könnte man meinen, Sie wären auf dem Weg zur Ihrer Großmutter.«

Ich lachte theatralisch mit.

»Ha, was für ein witziger Vergleich.«

»Und, wie läuft's mit dem Radio? Ick hab Sie schon vermisst am Frühstücksbuffet.«

Ich erzählte Inge, dass ich nicht mehr im Hotel nächtigte, sondern fest bei meiner Tante wohnte für die Zeit meines Volontariats, und bereits die Wettervorhersage beim Sender übernehmen durfte. Inge nickte ehrfürchtig.

»Na, da gratuliere ick doch mal.«

Instinktiv zog ich meine Hände hinter den Rücken, um einem erneuten Händedruck zu entrinnen. Mir tat noch immer die Hand vom Gruß weh. Inge nahm mir das nicht übel, sondern lachte erneut so herzhaft, dass ihr Busen, der sich leger und BH-los unterm Kleid abzeichnete, wellenartig mitschwang.

»Ick bleibe noch 'ne Weile auf Föhr«, verkündete sie. »Wenn Sie Lust haben, dann können wir ja mal 'ne Runde auf der Banane reiten?«

Ich starrte sie entsetzt an. Was war das denn bitte für eine Einladung?

»Ähm, welche Banane?«, fragte ich vorsichtig, in der Hoffnung, keine Antwort zu erhalten, die nicht jugendfrei ist.

»Kennen Sie die riesige Luftbanane etwa nicht, die je nach Wetterlage mehrfach am Tag über die Wellen saust? Ick sag Ihnen, ein Spaß ist das.«

Ich kannte dieses Spaß-Ding tatsächlich nicht und musste grinsen beim Gedanken an einen Ritt darauf. Begeistert sagte ich: »Ja, gern«, worauf Inge sofort einen Tag festlegte.

»Wie wäre es mit übermorgen?«

»Klar«, meinte ich. »Allerdings komme ich nicht vor vier aus dem Sendehaus, was im Grunde ja gar kein Haus ist, sondern ein Kutter.«

»Ein Kutter sagen Sie?« Inges Augen bekamen einen gewissen Glanz. »Ick liebe verrückte Dinge. Und ein Radiosender in einem Kutter gehört definitiv in diese Rubrik.«

Der ankommende Bus unterbrach unser Gespräch.

»Ich komme dann ins Hotel nach der Arbeit«, rief ich Inge zu, während ich in den Bus stieg.

»Ach was, ich komme Sie abholen, Schätzchen«, vernahm ich noch, bevor sich die Bustür schloss.

Nur eine Haltestelle später stieg ich auch schon wieder aus, um im kleinen Einkaufsmarkt die wichtigsten Dinge zu besorgen.

Der schmale Weg, der zu Ernas Haus abseits des Dorfes führte, schien heute länger zu sein. Vielleicht lag es aber auch daran, dass ich heute jeden Schritt genoss, den ich ging. Oder es lag am schweren Einkaufskorb. Ich atmete tief die salzhaltige Luft ein, die vom Meer herüberzog. Ein wohliges Gefühl der Zufriedenheit überkam mich. Heute Abend würde ich mit Fritz am Strand spazieren gehen, ihm von meinen Aufgaben beim Radio berichten und mit ihm über die Zukunft plaudern. Über unsere Zukunft.

»Schau, Benji, wer da angeschlendert kommt!«, rief Erna von ferne und stachelte meinen gefiederten Freund an, mir entgegenzuflattern, wenn man den Seevogelsprint mit unterstützendem Flügelschlag so nennen konnte.

Von Humpeln keine Spur mehr. Ich stellte den Einkaufskorb ab und breitete meine Arme zur Begrüßung aus. Benji freute sich wie ein kleines Kind und stieß ein »Plüüiit, plüüiit, plüüiit« aus. Ich streichelte ihn, wobei er seinen Kopf neugierig in das Weidenkörbchen steckte. Suchte er etwa nach Fisch?

»Nicht doch«, beschimpfte ich ihn und kraulte seinen langen Hals.

Ich war glücklich, dass es ihm von Tag zu Tag besser ging.

»Dr. Friedmann hat angerufen wegen eines Röntgentermins für Benji«, erzählte mir Erna, als ich meinen Einkauf in den Kühlschrank räumte. »Er sagte allerdings auch, dass die Operation nicht billig werden wird.«

Mir war der Preis egal, obwohl ich noch keinen Cent verdient hatte.

»Ich werde einen Kredit aufnehmen«, entschied ich spontan und stieß auf Kritik.

»Nicht doch, nicht doch. Auch wenn die Zinsen derzeit nicht ganz so hoch sind, treibt ein Darlehen jeden ehrlichen Bürger in den Ruin.«

Irgendwie klang es witzig, das ausgerechnet aus Ernas Mund zu hören, wo sie doch die Pensionszimmer vor der Steuerbehörde verschwieg.

»Aber ich will, dass er fliegt. Vielleicht sogar in den Süden, zu seiner Familie.«

Erna kratzte über ihr stoppeliges Kinn. Sie war die einzige Frau in meinem Bekanntenkreis, die sich rasierte. Und sie machte daraus kein Geheimnis.

»Hm, ich könnte mit Frida und den anderen sprechen, ob wir die Operation nicht über die Kosten der Heuler-Versorgung vorfinanzieren können. Dann könnten Sie es nach und nach in kleinen, machbaren Raten zurückzahlen.«

»Das würden Sie tatsächlich tun?« Völlig überrumpelt von diesem Vorschlag umarmte ich meine Pensionswirtin. »Das wäre bombastisch.«

»Wie gesagt, ich benötige dafür die Zustimmung der anderen Robby Hoods. Aber ich denke, dass niemand dagegen sein wird. Schließlich haben wir den kleinen Kerl alle ins Herz geschlossen.«

Als es vorm Haus hupte, flitzte ich die Treppen hinunter und lief Fritz entgegen. Ja, ich rannte ihn förmlich um, so sehr freute ich mich, ihn wiederzusehen. Er trug karierte Shorts und ein schickes weißes Poloshirt, das gut zu seinen weißen Turnschuhen passte. Wir umarmten uns. Sehr, sehr lange. Erst Minuten später löste ich meine Arme, die um seinen Hals geschlungen waren, und säuselte ihm zu:

»Ich hab dich unendlich vermisst.«

Er lächelte, wobei sich seine Grübchen, die ich so sehr mochte, deutlich abzeichneten.

»Du bist …«

»Unglaublich?«, beendete ich seinen Satz.

Er nickte und küsste mich. Dann öffnete er die Plastikbox, die sich hinter der Mofa-Sitzbank befand und hielt mir einen Helm entgegen, auf dem *My Love* geschrieben stand.

»Voila, für meinen allergrößten Schatz.«

»Oh, wow«, stammelte ich begeistert und stülpte mir den Helm über.

Mein Haar trug ich zu einem Pferdeschwanz zusammengebunden, der lustig hinten heraushing. Dazu ein kurzes Sommerkleid, mit Bikini darunter. Ich war also gut gewappnet für einen Inselausflug.

»Die Vespa ist toll«, schwärmte ich und strich liebevoll über das Leder der Sitzbank. »Hat sie einen Kosenamen?«

»Ähm, nein. Wieso?«

»Weil man Dingen, die man besonders mag, einen geben sollte.«

»Sollte man?«

»Ja, unbedingt«, erwiderte ich und lief grübelnd um die Vespa. »Hm, lass mich mal überlegen. Wir sollten sie *Abendsonne* nennen und mit Meereswasser taufen. Das bringt vielleicht Glück.«

Fritz lachte.

»Bitte tu mir das nicht an. Meine Kollegen würden sich über mich lustig machen, wenn ich mein Mofa *Abendsonne* nenne.«

»Gut, dann eben *Beachwalker*.«

»Strandläufer?«

»Ja, ist doch ein cooler Name und männlich genug, um bei deinen Kollegen bestehen zu können.«

»Weißt du, was?«, sagte Fritz. »Ich pfeif auf die Meinung meiner Kollegen und nenne sie *Abendsonne*. Aber das mit der Taufe lassen wir lieber, okay? Die ersten Rostpickel bekommt die kleine *Abendsonne* hier früh genug. So, und jetzt will ich kurz Benji begrüßen, bevor wir in den Sonnenuntergang starten. Ich hab da nämlich was aus der Hotelküche, das ihm sicherlich schmecken wird.«

Was freute sich Benji, als wir das Tor zum Gatter öffneten. Er stand auf der Salzwiese, die unmittelbar zum sandigen Ufer führte, und schnäbelte im feuchten Grün herum, als er das Quietschen der sperrigen Holztür vernahm. Was auch immer er gerade im Schnabel hatte, er ließ es fallen und flatterte wild mit seinen Flügeln schlagend, um schneller zu uns laufen zu können.

»He, Großer«, begrüßte ihn Fritz und ging in die Hocke. »Schau mal, was ich dir mitgebracht habe.«

Benji griff nach der Tüte und riss sie Fritz aus der Hand.

»He, he, nicht so hastig«, mahnte Fritz. Er öffnete die Tüte und holte fünf Kieler Sprotten heraus. Die erste hielt er mir entgegen. »Ladies first.«

Ich wehrte die Sprotte ab.

»Nein, vergiss es! Ich werde die Dinger nicht ablutschen.«

Fritz lachte.

»Tja, Kumpel, wie es aussieht, müssen wir Männer das heute unter uns ausmachen.«

Dann lutschte er das Öl ab und fütterte Benji.

Die Sonne stand bereits tief über dem Horizont, als wir auf der Vespa durchs Dorf fuhren. Das Ziel hatte mir Fritz nicht verraten. Er sagte nur, es sei eine Überraschung. Ich genoss den Fahrtwind, der abkühlend in mein Kleid fuhr und es wie eine Fahne zum Wehen brachte.

»Sag mir wenigstens, ob es noch weit ist«, rief ich, aber das Knattern der Vespa übertönte meine Frage, und so schmiegte ich mich ganz fest an Fritz.

Einige Minuten später fuhren wir über einen Holzplattenweg, der durch riesige Dünenhügel hinunter zu einem Strandabschnitt führte, der einen phänomenalen Blick auf den Sonnenuntergang zuließ. Fritz stoppte am Ende des Weges. Dann nahm er seinen Jethelm ab und wandte sich zu mir um.

»Und, was sagst du?«

Ich lächelte zufrieden.

»Was für ein Ausblick.«

»Steig mal ab, ich hab da noch was.«

Neugierig stieg ich ab.

»Noch eine Überraschung?«

Fritz öffnete die Sitzbank und beförderte einen Beutel zutage, in dem sich alles für ein kleines Sonnenuntergangspicknick befand. Im Plastikkoffer hinter der Rückbank lag noch eine Decke, die er mir in die Hand drückte.

»Du darfst den Ort unseres Rendezvous wählen«, meinte er keck.

Ich drückte ihm meinen Helm vor die Brust, zog meine Schuhe aus und stürmte hinunter zum Wasser.

»Was hältst du von einem Sonnenuntergangsbad?«

»Nach dem Picknick vielleicht.«

»Und davor?«

Fritz verschloss die Vespa, griff meine Schuhe und kam zu mir ans Wasser.

»Hm, lass mich mal überlegen.« Er blickte sich nach einer passenden Stelle um. »Lass mich zuerst den Beutel und deine Schuhe ablegen, dann verrate ich es dir.«

Ich warf ihm die Decke zu und kicherte fröhlich.

»Na, da bin ich ja mal gespannt.«

Fritz hatte unseren Picknickplatz hübsch hergerichtet. Der abendliche Sommerwind säuselte fast ebenso zärtlich über den Strand hinweg wie Fritz mir ein »Ich liebe dich« ins Ohr. Er küsste sanft mein Ohrläppchen, dass es nur so kribbelte. Der Sekt, den er uns in Plastikbecher einschenkte, schmeckte lieblich und berauschte mich zusätzlich.

»Was kam noch mal vor dem Picknick?«, flüsterte ich lusterfüllt.

»Nabeltrinken«, murmelte er und öffnete den Reißverschluss meines Kleides.

»Nabeltrinken?«, hinterfragte ich.

Ich hatte eine gewisse Vorstellung, aber keine Ahnung, ob ich richtig damit lag.

Fritz presste seinen Finger auf meinen Mund.

»Pst.«

Dann glitten seine Hände unter mein Kleid. Er schob es bis zu meinem Hals hinauf, nahm seinen Becher und entleerte den Inhalt über meinem Bauchnabel. Ich stöhnte auf, als seine Zunge meinen Nabel umspielte. Mein Hirn war kurz vorm Explodieren, während seine Hände meinen Busen liebevoll massierten. Was zur Hölle tat er da? Mein Herz raste, mein Körper vibrierte. Ich fürchtete, einen erneuten Anfall zu erleiden. Bitte nicht jetzt, flehte ich meine Krankheit an. Ich wollte keine Sekunde von dem, was da gerade mit mir passierte, versäumen. Und dann geschah es doch. Regungslos lag ich auf der rot-blau karierten Decke, unfähig, mich auch nur einen Zentimeter zu bewegen. Fritz spürte die Veränderung.

»Was ist los?«, fragte er. »Alles okay?«

Nichts war okay. Aber das konnte ich ihm nicht mitteilen. Ich fühlte seine Angst um mich, sah seinen erschrockenen Blick. Doch so sehr ich auch versuchte, mich zu rühren, mich irgendwie auszudrücken, es ging nicht.

»Donna! Donna, wach auf!«

Fritz rüttelte panisch an mir herum.

Verdammte Krankheit, fahr zur Hölle!, schrie mein Ego. Doch niemand, auch nicht Gott würde mich erhören. Warum ich? Warum ausgerechnet ich? Tränen drückten sich, erzeugt durch tiefste Wutempfindungen aus meinen Augen und signalisierten sichtbar meinen Kummer. Fritz bemerkte die Tränen und tupfte sie mit einer Serviette weg.

»Donna, du hörst mich, nicht wahr?«

Ja, das tue ich, wollte ich so gern sagen, aber ich blieb stumm. Fritz sah sich hilfesuchend um.

»Gott, was soll ich tun?«, stammelte er und griff sich wütend ins Haar. Voller Hektik zerrte er sein Handy aus der Hosentasche, doch er zögerte. »Donna, bitte sag was. Irgendwas. Ich hab grad 'ne Scheißangst um dich.«

»A...n...f...a...ll«, nuschelte ich und kam mir dabei vor wie eine Sprach-Analphabetin.

Egal, Fritz hatte es verstanden. Euphorisch starrte er auf meinen Mund, während er mich fragte, ob er mir irgendwie helfen konnte.

»G...leich v...or...bei.«

»Gleich vorbei, sagst du?«

Ich versuchte zu nicken, was mir im weitesten Sinne auch gelang.

»Gut«, bestätigte Fritz erleichtert.

Er griff nach meiner Hand und hielt sie so lange fest, bis meine Muskelkraft zurückkehrte, und mit ihr das Leben in meinen Körper.

»Ich hasse meine Krankheit«, sagte ich wenig später und lehnte meinen Kopf an die Schulter von Fritz.

»Es bringt nichts, sie zu hassen. Vielmehr solltest du sie akzeptieren.«

»Sie akzeptieren? Pah! Wozu?«

»Weil sie ein Teil von dir ist. Sie macht dich nicht nur anfälliger für Müdigkeit und Schlaf, sondern auch besonders.«

»Du hast die doofen Anfälle vergessen«, murmelte ich. »Und unser Sonnenuntergangspicknick ist auch verpfuscht deswegen.«

»Nichts ist verpfuscht. Wir beide sitzen hier am schönsten Strandabschnitt der Insel und …«

»… haben den Sonnenuntergang verpasst wegen meiner doofen Krankheit«, unterbrach ich Fritz.

Er küsste meine Stirn.

»Es gibt noch unzählige Sonnenuntergänge für uns. Du siehst das alles viel zu negativ.«

»Tu ich nicht.«

»Doch, tust du. Und nun zeig mir dein Lächeln, das ich so vermisst habe, du kleine Pessimistin.«

Seine Worte zeigten Wirkung. Ich schmiegte mich noch fester an Arm und Schulter, während über mein Gesicht tatsächlich ein Lächeln huschte. Fritz war wie Balsam für meine verletzbare Seele. Das erste Mal im Leben hatte ich das Gefühl, ich selbst sein zu dürfen, mit all meinen Schwächen und Fehlern.

»Erklärst du mir jetzt, was das für ein Anfall war und wie er ausgelöst wird, oder willst du stattdessen weiter über deine Krankheit jammern?«

Ich zwickte Fritz in den Oberarm.

»Boa, na warte.«

Aber er überwältigte mich und beförderte mich ruck, zuck auf den Rücken. Mit seinen Händen drückte er meine Arme sachte auf die Decke und küsste mich innig. Dann wurde er ernst.

»Erzähl mir über diese Anfälle, Donna. Ich will kein weiteres Mal hilflos danebenhocken müssen wie ein ahnungsloser Trottel.«

»Meinetwegen«, willigte ich ein. »Obwohl ich viel lieber über Mutters plötzliches Auftauchen sprechen würde. Du glaubst gar nicht, wie geschockt ich war, als sie und der ewig studierende Herr Fast-Doktor in Ernas Küche saßen.«

Fritz ließ meine Arme los.

»Ihr Begleiter ist euer Nachbar, mit dem sie dich verkuppeln will?«

»Hat sie ihn dir nicht vorgestellt?«

Fritz schüttelte seinen Kopf.

»Sie sagte nur, sie wäre deine Mutter und könnte dich telefonisch nicht erreichen. Und dass sie dringend die Adresse deiner Pension bräuchte. Ihren Begleiter stellte sie mir nicht vor.«

Typisch Mutter! Sie verstand es schon immer, Details zu verschweigen, die für andere von Relevanz waren. Ich richtete mich ebenfalls auf.

»Ich hab mich mit Mutter ausgesprochen«, begann ich meinen Vortrag zu schildern. »Und das erste Mal in meinem Leben habe ich das Gefühl, dass meine Mutter verstanden und losgelassen hat.«

»Du meinst, sie wird dich in deinen Entscheidungen zukünftig stärken und diese akzeptieren?«

»Ja, ich denke schon.«

»Und der Doktor, der hinter dir her ist wie ein brünstiger Rehbock?«

Ich kicherte.

»Der hat, glaube ich, auch kapiert, dass ich völlig vernarrt in dich bin.«

Über das Gesicht von Fritz zog ein Grinsen.

»Und du glaubst, er macht den Weg für einen lausigen Kellner frei?«

»Nicht für einen lausigen, aber für den witzigsten, liebsten und charmantesten Kellner der ganzen Insel.«

So gut ich auch bisher vom Thema *Narkolepsie* und *kataplektische Anfälle* abgelenkt hatte, so engstirnig beharrte Fritz auf einer Erklärung.

»Wir sind völlig vom Thema abgekommen. Also, leg los.«

»Och, bitte. Nicht heute. Und nicht hier. Das verdirbt die verbleibende Zeit, und wer weiß, wann wir wieder Zeit füreinander finden.«

»Darüber wollte ich mit dir auch reden. Allerdings nicht jetzt.«

»Hat sich Mia gemeldet?«

»Donna! Lenk nicht ab.«

»Also schön.«

Ich erzählte Fritz, was er hören wollte. Jedes kleinste Detail, das mit meiner Schlafkrankheit verbunden war. Und ich endete mit den Anfällen, die das deutlichste, aber auch quälendste Symptom waren. Fritz lauschte meinen Ausführungen. Ab und an unterbrach er mich, um etwas genauer zu hinterfragen. Am Ende nahm er mich in den Arm, ganz fest, und flüsterte:

»Ich wusste vom ersten Augenblick an, als ich dich sah, dass du eine ganz besondere Frau bist. Ach ja, dabei fällt mir ein, ich soll dich lieb von Samuel grüßen. Er hat den Job und würde sich gern persönlich bei dir bedanken.«

»Oh, wie toll ist das denn? Ich freu mich so sehr für ihn. Apropos Job, ich bin nicht nur die Wetterfee auf *Welle 33*, sondern hab auch eine Übergangssendung anvertraut bekommen, in der ich Wunschhits abspielen und Grüße übermitteln darf.«

Fritz griff nach meinem Plastikbecher, der über die Sektflasche gestülpt war und an dem sich sichtbar Lippenstift abzeichnete. Dann nach seinem, der nach unserem Liebesspiel noch immer auf der Decke lag. Er befüllte beide mit Sekt.

»Auf deine Karriere beim Sender und unsere Liebe«, verkündete er, küsste mich und stieß seinen Becher gegen meinen.

»Und auf eine schnelle Genesung deiner Mom«, fügte ich hinzu, bevor ich am Sekt nippte.

Aneinandergekuschelt verbrachten wir noch einige Zeit am menschenleeren Strand und genossen wortlos die faszinierende Kulisse, die sich uns am Horizont darbot, bevor mich Fritz zurück in die Pension fuhr. Der Abschied fiel mir schwer. Aber ich wusste, es würde für uns eine Zukunft geben. Eine Zukunft, in der es keine schmerzvollen Abschiede mehr geben würde.

KAPITEL 19

Nur Mut, Donna

Gut gelaunt, mit einem fröhlichen Lied auf den Lippen, erwachte ich in meinem lichtdurchfluteten Zimmer. Ich sprang auf, streckte mich und lief zum Fenster, um die Gardine beiseitezuschieben. *Sei gegrüßt, Sonne. Guten Morgen, Nordsee. Hallo, ihr Menschen da draußen auf hoher See und dem Festland.* Mein Ego und ich sprühten förmlich vor Lebensglück. Selbst die Einnahme meiner Tabletten konnte meiner Fröhlichkeit nichts anhaben.

Von der Liebe berauscht trippelte ich leichtfüßig zum Schrank. Erna hatte tatsächlich meine zuvor gewaschene Wäsche fein säuberlich gebügelt und für mich in den Schrank gelegt. Ich schmunzelte zufrieden vor mich hin. Sie war wahrhaft eine gute Fee, fast wie die Großmutter, die ich mir immer gewünscht hatte. Meine hingegen war nie an mir interessiert gewesen. Sie und Mutter hatten einen fortwährenden Zwist, der sich über Jahre zog. Und irgendwann war ich zu groß geworden, um meine Großmutter zu vermissen.

»Donna, Robert, Frühstück!«, rief Erna die Treppe hinauf.

Sie klapperte bereits seit einer guten halben Stunde in der Küche herum. Ich hatte mich mittlerweile angezogen und dezent geschminkt, war also für den Start in den Tag bereit.

»Ich komme!«, rief ich zurück und kollidierte in diesem Moment mit Robert, der um die Ecke ins Bad gestürmt kam.

Sein gewelltes rotes Haar stand strubbelig vom Kopf ab und wirkte wie eine ungebändigte Löwenmähne.

»Moin, Moin und sorry«, stammelte er, lief zur Toilette und klappte den Deckel auf.

»Einen wunderschönen guten Morgen«, sang ich förmlichst zurück und rieb über meinen Arm.

Robert blinzelte mich mit zusammengekniffenen Augen misstrauisch an, während er unkoordiniert am Reißverschluss seiner Hose zerrte.

»Wie kann man nur am frühen Morgen schon so gut gelaunt sein?«

»Das Geheimnis der Liebe«, sagte ich grinsend, tänzelte hinaus und ließ die Tür hinter mir ins Schloss fallen.

Der Tisch war reich gedeckt. Natürlich durfte neben Ernas selbst gemachter Konfitüre auch der Ostfriesentee nicht fehlen, der schon fast ein Ritual in diesem Haus war. Eine ganz besondere Mischung, pries Erna stets an, ohne auch nur ansatzweise auf die Mischung selbst einzugehen. In der Pfanne brutzelte das Rührei, es roch nach Speck. Ich setzte mich und griff nach einem Brötchen, das noch warm war.

»Hm, frische Bäckerbrötchen«, murmelte ich voller Appetit darauf.

»Eher frische Hausmannsbrötchen«, stellte Erna klar und schob mir die Butterdose zu. »Ich backe so oft ich kann die Brötchen selbst.«

»Und sie duften herrlich«, schwärmte ich, während die Butter auf meiner Brötchenhälfte zerlief. Ich strich einen Klecks Konfitüre darauf und biss hinein. »Hm, lecker«, schmatzte ich. »Wann war noch mal der Termin bei Dr. Friedmann?«

»Ach herrje, das hätte ich ja fast vergessen. Die anderen haben zugestimmt. Damit steht der Operation für Benji nichts mehr im Wege.«

Ich sprang auf und umarmte Erna, die sich gerade zu Tisch setzen wollte.

»Wow! Ich bin so glücklich, danke. Und wann ist nun der Termin?«

»Am Freitagvormittag, zehn Uhr.«

»In zwei Tagen schon? Oje, ich weiß gar nicht, ob ich da freibekomme.«

Erna lächelte.

»Nun frühstücken Sie mal schön weiter und machen Sie sich keine Gedanken um den Termin. Ich fahre Freitag sowieso mit den Jungs rüber nach Sylt, um Robert abzusetzen und bei der Seehundeauffangstation vorbeizuschauen. Da kommt es auf ein Tier mehr im Gepäck nicht an.«

»Die Heuler verlassen uns?«, fragte ich etwas wehmütig.

Ich mochte jeden einzelnen von ihnen.

»Nur zwei von ihnen. Die anderen beiden bleiben vorerst zur Quarantäne hier.«

»Und das mit Benji bereitet wirklich keine Umstände?«

»Ach was«, wehrte Erna meine Frage ab. »Den kleinen Kerl nehme ich doch gern mit nach Sylt. Sie kümmern sich mal lieber um Ihren Job und Ihr Vorwärtskommen beim Sender.«

Den Weg zum Bus nutzte ich, um ungestört mit Mutter telefonieren zu können und mich nach ihrem Befinden zu erkundigen. Ich wollte sie wenigstens verabschieden, ihr eine gute Heimfahrt wünschen. Mutter schien es nach dem Muschelangriff besser zu gehen. Sie war fröhlich und erzählte mir, wie viel Spaß sie auf Föhr gehabt hatte und dass sie unbedingt bald wiederkommen wollte. *Wiederkommen?* Ich schluckte die Information runter und versuchte herauszufinden, was sie so fröhlich stimmte. Jan Kruger war es bestimmt nicht. Oder doch? Mutter kicherte. Ja, echt, sie kicherte wie ein kleines Mädchen, sodass ich ein Stück weit das Handy vom Ohr nehmen musste.

»Ich hab da wen getroffen, der mich gestern zum Bananenreiten eingeladen hat.«

Doch wohl nicht Inge, schoss es mir durch den Kopf. Aber es war ein Mann, den ich Mutters baldige Wiederkehr verdankte. Sie erzählte mir von ihm, seinem graumelierten Haar und dem Spaßmobil, mit dem er von Strand zu Strand zog und Kinderaugen zum Leuchten brachte.

»Was bitte ist ein Spaßmobil?«

Mutter stöhnte auf.

»Na, was wohl. Ein großes buntes Auto mit Verkaufstresen, jeder Menge Strandspielzeug, Murmelbahnen, lustigen Schwimmringen, Luftinseln und einer Maschine für kunterbunte Zuckerwatte.«

Ah ja! Ich verstand dennoch nicht, was der Mann mit dem Spaßmobil mit Mutters Gekicher und ihrer Rückkehr zu tun hatte, behielt dies aber für mich und meinte:

»Klingt toll.«

»Ja, Schatz, ist es auch. Und wenn ich in vier Wochen zurückkehre, nimmt mich Friedrich mit auf Spaßtour. Er ist frühzeitiger Rentner, genau wie ich, und er hatte die Idee mit dem Spaßmobil letztes Jahr, woraufhin er spontan sein altes Wohnmobil umbauen ließ. Ist das nicht grandios?«

Grandios fand ich vielmehr, dass Mutter mich nicht ein einziges Mal nach der Einnahme meiner Tabletten fragte oder mir in irgendeiner Weise Vorschriften machte. Hatte sie mich tatsächlich komplett losgelassen? Nie wieder *Mach-dies-oder-jenes-Predigten?*

Keine Kontrollen mehr, ob und wie viel ich esse, trinke oder Tabletten schlucke? Ich ließ mich auf die Bank im Wartehäuschen plumpsen. Irgendwie war es komisch, das neue Gefühl von Freiheit. Ja fast schon beängstigend.

»Und was ist mit deinem Fuß?«, fragte ich.

»Ist doch nur ein Kratzer.«

Wow! Der neue Mann in Mutters Leben schien großen Einfluss auf ihre Empfindsamkeit zu haben.

»Aber du sagtest doch …«

»Papperlapapp«, unterbrach mich Mutter. »Es ist alles in bester Ordnung. So, Schatz, ich muss dann mal Koffer packen und runter zu Jan. Er wartet im Restaurant auf mich. Ich grüß ihn lieb von dir, gell?«

»Ja, tu das.«

»Und Donna?«

»Ja, Mutter?«

»Ich überweise dir etwas Geld für die Pension und deinen Start. Na ja, und vielleicht reicht es ja auch noch für deinen Seevogel. Ähm, wie hieß er gleich?«

»Benji heißt er. Aber du brauchst dein Geld doch für die Beerdigung, hast du gesagt.«

Mutter seufzte auf.

»Mein liebes Kind, ich fühle mich so vital wie lange nicht mehr. Und sterben kann ich auch später noch. Also freu dich und halt die Klappe.«

Die Welt erschien mir rosarot, ich schwebte förmlich, so glücklich war ich an diesem Morgen. Das Schicksal war mein Freund.

»Bereit für deine erste Sendung, Donna?«, fragte mich mein Boss.

Rebecca nickte mir unterstützend zu.

»Bereit«, erwiderte ich und stülpte mir die Kopfhörer über.

»Gut«, meinte Michael Mayer. In seinem Lächeln sah ich die Zuversicht, die er in mich setzte. Er murmelte »Toi, toi, toi«, schloss die Tür zum Studio von außen und blieb an der gläsernen Fensterwand stehen.

Rebecca, die in einem kleinen Nebenraum saß, erhob ihre Hand.

»Auf drei, Donna«, sagte sie und zählte mit den Fingern hinunter.

Ich schwitzte, war nervös. Doch als die Musik ertönte, die meine Sendung ankündigte, war ich völlig ruhig.

»Hallo Föhr! Es ist zwölf Uhr, Zeit für eure Wunschhits auf *Welle 33*. Ich bin Donna und schon mächtig gespannt auf eure Titel, also her damit unter unserer kostenfreien Rufnummer!«, rief ich ins Mikro, als sei es Routine. »Die Sonne lacht, der Wind hält sich in Grenzen, es ist das perfekte Beachball-Wetter da draußen. Und es ist ansteckend, wenn ich mir den ersten Wunschtitel von Hermann ansehe, der gerade in der Leitung ist und einen Gruß loswerden möchte. Schieß los, Hermann.«

»Hallo Donna. Ich würde gern meine Schwester Moiken auf Amrum grüßen, die heue vierzig Jahre alt wird.«

»Und dazu gibt es jetzt den Song *Summer* von Calvin Harris. Warum dieser Titel, Hermann?«

»Er zaubert ein unbeschwertes Feeling, egal, ob man gerade im Büro sitzt und arbeitet oder im Strandkorb chillt. Für mich einfach der Sommerhit schlechthin.«

»Also Leute, zurücklehnen, entspannen und genießen, mit Calvin Harris und *Summer*.«

Ich schob den Soundregler nach oben und drückte mich aus der Liveübertragung. Mein Puls raste erneut vor Aufregung, während mein Blick zu Rebecca fiel, die ihren Daumen in die Höhe hielt. Ein Zeichen, dass ich alles richtig gemacht hatte. Dann blickte ich zu Michael Mayer, der noch immer an der Tür stand und mich beobachtete. Er nickte mir zufrieden zu. Puh, ich ließ mich zurückfallen. Alles war gut. Genauso, wie Fritz es prophezeit hatte. Ein unglaubliches Gefühl von Stolz überkam mich, gepaart mit etwas Abgeschlagenheit. *Noch fünfzig Minuten*, dachte ich. Die Zeit musste ich einfach noch durchhalten. Ich dachte an Mutter, die sich gerade auf den Heimweg machte. An Jan Kruger, der bestimmt enttäuscht von der Reise war. Und an Fritz, der gewiss die Sendung verfolgte, so wie Erna und Frida. *Hach, was sie wohl sagen werden, wenn ich heimkomme?* Rebecca hob erneut ihre Hand und zählte runter.

Drei.

Zwei.

Eins.

»Und da bin ich auch schon wieder. Und erneut habe ich einen Anrufer in der Leitung. Hi, mit wem spreche ich?«

»Mit Brigitte Röschen. Donna, bist du das?«

Mutter? Ich spürte, wie das Adrenalin durch meinen müden Körper schoss. Mutters Stimme war eine durchaus bessere Therapie als all die Muntermacher, die ich schluckte.

»Ja, und live auf Sendung. Welcher Song soll es denn sein?«, erwiderte ich und gab Rebecca das Zeichen, Mutter aus der Leitung zu werfen, bevor es noch peinlicher werden würde.

Doch ehe Rebecca sie eliminieren konnte, sagte sie:

»Celine Dion hätte ich gern, mit dem Titanic-Song.«

Rebecca hielt den Daumen hoch und gab mir das Zeichen, dass das Lied bereitstand. Über den Monitor konnte ich den Titel lesen.

»*My Heart Will Go On* von Celine Dion, ein sehr tiefsinniger Song: Ich sag danke für den Anruf und zücke schon mal die Tempo-Box, die ich hundert pro bei diesem Titel brauche, ich Sentimentale, ich.«

»Moment, ich will noch jemanden grüßen«, wandte Mutter ein.

»Okay, schieß los, Brigitte.«

»Ich grüße Helga vom Fleischerladen, meinen Nachbar Jan, der mich anscheinend auf der Insel vergessen hat, und Friedrich vom Spaßmobil.«

Mutter wurde auf der Insel vergessen? Ich gestehe, dass ich dies zuerst für einen Witz hielt. Aber nachdem ich den Regler hochgeschoben hatte, um das Lied einzuspielen, machte sich ein klein wenig die Angst breit, dass Mutter tatsächlich auf Föhr festsaß.

Meine Pause verbrachte ich auf der Holztreppe, die zum Sendekutter führte, mit Mutter am Ohr. Sie erzählte mir, dass es zu einer kleineren Diskussion mit unserem Nachbarn gekommen sei, bevor er spurlos verschwunden war und sie im Hotel zurückgelassen hatte.

»Er ist abgefahren, ohne dich mitzunehmen?«

»Sieht ganz so aus. Laut Portier hat er noch vor zwölf ausgecheckt.«

Ich konnte nicht fassen, dass der stets von Mutter hochgelobte Jan Kruger so ein Unhold sein sollte.

»Und du hast nichts gemerkt?«

»Ich war noch einmal am Strand, bei Friedrich. Ich wollte mich ja schließlich verabschieden. Und als ich zurückkam, war Jan weg. Dann habe ich die Sendung mit dir gehört und gedacht, ich rufe einfach mal an.«

»Okay, okay, den Rest kenne ich bereits.« Ich kaute verzweifelt auf meinen Nägeln herum. »Und nun? Ich verstehe sowieso nicht, wie du auf die Idee gekommen bist, mit unserem Nachbarn hier aufzukreuzen.«

»Ach Donna«, seufzte Mutter. »Der Jan mag dich doch so sehr und vielleicht dachte er ja, er könnte dir auf Föhr näherkommen.«

»Dich deshalb aber hier zurückzulassen, zeigt seinen wahren Charakter. So etwas tut man einfach nicht. Auch nicht aus enttäuschter Liebesmüh.«

»Du hast ja recht, es war eine dumme Idee, mit ihm herzu-kommen.«

»Und um was ging es bei eurer Diskussion?«

»Ach, um ein Versprechen, was ich dem Jan gegeben hatte.« Ich schluckte hörbar laut den Kloß hinunter, der plötzlich in meinem Hals steckte. Aus irgendeinem Grund hatte ich das Bedürfnis, nicht weiter auf dieses Thema einzugehen. Ich wollte lieber gar nicht wissen, was Mutter unserem Nachbarn verspro-chen hatte in ihrer verbohrten Blauäugigkeit, mich unter die passende Haube bringen zu müssen.

»Du, ich muss jetzt wieder rein. Was hältst du davon, mich später abzuholen? Dann überlegen wir gemeinsam, wie du am bequemsten nach Hause kommst.«

»Mit meinem Gepäck?«

»Ach, stimmt ja, du hattest ja nur bis heute Mittag das Zimmer. Hm, dann bleib in der Lobby und warte dort, bis ich komme. Mir fällt bis dahin schon etwas ein.«

Zu einem heißen Sommer gehört ein Sommergewitter mit Regen. Musste sich das aber ausgerechnet nach Feierabend entladen? Natürlich hatte ich keinen Schirm dabei. Wer denkt schon an einen Regenschirm, wenn er auf eine der schönsten Ferieninseln auswandert. Mein Kollege Björn überließ mir den Schirm seiner Tochter, damit ich nicht komplett ohne Dach über dem Kopf hinaus ins Unwetter musste. Dass das Grün sich mit der Farbe meines Kleides biss, konnte ich noch ignorie-ren. Dass der grüne Schirm allerdings riesige Froschaugen hatte, die nach oben abstanden, weniger. Ich drückte mein gesenktes Haupt darunter und lief so schnell ich konnte zur Haltestelle, um den albernen Froschschirm schnell schließen zu können. Doch das Bushäuschen war voller Leute. Eng an eng zwängten sie sich dicht aneinander, um Schutz vorm Regen zu suchen, der mittlerweile bindfädenartig herabprasselte. Ein ungewohnt lautes Geräusch, das das Rauschen des Meeres übertönte. Und selbst die Möwen schienen sich vor dem Gewitter in Sicherheit gebracht zu haben. Nicht eine einzige war am Himmel zu sehen. Pitschnass stand ich am Busschild und versuchte den Fahrplan zu lesen. Aber der Regen peitschte dermaßen dagegen, dass ich nichts erkennen konnte. Ich machte mich so dünn wie möglich, um wenig Angriffsfläche zu bieten und wartete auf den Bus, der mich zu Mutter nach Nieblum bringen sollte.

»Gott sei Dank, da bist du ja«, empfing mich Mutter.

Ein älterer Herr, der neben Mutter in der Lobby gesessen hatte, gesellte sich zu unserem Gespräch dazu. Er reichte mir die Hand.

»Moin, Friedrich Sempert.«

»Donna Röschen, angenehm.«

»Sie sind die Wetterfee auf *Welle 33*, sagt Ihre Mutter?«

»Ja, und die gute Fee für Ihre *Wunschhits zur Mittagszeit.*«

»Ich kann ja nicht weg mit dem Spaßmobil, wegen des Standplatzvertrages mit dem Hotel. Sonst hätte ich Ihre Mutter nach Hause gefahren.«

»Ach was, Friedrich«, argumentierte Mutter dagegen. »Du bist doch mir gegenüber nicht verpflichtet.«

Friedrich Sempert griff lächelnd nach Mutters Hand.

»Ich könnte dich aber zur Fähre begleiten.«

»Nicht doch, Friedrich«, sagte Mutter peinlich berührt. »Geh lieber zurück zum Verkaufswagen, bevor deine Vertretung noch alle Ballons verschenkt.«

»Gut, wie du meinst. Aber vergiss nicht, mich anzurufen, wenn du angekommen bist«, erwiderte er, küsste die Hand meiner Mutter und verabschiedete sich von mir.

Ich sah ihm noch eine Weile hinterher. Mutter auch.

»Du magst ihn sehr, oder?«, fragte ich.

Mutter nickte.

»Er hat schon einen besonderen Charme.«

Ich hakte meine Mutter unter.

»Komm, lass uns dein Gepäck nehmen und ins Restaurant auf einen Kaffee gehen. Ich habe bereits eine Zugverbindung ausgedruckt, die du nehmen könntest.«

Fritz hatte nicht wirklich viel Zeit, freute sich aber riesig, als er mich sah. Meine Mutter begrüßte er eher distanziert, nahm unsere Bestellung auf und verschwand hinterm Tresen. Ich überlegte, ihn in Mutters Problem einzuweihen und zu fragen, ob er den mütterlichen Transfer übernehmen könnte, was Mutter jedoch ablehnte.

»Lass mal«, meinte sie. »Er hat jede Menge Arbeit, da kann er sich unmöglich wegstehlen, um mich zum Hafen zu fahren. Außerdem gibt es ja Busse.«

Ich stimmte Mutter zu.

»Weißt du, was, ich bringe dich zur Fähre«, schlug ich vor. »Dann haben wir noch etwas Zeit zum Plaudern.«

Wir tranken unseren Kaffee aus, winkten Fritz vom Tisch aus zu und gingen. Das Geld für unseren Kaffee hatte Mutter auf dem Tisch hinterlassen.

Wyk war gut besucht an diesem späten Nachmittag, trotz des Regens, der zwar etwas nachgelassen hatte, aber immer noch das Inselwetter bestimmte. Mutter hatte glücklicherweise ihren großen Stockschirm dabei, unter den wir uns beide dicht aneinanderdrückten.

»Dort drüben ist ein fester Imbiss«, sagte Mutter und zeigte zum Fähranleger hinüber. »Dort können wir uns bestimmt kurz unterstellen.«

»Und eine Bratwurst bestellen, die du auf die Fahrt mitnehmen könntest. Wer weiß, ob es im Zug ein Restaurantabteil gibt.«

»Gute Idee. Dann mal los.«

Wir liefen über den großen Platz um unzählige Pfützen herum. Mutters Koffer, den ich hinter mir herzog, holperte lautstark über jede Unebenheit.

»Das ist nur ein kurzzeitiges Regentief, laut Meteorologe«, rief ich Mutter zu. »Es dürfte sich bereits diese Nacht wieder in wunderschönes Sonnenwetter umwandeln.«

»Ach was, ich mag den Duft bei Regen«, japste Mutter zurück.

Sie war vollkommen außer Puste. Aber nicht nur sie. Ich schwang mich auf eine freie Sitzbank und lehnte mich zurück. Meine Kraft schien aufgebraucht, ich wurde müde. *Halte noch durch*, dachte ich. Es duftete nach gebratenen Würsten und Steaks.

»Hunger?«, fragte mich Mutter. Ich verneinte gähnend. Viel lieber hätte ich meinen Platz mit einem Bett getauscht, so kaputt war ich plötzlich. Mutter sah es mir an. Sie erkannte es in meinen Augen, wenn eine Schlafphase im Anmarsch war. »Du nimmst doch regelmäßig deine Tabletten, oder?«

»Klar doch.«

Natürlich verschwieg ich, dass ich aus Sorge, beim Radio einzuschlafen, die Dosis selbstständig erhöht hatte. Die Folge davon waren spröde und gereizte Hände, die einem roten, geschwollenen Pavianhintern ähnelten.

Mutters Blick fiel skeptisch auf meine Hände, die ich aneinanderrieb, weil sie juckten.

»Und du hast keine Nebenwirkungen seit der Umstellung?«

»Na ja, schon irgendwie, aber noch im erträglichen Rahmen. Ich suche mir einen Arzt, ich versprech's.«

Mutter ergriff meine Hände.

»Du musst sie mehr eincremen. Nimm eine Fettcreme dafür.«

»Mach ich.«

»Gut. Was hältst du von einer Portion Pommes frites, bevor wir uns verabschieden? Aber vorher sollte ich mir schleunigst ein Ticket für die Fähre besorgen.«

Ich war einverstanden, unter der Voraussetzung, dass Mutter mir beim Schlemmen erzählte, wie sie und Friedrich sich kennengelernt haben. Aus irgendeinem Grund mochte ich den Spaßmobilbetreiber.

KAPITEL 20

Bananenritt ins Chaos

Meinen vierten Tag beim Radio überstand ich nur mit viel schwarzem Kaffee und Red Bull. Trotz der überhohen Dosierung meiner Tabletten wurde die zunehmende Tagesmüdigkeit nicht besser. Im Gegenteil. Ich unterdrückte meine fast schon zwanghaften Gähn-Anfälle, die mir fragende Blicke meiner Kollegen einbrachten.

»Letzte Nacht nicht gut geschlafen?«, fragte Björn.

Ich entschied mich, seine Frage zu bejahen und das Thema damit abzuschließen. Auf keinen Fall wollte ich dem Team meine Krankengeschichte auf die Nase binden und mich damit als schwächstes Glied outen. Ich wollte nicht mit Samthandschuhen angefasst oder bedauert werden, sondern beweisen, dass ich durchaus imstande war, eine gute Radiomoderatorin zu werden. Allerdings war es kein guter Tag, um mein Können unter Beweis zu stellen. Mehr schlecht als recht brachte ich die Sendezeit und den Volontariatstag hinter mich mit Vorfreude auf mein großes, gemütliches Bett, das daheim bei Erna auf mich wartete. An Inge aus Berlin dachte ich dabei kein Stück.

»Huhu!«, rief Inge und winkte mir euphorisch zu, als ich die Stufen des Sendekutters in den Feierabend hinunterlief. »Ick bin echt sprachlos. So einen liebevoll restaurierten Fischkutter hab ick ja noch nie gesehen. Kann man da mal reinkieken?«

»Ein anderes Mal vielleicht«, blockte ich ab. »Dazu müsste ich erst den Chef fragen und seine Zustimmung einholen.«

Wenn man vom Teufel spricht, ist so ein Sprichwort, dem ich bisher nie Beachtung geschenkt hatte. Doch das sollte sich ändern. Michael Mayer kam die Treppen hinuntergelaufen, um mir das Fax vom Meteorologen zu bringen, das ich auf dem Tisch liegengelassen hatte. Als er die stattlich gebaute Inge an meiner Seite erblickte, reichte er ihr lächelnd seine Hand.

»Michael Mayer.«

Wurde Inge etwa rot? Es schien so. Leicht nervös zückte sie ihre Hand und reichte sie meinem Chef.

»Inge Markowitz, angenehm. Wir sprachen gerade über den fantastisch restaurierten Fischkutter. Ein wahres Meisterwerk, wenn ick das so sagen darf.«

»Möchten Sie ihn von innen sehen?«

Ach herrje, was war das denn? Zwischen Michi und Inge knisterte es förmlich. Und auch die Temperatur schien in ihrem Umfeld um einiges anzusteigen. Mir sollte es recht sein. Leider lehnte Inge ab.

»Sehr gern ein anderes Mal. Heute bin ick mit dieser jungen Dame hier zu einem Abenteuer verabredet, dem ick nur ungern entsagen möchte.«

»Ein Abenteuer also«, wiederholte mein Boss und blickte mich fragend an.

»Wir wollen einen Ritt auf der Riesenbanane wagen«, erläuterte ich das Abenteuer, vor dem ich mich nur allzu gern gedrückt hätte.

Inge kicherte.

»Wie hab ick mir darauf gefreut.« Dabei stieß sie mir kumpelhaft vor den Arm. »Wenn Sie uns jedoch begleiten möchten?«, fügte Inge hinzu.

Michael Mayer grinste verlegen.

»Nein, danke. Da drinnen wartet noch jede Menge Arbeit auf mich, die Vorrang hat. Aber ich wünsche Ihnen viel Spaß.«

Er drückte mir das Wetterfax in die Hand, verabschiedete sich und eilte zurück in den Sender.

Ich war immer noch müde. Völlig ausgepowert kamen wir am Strand in Nieblum an, wo sich schon eine riesige Menschentraube um die Bananen-Attraktion gebildet hatte. Ich las die Regeln, die im Großformat vor dem Kassenhäuschen aufgestellt waren. *Wir empfehlen beim Ritt auf der Banane, Badesachen oder wassertaugliche Bekleidung zu tragen*, stand dort geschrieben. Ich blickte an mir herunter. Ich trug keine Badesachen, sondern ein Sommerkleid. Darunter normale Unterwäsche, die ich keinesfalls zur Schau tragen wollte.

»Ich glaube, wir müssen den Spaß verschieben«, meinte ich zu Inge, die aufgeregt neben mir herumzappelte und es kaum erwarten konnte, auf die Luftbanane aufzusteigen.

»Wieso das denn?«

Ich zeigte an mir hinunter.

»Kein Badezeugs darunter oder dabei.«

»Das haben die da vorne auch nicht.« Inge wies auf ein älteres Ehepaar, das sich gerade mit ihrem Urlaubsoutfit auf die Banane schwang und über geltende Sicherheitsbestimmungen belehren ließ. »Ick hab zwar 'nen Badeanzug drunter, aber mal unter uns: Wenn ick mir so auf die Banane schwinge, dann kiekt doch keiner mehr auf die Wellen.« Dabei lachte Inge schallend. Ihr Busen wippte mit. »Ick wäre im Badeanzug quasi ein Sicherheitsrisiko für jeden Mann.«

Ich lachte ebenfalls bei der Vorstellung, Inge im enganliegenden Badezeug aufsteigen zu sehen, und gab ihr zweifelsohne recht. Inge fand, wir sollten es der älteren Dame gleichtun.

»Also hoch mit dem Kleid und seitlich festgeknotet«, empfahl sie und machte es mir vor. Ihre straffen Schenkel erregten die Blicke eines Herrn, was Inge furchtbar nervte. »Was kiekt der so?«, schimpfte sie so laut, dass dessen Frau aufmerksam wurde und ihren Gatten erbost anstieß. Ihr schien das Verhalten ihres Mannes peinlich zu sein. Inge fluchte währenddessen weiter: »Kaum dass ein Stück gut proportionierte Schenkelmasse unter dem Kleid hervorblitzt, schon wird man zum Zielobjekt lüsterner Kerle, wie dem da. Wahrscheinlich steht der auf entblößte Marilyn-Monroe-Beine.«

Ich kicherte. Zunehmend packte mich die Abenteuerlust. Ja, ich konnte es kaum erwarten, auf die riesige Luftbanane aufzusteigen. Und mit Inge an meiner Seite würde es bestimmt doppelt so spaßig werden, dachte ich. Ich war froh, Inges Einladung gefolgt zu sein. Und während ich gedanklich meine Entscheidung untermauerte, verblasste das Geschehen um mich herum.

Im Arm einer Frau aufzuwachen, war schon ein besonderes Erlebnis. Inge war blass. Die Angst stand ihr förmlich ins Gesicht geschrieben.

»Nu glotzen Se mal woanders hin«, schimpfte sie eine Gruppe Urlauberinnen an, die schaulustig stehenblieben.

Ich blinzelte in den Himmel. Weiße bauschige Wolken zogen vom Wind angetrieben vorüber. Möwen kreischten in der Ferne zum Meeresrauschen und vermischten sich mit der Geräuschkulisse des Strandes. Ein nahezu perfekter Tag, um einfach so wegzuschlummern. Und dann in Inges starken Armen aufzuwachen.

»Geht es Ihnen besser?«

Ich versuchte meinen Kopf zu einem Nicken anzuspornen, was mir aber nicht gelang. Ich war einfach noch zu schwach.

Inge blickte sich hilfesuchend um.

»Ick bräuchte mal einen Sanitäter, der sich mit stabiler Seitenlage auskennt.«

Stabile Seitenlage? Der Kampfgeist kehrte in meinen schlaffen Körper zurück. Keinesfalls wollte ich in eine komische Seitenlage gebracht werden. Und schon gar nicht an einem Strand voller Menschen, für die ich lediglich nur ein Hindernis auf dem Weg zum Bananenritt darstellte. Nein, in Inges Arm zu liegen, reichte mir vollkommen.

»Donna? Moment mal, das ist meine Freundin!«, hörte ich Fritz rufen, der sich durch die Touristen drängte.

»Det ist Ihre Freundin?«, fragte Inge ungläubig. »Und da sind Sie sich sicher?«

Fritz lächelte.

»Absolut. Sie hatte gewiss einen …, ähm, wie soll ich sagen, Schwächeanfall.«

»Na, ick weeß nich. Mir scheint dat doch eher ein Zusammenbruch zu sein. Ist ja spindeldürr, det Mädel. Ick sag ja immer, essen hält Leib und Seele zusammen.«

»Ich bin nicht dürr«, erwehrte ich mich, wenn auch zaghaft.

Mein Mund war ausgetrocknet und ich fühlte mich wie von einem Bus überrollt.

Fritz streichelte über meinen Kopf.

»Was zur Hölle tust du hier?«

»Bananenreiten«, säuselte ich. »Mit Inge aus Berlin.«

»Det bin icke«, sagte Inge und reichte Fritz die Hand zum Gruß. »Inge Markowitz. Aber nur Inge passt och.«

Fritz ergriff Inges Hand und schlug vor, mich vorsichtig aufzurichten und ins Hotel zu bringen.

»Nein, ich bin gleich wieder fit«, argumentierte ich dagegen.

Schließlich hatte ich bereits einen seetauglichen Knoten im Kleid und wollte auf keinen Fall den Bananenritt versäumen.

»Aber du solltest aus der Sonne raus«, meinte Fritz.

Und auch Inge fand, dass ich mich lieber ausruhen sollte, statt die Banane zu reiten.

Ich blieb jedoch stur und bestand auf die riesige Banane.

»Also schön, wenn du unbedingt deinen Kopf durchsetzen musst«, meinte Fritz verärgert.

»Ja, muss ich.«

»Fein!« Er zog sein Hemd aus, warf es schroff in den Sand und krempelte provokant seinen Hosenschlag hoch. »Dann fahre ich eben mit.«

Dabei versuchte er so erzürnt wie möglich zu wirken, was ihm allerdings nur so lange gelang, bis ich meine Arme um seinen Hals schlang, ihn küsste und in sein Ohr »Danke« säuselte.

Nachdem wir die uns zugereichten Schwimmwesten angelegt hatten, begann die kurze Einweisung für das schlauchboot-ähnliche Gefährt.

»Bitte beachten Sie, dass es sich hierbei nicht um eine Kaffeefahrt handelt, meine Damen und Herren, sondern um eine rasante Bananen-Schlauchbootfahrt mit Wiederholungsgefahr und Suchtrisiko«, erklärte der Einweiser mit einem Grinsen, das in mir ein gemischtes Gefühl auslöste. Seine Hand, die ebenso gebräunt war wie der Rest seines alternden Körpers, zeigte auf das Motorboot vor der Banane. »Aber keine Angst, meine Damen und Herren, die ersten Meter tuckert das vorabfahrende Schnellboot zur Eingewöhnung im Rentnermodus übers Meer. Doch dann allerdings wird unser Ingolf dort drüben, der Mann mit dem gelben Basecap, den Gashebel nach vorne legen und Vollgas geben.

Wenn jemand abstürzen sollte, halten wir sofort an und ziehen die Person wieder auf die Banane. Hat jemand noch Fragen? Falls nicht, wünsche ich Ihnen eine spaßige Fahrt auf der Banane.«

Die ersten Urlauber bestiegen die Banane, bis nur noch wir drei übrig waren. Ein mulmiges Gefühl kroch in mir hoch. Doch zur Umkehr war es zu spät. Fritz lächelte mich beruhigend an.

»Magst du zuerst aufsteigen?«

»Nach Inge«, erwiderte ich und ließ meiner liebgewonnenen Berliner Zufallsbekanntschaft den Vorrang.

Inge hievte sich auf die Banane, worauf ihr Vordermann um einige Zentimeter nach oben sprang. Ich musste mir ein Lachen verkneifen und stieg ebenfalls auf. Dann folgte Fritz, der schützend seine Arme um meine Taille legte. Ich spürte sein Kinn auf meiner Schulter, seinen Atem, der ruhig und rhythmisch in mein Haar fuhr.

»Ich bin froh, dass du mitfährst«, sagte ich ihm, während ich meinen Kopf liebevoll an sein Gesicht schmiegte.

»Du hast mir keine andere Wahl gelassen«, meinte Fritz.

Dann gab es einen Ruck und die Banane fuhr los.

Was am Anfang noch Spaß war, entpuppte sich für mich zur Kraftprobe. Ich presste meine Hände um die Haltegriffe, die nur wenige Zentimeter von Inges Hinterteil herausragten. Mit jeder Welle sprang ich nach oben, um kurz darauf wieder auf der Banane zu landen. Fritz musste sich selbst festhalten, half mir aber nach jedem Hopser zurück in meine ursprüngliche Sitzposition. Das Wasser peitschte an uns vorbei, spritzte mir ins Gesicht. Der Einweiser hatte wahre Worte gesprochen. Eine Kaffeefahrt war dies wahrlich nicht. Ich schloss meine Augen und versuchte die zwanzigminütige Fahrt irgendwie hinter mich zu bringen. Inge lachte bei jedem Hopser und bei jeder Welle. Sie schien wirklich Spaß daran zu haben.

»Achtung, Welle!«, rief sie und quietschte förmlich vor Lebensfreude.

Hach, wie ich sie in diesem Moment beneidete. Weshalb konnte ich nicht auch diesen Spaß empfinden?

»Wow, Monsterwelle voraus!«, rief Fritz.

Dann folgte die Monsterwelle und warf uns allesamt ab. Inge landete direkt auf mir und drückte mich unter Wasser, was Panik in mir hervorrief. Aus Angst, ertrinken zu müssen, ruderte ich wie wild mit meinen Händen herum und schlug eine Mitfahrerin k.o. Fritz, der sofort angeschwommen kam, versuchte mich zu beruhigen.

»Donna, hör auf«, mahnte er mein Verhalten. »Du trägst eine Schwimmweste, also bleib ganz ruhig, bis der Fahrer die Banane gewendet hat und zurückkommt.«

Inge kümmerte sich derweil um die bewusstlose Dame und hielt deren Mund frei von Meerwasser. Ich beruhigte mich nach und nach, wenn auch mit einem schlechten Gewissen.

»Das wollte ich nicht«, erklärte ich meinen Gewaltausbruch, während Inge aufschrie:

»Verdammt, ick globe, ick hab 'nen Krampf im Fuß.«

Ein Herr eilte bäuchlings paddelnd sofort zu Hilfe. Jedoch entlarvte sich der Retter als derjenige Herr, der zuvor am Strand die lüsternen Blicke auf Inges Schenkel geworfen hatte. Inge wehrte den selbsternannten *Mitch Buchannon der Nordsee* mit Leibeskraft ab.

»Fassen Sie mich noch einmal an, und ick mach aus Ihnen Haifischfutter!«

»Erwin!«, rief dessen Gattin erbost, die einige Meter weiter unbeholfen im Meer herumtrieb.

Ihre Ehe schien nicht die beste zu sein, dachte ich und übernahm die bewusstlose Dame, damit Fritz sich um Inge kümmern konnte. Sekunden der Stille folgten. Sekunden, in denen jeder von uns sehnsüchtig die Rückkehr der Banane herbeisehnte. Sekunden, die wie Minuten erschienen. Aber auch vorübergingen.

Der Aufstieg mit nassen Sachen war eine Herausforderung, die nicht jeder aus eigener Kraft umzusetzen vermochte. Und so zog sich der Moment des Aufsteigens wie Kaugummi. Mich fröstelte. Gott sei Dank war mittlerweile die bewusstlose Dame erwacht. Mit bösem Blick entfernte sie sich von mir und ließ sich von den anderen Mitfahrern zurück auf ihren Sitzplatz ziehen.

»Es tut mir leid!«, rief ich ihr nach, noch immer im Wasser treibend. »Es war ein Versehen, ich hatte Panik.«

Aber sie ignorierte meine Worte und rieb sich mit schmerzverzerrter Mimik über den Kopf. *Sie hat doch nicht vor, mich zu verklagen?* Mir schauderte bei dem Gedanken.

Mithilfe von Fritz saß Inge sattelfest auf der Banane und streckte mir ihre Hand entgegen.

»Los, rauf mit Ihnen.«

Ich griff danach und zog mich am Haltegriff hinauf. Fritz folgte mir. Erneut legte er seine Arme um meinen Körper.

»Alle bereit?«, rief der gnadenlose Ingolf aus dem Motorboot und legte erneut den Hebel um, um mit Vollgas die Strecke aufzuholen, die unser Abwurf gekostet hatte.

Wasser spritzte auf und der Wind fuhr durch mein nasses Haar. Eines wusste ich: Eine Bananenfahrt löste in mir definitiv kein Spaßgefühl aus. Erst recht nicht, nachdem ich fast eine Urlauberin versehentlich umgebracht hatte. Dann lieber doch der konservative Spaziergang am Strand, wo meine Angst wesentlich besser zu kontrollieren war.

KAPITEL 21

Samba Olé und Amore zum Nachtisch

Fritz hatte mich spontan mit seiner Vespa vom Radiosender abgeholt und zu einem Samba-Tanzkurs entführt, der in einem großen Saal des Hotels stattfand, in dem wir uns das erste Mal begegnet waren. Anfänglich zierte ich mich. Auch, weil meine Gedanken bei Benji ruhten, den Erna am Morgen nach Sylt gebracht hatte. Doch dann wippte mein Körper fast wie selbstverständlich zu den heißen Rhythmen der Musik, die den Raum erfüllte. Der Tanzkurs war gut besucht. Ältere wie auch jüngere Paare hatten sich eingefunden und versuchten sich an der Schrittkombination des energievollen, brasilianischen Tanzes. Der Tanzlehrer outete sich als waschechter Brasilianer mit dem klangvollen Namen Carlos Eduardo. Er war zweifelsohne ein Frauenschwarm, wie man unweigerlich an den Blicken seiner weiblichen Tanzschüler erkennen konnte. Er trat in die Mitte des Saals und klatschte in seine Hände.

»Wir begeben uns jetzt alle zurück in die Ausgangsstellung, hopp, hopp, ihr Lieben. So, und nun erweitern wir die Schrittfolge um das Element einer körperlichen Bewegung. Diese sollte jeder Teilnehmer so individuell wie möglich unter Berücksichtigung der künstlerischen und kulturellen Aspekte des brasilianischen Tanzes sowie nach seinem eigenen körperlichen Empfinden ausarbeiten.« Carlos blickte suchend durch die Runde. »Würden Sie mir die Ehre einer Präsentation erweisen?«

Mir stockte der Atem.

»Sie meinen mich?«

Meine Hand klammerte sich krampfhaft um die von Fritz, der mir zunickte.

»Nun mach schon, trau dich.«

Carlos trat näher an mich heran.

»Sim, minha senhora. Was so viel heißt wie: Ja, meine Dame, genau Sie meinte ich.«

Er hielt mir seine Hand auf eine derart charmante Art entgegen, dass ich peinlich berührt errötete.

»Also schön«, willigte ich ein. »Aber bedenken Sie, dass ich eine schlechte Tanzpartnerin bin.«

Carlos lächelte.

»Kein Problem. Lassen Sie sich einfach von mir führen.«

Er nickte seinem Co-Partner zu, der erneut Samba-Rhythmen ertönen ließ. Dann legte er seine rechte Hand auf meine Hüfte und ergriff die meine mit seiner linken. Alle starrten uns an. Auch Fritz beobachtete jedes Detail, welches der Tanzlehrer erklärte.

»Der Samba ist ein Gesellschaftstanz im Zweivierteltakt, meine Damen und Herren, also dürfen Sie sich durchaus näher an Ihren Partner herantasten. Sie, meine Herren, sind der Part, der Sicherheit vermittelt, egal, ob bei Drehungen oder der Tanzrichtung. Sie sind der Koordinator, der die Leidenschaft seines Gegenübers entfachen muss.«

Das Kichern einiger Damen ging durch den Saal, was Carlos noch mehr anheizte. Gekonnt führte er mich mit starker Hand, drehte mich und presste seinen Unterleib gegen meinen Po.

»Kommen wir zum Bouncen, dem schnellen Vor-und-Zurück des Unterkörpers sowie den schnellen Hüftbewegungen, die zu guter Letzt das Schönste am Samba sind, nicht wahr, meine Damen?«

Wieder ertönte Gekicher. Und wieder stieg mir die Röte ins Gesicht, gepaart mit kleinen Schweißtropfen, die sich unangenehmerweise aus jeder meiner Poren drückten. Mein Blick wanderte zu Fritz, während mir Carlos sein Gemächt in wilden, kreisenden Hüftbewegungen ins Kreuz presste. Gott, lass mich bitte keinen Hexenschuss bekommen, schoss es mir durch den Kopf. Immerhin war ich so was von unsportlich, dass ich in der Schule meist die Bälle aufsammeln durfte, anstatt sie zu werfen. Selbst beim Kugelstoßen, dem unsportlichsten Sport überhaupt, schaffte ich es gerade mal, über meine eigenen Füße zu werfen. Carlos juckte meine Steifheit wenig, die sich wie ein automatisierter Schutz durch meinen Körper zog. Er rief: »Olé!«, und schwang mich wie eine Profitänzerin umher, mit dem Ergebnis, dass mir schwindelig wurde. Völlig außer Atem bat ich um eine Pause, die mir der Tanzlehrer mit Applaus zugestand.

»Ich bedanke mich bei meiner bezaubernden Partnerin, ähm …«

Er stockte und blickte mich fragend an.

»Donna«, erwiderte ich atemloser, als es Helene Fischer in einer Nacht je sein könnte.

»Danke schön, Donna, das ist Ihr Applaus!«, rief Carlos in die Beifall klatschende Menge.

Fritz applaudierte ebenfalls.

»Wow, du warst toll!«, rief er freudestrahlend. »Ich wusste, dass Samba genau dein Ding ist.«

Mein Ding? Samba? Auch wenn Samba das Gegenteil davon war, fiel ich ihm doch erschöpft um den Hals und hauchte ihm ein »Ja, genau mein Ding« ins Ohr. Liebe bedeutet eben auch, manchmal Kreuzschmerzen in Kauf nehmen zu müssen. Und so schwang ich das Tanzbein und übte mit Fritz den Hüftschwung, den uns Carlos zuvor erläutert hatte. Und je mehr ich Samba tanzte, umso mehr fühlte ich die Leidenschaft in mir. Ich wurde immer lockerer, immer wilder und am Ende tanzten wir den Samba der Liebe, so wie Fritz ihn nannte. Feurig und vom Takt getragen.

Zurück bei Erna erzählte ich den Robby Hoods vom Tanzkurs. Fritz saß neben mir am Küchentisch und schlürfte seinen Tee.

»Oh, Samba also«, schwärmte Frida und zuckte dabei mit ihren Hüften, als wolle sie gleich ein Solo aufs Parkett legen.

»Tanze Samba mit mir. Samba, Samba, die ganze Nacht«, begann Georg zu trällern. Dabei lief er im Sambaschritt zum Küchenbuffet, um sich Rum nachzugießen. »Der junge Mann auch?«

Ich stieß Fritz an.

»Ob du Rum möchtest, fragt Georg.«

Fritz verneinte dankend, während Erna schallend auflachte.

»Ach herrje, fehlt nur noch, dass der Franz jetzt sein altes Schifferklavier herauskramt und Dittmar dazu Mundharmonika spielt.«

»Warum eigentlich nicht«, meinte Frida. »Immerhin haben wir heute etwas zu feiern.«

Ich starrte erschrocken zu Frida und versuchte, sie stumm, nur mithilfe von Gesten, auf Fritz hinzuweisen, der nichts von den geheimen Aktivitäten des Rentner-Clans wusste.

»Aber nicht doch, Kindchen«, beruhigte mich Frida. »Ihr netter Freund ist doch gewiss kein Verräter, stimmt's?« Dabei stieß sie Fritz freundschaftlich an, der die Frage verneinte. »Na also«, meinte Frida. »Insofern bedarf es nicht länger einer Verschwiegenheit Ihrem Freund gegenüber.«

Fritz wurde hellhörig.

»Um was geht es eigentlich?«

»Ach Schatz, das weißt du doch. Es geht um Benji, weil er doch heute sein tiergerechtes Krankenzimmer bezogen hat, stimmt's, Erna?«

Erna blickte hilfesuchend durch die Runde.

»Ähm, ja, ja, der kleine Kerl war ganz tapfer bei den Voruntersuchungen, stimmt's, Frida?«

Puh, noch mal gutgegangen, dachte ich. Doch ich hatte die Rechnung ohne Frida gemacht, die fest entschlossen war, Fritz in die Aktivitäten der *Robby-Hood-Vereinigung* einzuweihen. Mit jedem Satz, den sie erzählte, wurde ich kleiner und kleiner. Ja, ich schämte mich fast, als Frida mich als neue und selbstlose Heldin der Robben-Aktivisten auffliegen ließ. Fritz lauschte gespannt ihren Worten. Hin und wieder murmelte er ein »Soso« und nickte zustimmend mit seinem Kopf. Dann wandte er sich zu mir.

»Und du wolltest das vor mir ewig geheim halten?«

Sofort schoss mir der Spruch eines Kung-Fu-Lehrers durch den Kopf, den ich irgendwann mal in einem Spielfilm gehört hatte: *Unerwartete Züge sind schwer zu kontern.* Die Frage von Fritz war so ein *unerwarteter Zug.*

»Na ja, ich hätte schon irgendwann«, stotterte ich mich aus der bedrängenden Lage.

Dabei setzte ich die Waffe einer Frau ein, den unschuldigen Wimperklimperblick. Allerdings ohne Erfolg. Fritz ignorierte ihn und ging zum Angriff über.

»Du vertraust mir nicht, oder?«

Okay, ich stand eindeutig mit dem Rücken zur Wand. Hilflos, wie es eigentlich nur ein Mann sein sollte, wenn diese typische Frauenfrage von seiner Geliebten kam. Aber was machte *frau*, wenn es umgekehrt lief und diese typische Frauenfrage nach dem *infrage gestellten Vertrauen* von einem Mann ausging? Ich tat das einzig Richtige: Ich log.

»Natürlich tue ich das!«

Obwohl dies nur eine halbe Lüge war. Positiv gesehen war es die halbe Wahrheit, was so viel wie die *Fast-Wahrheit* ist. Geschickt wechselte ich das Thema.

»So, und jetzt stoßen wir alle auf ein gutes Gelingen der morgigen Operation an.«

»Moment«, warf Fritz dazwischen. »Du hast unter Einsatz deines Lebens ein Robbenbaby gerettet und mir nichts davon erzählt?«

Ich überlegte kurz.

»Hm, ja, so in etwa könnte man es zusammenfassen, wenn man meinen ziemlich peinlichen Abgang über Bord mal außen vor lässt, und die Tatsache, dass ich diese wundervollen Menschen hier fast hätte auffliegen lassen.«

»Nun schimpfen Sie nicht mit ihr«, verteidigte mich Erna. »Sie hat nur getan, um was ich sie gebeten hatte; um Diskretion und Stillschweigen.«

»Verstehe«, murmelte Fritz. »Aber …«

»Nichts aber«, sagte ich und küsste Fritz auf seine teefeuchten Lippen. »Ich liebe dich. Und nur das zählt doch, oder?«

Er nickte.

»Ich denke, ich nehme jetzt doch einen Rum.«

»Keine Angst vor einer Polizeikontrolle?«, scherzte ich.

Fritz hielt Georg sein Teeglas entgegen.

»Einen Doppelten, bitte. Zur Not schiebe ich lieber meine Vespa bis nach Nieblum, als nicht auf Benji anzustoßen und die Möglichkeit, dass er seinen großen Flug nach gelungener Operation antreten kann.«

Jeder kennt die Werbung, wo zwei konservativ wirkende Herrschaften einen tätowierten, unrasierten und in einen Apfel beißenden jungen Mann empört anstarren, während der männliche

Part entsetzt fragt: ›Ist das nicht der kleine Hannes von nebenan?‹ Und seine Begleitung darauf sagt: ›Ja, das war eben schon immer ein guter Junge.‹ So ähnlich war die Situation am Tisch. Alle starrten Fritz an, der nach seinem mit Rum gefüllten Teeglas griff, es erhob und einen Toast aussprach.

»Auf Benji, auf eine gelingende Operation und auf euch, die geheimen Robben-Retter.«

Ich erahnte, was in den Köpfen der Robby Hoods vor sich ging. Dieser gute Junge, der soeben das Glas auf alles Gute erhoben hatte, war nahezu perfekt zum Anwerben. Tierlieb, herzlich, vertrauensvoll, auch wenn er gerade nicht in einen Apfel vom regionalen Obstbauern biss, sondern Ernas Rum in sich hineinschüttete. Frida grinste hämisch und stieß Franz an.

»Der junge Mann gefällt mir«, begann sie und bestätigte meine Vermutung.

»Wir könnten so einen kräftigen Burschen gut gebrauchen«, erwiderte Franz.

Und auch Dittmar musterte meine große Liebe.

Erna legte behutsam ihren Arm um mich.

»Ich schlage vor, Ihr Freund schläft heute hier.«

»Wegen dem Alkohol und der Polizeikontrolle?«

Erna lachte.

»Meinetwegen auch deswegen.«

Ich verstand und wurde rot.

»Ich müsste allerdings in aller Frühe aufbrechen«, meinte Fritz, dem das Angebot sehr entgegenzukommen schien. Er zwinkerte mir zu. »Vorausgesetzt, du teilst mit mir dein Bett.«

»Mein Bett? Aber klar doch.«

»Gut. Dann schlage ich vor, dass ich den Herrschaften ein zweites Kopfkissen beziehen gehe«, murmelte Erna, stand auf und verließ die Küche.

»Auf die Operation eures kleinen Freundes!«, rief Georg vom Küchenbuffet aus und trank sein Glas in einem Zug leer.

233

Frida ging währendessen zum Anwerben über.

»Könnten Sie sich denn vorstellen, uns irgendwann mal zu begleiten bei einer unserer Rettungsaktionen?«

Fritz zuckte gelassen mit seinen Schultern.

»Klar, warum nicht.«

Bingo! Jetzt zappelte der Fisch im Netz. Über Fridas Gesicht huschte ein verschmitztes Lächeln.

»Hach, das wäre wunderbar, so einen kräftigen Unterstützer wie Sie an Bord zu haben.«

»Vorausgesetzt, ich habe keinen Dienst«, merkte Fritz an.

»Tja, eine genaue Planung für die Einsätze gibt es leider nicht im Voraus. Wir erfahren immer nur Stunden vorher, wann der Einsatz losgeht und wohin.«

»Von den Spähern«, fügte ich grinsend hinzu.

Ich war keinesfalls böse, dass sich Frida meinen Fritz gekrallt hatte und ihn zu einem Robby Hood rekrutieren wollte. Ganz im Gegenteil. Jetzt, wo Fritz die Wahrheit kannte, fand ich die Idee super, mit ihm gemeinsam ein Geheimnis zu hüten.

»Späher, sagst du?«

»Ja, genauso ist es. Auf Sylt gibt es einen Major, der uns die Infos zu den Abschuss-Vorhaben der Robbenjäger durchgibt.«

»Und auf Föhr?«, fragte Fritz.

»Das, junger Mann, erfahren Sie noch frühzeitig genug. Jetzt sollten Sie lieber die Gunst der Stunde nutzen und sich den Rest des Abends auf Ihre Freundin konzentrieren«, erörterte Frida mit Fingerzeig zur Küchentür, in der Erna stand.

»Das Bett ist für zwei angerichtet, wenn ich das so sagen darf«, meinte diese lächelnd. »Falls Sie beide noch etwas brauchen sollten, lassen Sie es mich wissen.«

Fritz stand staunend vor dem Gemälde in meinem Pensionszimmer und murmelte ein »Hm« vor sich hin.

»Was heißt *hm*? Ich würde es mit weitaus mehr als einem *Hm* beschreiben. Für mich ist es magisch, ja, mehr sogar. Fast wie der Stein hier, den ich am Strand gefunden hab. Weißt du noch?«

Ich hielt Fritz den Hühnergott entgegen.

»Ja«, lachte Fritz. »Ich kann mich noch ziemlich genau an diesen Tag erinnern, an dem wir auf Benji stießen.« Er griff nach dem löchrigen Gestein und beäugte es. »Soll ja angeblich Glück bringen.«

»Nicht nur angeblich«, betonte ich. »Er bringt Glück. Du bist der Beweis. Unsere Liebe ist der Beweis. Und Benjis Rettung ist der Beweis.«

Fritz schloss seine Augen.

»Was tust du?«, fragte ich ihn.

»Mir etwas wünschen.«

»Ach ja, und was?«

»Pst, stör mich nicht.«

»Nicht stören? Na warte.« Ich schubste Fritz aufs Bett und warf mich auf ihn. »Sag schon, was hast du dir gewünscht?«

»Sonst passiert *was*?«

»Sonst kneife ich dich in den …«

Fritz legte seinen Zeigefinger auf meine Lippen.

»Sag nichts. Küss mich lieber, du wunderhübsche Kriegerin.«

Ich drückte meine Lippen auf seine. Immer und immer wieder. Es waren unzählige Küsse, die irgendwann zu einem einzigen großen verschmolzen. Und gerade als mein Herz nach Samba-Rhythmus schlug, riss mich das Klingeln meines Handys aus diesem hingebungsvollen Moment der Zweisamkeit. Ich versuchte, es zu ignorieren. Aber der Anrufer blieb hartnäckig.

»Also schön«, fluchte ich und sprang auf.

Mein Blick fiel aufs Display. Mutter! Ich hatte es schon wieder getan. Ich hatte schon wieder vergessen, meine Mutter wie versprochen anzurufen. Mit üblem Gewissen ging ich dran.

»Hi Mama, tut mir leid, dass ich nicht angerufen habe.«

»Nicht so schlimm, Donna. Ich dachte mir bereits, dass du zeitlich sehr eingeschränkt bist. Aber ich wollte vorm Zu-Bett-Gehen wenigstens noch einmal deine Stimme hören.«

Mutter und sentimental? Das war sie nur, wenn sie Fotos anschaute, die schmerzliche Erinnerungen in ihr aufkommen ließen.

»Alles okay bei dir?«

»Ja, ja, so weit schon.«

»Du guckst Fotos an, stimmt's?«

»Deine alten Klassenfotos, um genau zu sein. Und weißt du, was? Ich vermisse diese Zeit.«

»Ich kein bisschen«, erwiderte ich im Hinblick auf die Tatsache, wie schrecklich Kinder untereinander sein konnten.

»Es ist so einsam hier ohne dich. Und der Jan …«

»Ja?«

»Na ja, der Jan redet kein Wort mit mir, seit Föhr. Ich glaube, er nimmt mir übel, dass …«

»Mutter, bitte! Er hat dich eiskalt auf Föhr sitzen lassen. Also musst du ja wohl am allerwenigsten ein schlechtes Gewissen deshalb haben. Er ist doch das Charakterschwein.«

»Wie du das so sagst.«

»Ja, ich bin eben wütend auf ihn und sauer, so, wie er dich behandelt hat, nur weil er mit seinem Single-Dasein nicht klarkommt.«

Fritz hatte sich mittlerweile aufgerichtet und signalisierte mir, dass ich liebe Grüße ausrichten sollte.

»Fritz lässt dich lieb grüßen.«

Mutter wurde hellhörig.

»Du bist noch unterwegs?«

»Nein, wir sind daheim, in meinem Zimmer, bei Erna.«

»Ach so«, stammelte Mutter. »Ist aber schon reichlich spät, wenn ich so auf die Uhr blicke. Hast du denn morgen frei?«

»Nein, Mutter, ich hab weder frei noch werde ich eine Lüge erfinden, um mich dafür zu rechtfertigen, dass mein Freund nach zweiundzwanzig Uhr noch bei mir ist.«

Mutter seufzte auf.

»Gott, das sollst du doch auch gar nicht. Ich hatte lediglich bemerkt, dass es schon spät geworden ist.«

»Fein. Dann sollten wir jetzt alle besser schlafen gehen.«

»Ja, das sollten wir. Grüß ihn lieb zurück.«

»Mach ich.«

»Ach, und Donna? Schau morgen mal auf dein Konto und sag mir, ob das Geld angekommen ist.«

»Mache ich. Und danke für deine Unterstützung. Ich zahle es dir irgendwann zurück.«

»Ach, das musst du nicht.«

»Doch, doch. Es ist immerhin dein Erspartes, das du da gerade komplett für mich opferst. Allerdings solltest du den Verwendungszweck überdenken.«

»Was kann denn wichtiger sein, als für die Beerdigung vorzusorgen, damit die Hinterbliebenen keine Kosten damit haben?«

»Eine Reise, eine Kreuzfahrt zum Beispiel. Auf alle Fälle solltest du deine Ersparnisse verjubeln und dabei glücklich sein«, meinte ich und war davon auch hundertprozentig überzeugt. »Du und dein Spaßmobilfreund könntet ja eine Tour nach Italien in die Provence machen, wo du schon immer mal hinwolltest.«

»Ach Donna. Ich weiß gar nicht, ob sich Friedrich noch an mich erinnert, bis ich dich wieder besuchen komme.«

»Wie? Ihr habt noch nicht telefoniert, seit du zuhause bist?«

»Er hat angerufen, ja. Aber … «

»Du bist nicht drangegangen, alles klar«, erwiderte ich störrisch. »Das nennt man Verdrängungstaktik, Mutter. Und glaub mir, die hilft gegen das Verliebtsein nicht.«

Mutter räusperte sich. Es schien ihr unangehm zu sein, mit mir über ihre neue Bekanntschaft zu reden. Vielleicht, weil ich ihre Tochter war und sie Distanz wahren wollte. Aus welchem Grund auch immer, ich respektierte dies und verabschiedete mich. Doch in meinem Kopf heckte ich bereits einen Plan aus, wie ich Mutter von ihrer *späten Liebe* überzeugen konnte, die sie im Begriff war, nicht zuzulassen. Ein Fehler, wie ich fand.

KAPITEL 22

Nordfriesische Pfannkuchen und Inselglück

Die Wellen rauschen zu hören beim Erwachen, war unvergleichlich schön. In Kombination mit einem strahlenden Sonnenschein und der Liebe seines Lebens, unbezahlbar. Ich streckte mich gähnend, während meine Gesichtszüge in ein andauerndes Lächeln verfielen. *Hach, so könnte das Erwachen jeden Tag sein.* Fritz war bereits aufgestanden und schlüpfte in seine Hose.

»Na, kleine Schnarchprinzessin, gut geschlafen?«, fragte er keck.

Nein, er konnte nicht mich damit meinen. Niemals schnarchte ich so wie Mutter, die in einer einzigen Nacht ganze Wälder abholzte. Oder etwa doch?

»Ich schnarche nicht«, sagte ich und ließ es wie eine Feststellung im Raum stehen, auf die es kein Wenn und Aber gäbe.

Fritz schmunzelte.

»Ich kann es beweisen.«

»Nein, kannst du nicht.«

Er zückte sein Handy und hielt es in die Höhe.

»Wetten wir?«

»Du hast? … Oh, na warte.«

Ich sprang aus dem Bett und versuchte an das Beweismittel zu gelangen. Aber Fritz war stärker. Er warf mich zurück ins Bett und musterte mich mit ernstem Blick.

»Du bist die wunderschönste Frau, die ich kenne.«

»Und eine Schnarchdole«, fügte ich hinzu.

»Aber dafür die bezauberndste.«

Dann küsste er mich, heiß und innig. Seine Zunge bohrte sich tiefer als je zuvor in meinen Mund. Ich spürte die aufkommende Lust, die nach und nach meinen Körper erhitzte. Seine Hände glitten liebevoll unter mein Nachthemd. Ich stöhnte lusterfüllt auf, während ich meinen Po anhob, damit Fritz das störende Textil hinaufschieben und über meinen Kopf ziehen konnte. Er küsste meinen Hals. Meine Brüste. Meinen Bauch. Seine Zunge kreiste um meinen Nabel und raubte mir fast den Verstand. Ich war völlig in Extase, kurz davor, zu explodieren. Hastig öffnete ich seine Hose. Rhythmisch, mit kreisenden Bewegungen drückte er seinen Unterleib auf meinen. Sein Atem wurde schneller. Schweiß perlte von seiner Stirn herab.

»Oh Gott, ich liebe dich so sehr«, ächzte ich leidenschaftlich, mit dem Wunsch nach mehr.

Ich war wie in Trance, kurz vorm Kollabieren. *Wahnsinn*, hämmerte es durch meinen Kopf. Dann spürte ich seine Hand an meinem Schoß, die sich zärtlich ihren Weg bahnte. *Jetzt! Tu es jetzt!* Ich presste meine Lenden gegen sein Glied, bis ich es in mir spüren konnte.

Ich weiß nicht, wie lange wir uns liebten, aber ich genoss jede Sekunde seiner Zärtlichkeiten, jeden seiner Ergüsse, die in mir einen vulkanartigen Sinnesrausch auslösten, der nicht enden wollte. Überschäumend vor Glück bohrte ich meine Nägel tief in seinen Rücken. Möwen schrien in der Ferne und ließen erklingen, was ich verbal unterdrückte, um Erna nicht zu wecken.

Irgendwann rollte sich Fritz schweißgebadet von mir herunter. Sein Atem war noch immer schwergängig. Seine Arme fuhren unter seinen Kopf, den er mir zuwandte.

»Es war unglaublich«, flüsterte er.

Ich zog es vor zu schweigen. Regungslos lag ich neben ihm und wünschte, es wäre niemals anders.

»Ich kann nicht mehr von dieser Insel«, murmelte Fritz. »Nicht, solange du hier bist.«

»Was meinst du?«, fragte ich leise.

»Das Saisonende, meine ich. Der Tag, an dem ich jedes Jahr heimfahre.«

Ich ließ seine Worte auf mich wirken. Daran hatte ich überhaupt nicht gedacht. Dabei wusste ich doch, dass Fritz nur zur Hauptsaison auf Föhr jobbte. Und nun? Was war die Lösung?

»Und was sollen wir machen?«, fragte ich.

Fritz zuckte mit seinen Schultern.

»Ich hab nicht die geringste Ahnung.«

»Und deine Mom? Braucht sie dich nicht daheim? Gerade jetzt, nach dem Unfall.«

»Ja, schon. Mia kümmert sich. Und auch sonst macht sie Genesungsfortschritte. Ich müsste es ihr schonend beibringen.«

»Du willst wirklich auf Föhr bleiben, dauerhaft?« Einerseits war ich geschmeichelt, andererseits wollte ich nicht der Grund für eine überstürzte Entscheidung sein. Erst recht kein Anlass für einen Familienstreit. »Und du denkst, Mia würde sich weiterhin um eure Mom alleine kümmern?«

»Ich denk schon.« Fritz seufzte auf. »Wenn ich doch nur einen Winterjob hier finden könnte. Dann wäre es für Mia daheim leichter, für unsere Mutter zu sorgen. Die Krankenversicherung zahlt nur eine begrenzte Zeit. Und eine Unfallversicherung hat unsere Mom nicht.«

Ich legte meinen Kopf auf seine Brust.

»Vielleicht hat ja Erna einen Tipp, wer weiß. Und sprich vorher erst einmal mit Mia darüber.«

»Und was ist mit dir? Willst du mich überhaupt hier haben?«

Ich lachte.

»Aber klar doch, wo du doch jetzt ein Teilzeit-Aktivist der Robby Hoods bist.«

Nach einem eiligen Frühstück hatte sich Fritz auf die Vespa geschwungen und noch einmal gehupt, bevor er die kleine Inselgasse entlanggebraust und hinter einer Biegung verschwunden war. Nur das Knattern seines Zweitakters war noch in der Ferne zu hören. Ich blieb noch ein Weilchen am Straßenrand stehen und blickte ins Leere. Sollte das wirklich alles wahr werden? Sollte ich auf dieser Insel das dauerhafte Lebensglück finden? Ich schloss die Augen und versuchte mir vorzustellen, wie es wäre, mit Fritz gemeinsam jeden Morgen aufzuwachen in den eigenen vier Wänden. Eine Vorstellung, die jenes Lächeln, das mir der Morgen ins Gesicht gebrannt hatte, verstärkte.

»Lust auf einen nordfriesischen Pfannkuchen?«, fragte Erna, die im Eingang der geöffneten Haustür stand.

Ich bejahte, auch wenn ich nicht die gringste Ahnung hatte, aus was ein nordfriesischer Pfannkuchen bestand. Allerdings hoffte ich, dass Rum keines der Bestandteile war. Erna nickte mir zufrieden zu und verschwand im Haus.

Was für ein toller Morgen. Was für ein unsagbar schöner Start in einen Tag, der noch viel Raum für Zukunftspläne ließ. Hach, Fritz und ich auf ewig vereint. Und Mutter? Was würde Mutter dazu sagen? Könnte ich sie so einfach verlassen, nach all ihren Aufopferungen? Gemächlich schlenderte ich den kleinen Gartenweg zur Haustür. Zwei Schmetterlinge tanzten im Sonnenschein durch die Luft. Ob sie ebenso verliebt waren wie ich?

»Kennen Sie die Geschichte vom dicken fetten Pfannkuchen, der Reißaus nimmt und auf die Tiere des Waldes trifft?«, fragte mich Erna, als ich in die Küche hineintrat.

»Ich glaub schon«, antwortete ich. »Irgendwer hat mir das Märchen mal vorgelesen, als ich klein war.«

»Gut, hier rollt auch schon der erste an. Ich hoffe, Sie haben ordentlich Appetit. Im Plattdeutschen hieße es: ›Dicke fette Pannekauken, blief stahn, eck will di fräten!‹«

Ich musste lachen.

»Und was ist daran nordfriesisch?«

»Die lauwarmen Büsumer Krabben, die auf dem Pfannkuchen verteilt werden, dazu Spiegelei mit Petersilie. Es sind reichlich in der Schüssel, auf dem Tisch vor Ihnen.«

Der Teig war weniger süß, als ich es von daheim kannte. Aber mit den Krabben und dem Ei wurde aus dem Pfannkuchen ein deftiges Frühstück, mit Satt-Garantie.

»Fritz hat vor, dauerhaft auf der Insel zu bleiben«, erzählte ich beim Essen. »Er will mich quasi im Auge behalten.«

»Klingt vernünftig, finde ich«, kommentierte Erna. »Er ist sehr verliebt in Sie. Da ist es nur verständlich, dass er Sie nicht verlassen will.«

»Ja, wir überlegen auch gerade, inwiefern das realisierbar ist. Immerhin muss er nach Saisonende sein Personalzimmer räumen. Erschwerend kommt hinzu, dass seine Mom einen Unfall hatte und gerade jetzt auf jede Unterstützung angewiesen ist.«

»Ah, ein Einzelkind«, murmelte Erna nachdenklich.

Sie setzte sich mir gegenüber und faltete ihre Hände vorm Kinn.

»Nein, es gibt noch Mia, seine Schwester. Sie arbeitet auch im Hotel in Nieblum, ist aber derzeit freigestellt, um sich zu kümmern.«

»Die Frau kann stolz auf ihre Kinder sein. Ich kenne genug, die sich keinen Cent um ihre Eltern scheren.« Erna seufzte auf, während sie ihren Kopf zur Seite neigte. »Ja, ja, so ist es meistens. Mütter können zehn Kinder ernähren. Aber zehn Kinder nicht eine Mutter.« Dann lächelte sie mich an. »Aber Sie und Ihr Fritz sind da anders, das weiß ich.«

Waren wir tatsächlich so anders? Fritz vielleicht schon, aber ich?

»Na ja, ein ganz so bewundernswerter Vorzeigemensch bin ich dann doch nicht«, gestand ich mir laut ein, und auch Erna. »Ich hatte schon jede Menge Reibereien mit Mutter, seit Vater uns verlassen hat. Aber momentan sind wir uns näher als die Jahre zuvor. Und das, obwohl wir so weit entfernt voneinander sind.«

»Manchmal bedarf es eben erst einer räumlichen Trennung, um sich nahe zu sein«, erwiderte die liebenswerte Robbenschützerin.

Ich stimmte ihr zu, legte das Besteck auf den geleerten Teller und tupfte meinen Mund mit einer Serviette ab.

»Ich glaube, Sie haben recht.« Mein Blick wanderte zur Uhr. »Oje, schon kurz vor neun!« Ich sprang auf und strich Erna liebevoll über die Schulter. »Danke für den riesigen Pfannkuchen. Er war superlecker.«

Auf dem Weg zum Sender schmiedete ich Zukunftspläne. Irgendeiner sagte mal, der Weg sei die Lösung. So musste es einfach sein. Denn noch bevor ich an der Bushaltestelle angelangt war, hatte ich eine Idee. Ein Suchinserat in der hießigen Zeitung. *Junges Glück sucht Wohnung mit Blick zum Meer*, oder so ähnlich. Und für Fritz ließe sich so auch bestimmt ein Job finden, per Inserat. Natürlich waren das vorerst nur Gedanken, unausgereift und von einer rosaroten Wolke ummantelt. Aber es war ein gedanklich guter Anfang.

»Entschuldigen Sie, können Sie mir sagen, wann der nächste Bus kommt?«, fragte mich ein Mann mittleren Alters.

Er wirkte unruhig.

»Jeden Moment«, entgegnete ich. »Der Busplan hängt dort drüben am Busschild aus.«

»Dazu müsste ich etwas sehen können«, erwiderte der Mann. Erst jetzt bemerkte ich, dass er eine Armbinde trug. »Mein Gehstock wurde mir vor zwei Wochen gestohlen, müssen Sie wissen. Und mit ihm meine sprechende Armbanduhr, die um den Gehstock gebunden war.«

Ich war entsetzt. Wer zum Teufel tat einem blinden Mann so etwas an? Fassungslos trat ich näher an ihn heran.

»Kann ich Ihnen irgendwie behilflich sein? Sie nach Hause begleiten oder so?«

»Nein, danke. Ich komme schon zurecht. Aber wenn Sie mir die Uhrzeit sagen könnten?«

Ich selbst trug keine Uhr am Arm, sodass ich auf mein Handy zurückgriff.

»Neun Uhr zweiunddreißig.«

»Ah, danke.« Er kramte in seiner Jackentasche nach einer Tablettenbox. »Kreislauftabletten«, murmelte er beim Einnehmen, als wüsste er, dass ich sein Tun verfolge.

Was er nicht ahnte: Er erinnerte mich unwissentlich daran, dass ich meine Medikamente völlig vergessen hatte an diesem Morgen. Und mit dem Wissen, sie nicht eingenommen zu haben, kam auch das Gefühl von Müdigkeit auf, fast zeitgleich mit dem Bus. Ich rang mit einer Entscheidung. Einsteigen und pünktlich sein oder zurücklaufen und zu spät im Sendekutter erscheinen? Gab es eine Alternative? Für mich nicht. Und wenn ja, war es längst zu spät.

»Na, was denn jetzt, junge Frau. Mitfahren oder nicht?«, rief der Busfahrer, mich böse anblickend.

Ich entschied mich fürs Mitfahren und henkelte spontan den blinden Mann ein.

»Kommen Sie, ich helfe Ihnen rein.«

Wehrlos ließ er sich in den Bus schieben, auf einen der Plätze, den ich ihm fürsorglich zuwies. Erleichtert setzte ich mich neben ihn und fragte:

»Mögen Sie Musik?«

»Sehr gern sogar.«

»Und verraten Sie mir auch Ihren Lieblingssong? Sie müssen wissen, ich bin die neue Stimme auf *Welle 33* und erfülle Hörerwünsche.«

Er verriet mir seinen liebsten Song und meinte, dass er meine Hilfe sehr zu schätzen wüsste, allerdings jedoch im falschen Bus säße. Ich starrte in sein freundliches Gesicht, in dem sich ein Schmunzeln abzeichnete, während seine Augen ins Leere blickten

»Oh, das tut mir leid, ich wollte …«

»Schon gut«, unterbrach er mich. »Mit so einer netten, jungen Dame an seiner Seite fährt man doch gern eine Runde mit dem verkehrten Bus. Ach übrigens, ich heiße Felix Küster.«

Ich griff nach seiner Hand.

»Sehr erfreut, Donna Röschen.«

Er hielt meine Hand fest und befühlte sie.

»Sie haben sehr schmale, geschmeidige Hände und eine wirklich nette Stimme.«

»Danke sehr«, stotterte ich voller Scham.

Wie konnte ich nur den armen Mann in den falschen Bus drängen? Die ganze Sache war mir überaus peinlich. Der Bus näherte sich dem Haltestellenhäuschen, welches oberhalb des Radiosenders lag.

»Oje, ich glaube, ich muss jetzt aussteigen«, bemerkte ich und war fast ein bischen traurig, dem Blinden Adieu sagen zu müssen.

»Ja, das sollten Sie, wenn Sie meinen Hörerwunsch erfüllen wollen«, erwiderte er.

»Und Sie?«

»Ach«, erwiderte er. »Ich fahre noch zwei Haltestellen weiter und werde spontan einen alten Schulfreund besuchen.«

»Und Sie sind mir wirklich nicht böse?«

»Nein«, lachte Felix Küster. »Wie könnte ich einer so charmanten Helferin böse sein.«

Ich strich freundschaftlich über seine Schulter.

»Na dann, auf Wiedersehen. Und nicht vergessen, *Welle 33*
einzuschalten.«

Die ersten Stunden vergingen im Nu und ohne besondere Vor-
kommnisse. Ich kochte Kaffee, belegte Brötchenhälften und
bereitete den kleinen Konferenzraum des Radiosenders für
ein Treffen vor, das meinem Chef sehr wichtig zu sein schien.
Zwischendurch huschte ich zur Wetteransage in den On-Air-
Raum. Ich gestehe, es machte mir großen Spaß, auch wenn
ich an diesem Tag vermehrt Praktikantenarbeit zu erledigen
hatte. Hin und wieder, trotz der manifestierten Sorge um
Benji, dachte ich an Felix Küster. Ob er gut bei seinem alten
Schulfreund angekommen war? Ich hoffte es sehr, während ich
mich auf meine Sendung vorbereitete und den Lieblingssong
des blinden Mannes bei Rebecca in Such-Auftrag gab. Mittlerweile waren wir uns sehr vertraut und alberten auch schon mal
herum, wenn Michael Mayer nicht in der Nähe war. Tim, der
sich die Morgensendung mit dem Boss meist teilte, kam hinzu
und flüsterte:

»Sind die Gespräche noch im Gange?«

Sein Kopf wies mit eindeutiger Gestik zum Konferenzraum, aus dem kein einziger Ton zu vernehmen war.

Rebecca zuckte mit den Schultern.

»Glaub schon.«

Die riesigen Kopfhörer hatte sie auf ihre schmalen Schultern geschoben.

»Scheint was Wichtiges zu sein«, schlussfolgerte ich.

»Geht wahrscheinlich um die Umgestaltung des Morgenprogrammes«, mutmaßte Tim. »Dabei gehts um jede Menge Kohle für Werbeblocks, die vermehrt vor den stündlichen Nachrichten laufen sollen.«

»Du meinst, das sind die Leute von der Medienagentur aus Hamburg?«, fragte Rebecca. »Ich dachte, die Verhandlungen seien vom Tisch.«

Tim nickte.

»Dachte ich auch. Aber hierbei gehts auch um unsere Reichweite und Teile des Sendeprogrammes, die von einem größeren Festlandsender übernommen und ausgestrahlt werden sollen. Mehr Reichweite bedeutet eben auch mehr Zuhörer, und ergo mehr Geld.«

Rebecca verzerrte ihr Gesicht.

»Und mehr Werbung, na toll.«

»Leider wird unser Boss über kurz oder lang darauf eingehen müssen, wenn er den Radiosender weiterhin mit uns allen betreiben will«, meinte Tim und strich Rebecca freundschaftlich über den Rücken.

Ich wusste nicht so recht, was ich dazu sagen sollte, also schwieg ich. Obwohl mir eine Frage auf der Zunge brannte: Würden sich dadurch auch für mich Veränderungen ergeben?

Kurz vor Feierabend bekam ich unerwartet eine Antwort auf meine Frage, in Form eines Gespräches beim Chef, der mich zu sich ins Büro rief und mir offenbarte, dass ich zukünftig und dauerhaft die Sendung *Good Morning, Föhr* moderieren sollte.

»Die Morgenshow knüpft gewissermaßen an die von dir moderierte Sendezeit an«, erörterte Michael Mayer.

»Aber das ist doch Tims Sendung«, rebellierte ich.

Ich wollte zwar Karriere machen, aber nicht auf Kosten eines Kollegen.

Michael Mayer lächelte mich an.

»Keine Sorge, Donna. Tim übernimmt die Sendezeit ab drei Uhr, die für ihn als frischgebackenen Vater auch besser händelbar ist. Immerhin kann er so seine Tochter bis Mittag betreuen, während seine Frau wieder in der Backstube ihres Vaters ein paar Stunden arbeiten kann.«

»Und er hat sicher nichts dagegen?«

»Absolut nicht.«

Ich bemühte mich, gegen die aufkommende Müdigkeit anzukämpfen, die mir sichtlich zu schaffen machte. Erneut nahm ich einen Schluck aus dem erkalteten Kaffeebecher, in der Hoffnung, das Koffein würde ein Einschlafen verhindern. Doch so sehr ich mich auch wehrte, der zwanghafte Schlaf rückte näher und näher. Da nützte auch der schwarze Kaffee nichts. Mit letzter Kraft sprang ich auf.

»Tut mir leid, aber ich muss dringend nach Hause. Wenn Sie, ähm du nichts dagegen hast, würde ich jetzt gern gehen.«

Mein Boss musterte mich skeptisch.

»Ist alles in Ordnung mit dir?«

»Ja, ja, alles okay. Es ist nur ...«

»Ja?«

»Na ja, ein kleiner Schwächeanfall mit Kopfschmerzen. Und dann ist da noch Benji, der heute operiert wurde. Ich wüsste gern, wie es ihm geht.«

»Verstehe. Dann schlage ich vor, dass wir morgen weiterreden. Und vielleicht freundest du dich schon einmal mit der neuen und umfangreicheren Aufgabe an.«

»Danke, das mache ich. Und danke für dein Verständnis.«

Michael Mayer unterdrückte eines seiner sonst so charmanten Lächeln und wandte sich mit einer Drehung seines Bürosessels von mir ab.

»Schon gut. Ich bin ja kein Unmensch. Also, bis morgen dann.«

Ich lief die Stufen des Sendekutters herab, über die malerischen Dünen hinweg zum Strand. Mir war unwohl und ich hatte das Gefühl, mich übergeben zu müssen. Also zog ich meine Schuhe aus und lief weit hinaus ins Wasser, das sich nach Ebbe gerade wieder zum Ufer hin füllte. Und mit der wiederkehrenden See kamen auch die Sturmböen, vor denen ich die Hörer von *Welle 33* gewarnt hatte. Ich löste den Zopfhalter und ließ den Wind mein Haar durchwirbeln. Bestimmt würde es mir gleich besser gehen. Doch ich konnte das Wasser nicht spüren. Weder an meinen Füßen noch an meinen Händen, die ich behutsam ins kalte Feucht eintauchte, um meine verschwitzte Stirn damit abzukühlen. Das Rauschen der See verstummte zusehends vor meinen Augen, deren eingefangene Bilder sich zu einem Wirrwarr verzerrten. *Nicht einschlafen, Donna! Nicht jetzt und hier.* Doch die Krankheit war stärker als mein Wille, dagegen anzukämpfen.

Langsam erkannte ich die Umrisse des Mannes, der mir aufgeregt zusprach. Er sprach mit Dialekt, eine Mischung aus Deutsch und Englisch. Seine Stimme klang irgendwie vertraut. Ich blinzelte ihn an, nicht wissend, was passiert war.

»Ich bin eingeschlafen, nicht wahr?«

»Ich wollten besuchen Sie. Dann I saw you. Ihr Kopf was in the water. You'd almost drowned.«

»Samuel, sind Sie das?«

»Ja, I wanted to thanks you. I have a job and just wanted to thanks you easily. Ein big Glück, things I've seen in the water«, erklärte er völlig aufgelöst.

Und während ich mich über unser Wiedersehen freute, sammelten sich Urlauber um uns. Und auch Michael Mayer, der mich besorgt anstarrte.

»Alles in bester Ordnung«, versicherte ich den finster dreinblickenden Leuten. »Ich bin nur beim Versuch meines ersten Watt-Ganges gestolpert.«

»Und der Typ dort hat Sie nicht belästigt oder überfallen?«, rief ein kräftiger Mann aus der Menge und warf einen hasserfüllten Blick auf Samuel, der immer noch an meiner Seite kniete.

Ich strich liebevoll über die Hand meines Retters und stand vorsichtig auf.

»Ach, wissen Sie, dieser junge Mann hier ist nicht auf die Insel gekommen, um irgendwelche Menschen zu überfallen, sondern um den Menschen zu helfen. Er ist nämlich Rettungsschwimmer. Also seien Sie zukünftig vorsichtig, wenn eine besonders große Welle auf Sie zukommt. Die könnte Ihnen vielleicht ins Mundwerk schwappen und den Atem rauben. Und dann brauchen Sie vielleicht einen Mann wie Samuel, der Taten hetzerischem Gedankengut vorzieht.«

Zwei Frauen klatschten Beifall, Michael Mayer nickte beipflichtend und durch die Menge ging ein zustimmendes Getuschel, das vom Klingeln meines Handys durchbrochen wurde. Erst jetzt bemerkte ich, dass aus meiner Tasche, die Samuel mir entgegenhielt, Wasser lief.

»Sorry, she has gotten a wave«, entschuldigte sich Samuel.

»Ach was, solange mein Handy noch funktioniert, ist alles easy.«

Samuel lächelte zufrieden.

»Thanks, Donna. Thanks for everything.«

KAPITEL 23

Nichts geht über ein Stück Friesentorte

Dass mein Handy tatsächlich noch funktionstüchtig war, grenzte an ein kleines Wunder. Die Nachricht des Anrufers ebenso, der mir versicherte, dass Benji die Operation gut überstanden hatte und bereits wieder völlig stabil sei. Eine so wundervolle Nachricht, dass ich Samuel spontan auf eine Friesentorte zum Wattenläufer einlud, zumal er darauf bestand, mich nach Hause zu begleiten nach meinem peinlichen Schlaf-Unfall.

Zusammen schlenderten wir zum Bus. Aus meiner Tasche, die ich mir über die Schulter geworfen hatte, tropfte noch immer das Meerwasser heraus. Samuel hatte mir sein Hemd geliehen, damit ich nicht völlig unterkühlt in meiner Pension ankomme, und gemeint, ich müsse mich zuerst dringend umziehen, bevor ich mir eine Erkältung zuziehe. Natürlich tat er das im supersüßen Denglisch, was mich zusätzlich erheiterte.

Und so unterhielten wir uns auf der Busfahrt und dem kleinen Weg, der zum Haus von Erna führte.

»So, da wären wir. Traraaa, die wundervolle Pension meiner Tante Erna«, präsentierte ich voller Stolz.

Dass Erna nicht meine richtige Tante war, durfte auch Samuel nicht wissen. Ich wollte jeglichen Ärger für Erna vermeiden und log deshalb fürsorglich.

Samuel trat zurück und betrachtete voller Andacht das kleine Inselhaus.

»A beautiful home.«

»Ja«, pflichtete ich ihm bei. »Ein wundervolles Haus. Und voller lieber Menschen.«

Samuel setzte sich auf Ernas Holzbank, die neben dem Eingang stand und von duftendem Strandflieder umgeben war.

»Ich werde here on the small wooden bench.«

Ich kicherte.

»Das heißt: Ich werde hier auf der kleinen Holzbank warten.«

Samuel wiederholte es.

»Na also, geht doch schon ganz gut.«

Erna saß auf einem ihrer Küchenstühle und stickte. Das Haus war so furchtbar ruhig, völlig anders als sonst.

»Wo sind die anderen?«, fragte ich. »Es gibt eine gute Nachricht zu verkünden.«

Erna hob ihren Kopf und blickte mich an.

»Eines unserer Robbenbabys hat es nicht geschafft. Die anderen sind hinterm Haus und heben ein Grab aus.«

»Oh, nein.« Mit einem Mal fröstelte mich. »Aber wie …«

»So was passiert hin und wieder. Man steckt in den Tieren nicht drin.«

»Ist es die kleine Kegelrobbe, die wir auf Sylt gerettet haben?«, fragte ich.

Erna nickte.

»Der Kleine hatte schon heute Morgen das Futter verweigert. Da wusste ich, dass da nix mehr zu machen ist.« Erna wischte sich eine Träne aus den Augen und starrte traurig auf den Stickring in ihrer Hand. »Sein Lebenswille war nicht stark genug.«

»Hätte er es geschafft, wenn er bei seiner Mutter geblieben wäre?«

Erna schüttelte ihr ergrautes Haupt.

»Er wäre dem Robbenjäger zum Opfer gefallen, schon vergessen?«

Ich trat näher an sie heran.

»Das heißt, wir haben ihn umsonst gerettet?«

»Nein, Donna, so etwas dürfen Sie niemals denken. Wir haben ihm eine schöne und würdevolle Zeit bereitet, mit der Aussicht auf eine Rückführung ins Meer.«

Erna hatte recht. Ich durfte nicht an den Dingen zweifeln, für die die Robby Hoods ihr Leben riskierten. Dennoch fühlte ich mich schwermütig.

»Aber jetzt zu Ihren erfreulichen Neuigkeiten. Ich bin ganz Ohr.«

»Ich glaube, dass das Zeit bis heute Abend hat«, bibberte ich, meine Hände an die Oberarme rubbelnd. Mir war furchtbar kalt und der Tod der kleinen Robbe machte es noch unerträglicher. »Ich sollte mich lieber schnell umziehen gehen, bevor ich meinen Freund da draußen verabschiede.«

Erna blickte auf.

»Wieso wollen Sie Ihren Freund verabschieden? Bitten Sie ihn doch herein.«

»Es ist nicht Fritz«, erklärte ich die Situation, dass mich ein fremder Mann heimgebracht hatte. »Es ist ein Freund, im Sinne von Freundschaft. Er hat mir heute so ziemlich das Leben gerettet, möchte ich mal behaupten.«

»Ach herrje, was ist denn passiert? Hat Ihre Krankheit wieder zugeschlagen?«

»Ja, mitten im Meer gewissermaßen.«

Erna sprang auf, legte ihren Stickring beiseite und umarmte mich spontan.

»Ich bin so froh, dass Ihnen nichts zugestoßen ist.« Dann wich sie zurück. »Du meine Güte, Sie sind ja völlig durchnässt und ausgekühlt. Ich lasse Ihnen sofort ein heißes Bad ein. Aber vorher setze ich einen Willkommenstee für Ihren Lebensretter an.«

Das Wannenbad tat gut. Ich rutschte ganz tief mit meinem Kopf ins Wasser und genoss das wärmende Schaumbad, das mich an zu Hause erinnerte, während sich eine Etage tiefer meine Pensionswirtin um Samuels Wohl kümmerte. Und auch wenn sie nicht verstand, was er sagte, war es doch ein herzliches Gespräch, ausgeführt mit Handzeichen und Gestiken. Typisch Erna eben. Sie war eine unglaublich starke Frau, die mit jedem Menschen und jedem Tier gut auskam. Manchmal bewunderte ich sie dafür. Im Grunde war meine Mutter genauso stark und herzlich, nur auf eine konventionellere Art und Weise, die mich manchmal ganz schön nervte. Aber ich liebte meine Mutter von ganzem Herzen.

Nach dem Wannenbad schlurfte ich in Flip Flops und in ein großes Handtuch gewickelt zum Kleiderschrank. Für einen Ausflug zum *Wattenläufer* bedurfte es ordentlicher Kleidung, obgleich mir eher nach schlafen zumute war. Mein Blick fiel auf die Tablettenschachtel, die neben meinem Bett auf dem kleinen Nachtschrank lag. Noch nie zuvor hatte ich die Einnahme um derartig viele Stunden verpasst. Und nun überlegte ich nicht nur, welches meiner Sommerkleider ich anziehen sollte, sondern auch inwiefern es Sinn machte, die Dosis zu verdoppeln, um einem erneuten Schlafschub entgegenzuwirken. Ich entschied mich für das bunte Kleid mit den Rüschen am Bund. Zögerlich griff ich zu den Tabletten. *Ach, was soll's.* Ich nahm zwei davon ein und schluckte sie mithilfe von Mineralwasser hinunter, das ich für den nächtlichen Durst am Bett stehen hatte. Mit hastigen Schritten lief ich die Treppe hinab, um Erna nicht allzulange meinen Besuch aufzubürden. Meine Haare waren noch feucht vom Bad und hingen spiralförmig herab. Naturlocken, die sich im feuchten Haar repräsentativ kringelten, als wollten sie sagen: *He, schaut alle her, hier kommt das Lockenköpfchen mit dem Handycap.*

»Wow, a pretty dress oder wie sagt man in Deutsch?«

»Kleid«, erwiderte ich und zwirbelte mein Haar zu einer Art Flamenco-Knoten zusammen. »Ein schönes Kleid, heißt es.«

Samuel nickte.

»Schönes Frau, schönes Kleid.«

Ich verdrehte die Augen.

»Schöne Frau, nicht schönes Frau. Da müssen wir echt noch dran arbeiten, sonst wird das nie was mit einer schönen Frau für dich.«

Erna lachte auf.

»Gott, ihr zwei seid wirklich eine Bereicherung an diesem so trüben Tag. Was habt ihr denn jetzt vor?«

»Friesentorte essen und Deutsch lernen, in genau der Reihenfolge«, sagte ich keck und stieß Samuel freundschaftlich vor den Arm. Dabei fiel mir ein, dass sein Hemd noch in meinem Zimmer lag. »Aber vorher bekommst du dein Hemd zurück.«

Er blickte mich fragend an.

»You'll get your shirt back«, wiederholte ich auf Englisch, ohne jegliche Garantie auf eine fehlerfreie Aussprache meines Anliegens.

Ich war nicht gerade ein guter Dolmetscher, aber Samuel nickte mir unter dem Zusatz eines »Ahhhh« zu, was mir signalisierte, dass er verstanden hatte.

Frida, die mittlerweile mit den anderen ins Haus zurückgekehrt war, lächelte mich an.

»Wie ich höre, hat Erna schon vom Tod Ihres kleinen Schützlings berichtet. Wenn Sie mögen, können Sie ihn später besuchen. Er liegt vor dem Bootsschuppen begraben.«

Mit tränenverschleiertem Blick schaute ich durch den Raum. Auch Franz kämpfte mit seinen Emotionen. Geschickt drehte er sich zum Spülbecken um und murmelte:

»Er bekommt noch ein ordentliches Kreuz gezimmert, sobald ich mich gestärkt habe.« Dann schlug er auf die Kante des Spülbeckens. »Verdammt, gibt's denn heut nichts zu essen hier?«

Erna stand auf und strich ihm über den Rücken.

»Aber natürlich.«

Ich blickte zu Samuel, der die angespannte Situation zu spüren schien. Sein Gesicht wirkte ebenso traurig wie das der Robby Hoods.

»Der Tod of an animal is just painful as the death of a friend«, sagte er und nickte mir verständnisvoll zu.

Ich ersparte mir eine übersetzende Verbesserung seiner halb deutschen, halb englischen Worte, die man herzlicher nicht hätte ausdrücken können.

»Vielleicht sollten wir die Friesentorte auf einen anderen Tag verschieben«, entschied ich.

Samuel nickte, als hätte er verstanden. Und so brachte ich ihn nach draußen, um mich von ihm zu verabschieden und ihm nochmals für den Rettungseinsatz zu danken. Doch unser Abschied wurde von einem mir gut bekannten Motorengeräusch unterbrochen.

Fritz? Mein Herz hüpfte vor Freude, als er seine Vespa anhielt und den Helm abnahm.

»Was tust du denn hier?«, empfing ich ihn. »Ich dachte, du hast eine Doppelschicht.«

Fritz begrüßte Samuel, der schüchtern zu meiner Linken stand, und drückte mir ein Küsschen auf die Wange.

»Das mit den doppelten Schichten schieben geht nicht mehr. Anweisung vom Hotelchef, dem der Unfall meiner Mutter zwar leidtut, der aber keinesfalls die überschrittenen Arbeitsstunden rechtfertigt. Laut Arbeitsgesetz gibt es eine Grenze, die er ganz und gar nicht gedenkt zu übertreten.«

Ich umarmte ihn so fest ich konnte und versuchte, etwas Tröstendes zu sagen. Aber wie so oft im Leben, fehlten mir die Worte.

»Mia kehrt nächste Woche zurück auf die Insel. Jetzt, wo ich ihren Ausfall nicht mehr ausgleichen kann, muss sie wieder arbeiten.«

»Und eure Mutter? Wer kümmert sich um sie?«

Fritz zuckte mit seinen Schultern.

»Wir haben dafür noch keinen Plan. Aber es nutzt alles nix, Mia muss zurück und ihren Job tun, sonst wird es finanziell eng im Winter.«

»Das sind ja weniger gute Nachrichten«, murmelte ich betroffen von den Neuigkeiten. »Aber hey, Kopf hoch, wir werden gemeinsam eine Lösung finden.«

»Ja, vielleicht«, erwiderte Fritz. Sein Blick wanderte zu Samuel, der mit gesenktem Haupt neben mir stand. »And you free today?«

Samuel nickte.

»Wir wollten uns gerade verabschieden, als du gekommen bist«, erklärte ich. »Obwohl wir eigentlich zum *Wattenläufer* wollten, um die gelungene Rettung mit einem Stück Friesentorte zu feiern.«

Fritz horchte auf.

»Welche Rettung? Von was redest du da? Und überhaupt hatte ich versucht, dich anzurufen, bevor ich losgefahren bin, aber ohne Erfolg. Ich habe mich gesorgt, weil du nicht rangegangen bist.«

»Ach ja, das Handy …, ähm, es ist nass geworden und liegt auf dem Fensterbrett zum Trocknen«, entschuldigte ich meine unabsichtliche Ignoranz seiner erfolglosen Anrufe. »Ich habe es sozusagen nicht gehört.«

»Das Handy ist nass geworden?«, wiederholte Fritz skeptisch und blickte hinauf zu den vereinzelten Wolken, die alles andere als Regenwolken waren.

»Nein, nicht durch Regen«, wagte ich den Versuch einer Erklärung. »Es ist weitaus komplexer und eine lange Geschichte.«

»Gut, ich habe Zeit.«

»Okay«, willigte ich ein. »Aber nur die Kurzform.«

Fritz nickte und lehnte sich gegen Ernas Zaun.

»Ich war im Meer, um mich nach der Arbeit etwas abzukühlen, und bin dabei eingeschlafen. Samuel, der mich auf Arbeit besuchen wollte, sah es und hat mich gerettet. Ich lebe, mein Handy auch, Ende der Geschichte.«

»Hm«, murmelte Fritz. Er schien nicht wirklich überzeugt zu sein. Dennoch fragte er nicht weiter nach. »Und weshalb soll die Friesentorte jetzt ausfallen? Ich hoffe nicht, dass ich der Grund dafür bin.«

»Nein, es ist der kleine Heuler, der, den ich gerettet hatte, du weißt schon. Er ist heute gestorben.«

Fritz blinzelte betrübt zu Boden.

»Oh, das tut mir leid.«

»Kinder, nee, ihr seid ja immer noch da!«, rief Frida, die aus dem Haus gekommen war, um fürs Essen ein paar Küchenkräuter abzuschneiden. »Entweder kommt ihr alle zum Essen hinein oder ihr macht euch auf den Weg ins Café und bringt mir ein Stück von der leckeren Friesentorte mit.«

Franz blickte aus dem kleinen Küchenfenster.

»Wo bleibt die Petersilie?«

Frida winkte störrisch ab.

»Ja, ja, ich bin doch keine Dampflok. Ich komme ja schon.« Dann wandte sie sich mir zu: »Wenn ich Sie wäre, Kindchen, würde ich mich auf den Roller meines charmanten Freundes schwingen und losbrausen.« Sie zeigte hinauf zur Sonne. »Es wird heute einen unglaublichen Sonnenuntergang geben, das spüre ich. Den sollten Sie nicht verpassen.«

»Aber ...«, wandte ich ein.

»Nichts, auch kein *Aber* kann den Heuler wieder lebendig machen.«

Fritz nickte Frida zustimmend zu.

»Sie hat recht, Donna. Lass uns zum *Wattenläufer* hinunterlaufen und die Aussicht genießen.«

»Ich sagte losbrausen, nicht loslaufen«, berichtigte ihn Frida. »Das ist ein Unterschied von ungefähr zwölf Pferdestärken.«

Fritz nickte ehrfürchtig.

»Wow, Sie kennen sich ziemlich gut mit der Motorisierung meiner Vespa aus.«

Ich wies auf Samuel.

»Außerdem sind wir zu dritt, schon vergessen? Unmöglich passen wir alle auf die Vespa.«

Frida klopfte den Schmutz der Kräuterbüschel ab und grinste auf eine seltsame Art.

»Na ja, der Robert hat seine Knatterkiste drüben im Bootsschuppen stehen und bestimmt nichts dagegen, wenn ich mir das Rostding mal ausleihe.«

Ich starrte die freundlich dreinblickende Frida kritisch an, nicht glauben wollend, dass sie tatsächlich eine derartig schwere Maschine zu bewegen imstande war.

»Das trauen Sie sich ernsthaft zu?«

Frida winkte ab.

»Ich hab schon ganz andere Knatterkisten gefahren, drüben auf dem Festland, in meinen jungen Jahren.«

Fritz grinste wie ein Honigkuchenpferd, während Samuel unseren Wortabtausch mit fragendem Blick verfolgte. Wahrscheinlich konnte er mit dem Wort *Knatterkiste* nichts anfangen, was ihm verständlicherweise Unbehagen bereitete.

»Frida will take one of us on a Motorbike«, erklärte ich ihm. Allerdings schien ihn das noch mehr zu ängstigen, was ich irgendwie gut verstehen konnte. Ich selbst hoffte inständig, dass die Wahl des Soziusfahrers nicht auf mich fallen würde. Nur hatte ich diese Rechnung ohne Frida gemacht.

»Sie, Fritz, können mit dem jungen Mann schon vorfahren. Ich folge dann, sobald ich die Kräuter hineingebracht und die Maschine startklar habe«, wies Frida an und zwinkerte mir zu. »Das wird ein Spaß, Kindchen.«

Einundsiebzig Jahre jung und kein bisschen vernünftig, so schien es, als Frida mit Roberts Knatterkiste aus dem Bootsschuppen zur Gattertür gebraust kam. Sie trug anstelle eines Helms eine abgewetzte Lederkappe. Darüber eine Brille mit Gummiband. Frida warf mir ein Tuch zu und rief:

»Wickeln Sie das um Ihre Haare, Kindchen!«

Mit einem mulmigen Gefühl in der Magengegend stieg ich auf.

»Können wir?«, rief Frida. Ehrlich gesagt war ich absolut nicht bereit, nickte aber willenlos. »Gut festhalten!«, war das Letzte, was Frida rief, bevor der Motor aufheulte und sich das Vorderrad kurzzeitig vom asphaltierten Weg abhob.

Ich klammerte mich so fest ich konnte an Fridas Körper. So fest, dass ich ihren Herzschlag fühlen konnte. Und das schlug wesentlich ruhiger als meins. Irgendwann wurde Frida langsamer.

»Schauen Sie sich nur das satte Gelb an!«, rief sie und zeigte auf eines der Rapsfelder, die sich fast magisch vom Grün der Salzwiesen abzeichneten. »Hier bekam ich meinen ersten Kuss, vor über fünfundfünfzig Jahren.«

Ich musste schmunzeln, so sehr berührte mich Fridas Outing in diesem Moment.

»Und war es die große Liebe?«, rief ich zurück.

»Au ja, das war es«, erwiderte sie und schaltete einen Gang höher. »Festhalten, Kindchen! Jetzt werde ich dem rostigen Ding mal kräftig einheizen!«

Erneut jaulte der Motor auf. Ich schloss die Augen und drückte mein Gesicht gegen Fridas Rücken. Meine Angst war verflogen und ich genoss den kühlenden Fahrtwind, der nach Meerwasser und Rapsfeldern roch.

Fritz und Samuel hatten einen Tisch auf der Terrasse ergattert, mit Blick aufs Wattenmeer.

»Wir haben bereits bestellt!«, rief Fritz, als er uns erblickte. »Viermal von der Friesentorte.«

Ich löste das Tuch, welches ich mir um den Kopf gebunden hatte und setzte mich neben Fritz.

»Die Rechnung geht aber auf mich«, sagte ich. »Immerhin hat mich Samuel vor dem Ertrinken bewahrt.«

Frida blickte mich erschrocken an.

»Was höre ich da von ertrinken?«

»Ist 'ne längere Geschichte, und peinlich obendrein. Also lasst uns bitte einfach nur die tolle Aussicht und die beste Torte auf der ganzen Insel genießen.«

»Seid mir bitte nicht böse, wenn ich sofort wieder zurückdüse. Erna und die Jungs brauchen mich«, meinte Frida und klopfte mir liebevoll auf die Schulter. »Ihr wisst ja, die aktive Arbeit ruht nie.«

Dabei zwinkerte sie mir zu.

»Aber das Stück Torte?«, erinnerte ich.

»Das lasse ich mir schnell einpacken und nehme es mit.«

»Dann werden die anderen aber neidisch«, witzelte Fritz und kramte in seiner Geldbörse nach einem Geldschein, den er auf den Tisch vor Frida legte. »Wir lassen Sie nur unter der Voraussetzung fahren, dass Sie den anderen auch je ein Stück Friesentorte mitnehmen.«

Ich küsste Fritz auf die Wange.

»Was für eine wundervolle Idee.«

Einmal mehr zeigte sich, dass er sein Herz am rechten Fleck trug. Ja, er war mein Traummann. Und nichts auf dieser Welt würde mich je von ihm trennen können.

Frida griff zögerlich nach dem Geld. Man sah ihr an, wie schwer sie sich damit tat, es anzunehmen.

»Also schön, wenn ihr darauf besteht.« Sie nahm ihren Teller und stand auf. Ihr Blick wanderte zu Samuel. »War schön, Sie kennengelernt zu haben, junger Mann.«

Samuel nickte.

»Goodbye.«

Dann verschwand Frida im Inneren des Cafés. Minuten später ertönte das röhrende Geräusch von Roberts Knatterkiste. Weshalb die Aktivisten das in die Jahre gekommene Motorrad so nannten, war eindeutig auf das Knattern des Motors zurückzuführen. Zufrieden stützte ich mein Kinn auf die Hand und blinzelte zum Horizont, der sich in den zauberhaftesten Farben präsentierte. Nur der Wind, der vom Meer hereinblies, durchbrach die Stille der Unendlichkeit.

»Eine Wattwanderung wäre doch auch was für uns«, meinte Fritz, mit Blick auf einen der Aufsteller, der den nächsten Termin bewarb. »Und schaut nur, Gummistiefelverleih haben die auch.«

Eine Wattwanderung? Hm, klang gar nicht so übel und auch durchaus romantisch.

»Klar, warum nicht«, stimmte ich zu. »Bestimmt sehen wir da auch jede Menge Robben.«

»Apropos Robben«, murmelte Fritz und schob sich ein Stück Torte in den Mund. »Wie lief eigentlich Benjis Operation? Hast du schon Infos?«

»Gut und völlig ohne Komplikationen«, erwiderte ich. »Allerdings vermisse ich ihn unheimlich.«

Samuel, der unser Gespräch interessiert verfolgte, lächelte.

»It's nice when two people are so in love«, murmelte er vor sich hin.

»Und was ist mit dir?«, fragte ich und deutete mit der Hand auf sein Herz. »Gibt es in deinem Leben auch eine Herzensdame?«

Samuel verstand nicht.

»Eine, wie heißt es, ähm Sweetheart, glaube ich«, versuchte Fritz meine Frage zu erläutern. »A woman of your heart.«

»Ah, a woman that I love. No. But I like a girl from the beach, I'm working on.«

»Versuch es, auf Deutsch zu sagen«, forderte ich ihn auf und übersetzte es für ihn.

Samuel tat sich etwas schwer mit dem Wort *Strand*, war aber ansonsten ein guter Schüler, wenn es um das Erlernen seiner Wahlheimatsprache ging. Und so übten wir noch einige Minuten, bis er irgendwann auf seine Uhr blickte.

»Ich muss jetzt to go now. It was nice to talk mit euch. Danke for the cake.«

»Ich danke dir für die spontane Rettung«, erwiderte ich, stand auf und umarmte ihn herzlich.

Fritz stand ebenfalls auf.

»Soll ich dich zum Bus begleiten?«

Samuel verneinte.

»No, ich finden allein zurecht.«

Ich klatschte freudig in meine Hände.

»Wundervoll, es klappt doch schon ganz gut.«

Er nickte und ging.

Hach, Frida hatte so recht mit ihrer Prognose. Der Sonnenuntergang war nicht nur schön, er war gigantisch. Fritz und ich hatten das Café längst verlassen und waren zum Strand hinuntergelaufen. Auf einem vom Meer angespülten Holzstamm hatten wir uns niedergelassen. Ein bisschen erinnerte es an ein Freilichtkino, nur dass es um einiges romantischer war. Die Geräuschkulisse vermischte sich mit den Farben des Himmels, der zu einem Naturschauspiel avanciert war. Ich hielt die Hand meiner großen Liebe ganz fest und hatte nicht vor, diese jemals wieder loszulassen. Doch der Juckreiz, den ich die letzten Stunden unterdrückt hatte, wurde unerträglich. Ich ergab mich ihm, ließ Fritz los und begann die Bläschen auf meinem Arm aufzukratzen. Dumm war, dass, je mehr ich kratzte, es umso fürchterlicher juckte.

»Was tust du da?«, schimpfte Fritz und versuchte, mich vom Kratzen abzuhalten. »Es blutet doch bereits.«

»Aber es juckt trotzdem.«

»Hör auf damit.«

»Ich kann aber nicht.«

Fritz ergriff meine Hände und drückte mich fest an sich heran.

»Du wirst sofort damit aufhören, sonst …«

»Sonst was?«, lachte ich und versuchte, mich aus seiner Umklammerung zu befreien, obgleich ich seine Nähe sehr mochte.

»Dein Herz rast, als würdest du gerade sechzig Meter Sprint in Rekordzeit absolvieren.«

»Na und«, polterte ich. »Liegt wahrscheinlich an der doppelten Menge von dem Psychozeugs.«

Fritz starrte mich entsetzt an. Seine Hände glitten aus der Umarmung herab, während er seinen Kopf schief legte.

»Du hast die doppelte Menge eingenommen? Wieso?«

»Wieso wohl«, muffelte ich zurück. Ich wollte mich nicht beim schönsten Sonnenuntergang des Jahres erklären müssen. »Ich habe die heute Morgen vergessene Donna-bleib-wach-Portion eben später nachgenommen.«

»Und hast damit deine Hautreaktion auf das Zeug verstärkt«, erwiderte Fritz. Er griff nach meinem aufgekratzten Arm. »Nun schau dir an, was es gebracht hat.«

»Aber he, ich bin wacher wie nie zuvor und absolut nicht müde. Also lass uns lieber zusammengekuschelt den Sonnenuntergang genießen, ja?«

Fritz ergab sich meiner Forderung. Vielleicht lag es an meinem treuseligen Dackelblick, den ich aufgelegt hatte. Vielleicht aber auch nur daran, dass er keine Worte für mein Tun fand. An was auch immer es lag, der Abend war einer der schönsten, die ich mit Fritz am Strand erlebte.

KAPITEL 24

Wahre Aktivisten schlafen nie

»Bis morgen dann und schlaf schön!«, rief Fritz und schickte mir ein Handküsschen, bevor er auf seiner Vespa davonbrauste.

Es war spät geworden, sodass er mich nur schnell vor Ernas Haustür absetzte, ohne noch einmal mit hineinzukommen. Zufrieden schloss ich die kleine Zauntür hinter mir und schlenderte fröhlich gestimmt zur Haustür des nordfriesischen Häuschens. Es brannte noch Licht im Haus. Leise öffnete ich die Tür und trat ein. Gedämpfte Stimmen drangen aus der Küche in den Flur.

»Donna, sind Sie das?«, fragte Erna, die mit Franz, Dittmar und Frida in der Küche vor einer Karte hockte.

Es schien, als hätten sie einen neuen Hinweis erhalten.

»Ja, ich bin es«, sagte ich, um die Küchentür äugend. »Es ist später geworden als geplant. Aber der Sonnenuntergang war wundervoll.«

»Das freut mich, Kindchen«, erwiderte Frida mit ernster Miene. »Allerdings gibt es gerade ein großes Problem, das wir ohne Hilfe nicht lösen können.«

Mir schwante, was kommen würde. Dennoch war ich bereit für jede Schandtat.

»Okay, was ist los?«

Frida zeigte auf einen der Stühle.

»Kommen Sie, setzen Sie sich. Unser Problem ist, dass Georg heute nicht abkömmlich ist, wir aber in weniger als drei Stunden rüber nach Sylt aufbrechen müssen, um einen der größten Abschüsse zu vereiteln, die diese Robbenjäger bisher geplant haben.«

»Kann Ihr Freund ein Motorboot fahren?«, fragte Erna.

In ihrem sonst so freundlichen Gesicht taten sich Sorgenfalten auf.

»Ich hab nicht die geringste Ahnung. Aber ich ruf ihn sofort an, vorausgesetzt, er hört das Handy während der Fahrt.«

Frida nickte.

»Versuchen Sie es bitte. Und sagen Sie ihm, das Leben vieler Heuler hängt von unserem Einsatz ab.«

Ich sprang auf und stürmte die Treppen hinauf in mein Zimmer. Mittlerweile war mein Handy getrocknet und auch im Display zeichneten sich nur noch wenige Feuchtigkeitsanhaftungen ab. Ich drückte mich durchs Menü. Dabei fiel mir auf, dass Mutter mich versucht hatte zu erreichen. Egal, die Robbenrettung hatte Priorität. Es läutete und läutete.

»Geh schon dran«, murmelte ich ungeduldig.

Eine halbe Stunde später saß Fritz in Ernas Küche und tüftelte mit den Robby Hoods gemeinsam über die Routenplanung. Hin und wieder wischte er sich den Schweiß von der Stirn, der gewiss nicht nur wegen der nächtlichen Schwüle aus seinen Poren rann. Bestimmt hatte er Zweifel, hegte einen nicht von der Hand zu weisenden Zwiespalt mit sich. Aber dennoch war er bereit, den Aktivisten bedingungslos zur Seite zu stehen. Sein Herz schlug eben im gleichen Takt wie das meine.

Mit einem Tee in der Hand beobachtete ich die Geschehnisse. Das Gemurmel, das Gegrüble. Hin und wieder erlag ich der Versuchung, die juckenden Pusteln an meinem Arm zu attackieren. Je mehr ich daran kratzte, desto mehr schienen sie sich auszubreiten. Fritz nannte es Pustel-Invasion und meinte, ich solle dringend ein paar Stunden schlafen. Aber ich konnte nicht. Vielleicht lag es an der Überdosierung meiner Medikamente. Vielleicht aber auch daran, dass ich diesem wichtigen Einsatz unbedingt beiwohnen wollte. Ja, ich sah es quasi als meine Verpflichtung an, jener Frau zu helfen, die mir Tür und Tor geöffnet hatte – die mich mit offenen Armen und einem großen Herzen empfangen hatte, ohne Wenn und Aber. Was waren dagegen schon ein paar läppische Stunden verlorener Schlaf, wenn ich hautnah bei einer guten Sache dienlich sein konnte?

»Du solltest wirklich schlafen gehen«, bemängelte Fritz mein hartnäckiges Bleiben. »Immerhin musst du in einigen Stunden fit sein.«

Und er bekam Unterstützung. Auch Frida fand, dass ich nicht gerade topfit wirkte, um diesen Einsatz schadenfrei zu überstehen. Ich widersetzte mich ihrer Einschätzung und verwies auf meinen wachen Verstand und die Tatsache, ein gutes Augenmaß zur Bedienung der Pfefferspraykanone zu besitzen.

»Pfefferspraykanone?«, fragte Fritz erstaunt.

Scheinbar hatte er keine Ahnung, dass es so etwas überhaupt gab.

»Ist 'ne Art Konfettikanone, bloß mit Pfeffer«, erklärte ich.

»Hm, verstehe. Und du willst das Ding bedienen?«

Ich bejahte und schlug mir demonstrativ vor die Brust.

»Hey, ich bin richtig gut darin.«

Kurz vor drei Uhr kam die erwartete Nachricht von Major Schulze, der, wie er uns zu verstehen gab, gut getarnt auf einer bewachsenen Düne versteckt lag, die sich nahe des Abschussortes befand. In seiner Stimme klang der Geist der Überzeugung mit, den Einsatz auch mit einem Neuling wie Fritz stemmen zu können.

»Der Tod nimmt keine Rücksicht auf eure Besetzung. Also los, Leute«, zischte er ins Funkgerät. »Schwingt eure Hintern auf den Kahn und haltet Kurs auf diese staatlichen Schlächter.«

»Es sind mehrere Robbenjäger?«, hinterfragte ich die Worte des Majors.

Erna nickte.

»Wie viele genau heute Morgen eingesetzt wurden, bleibt spekulativ.« Sie legte ihren Arm auf meine Schulter. »Niemand sagt, dass es einfach werden wird. Aber mit der nötigen Diszi-plin, einer Portion Glück und der Unwiderlegbarkeit, dass wir den Überraschungsmoment auf unserer Seite haben, wird alles gut.« Ein Lächeln huschte über ihr besorgtes Gesicht. »Und am Ende schauen wir vielleicht in sechs oder gar acht große Knopf-augen, die ohne unseren Einsatz nur blutige Kadaver wären, abgeschossen ohne Sinn und Respekt vor dem Leben.«

Ich fuhr mit meiner Hand hoch zu meiner Schulter und legte sie auf Ernas.

»Ja, das alleine ist es wert, denke ich.« Auch wenn mich zunehmend ein mulmiges Gefühl vereinnahmte. Ich griff nach der Hand von Fritz, ganz fest. »Bereit?«

Er nickte.

»Ja, müde, aber bereit.«

Erna klatschte in ihre Hände.

»Gut, Leute, machen wir denen mal ordentlich Feuer unter den Hintern.«

Die See lag ruhig, als meinte es der Meeresgott gut mit uns. Die Stille der Nacht vermischte sich mit dem Geräusch des Motors, der das Wasser hinter unserem Boot aufschäumte. Ich blickte hinab in die unendliche Tiefe des Ozeans, auf dessen Oberfläche sich die Sterne spiegelten. Mit jeder Minute kamen wir näher an unseren Zielort. Ich kuschelte mich in die Decke, die Erna mir übergehängt hatte. Fritz steuerte das Boot mit sicherer Hand. Und das ohne Bootsführerschein. Franz nannte ihn ein Naturtalent. Fritz nannte es Übung, durch langjährige Angeltouren mit einem Freund. Für mich war er schlichtweg mein Held.

»Eure Position, Kameraden«, dröhnte es durch das Funkgerät. Franz gab die Koordinaten durch. »Sichtung positiv«, ertönte es erneut. Der Major hatte uns also bereits im Visier. »Auf Flüstertour runterfahren.«

»Verstanden«, kommentierte Dittmar zurück und gab Fritz das Zeichen, den Motor und das Licht auszuschalten. »Von hier aus rudern wir per Hand weiter, um nicht vorzeitig aufzufliegen.«

Ein seltsames Gefühl überkam mich. Ein Gebräu aus Angst und Zittern.

»Lasst mich ans Ruder«, bat ich, um mich irgendwie von meiner Angst abzulenken.

Aber Franz meinte, ich solle mich noch ausruhen.

»Achtung, eure Ziel-Koordinaten«, schallte es durch die Stille, die nur vom Ruderschlag durchbrochen wurde. »Seeteufel auf elf Uhr. Ich wiederhole, Seeteufel auf elf Uhr.«

»Verstanden«, murmelte Dittmar zurück und korrigierte den Kurs. »Erkennbar, wie viele es sind?«

»Negativ.«

Dann folgte ein Rauschen.

Ich machte mich so klein ich konnte und zählte jeden Schlag der Ruder. Vierundfünfzig, fünfundfünfzig, sechsundfünfzig. Die Sekunden zogen sich ins Unendliche. Eine Zerreißprobe meiner Nerven. Mein Herz pochte. Mein Blut raste. War ich die Einzige, die nervös war? Die anderen schienen weniger hibbelig, vollkommen konzentriert auf den Strandabschnitt, an dem sich nach und nach die Silhouetten zweier menschlicher Körper auftaten. Ihre Umrisse wurden mit jedem Ruderschlag deutlicher.

»Es sind zwei«, flüsterte ich Erna zu.

Ihre Augen fixierten das Umfeld.

»Ich weiß nicht, aber irgendwas stimmt hier nicht.«

»Und was?«, wollte ich wissen.

Ungeduldig rutschte ich auf dem unbequemen Sitzbrett hin und her.

»Keine Ahnung, aber der Schauplatz scheint inszeniert, als würden sie förmlich auf eine Abschussvereitelung warten.«

Frida, die bisher kein einziges Wort verloren hatte, starrte durchs Fernglas.

»Leute, die Kulisse stinkt gewaltig nach Hinterhalt. Stoppt das Boot.«

»Was, ein Hinterhalt?«, wiederholte ich panisch und ging wie automatisiert in Deckung.

»Abbruch, Kameraden. Ich wiederhole, Abbruch des Einsatzes«, rauschte es in schlechter Tonqualität.

»Und was wird aus den Robbenbabys?«, fragte ich fast heulend.

»Die sind an einem anderen Strandabschnitt. Schau selbst.«

Frida hielt mir das Fernglas hin. Und sie hatte recht. Nirgendwo ein einziger Heuler und der Beweis, dass es sich um einen Hinterhalt handelte.

»Kurswechsel auf folgende Koordinaten«, erklang erneut die Stimme des Majors, der sich scheinbar nicht von dem Hinterhalt der Robbenjäger einschüchtern ließ. »54° 52' 2'' N, 8° 19' 20'' O.«

Franz tippte die genannten Koordinaten ins GPS und nickte Fritz zu, der ohne jedes Wort sofort eine neue Richtung einschlug.

»Weshalb ändern wir den Kurs? Fahren wir denn nicht zurück?«

Ich spürte das Adrenalin, das durch meinen Körper schoss. Die Ungewissheit machte mich mürbe.

»Wir umgehen den Hinterhalt und schlagen drüben am Becken zu, wo die Robbenherde aktuell liegt«, murmelte Dittmar, ohne vom GPS aufzublicken.

Es war also noch nicht vorbei. Und niemand wusste, mit wie vielen Jägern wir es tatsächlich zu tun bekommen würden.

Der Major behielt die Fake-Jäger im Auge, die ausschließlich auf uns zu warten schienen, während zwei andere Robbenjäger sich den Heulern am Rantumer Becken näherten. Sie schienen sich ihrer Sache so sicher zu sein, dass sie keinerlei Vorsichtsmaßnahmen ergriffen hatten, um einen Eingriff unsererseits zu verhindern. Gewiss dachten sie, wir tappen in ihre Falle, während sie in aller Ruhe Gott spielten. Aber diese Rechnung hatten sie ohne die Robby Hoods gemacht. Ich dachte für einen kurzen Moment an Benji. Dann wurden meine Hände taub, meine Füße, mein ganzer Körper. Fast unbemerkt sackte ich zusammen und schlug mit dem Kopf hart auf dem Bootsrand auf. So hart, dass das Blut an der Bootsinnenwand herabrann.

»Verdammte Scheiße«, flüsterte Franz, der mich im Blick hatte. »Sie braucht Hilfe.«

Nein, wollte ich rufen. *Nein, kümmert euch um die Heuler.* Aber meine Worte blieben in mir stecken, als wären sie in meinem Kopf gefangen. Fritz übergab das Ruder und stieg zu mir nach hinten. Behutsam nahm er meinen Kopf und bettete ihn auf eine weitere Decke, die ihm Frida hinhielt.

»Donna, kannst du mich hören?«

Klar, konnte ich. Nur wie sollte ich ihm das signalisieren? Mir fiel ein Film ein, in dem eine wachkomatisierte Frau der Polizei mit Augenzwinkern half. Vielleicht würde mich Fritz ebenso verstehen wie der Polizist im Film. Ich zwinkerte einmal, was für *Ja* stand. Aber Fritz schien es nicht wahrzunehmen.

»Ich brauche eine Kompresse, um die Blutung zu stillen«, tuschelte er.

Seine Hand strich liebevoll eine Haarsträhne aus meinem Gesicht.

»Ist sie eingeschlafen?«, fragte Erna besorgt. »Sie hätte lieber daheim bleiben sollen.«

»Ich weiß nicht, ob sie eingeschlafen oder bewusstlos geworden ist«, erwiderte Fritz.

Erna suchte im Verbandskasten hektisch nach der Kompresse.

»Sollen wir abblasen?«, fragte Franz.

Nein, ich bin wach und verlange, dass ihr die Heuler rettet, schrien meine Gedanken. Dieser bewegungslose Zustand, der mich nun bereits mehrfach überkommen hatte, löste eine furchtbare Wut in mir aus. Ich zwinkerte verzweifelt mit meinen Augen. Immer und immer wieder. So lange, bis Fritz sie wahrnahm.

»Sie ist wach und will uns was sagen, glaube ich«, murmelte er sichtlich erleichtert. Dabei drückte er ein Stück Mull auf meine Platzwunde. »Es ist doch so, du willst uns was sagen, oder?«

Ich zwinkerte einmal.

»Okay, das heißt Ja, stimmt's?«

Erneut zwinkerte ich.

»Gut, ich glaube, sie hat wieder so einen komischen Anfall, wo sie sich nicht bewegen kann. Sie erzählte mir mal, dass sie dabei jedoch ihre Umwelt wahrnimmt«, erläuterte Fritz leise, um den anderen meinen Zustand verständlicher zu machen. »Ich hab allerdings vergessen, wie dieser Anfall heißt.«

Kataplexie, dachte ich so laut, dass es in meinem Kopf hallte. *Man nennt es Kataplexie.* Dabei rollte ich genervt von meinem hilflosen Zustand mit den Augen. Und dieser Anfall ist alles andere als komisch. Es ist die Hölle. Es ist, als sei man lebendig im eigenen Körper begraben, ähnlich einer Mumifizierung.

»Was denn nun?«, fragte Franz ungeduldig, mit Blick auf den Strandabschnitt. »Abblasen oder durchziehen?«

Durchziehen! Ihr müsst es durchziehen! Erneut zwinkerte ich so auffällig ich konnte, um die Aufmerksamkeit auf mich zu lenken.

»Ich glaube, Donna will, dass wir es durchziehen«, interpretierte Dittmar, der mich gespannt anstarrte.

Fritz hingegen war sich nicht so sicher.

»Sollen wir sie wirklich im Boot zurücklassen? Und wer bedient die Pfefferspraykanone?«

Frida legte ihre Hand beruhigend auf Fritz' Schulter.

»Ruhig Blut, das übernehme ich.«

Fritz wandte sich mir zu.

»Ist es okay, wenn wir den Einsatz durchziehen?«

Ich zwinkerte einmal.

»Na also«, meinte Frida. »Das Kindchen ist eine von uns und hat das Herz eines Löwen.«

Fritz befestigte den Mull mit einem Pflasterstreifen, den Erna ihm entgegenhielt, und küsste mich auf die Stirn.

»Also schön. Versauen wir diesen Scheißkerlen ordentlich die Tour.«

Dann übernahm er wieder das Ruder.

Allmählich konnte ich mich wieder bewegen. Mit der Bewegung kehrte allerdings auch mein Schmerzempfinden zurück. Die aufgeschlagene Beule an meinem Kopf hämmerte unerbittlich. Der Einsatz der Robby Hoods war bereits in vollem Gange. In gebückter Stellung schlichen sie sich an die anvisierten Tiere heran. Auch Erna, die genau wie die anderen ihr Gesicht unter einer Skimaske verbarg. Frida hielt die Stellung vorm Boot und wartete auf den Startschuss, um die Pfefferspraykanone zum Einsatz zu bringen. Ich rappelte mich auf. Noch etwas benommen, torkelte ich zu ihr.

»Ich bin wieder okay und könnte …«

»Kommt nicht infrage!«, zischte Frida zurück. »Punkt eins, Ihre Tarnung fehlt gänzlich. Punkt zwei, Sie sind vom Einsatz aus gesundheitlichen Gründen suspendiert.«

»Ich bin suspendiert?« Frida zeigte wortlos zum Boot. »Na schön, dann halte ich im Boot die Stellung«, murmelte ich beleidigt und verkroch mich wieder unter meiner Decke.

Aber ich nahm das Fernglas mit, um wenigstens ein Auge auf die Situation zu haben.

»Zugriff!«, schrie Franz und rannte auf die Gruppe der Heuler zu, die die Robbenjäger anvisiert hatten.

Erschrocken versuchten diese, ihren Abschuss in Eile zu setzen, was allerdings nicht mehr gelang, weil Erna wild mit den Armen rudernd durch ihre Abschusslinie rannte. Dittmar warf die Decke aus, Franz setzte den Heuler hinein. Und Fritz? Wo war Fritz? Ich suchte hektisch im wilden Durcheinander und fand ihn mitten in der Robbenherde. Er hatte einen markierten Heuler im Arm und rannte geradewegs aufs Boot zu. Einer der Jäger folgte ihm. Frida entsicherte die Kanone und fixierte den Jäger.

»Komm schon, Junge, komm!«, feuerte sie Fritz an, der völlig außer Puste an ihr vorbeistürmte zum Boot.

Dann feuerte Frida erbarmungslos und trieb den Robbenjäger zurück, weg vom Boot. Franz und Dittmar kamen ebenfalls mit je einem markierten Heuler angelaufen. Nur Erna schien Probleme zu haben.

»Komm schon!«, rief Dittmar.

Aber Erna schien sich am Fuß verletzt zu haben. Zusätzlich wurde sie vom zweiten Jäger bedrängt, der den Versuch wagte, ihr das gerettete Seehundbaby zu entreißen.

»Ich geh noch mal raus«, entschied Fritz und stürmte an Frida vorbei, die wie ein eiserner Soldat durchs Zielfernrohr der Kanone starrte, bereit, jederzeit abzudrücken.

Er sprang hinterrücks dem Jäger in die Kniekehlen, sodass dieser zu Boden stürzte. Dann ergriff Fritz den Heuler mit beiden Händen. An seinen Schritten war deutlich zu erkennen, mit welchem Gewicht er rang. Erna humpelte hinterher.

Ohne zu zögern, sprang ich aus dem Boot und stürmte auf Erna zu, um sie zu stützen. Der Robbenjäger, der sich uns genähert hatte, zerrte an meiner Jacke.

»Ich bring euch vor Gericht, euch kriminelles Pack«, zischte er uns an.

Erst jetzt bemerkte ich, dass ich vergessen hatte, meine Skimaske über den Kopf zu stülpen. Mit ganzer Kraft versuchte ich ihn abzuwehren, aber er war stärker. Ich schob Erna aus der Gefahrenzone und rangelte mit meinem Angreifer herum, als mich eine Ladung Pfefferspray zu Boden riss, die unheimlich in meinen Augen brannte. Ich bekam kaum Luft und röchelte wie ein sterbender Fisch an Land.

Ein Arm packte mich, bevor ich ins Boot gezerrt wurde. Dann ertönte der Motor und riss mich um, direkt in die Arme von Fritz, der mit mir fürchterlich schimpfte, weil ich nicht im Boot geblieben war. Noch immer nichts sehend, stotterte ich:

»Erna, wo ist Erna?«

»Ich bin hier«, erwiderte Erna, die unmittelbar vor mir saß. »Das war wirklich knapp, verdammt knapp. Ich glaube, ich brauche jetzt dringend einen gut gebrannten Rum.«

»Es tut so weh in meinen Augen«, jammerte ich.

Dieses Brennen war unerträglich.

»Wer nicht hören will, der muss fühlen«, meinte Fritz gemeinerweise, der meinen spontanen Einsatz als waghalsigen Alleingang bezeichnete.

Aber ich bekam Rückhalt von Frida und Erna, die meinen selbstlosen Strandspurt in die Kategorie *Heldenhaft* einstuften und mich durchaus dafür lobten. Frida tat es natürlich leid, dass sie mich mit der Pfefferspraykanone getroffen und handlungsunfähig gemacht hatte. Aber dafür auch meinen Angreifer, der ebenso röchelnd wie ich nach Luft japste. Und so steckte ich die Schelte der Männer wie eine stolze Amazone weg, ohne die es kein Happy End an diesem verrückten Einsatz-Morgen gegeben hätte.

KAPITEL 25

Des einen Freud ist des anderen Leid

Nach einem ausgiebigen Frühstück und einer kurzen Analyse des Geschehenen hatten sich die Robby Hoods verabschiedet, um den nächtlichen Schlaf nachzuholen, den der Einsatz ihnen geraubt hatte. Und so saß ich mit Fritz und Erna allein am Tisch und versuchte ebenso wie sie, dem zwanghaften Gähnen entgegenzuwirken. Erna hatte sich dazu einen Tee mit Rum aufgebrüht. Fritz hingegen nippte am tiefschwarzen Kaffee, den Erna auf türkische Art bereitet hatte. Und ich versuchte es mit Sprechübungen.

»Und Sie müssen jetzt gleich zur Arbeit?«, fragte Erna Fritz.

»Ja, in genau …«« Er blickte auf seine Armbanduhr. »Fünfzig Minuten.«

»Ach herrje, dann haben Sie gewissermaßen eine Mammutschicht vor sich.«

Ich drückte Fritz ein Küsschen auf die Wange und blickte ihn verliebt an.

»Wofür?«, fragte er.

»Ach, nur so. Und weil du mich gerettet hast. Und die Heuler. Und überhaupt.«

Erna legte ihre Hände auf den Tisch und drückte sich schwermütig aus ihrer Sitzposition in den Stand.

»So, ihr Turteltäubchen, ich werde mich jetzt zurückziehen ins Reich der Träume. In wenigen Stunden müssen die Seehundbabys gefüttert werden, da muss ich wieder fit sein. Und Dr. Friedmann soll heute auch noch nach den Neuankömmlingen schauen.« Ihr Blick wanderte zu Fritz. »Ich danke Ihnen nochmals für die tatkräftige Unterstützung. Und seien Sie unbesorgt. Sollte es in diesem ausgeuferten Fall eine Strafverfolgung geben, waren Sie und diese entzückende junge Frau an Ihrer Seite nicht dabei.«

»Aber …«

»Nichts aber«, unterbrach Erna seinen Einwand. »Die Frida, ich und die Jungs sind alt. Sie beide sind aber noch jung. Mir ist durchaus bewusst, dass ein derartiger Einsatz zweifelsohne dem Karriereweg schaden kann, sofern es irgendwann mal schiefgeht. Und heute Morgen waren wir verdammt nah dran.«

»Aber es war mein Fehler«, fiel ich Erna ins Wort. »Ich war es, die vergessen hatte, die Maske aufzusetzen.«

»Mit etwas Glück und der Tatsache, dass der Robbenjäger Sie nur kurz gesehen hat, dürfte er sich nach der Ladung Pfefferspray nur vage an sein Gegenüber erinnern.«

Erna streichelte über meine Hand, klopfte Fritz auf die Schulter und schlurfte zur Küchentür hinaus.

Als Ausgleich zur Überdosierung hatte ich vorsichtshalber nur die Hälfte meiner üblichen Ration Chemie eingenommen. Ob dies richtig gedacht war, konnte ich niemanden fragen. Fritz war längst ins Hotel nach Nieblum aufgebrochen und nach seinem liebevollen Abschiedskuss kehrte eine beängstigende Stille ins

Haus ein. Ich öffnete das Fenster, um dem Gesang eines Wiesenpiepers zu lauschen, der im Vorgarten von Beet zu Beet hüpfte. Ein seltener Gast, wie mir Frida einst erklärte. Dann griff ich nach meinem Handy, um Mutter anzurufen. Ich musste ihre Stimme hören, brauchte das Gefühl von etwas Vertrautem. Gott, war ich schon so lange auf Föhr, dass ich Heimweh bekam? Ich verdrängte den Gedanken schnell wieder. Es war kein Heimweh, sondern in diesem Moment das Alleinsein, was mich dazu veranlasste. Allerdings war der Zeitpunkt schlecht gewählt. Mutter hatte noch geschlafen, als mein Klingeln sie aufschreckte.

»Mein Gott, Donna, ist was passiert?«, murmelte sie schlaftrunken ins Telefon.

»Ähm, nö. Wollte nur mal deine Stimme hören.«

»Um viertel vor sieben?«

»Na ja, ich muss gleich in den Sender und wer weiß, ob ich später Zeit finde«, versuchte ich die unchristliche Zeit zu erklären. »Außerdem hast du immer gesagt, dass der frühe Vogel den Wurm fängt.«

»Stimmt. Aber ich vergaß zu erwähnen, dass man ältere Vögel ausschlafen lässt, damit sie nicht frühzeitig vom Ast fallen.«

»Und was wird dann aus dem Wurm?«

Mutter seufzte auf.

»Hör auf, so bescheuerte Fragen zu stellen und erzähl mir lieber, wie es dir geht.«

»Ganz gut so weit. Ich bekomme 'ne größere Sendung und bin schon mächtig aufgeregt. Sie heißt *Good Morning, Föhr*.«

Mutter räusperte sich, so wie sie es immer tat, wenn sie kritische Einwände hatte.

»Weshalb in englischer Sprache? Weshalb nicht auf Plattdeutsch?«

Gute Frage. Darüber hatte ich noch gar nicht nachgedacht.

»Hm, vielleicht weil Englisch eine Weltsprache ist«, mutmaßte ich.

»Und der kleine Flecken Erde im Meer wahrscheinlich eine Welt-Insel«, erwiderte Mutter fast schon schnippisch.

»Föhr ist die schönste Insel im Norden Deutschlands«, verteidigte ich mein neues Zuhause. »Und überhaupt gibt es hier jede Menge Dinge, die es in einer Großstadt nicht gibt.«

»Ja, ja, ich weiß. Tut mir leid, aber ich bin heute Morgen nicht besonders empfänglich für Inselschwärmereien. Erzähl lieber, was dein Seevogel macht oder wie es beim Radio läuft.«

Ich erzählte Mutter alle Neuigkeiten, von der geglückten Operation bis zum verrückten Einsatz in der Nacht. Selbst meine Sehnsucht nach Benji erörterte ich bis ins kleinste Detail mitsamt der Vorfreude, ihn endlich bald wieder bei mir zu haben. Nur die Pusteln ließ ich aus, um Mutter nicht unnötig Sorgen zu bereiten. Und man glaubt es kaum, sie war stolz auf mich. Na ja, auf ihre ganz spezielle Art eben.

»Soso, da hast du dir also die Nacht um die Ohren geschlagen, um ein paar Heuler vom Strand aufzusammeln.«

»Zu retten, Mama. Wir haben die Tiere vor dem Abschuss gerettet. Sie waren quasi schon markiert.«

»Und Fritz war der Bootsführer?«

»Genau. Alles war inkognito und absolut topsecret. Und das muss es auch bleiben, Mama, hörst du?«

»Ja, ja, okay, Schatz. Dürfte ich dich um einen Gefallen bitten?«

»Klar doch.«

»Lass mich jetzt bitte weiterschlafen, ja? Du weißt schon, der alte Vogel fängt den späten Wurm.«

Ich musste kichern.

»Alles klar, ich melde mich vielleicht später noch mal.«

Meine Motivation, die beim Einsteigen in den Bus noch auf Hochtouren dahergekommen war, war spätestens jetzt im

Keller. Der pausbackige Mann, der an mir herumrüttelte, sah mich verstohlen an.

»Müssen Sie nicht aussteigen?«

Klar musste ich aussteigen, aber doch erst am Bushäuschen mit dem Werbeschild des Radiosenders. Völlig irritiert von seiner Rüttelei versuchte ich, meine sieben Sinne zu ordnen. Meist begann das mit der Frage:

»Wo bin ich?«

»Endhaltestelle, Lady. Und wenn Sie gestatten, würde ich gern einen Happen frühstücken gehen und den Bus abschließen, bevor ich die nächste Inselrunde starte.«

»Endhaltestelle?« Erschrocken fuhr ich hoch. »Aber dann bin ich ja viel zu weit gefahren.«

Der Busfahrer warf mir einen missbilligenden Blick zu und zuckte ebenso herablassend mit seinen Schultern.

»Tja, dann hätten Sie nicht einschlafen dürfen. Das ist ein Linienbus, Lady, und keine Kaffeefahrt mit persönlicher Betreuung.«

Erzürnt über seinen bescheuerten Kommentar sprang ich auf, griff nach meiner halbwegs getrockneten Handtasche und verließ den Bus. Dabei murmelte ich boshafte Schimpfwörter, die aus mir einfach so herauspolterten. Es gab also auch unfreundliche Menschen auf der sonst so wundervollen Insel. Ein hektischer Blick zur Uhr, der mich erschauern ließ. In weniger als zehn Minuten begann meine Arbeitszeit. Und statt den Kaffee für das Radioteam aufzusetzen, stand ich irgendwo im Nirgendwo und hatte keine Ahnung, wie ich am schnellsten zum Sendekutter kommen sollte. Mein Blick fiel auf ein Fahrrad, das angelehnt am Wartehäuschen stand. Auf den ersten Blick schien es nicht mit einer Kette gesichert zu sein. Ich rang mit mir, blickte mich suchend um und entschied mich, alternativ den Busplan zu studieren, der ausgerechnet an der für mich wichtigsten Stelle verwässert war. Na toll! Wie viel Strafe wohl auf Fahrraddiebstahl stand, wenn man das Diebesgut später wieder zurückgeben würde?

Mittlerweile waren zehn Minuten vergangen und kein einziger Mensch in Sicht, den ich in meine verzwickte Situation einweihen konnte, außer der unfreundliche Busfahrer, der mit einem Backfischbrötchen auf der Hand zurückgetrottet kam. Mir blieb nichts anderes übrig, als ihn zu fragen, wann der nächste Bus zum Sendekutter fahren würde.

Er blickte grinsend auf seine Armbanduhr und nuschelte kauend:

»Wenn ich aufgegessen, meinen Kaffee to go getrunken und die Sportseite gelesen habe. Also in ungefähr fünfzehn Minuten, Lady.«

»Eine Viertelstunde?«, wiederholte ich entsetzt.

»Frühestens«, setzte er nach und signalisierte, dass er Spaß daran hatte, mich zu quälen.

»Und wie weit ist es zu Fuß bis zum Sendekutter?«

So groß war Föhr doch nicht, als dass man nicht notfalls auch zu Fuß gehen konnte.

Er lachte schallend auf und verschluckte sich.

»Na, dann viel Spaß«, röchelte er. »Bis zum alten Kutter sind es gut vier Kilometer.« Dabei blickte er auf meine Schuhe. »In den Hacken-Dingern kommen Sie keine zwei.«

Ich dankte ihm und setzte mich ins Bushäuschen. Mir blieb nichts anderes übrig als zu warten, bis der Fiesling sein Frühstücksritual durchgezogen hatte.

Mit einer halbstündigen Verspätung kam ich beim Radiosender an. Mein schlechtes Gewissen drängte mich dazu, meinem Chef jeden noch so kleinen Wunsch von den Lippen abzulesen. Dennoch kam ich um eine Abmahnung nicht herum.

»Ich muss mich auf meine Leute verlassen können«, sagte Michael Mayer, stellte einen Aktenordner zurück ins Regal und musterte mich mit zornigem Blick.

Und er hatte recht. Ein Moderator, der zu spät zu seiner eigenen Sendung käme, wäre eine Katastrophe. Nur gut, dass ich noch nicht für die große Morgensendung eingeteilt war.

»Es kommt bestimmt nicht wieder vor«, schwor ich reuevoll.

Und ich hatte auch vor, mich zukünftig daran zu halten.

»Also schön, reden wir über die Umverteilung der Sendezeit. Hast du dir schon Gedanken zur Sendung gemacht? Ich meine die persönliche Note, die jede Sendung unverwechselbar werden lässt.«

Gedanken hatte ich mir jede Menge gemacht, allerdings nicht zur Sendung. Ich beschloss, einfach zu nicken und mit einer Gegenfrage vom Thema abzulenken.

»Werde ich weiterhin die Wetterfee miemen?«

Michael Mayers Gesicht entknitterte sich von zornig zu einem sanften Schmunzeln, das seine unverkennbaren Grübchen hervortreten ließ.

»Aber natürlich! Die Wetteransage ist und bleibt dein Bereich. Und im Übrigen gab es dazu auch schon jede Menge positive Hörerkommentare auf unserer Netzwerkseite.«

»Wir haben eine Netzwerkseite?«

Mit meiner offensichtlich saublöden Frage hatte ich meinen Boss unfreiwillig zum Lachen gebracht.

»Immer zu einem Späßchen aufgelegt, das gefällt mir.«

Ich lachte theatralisch mit und tat so, als wäre der Witz gewollt.

»Ja, so bin ich eben.«

Inständig hoffte ich, dass ich aus der frühmorgendlichen Chefschlinge irgendwie heil herauskäme, ohne in weitere lustige Fettnäpfchen zu treten. Wieso zum Teufel wusste ich nichts von dieser Netzwerkseite? Ich gab Mutter die Schuld, weil diese sich bisher komplett dem Computerzeitalter verschlossen hatte. Und mich folglich gleich mit. Klar hatte ich eines dieser

Smartphones, mit denen man ins World Wide Web konnte. Aber ein Telefon ist schließlich zum Telefonieren da, predigte Mutter stets mit dem Verweis, dass das Internet die Menschen nur vom wahren Leben abhielte. Und so gab es nur eine Flatrate fürs Festnetz und zum Netz meiner Mutter. Alles andere kostete extra. Und das nicht zu knapp. Lediglich bei unserem Nachbarn und im Internetcafé hatte ich zeitweise den Weg der Tugend verlassen und war auf der Insel nur ausnahmsweise mit meinem Handy online gewesen. Allerdings schien mir dabei die Netzwerkseite von *Welle 33* entgangen zu sein. Ein schönes Desaster. Der Klingelton des Chef-Telefons katapultierte mich zurück ins Geschehen. Michael Mayer griff nach dem mobilen Hörer und stammelte ein »Hm, Moment bitte« hinein. Dann blickte er mich an.

»Ich denke, wir wären dann so weit fertig. Alles Weitere besprechen wir nach der Mittagssendung.«

Ich nickte, stand auf und verließ zügig sein Büro. Auch wenn ich nicht wusste, was da auf mich verantwortungstechnisch mit der Sendung *Good Morning, Föhr* zurollte, war ich doch gut gelaunt und voller Vorfreude.

Rebecca läutete meine Mittagssendung mit den Wunschhits ein und hielt ihre Hand hoch. Vier, drei, zwei, eins.

»Hallihallo, ihr Inselverliebten, da bin ich wieder, und dieses Mal gibt es gleich zum Anfang eine ordentliche Portion Sommer auf die Nase, die ihr am heutigen Mittag lieber nicht zu sehr in den Himmel strecken solltet. Ein Hoch namens Lotta beschert uns in den kommenden zwei Tagen nicht nur wolkenlosen Sonnenschein, sondern auch ein erhöhtes Sonnenbrandrisiko. Also schmiert euch kräftig mit einem Sonnenschutzfaktor ein und bedeckt die Köpfe eurer Kinder. Ich bin Donna Röschen und wünsche euch einen angenehmen Mittag mit euren Wunschhits.«

Lächelnd schob ich die Song-Taste am Tischpult hinauf und lehnte mich entspannt zurück. Mein Blick fiel auf Rebecca, die mir mit erhobenen Daumen signalisierte, dass ich alles richtig gemacht hatte. Jetzt hieß es, auf den ersten Anrufer zu warten, den mir die Tontechnik weiterleitete. Und noch ehe das eingespielte Lied zu Ende war, leuchtete auch schon die erste Taste auf der Telefonanlage im Sendestudio.

»Hier ist Donna von *Welle 33*. Wen habe ich am Apparat?«

»Hi Donna, hier ist Marco und ich wünsche mir das Lied *Leichtes Gepäck* von der Gruppe Silbermond.«

»Okay, Marco. Verrätst du uns auch, was du mit diesem Song verbindest?«

»Na ja, ich mag ihn halt und bin gerade beim Umziehen.«

»Soso, du ziehst also von Föhr weg?«

»Ja, zu meiner Freundin aufs Festland. Dieser Song ist quasi mein Antrieb dafür, den unnötigen Kram bei meinen Eltern zu lassen.«

»Du ziehst demnach mit leichtem Gepäck zu deiner Freundin?«

»Ja, nur zwei Kartons, mein Computer und 'ne handvoll Klamotten.«

Mein Blick wanderte instinktiv zur Tontechnik, die mir während meines On-Air-Gespräches das gewünschte Lied aus der Liederpalette suchte. Solange Rebecca nicht den Daumen hob, stand das Lied nicht zum Abspielen bereit. Ich musste Marco demnach noch etwas hinhalten.

»Verrätst du mir, was deine Eltern zu deinem Wegzug sagen?«

»Meine Mutter meint, ich würde eh bald wieder zurückkehren, weil ein Insulaner auf dem Festland nicht glücklich wird. Mein Vater hält dagegen.«

Ich musste kichern.

»Dann hoffe ich mal, dass dein Vater recht behält und du uns via Internet weiterhin treu bleibst.«

Rebecca streckte ihren Daumen in die Höhe. Das Lied lag bereit.

»Aber klar«, erwiderte Marco.

»Dann kommt hier dein Wunschlied, das dir hoffentlich Glück bringt.«

Mit einem Rutsch schob ich die Taste bis zum Anschlag hinauf und atmete tief aus. Genauso hatte ich es mir immer vorgestellt. Die großen Kopfhörer, das Mikro, die blinkenden Geräte mitsamt dem seltsamen Gefühl von Größe, welches einen automatisch überkam, wenn man auf Sendung war. Ja, ich war angekommen und mittendrin in meinem großen Traum.

Die einstündige Sendezeit war viel zu schnell vorüber. Gerade einmal fünf Hörerhits hatte ich abgespielt, als mir Rebecca das Zeichen für den Sendeschluss gab und die aufgezeichneten Nachrichten einspielte. Fast schon wehmütig übergab ich meinen Platz an Björn, der sich in den bequemen Sessel plumpsen ließ. Mit ernster Miene rückte er seine Brille gerade und sah mich an.

»Schon komisch, dass ausgerechnet du die Morgensendung moderieren sollst.«

Ich verharrte am Türrahmen.

»Wie meinst du das?«

»Erstens meine ich gar nichts, sondern stelle nur fest. Und zweitens ...« Er stockte. »Ach, vergiss es.«

Mir wurde schlagartig unwohl. Genau die Situation war eingetreten, die ich keinesfalls wollte. Erst recht wollte ich keinem meiner Kollegen etwas wegnehmen.

»Ich wusste bis gestern doch auch nichts davon.«

»Ja, ja, schon gut. Tut mir leid, dass ich dich so blöd angemacht habe. Ich dachte halt nur, dass ich mit Tim tausche und zukünftig weniger Recherchearbeit machen muss. Aber scheinbar bin ich der geborene Verlierer.« Er klopfte dreimal auf das hölzerne Sendepult, setzte die Kopfhörer auf und drehte sich erneut zu mir. »Sorry, Donna, aber ich muss dich bitten, die Tür von außen zu verschließen. Du weißt ja, die rote Lampe und so.«

»Ja, okay«, stammelte ich beim Verlassen des Raumes.

Seine Worte hingegen hingen mir nicht nur nach, sondern manifestierten sich in meinem Kopf. Weshalb hatte Michael Mayer mich ausgewählt? Konnte ich nicht einfach mit Björn tauschen oder die Sendezeit teilen? Was war an dieser Sendung so besonders, dass Björn sich darüber so erboste? Die Antwort folgte kurz darauf in der kleinen Küchennische an der Kaffeemaschine.

»Du kannst echt stolz auf dich sein«, tönte Rebecca, griff nach einer Tasse und goss sich Kaffee ein. »Du ziehst dein Ding durch, als wärst du schon Jahre beim Radio. Kein Stottern, kein Aussetzer, alles rundum perfekt und sympathisch. Genauso will es der Hörer. Kein Wunder, dass du die beste Sendezeit bekommst.«

»Die beste Sendezeit?«, hinterfragte ich und hatte gleichwohl die Antwort auf meine Frage.

»Klaro, die beste. Kennst du unsere Hörerstatistiken nicht?«

»Ähm, nein. Sollte ich die kennen?«

»Unbedingt, Schätzchen.« Dabei klopfte sie mir freundschaftlich auf die Schulter. »Sorry, aber ich muss jetzt wieder rein. Wir reden später weiter, okay?«

Ich nickte und blickte ihr gedankenversunken nach. Deshalb also Björns Unmut. Ich hatte ihm die beste Sendezeit weggeschnappt. Wahrscheinlich würde er mich jetzt auf Lebzeiten hassen, obwohl ich so gar nichts dafür konnte. Aber wenigstens wusste ich jetzt, warum. Das Wissen ließ meinen abgekühlten Kaffee nicht besser schmecken. Überhaupt war mir gerade der Appetit auf Kaffee vergangen. Ich knallte die Tasse in die Spülmaschine, griff meine Tasche und lief hinaus, um Luft zu schnappen. Und um Fritz anzurufen. Ich brauchte dringend eine vertraute Stimme, die mich wieder aufbaute.

Ich hatte mich nicht getäuscht in Fritz. Liebevoll und mit ruhiger Stimme sprach er mir Mut zu und bestärkte mich in dem Gedanken, dass mir die Sendung ja gewissermaßen von meinem Chef aufdiktiert worden war. Das relativierte natürlich meine Schuldgefühle, änderte aber nichts an der Tatsache, dass mich Björn als umittelbaren Konkurrenten ansah.

»Nun lass mal nicht den Kopf hängen und denk an was Schönes«, meinte Fritz und schickte ein akustisches Küsschen hinterher.

»Und an was?«

»Benji«, erwiderte er wie aus der Pistole geschossen. »Denk an Benji und daran, dass der kleine Kerl bald wieder unseren Alltag bestimmt.«

Fritz hatte *unseren Alltag* gesagt, was mich doppelt erfreute, weil es eine gemeinsame Zukunft prophezeite.

»Du bist süß, danke«, murmelte ich verliebt ins Telefon und lächelte vor mich hin. Die Sonne schien auf meine Beine, die ich auf der Treppe sitzend ausgestreckt hatte. Einen Teil meines Kleides hatte ich zwischen meine Beine gelegt, um unerwünschte Blicke auf meine Unterwäsche zu verhindern.

»So gern ich auch mit dir weiterplauschen will, aber die Pflicht ruft«, sagte Fritz. »Vielleicht können wir ja heute Abend zusammen was unternehmen? Vorausgesetzt, ich schlafe nicht vorher ein.«

»Ja, das wäre super. Wir könnten bei mir im Zimmer herumlümmeln und über dies und das sprechen.«

»Klingt gut«, erwiderte Fritz. »Auch wenn ich viel lieber mit dir knutschen will, statt über dies und das zu sprechen.«

Ich kicherte verlegen ins Telefon.

»Knutschen klingt so nach Teenager. Aber meinetwegen, dann lass uns heute Abend einfach nur kuschelnd herumfläzen.«

Ich trennte mich nur ungern von meiner großen Liebe, dessen Stimme mir mittlerweile so vertraut schien. Es war, als wären wir füreinander bestimmt.

»Danke, Schicksal«, säuselte ich zufrieden, während ich mein Handy zurück in die Tasche fallen ließ.

»Gibt es denn was zu feiern?«, fragte mich Tim, der plötzlich neben mir stand.

Dabei grinste er über beide Wangen.

»Nicht wirklich, nur so eben«, versuchte ich mich herauszureden.

Immerhin war mein Privatleben keiner der Punkte, den ich mit meinen Kollegen teilen wollte. Auch nicht mit den netten Kollegen. Mutter sagte immer: »Arbeit ist Arbeit. Und Schnaps ist Schnaps.« Was nichts anderes bedeutet, als dass private Dinge im Job tabu sind. Und so sehr ich mich auch gegen Mutters Weisheiten sträubte, hatte sie doch oftmals recht.

»Ah, verstehe. Du magst nicht darüber reden. Ging mir früher auch so, als ich neu war. Aber mittlerweile sind wir zu einer Familie zusammengewachsen, auch wenn es nicht immer reibungslos zugeht.« Er hielt mir seine Hand entgegen. »Glückwunsch zur Morgensendung. Ich denke, du wirst mich hervorragend ersetzen und die Hörer super unterhalten.«

Zögerlich ergriff ich seine Hand.

»Denkst du das wirklich? Ich hab schon Bauchweh deshalb.«

Tim schüttelte meine Hand.

»Davon bin ich überzeugt. Du bist ein Naturtalent, so was lernt man nicht.«

»Aber Björn ...«

»Vergiss es! Björn ist momentan angepisst, okay. Aber das vergeht auch wieder. Fakt ist doch, dass du die bessere Besetzung bist. Das hat Michael schon klar erkannt und ich kann dem nur zustimmen. Also keine Panik, du bekommst das hin, Donna.«

Ich blickte meinem Kollegen, der in seinen Feierabend lief, noch einige Sekunden hinterher. War ich ernsthaft so talentiert, wie er sagte? Ich atmete tief die salzhaltige Luft ein, die vom Meer herüberzog, während ich meine Augen schloss und ganz fest an Benji dachte. Schon bald würde ich ihn in meine Arme schließen können. Und eines Tages, wenn die Wunden der Operation gut verheilt wären, würde ich mit ihm am Strand für seinen großen Flug in den Süden üben. Ich musste lachen bei dem Gedanken, dass ich wild mit meinen Armen rudernd am Strand entlanglaufen würde. Egal. Hauptsache, Benji tat es mir gleich und hob irgendwann vom Boden ab. Ein bewegender Moment, bei dem gewiss ganz viele Abschiedstränen fließen würden.

»Gott, hier bist du«, herrschte mich Rebecca an und riss mich aus meinen herzerwärmenden Gedanken. »Du musst rein, die Wetteransage machen.«

»Aber die ist doch aufgezeichnet worden, dachte ich.«

»Klar ist sie das. Aber wir haben 'ne Warnmeldung hinzubekommen, die du aktuell einbringen musst.« Rebecca blickte auf ihre Uhr. »Und du hast genau noch fünfzig Sekunden bis zur Live-Schaltung. Sei froh, dass unser Boss dich hier nicht gefunden hat.« Dabei zerrte sie mich am Arm hinter sich her. »Du warst für kleine Mädchen, wenn wer fragt.«

Das nachfeierabendliche Meeting beim Chef des Radiosenders verlief ganz gut und eröffnete mir vollkommen neue Möglichkeiten. Ich war sozusagen der neue Star am Föhrer Radio-Himmel, dessen Stimme bald weit über die Grenzen der kleinen Insel bekannt sein würde. Ein mulmiges Gefühl, aber auch ein unglaublich gutes. Michael Mayer bestätigte, was Rebeccas Worte bereits vermuten ließen, und so stimmte ich pflichtbewusst all meinen neuen Aufgaben zu, um dauerhaft punkten zu können. Björns Enttäuschung darüber war kein Thema. Im

Gegenteil, es wurde totgeschwiegen, auch vom enttäuschten Björn selbst. Und so hatte ich auch kein schlechtes Gewissen mehr, als mir Michael Mayer die Hand zum Abschied schüttelte und dabei betonte, wie sehr er davon überzeugt war, die richtige Wahl getroffen zu haben.

KAPITEL 26

Überraschung à la Erna

Fröhlich gestimmt schlenderte ich mit meiner Tasche, die ich leger hinterrücks über meine Schulter baumeln ließ, zum Bushäuschen. Es war wahrlich spät geworden. Ein Blick auf mein Handy verriet mir, dass das Abendbrot bei Erna schon längst in vollem Gange war. Ob sie mir etwas aufheben würde? Mein Magen knurrte bereits nach den unzähligen Kaffees, die ich den Tag über konsumiert hatte. Ein kläglicher und zweifelsohne ungesunder Versuch, mich am Einschlafen zu hindern. Jetzt brauchte ich dringend etwas Handfestes zwischen die Zähne, das mindestens so fettig wie kalorienreich war. Vegan fiel also schon einmal aus. Ungeduldig wankte ich von einem Bein zum anderen. Ob Fritz bereits unterwegs zur Pension war? Ich stellte mit Erschrecken fest, dass ich nicht die geringste Ahnung von dem Schichtplan meiner großen Liebe hatte. Irgendwie war das komisch, fast selbstsüchtig und egoistisch. Sollte ich nicht wenigstens ungefähr die Arbeitszeiten meines zukünftigen Mannes kennen? Er kannte meine gewiss. Etwas beschämt, aber auch belustigt von der Tatsache, dass ich tief in meinen inneren Gedankengängen Fritz bereits vor den Traualtar zerrte, ohne mit ihm auch nur ein einziges Mal über Hochzeit oder Ehe gesprochen zu haben, rief ich ihn an. Die Geräusche, die mein Magen von sich gab, übertönten nicht nur das Rufzeichen, sie erinnerten auch irgendwie an den bösen Wolf, nachdem er Rotkäppchens Großmutter verspeist hatte. Entweder war die gute Frau zu dürr oder sie war schlichtweg ungenießbar. Oder verwechselte ich das Ganze gar mit den sieben Geißlein? Fritz schien eingeschlafen oder unterwegs zu sein. Statt ihm, aktivierte sich sein Anrufbeantworter nach einer Weile.

Hi, ich bin zurzeit nicht abkömmlich. Hinterlasst mir doch eine Nachricht und eure Nummer, damit ich zurückrufen kann. Piep.

Ich konnte diese maschinellen Anrufannahmedinger nicht leiden und legte enttäuscht auf. Was sollte ich auch sagen? Hi, hier ist Donna, die völlig entkräftet am Bushäuschen des Senders steht und auf eine Abholung hofft? Nein. Das würde nur nach Schwäche klingen, nach einer gebrechlichen Frau, die unmöglich Kraft genug haben konnte, um Föhr zu erobern. Ich entschied mich, auf den Bus zu warten. Fritz würde sich schon melden, wenn er mich vermisste.

Der Bus hatte nicht lange auf sich warten lassen. Und er war voller Urlauber, die sich eng aneinanderdrängten. Manche rochen nach Sonnencreme, andere nach Schweiß und Cocktails. Es war eben Hauptsaison, die Zeit des Jahres, in der jedermann nach Entspannung ächzte. Ich machte mich so dünn ich konnte und hielt die Luft an. Ein penetranter Parfümgeruch vermischte sich mit den anderen Gerüchen. Noch zwei Haltestellen, dann bin ich raus, dachte ich und versuchte, möglichst durch die Nase zu atmen, um meinen ohnenhin schon gereizten Magen nicht noch zusätzlich zu provozieren. Ein kleines Kind presste mir seinen Schwimmring in die Kniekehlen. Dabei grinste es mich hämisch an, als wolle es sagen: ›Na, was sagst du jetzt?‹ Ich ignorierte es. Auch, als es sich absichtlich mit seinem Gewicht dagegendrückte, um mich wegzuschieben. Die Mutter des Kindes tat, als ginge sie das alles nichts an. Sie war stattdessen mit ihrem Smartphone beschäftigt und tippte eifrig darauf herum. Mutter hatte wahrlich recht. Das Zeitalter der Technisierung betrog uns um das reale Leben. Und es betrog die Kinder um die Aufmerksamkeit, die ihnen gebührte. Der Bus hielt. Ohne von ihrem Smarphone aufzublicken, zwängte sich die Mutter des Kindes mit ihrer großen Strandtasche zur Tür und stieg aus.

»Moment!«, rief ich dem Busfahrer zu, der im Begriff war, die Türen zu schließen, und half dem Kind, sich einen Weg zu bahnen. Am Ausstieg blickte es mich lächelnd an, bevor es die Mutter unter lautem Fluchen am Arm herauszerrte. »Gern geschehen!«, rief ich kopfschüttelnd der offenbar abwesenden Urlauberin hinterher, die selbst beim Schimpfen mit dem Kind nicht ihre Augen von der Technik in ihrer Hand nahm.

Behutsam drängte ich mich zurück zu einer sicheren Stelle, um mich festzuhalten. Würde ich irgendwann selbst Kinder haben? Wollte Fritz überhaupt Kinder? Noch war alles offen in meinem Leben. Eines jedoch wusste ich: Wenn ich jemals Kinder hätte, würde ich mir Zeit für sie nehmen. Und nicht die modernste Errungenschaft der Welt könnte mich daran hindern.

In der Pension schien alles so unvertraut still. Selbst in der Küche, die sonst voller Leben war, war das Licht gelöscht. Nur der kleine Keramik-Leuchtturm, der in einem der Fenster stand, sendete ein kleines Willkommenslicht. Wo waren die alle? Unterwegs zu einem neuen Einsatz? Ach was, gewiss schliefen sie, so wie Fritz, dem die Anstrengung der vergangenen Nacht bestimmt ebenso in den Knochen hing wie mir. Leise öffnete ich die Haustür, die unverschlossen war, und schlenderte hinein. In Gedanken lag ich bereits im Bett, nachdem ich mir etwas Essbares aus Ernas Kühlschrank stibitzt hätte.

»Überraschung!«, schallte es plötzlich, während das Licht anging.

Erschrocken wich ich zurück.

»Überraschung?«, murmelte ich verstört in die mich angrinsende Runde der Robby Hoods. »Ich hätte fast einen Herzschlag bekommen.«

»Ach was, Kindchen, so schnell stirbt es sich nicht«, erwiderte Frida und zerrte mich in die Küche, in der auch Fritz war.

Auf dem Tisch vor ihm stand eine Flasche Sekt.

»Hab ich meinen Geburtstag verpasst oder was ist hier los?«, stammelte ich verwundert.

Ich hatte nicht die geringste Ahnung, was es zu feiern geben könnte. Doch dann hörte ich ein »Plüüiit, plüüiit« aus einem größeren Weidenkorb, dessen Inhalt mit einer Decke bedeckt war. Und die Decke bewegte sich.

»Benji?«, rief ich freudig, warf meine Tasche auf einen der Stühle und lief zum Korb. Und tatsächlich, sein kleiner Kopf ragte mitsamt seinem unverwechselbaren Schnabel heraus und zwickte beschwingt an mir herum. »Oh, Benji, du bist es!«

»Nicht so hastig, ihr beide«, warnte Erna und hockte sich neben mich. »Er trägt noch einen Körperverband, der den operierten Flügel schützen soll. Also ganz sachte bitte.«

Ich konnte mein Glück nicht fassen. Ich hatte Benji zurück – viel früher, als ich gedacht hatte.

»Aber wie …«

Frida, die ebenfalls neben mir kauerte, strich liebevoll über meinen Rücken.

»Dr. Friedmann meinte, er würde sich in einer bekannten Umgebung schneller von den Strapazen erholen.«

Meine Augen füllten sich mit Tränen. Wiedersehensfreudentränen. Die schönsten Tränen überhaupt.

»Aber ...«, stotterte ich weinend. »War Dr. Friedmann denn heute hier?«

»War er«, erwiderte Erna. »Er war so lieb, am heutigen Sonntag nach unseren Neueingängen zu sehen und sie zu untersuchen, auf Wurmbefall und so. Da hat er Benji gleich mitgebracht, um Ihnen den Weg zu ersparen.«

»Und die Bezahlung?«

»Kann in aller Ruhe kommende Woche angewiesen werden. Sie bestanden ja darauf, sie nun doch selbst zu begleichen. Die Rechnung liegt übrigens oben auf Ihrem Beistelltisch.«

»Na ja, mit dem Geld meiner Mutter gewissermaßen«, stammelte ich gerührt und aufgelöst zugleich.

Benji war da, Fritz war da und fast alle Menschen, die ich auf dieser Insel zu schätzen gelernt hatte. Im Grunde fehlten nur noch Mia, Robert, meine Mutter und Samuel.

»Auf was warten wir denn noch? Lasst uns anstoßen!«, rief ich glückselig.

Dabei sprang ich Fritz um den Hals, den ich bisher noch gar nicht begrüßt hatte. Und während Erna die Sektgläser aus dem altbackenen Stubenschrank holte, bedankte ich mich bei Dittmar, Franz und Georg. Mein Mordshunger, den ich zuvor verspürt hatte, war regelrecht weggefegt. Der Korken knallte und Frida goss mir das erste Glas ein. Sie hielt es mir entgegen und sagte:

»Auf Benji und seinen großen Flug.«

Ich nickte und hielt das Glas in die Höhe. Und nachdem alle einen Sekt zur Hand hatten, prostete ich ihnen zu.

»Na dann, auf Benji, auf die Robby Hoods und auf ganz viele glückliche Einsätze. Im Übrigen wäre mir zukünftig ein

Du lieber, wenn ihr nichts dagegen habt. Immerhin seid ihr so was wie meine Familie geworden.«

Erna nickte mir zu. Frida wischte sich eine Träne aus dem Auge. Und Georg schluckte den Kloß der Emotion hörbar herunter, der in seinem Hals zu stecken schien.

»Auf all das«, erwiderte Erna und nippte am Sekt. »Und für alle Hungrigen unter euch gibt es jetzt einen hausgemachten Kartoffelsalat und ein ordentliches Stück Fleisch auf den Grill, gell Dittmar?«

Dittmar lachte.

»Ja, die Kohle glüht bereits, also alle Mann hinaus zum Bootsschuppen. Der junge Mann neben mir war so lieb und hat das eingelegte Fleisch bereits hinausgebracht.«

Dabei legte er seinen Arm um Fritz, den ich fragend anblickte.

»Du wusstest von der Überraschung?«

»Ich kam zufällig dazu gewissermaßen.«

»Soso, zufällig also. Und ganz zufällig hast du auch nicht dein Handy gehört, als ich angerufen habe. Und ebenso zufällig hast du mich nicht zurückgerufen und mich im Glauben gelassen, du wärst eingeschlafen.«

Ich kniff ihn in den Oberarm, als kleine Strafe.

»Autsch, hör auf. Ich wollte doch nur …«

»Mich überraschen«, fiel ich ihm ins Wort und küsste ihn.

Die Welt schien in diesem Moment mehr als perfekt zu sein.

Die Heuler schlummerten auf den Salzwiesen, während in Benjis Körper die Energie einer ganzen Säbelschnäbler-Schar erwachte. Er versuchte entgegen der ärztlichen Anweisung, sich seines Brustverbandes zu entledigen und folgte meinen Schritten, wenn auch noch etwas unsicher. Ihm fehlte der Flügelschlag, um sich schneller vorwärtszubewegen. Ähnlich einer

Mutter verlangsamte ich mein Schritttempo, um dem Nachwuchs nicht davonzueilen.

»Wo bleiben die Teller?«, rief Dittmar, der mit Franz am Grill stand und das Bratgut wendete.

»Ich komme ja schon!«, rief ich zurück. »Allerdings kann der kleine Kerl hier zu meinen Füßen noch nicht so schnell.«

Georg, der mit Frida am Campingtisch saß, lachte.

»Ja, ja. Ein Seevogel auf Wanderschaft.«

Erna brachte derweil den Kartoffelsalat, Fritz eine Schüssel mit Grünzeug, das laut Erna den veganen Teil darstellte – frisch gezupft und gespült, mit selbstgemachtem Dressing. Franz war der Meinung, dass Veganer ein Identitätsproblem hätten. Und wenn er diese blassen Gestalten herumlaufen sähe, überkäme ihn stets das Bedürfnis, sie zu sich in den Garten einzuladen, wo die Wiese ungemäht und hoch stünde. Irgendwie gemein, fand ich, musste aber dennoch darüber schmunzeln. Mich ausschließlich von pflanzlichen Produkten zu ernähren, erschien mir qualvoll und falsch. Und gerade deshalb ließ ich mir ein saftiges Steak auf meinen Teller legen, von dem das Grillfett nur so abtropfte. Benji stand neben mir. Erwartungsvoll blickte er mich an.

»Das ist keine Kieler Sprotte, Kleiner. Das ist ein Salzwiesensteak.«

Benji warf aufgeregt seinen Kopf hin und her, als regte er sich furchtbar auf. Dabei schlug er seinen Schnabel gegen meine Beine, um seinem Unmut Nachdruck zu verleihen.

»Nein, Süßer, das ist keiner deiner Freunde oder Familienangehörigen. Das ist von einem unbekannten Wiesenrind, glaube ich zumindest. Also hör auf, mich zu zwicken.«

»Von einem unbekannten Wiesenrind also«, neckte mich Fritz, der sich neben mich gesetzt hatte.

Auch er bevorzugte die tierische Nahrung. Ich kuschelte mich an ihn und murmelte:

»Ja, vollkommen unbekannt.«

»Magst du etwas Grillsoße?«, hörte ich ihn fragen, bevor sich seine Stimme im Nichts auflöste.

Wer schon einmal auf der Tastatur seines Rechners eingeschlafen ist, kennt die lustigen Abdrücke auf Nase und Stirn. Beim Erwachen wünschte ich mir, ich wäre an genau so einem Ding eingeschlafen. Mit dem Gesicht auf einem frisch gegrillten Stück Fleisch zu landen, war das Pendant zur Tastatur. Nur wesentlich schmerzhafter. Ich streckte mich, gähnte und jammerte zugleich. Mein rechtes Auge brannte wie Feuer, weil ich damit auf der Grillsoße gelandet war. Wenigstens war die nicht so heiß wie das Steak, an dem ich mir Kinn und Nase verbrannt hatte. Erna war in die Küche gelaufen, um Eiswürfel zu holen, während mir Fritz das Gesicht liebevoll abwusch.

»Ich kann das auch alleine«, maulte ich ihn an.

Die Situation war mir mehr als peinlich. Ich fühlte mich klein und hilflos, was mich aggressiv machte. *Vertuschung einer Schwäche*, nannte es der ewig studierende Jan Kruger.

»Bitte, wenn du meinst«, zischte Fritz zurück und übergab mir den Lappen.

Er schien ebenfalls völlig übermüdet und hatte wer weiß wann das letzte Mal geschlafen.

»Tut mir leid«, entschuldigte ich mich sofort. »Ich wollte dich nicht so anfahren. Ist nur diese blöde Krankheit.«

»Die ein Teil von dir ist«, fügte er hinzu und strich zärtlich eine Haarsträhne hinter mein Ohr. »Du darfst dich von ihr nicht runterziehen lassen, hörst du? Du und die Krankheit, ihr seid eins. Und du musst es akzeptieren, anstatt ein Leben lang dagegen anzukämpfen.«

Seine Worte klangen so logisch, so unbeschwert und einfach. Aber die Wirklichkeit sah anders aus. Im realen Leben war es weitaus problematischer, mit der Narkolepsie umzugehen. Es gab nur wenige Menschen, die meine Ängste und Empfindungen nachvollziehen konnten. Und diese Menschen litten selbst an dieser Krankheit, die das Leben so sehr beeinflusste, dass eine Beziehung, wie ich sie mit Fritz hatte, zum Seltenheitswert avancierte. Ich zwängte mir ein Lächeln heraus, auch wenn das mit einer verbrannten Nase bestimmt nicht sonderlich hübsch aussah.

»Du bist das Beste, was mir je passiert ist, weißt du das?«

Er nickte.

»Logo. Ich bin ja auch dein Prinz, der dich über die felsigsten Berge trägt, wenn du nicht gehen kannst. Der mit dir durch die tiefsten Meere taucht, wenn die Oberfläche vereist ist. Der dich auf Händen trägt, wenn …«

Ich presste meinen Finger auf seine Lippen und säuselte:

»Pst, ich weiß.«

Und so sehr ich in diesem Moment völlig in meiner Liebe zu ihm aufging, so sehr überraschte mich das, was seinem Mund danach entsprang. Er kniete vor mir nieder, während ich den feuchten Lappen noch immer auf mein Gesicht drückte, und machte mir einen Heiratsantrag.

»Donna, du meine allerliebste Loreley, die ich auf dieser wundervollen Insel kennenlernen durfte. Ich weiß, wir kennen uns noch nicht sehr lange, aber dennoch spüre ich in mir das Verlangen, dich nie wieder loszulassen und jeden Schritt meines Lebens mit dir gemeinsam zu gehen. Ich bin nicht reich und kann dir nicht das Traumschloss bieten, welches einer so besonderen Frau wie dir gebührt. Aber ich verspreche, dich ewig zu lieben, dich zu beschützen und all meine Habe mit dir zu teilen. Erweist du mir die Ehre, meine Frau zu werden?«

Ich ließ den Lappen fallen, Erna die Eiswürfel, die sie aus der Tiefkühltruhe geholt hatte, und Frida schluchzte vor Rührung in sich hinein. Dittmar stand mit weit aufgesperrtem Mund neben dem Grill und bemerkte nicht, dass die verkohlten

Steaks bereits Feuer fingen. Und auch Franz und Georg waren sprachlos. Selbst Benji war still. Nur die Steaks machten knisternde Geräusche. Alle Augen waren auf mich gerichtet und starrten mich erwartungsvoll an.

»Wow«, stammelte ich völlig überrumpelt. »Ich, ich ...« Meine Blicke wanderten durch die versteinerten Gesichter der Robby Hoods, als fände ich eine Antwort in ihnen. Frida schnäuzte sich und Erna lächelte mich an. Ihre Hände hatte sie gebetsartig vor ihre Brust gedrückt. »Ja, ich will«, sagte ich und fiel Fritz, der mittlerweile aufgestanden war, um den Hals.

»Ach so, der Ring«, murmelte Fritz, in dessen Augen sich ebenfalls Tränen sammelten. »Den hätte ich fast vergessen.« Er hielt mir eine kleine, unscheinbare Box entgegen. »Würdest du ihn bis zur Hochzeit tragen, quasi als Verlobungsring?«

Ich öffnete die Box, in der mir auf Samt gebettet ein silberner Ring entgegenstrahlte. Anstelle eines Steines war eine winzige Figur aufgesetzt, die einer Frau ähnelte.

»Sie soll Loreley darstellen und uns Glück bringen«, erklärte Fritz und schob mir den Ring sanft auf den Finger.

»Er ist wunderschön«, schwärmte ich.

Und genauso empfand ich auch. Dieser Ring, der vielleicht nicht sonderlich glamourös schien, war das Wertvollste, das ich je bekommen hatte.

»Darauf eine *Tote Tante*!«, rief Erna, klatschte freudig in die Hände und umarmte Fritz und mich.

»Eine *Tote Tante*?«, wiederholte ich und musste kichern.

Fritz lachte ebenfalls laut.

»Oh, mein Gott, ihr ahnt ja nicht, wie sehr dieses Getränk gerade passt.«

Und während Erna ins Haus flitzte, um das alkoholisierte Kakaogetränk zuzubereiten, erzählten Fritz und ich die Geschichte von unserem ersten Aufeinandertreffen im Hotel.

Kapitel 27

Ein Albtraum on Air

Die wenigen Stunden, die uns zum Schlafen blieben, verbrachte ich mit meinem zukünftigen Mann eng umschlungen im Bett meines Pensionszimmers. Erna hatte uns gewissermaßen nach dem *Tote-Tante-Umtrunk* hinauf aufs Zimmer gescheucht mit den Worten:

»Und jetzt husch-husch mit euch aufs Zimmer.«

Zuvor hatte sie das Bett aufgeschüttelt und zwei Pralinen auf das Kopfkissen gelegt. Eine zuckersüße Idee, wie ich fand. Und so schlummerte ich tief und fest in den Armen meiner großen Liebe und erwachte am Morgen gut gelaunt, noch ehe der Wecker klingelte. Fritz schlief noch, während ich mich behutsam aus seiner Umarmung befreite, zum Fenster lief und es öffnete. Benji schien auch noch zu schlafen. Jedenfalls konnte ich ihn nirgends auf der blühenden Salzwiese hinterm Haus sehen. Der feuchte Sand des Wattenmeeres funkelte im aufgehenden

Sonnenlicht. Zwischen den Sandbänken in der Ferne hatten sich kleine Seen gebildet, in denen sich der sonnenrote Horizont spiegelte und einen wolkenlosen Tag prophezeite, so wie ich ihn beim Radio vorausgesagt hatte. Ich schloss meine Augen und schmeckte den noch jungfräulichen Tag, der nach Freiheit und salzigem Wattenmeer schmeckte. So wie dieser Morgen sollte jeder Morgen beginnen.

Ich schlich zurück zum Bett. Dem wichtigsten Menschen beim Schlafen zuzuschauen, war etwas, das mir noch fremd war. Deshalb genoss ich jede Minute davon, auch wenn der Zeiger des Weckers unaufhörlich dagegenarbeitete. Irgendwann ergab ich mich der davoneilenden Zeit, wenn auch ungern.

»Aufstehen«, säuselte ich liebevoll ins Ohr von Fritz, der nur allmählich erwachte.

»Bist du sicher?«, murmelte er zurück. »Ich bin doch gerade erst eingeschlafen.«

»Das fühlt sich nur so an«, erwiderte ich.

Ich wusste nur zu gut, wovon ich sprach. Fritz streckte sich, gähnte und zog sich die Decke über den Kopf.

»Ich will noch nicht.«

Behutsam rüttelte ich an ihm herum.

»Komm schon, die Arbeit ruft. Wann kommt eigentlich Mia?«

Fritz erhob sich schlagartig.

»Verdammt! Die habe ich ja völlig vergessen.«

»Wen? Mia?«

Fritz nickte, sprang aus dem Bett und griff nach seinem T-Shirt, das über der Stuhllehne hing.

»Bestimmt ist sie längst da. Ich bin so ein Trottel.«

»Nein, du bist mein Fast-Ehemann und von einem Trottel weit entfernt«, erwiderte ich.

Fritz zwang sich ein Lächeln heraus und küsste mich im Vorbeigehen auf die Nasenspitze.

»Du bist süß, aber ein vergesslicher Trottel bin ich trotzdem!«, rief er über den Flur aus dem anliegenden Bad. »Mia hatte mich extra darum gebeten, einkaufen zu gehen, damit sie nicht in der ankommenden Nacht ohne Getränke und Knabberzeugs dasteht.«

»Wenn sie von dem Heiratsantrag erfährt, wird sie dir bestimmt nicht böse sein«, rief ich zurück.

»Meinst du?«

»Ganz sicher. Und eure Mutter ist gut betreut in der Saisonzeit?«

»Ich denke schon. Sonst würde Mia nicht weggehen von daheim.«

Ich ließ mich von der Hektik, die Fritz mit einem Mal an den Tag legte, nicht aus der Ruhe bringen. Fröhlich vor mich hinsummend suchte ich im Kleiderschrank nach einem geeigneten Wäschestück für meine erste Morgensendung. Ganz Föhr würde meine Stimme hören – und auch unzählige Menschen auf dem Festland, die *Welle 33* empfangen konnten. Hinzu kamen die World-Wide-Web-Hörer. Spätestens jetzt wurde ich nervös. Fritz, der mittlerweile und nach einer schnellen Katzenwäsche ins Zimmer zurückgekehrt war, versuchte, auf einem Bein hüpfend, in sein zweites Hosenbein hineinzuschlüpfen.

»Kann ich dich was fragen?«, murmelte ich beim Beäugen meiner Klamotten.

Wie so oft, konnte ich mich einfach nicht entscheiden.

»Klar doch, wenn es schnell geht.«

Dabei blickte er sich hastig zur Uhr um, die gnadenlos auf Viertel nach fünf hüpfte.

»Wieso Loreley, gestern beim Antrag und auf dem Ring?«

Fritz hielt inne. Und als wenn plötzlich die Zeit stehenbliebe, setzte er sich aufs Bett und klopfte neben sich.

»Komm her und setz dich.« Ich folgte seiner Aufforderung und sah ihn erwartungsvoll an. Mit einem langgezogenen

»Alsooo« begann er seine Erklärung und machte mich noch neugieriger. Schon während des Einschlafens hatte ich darüber nachgegrübelt. »Ich denke, du kennst die Sage um Loreley, sodass ich nicht ganz so weit ausholen muss.« Ich nickte. »Gut. Und genau wie ihre Stimme unzählige Seemänner verzaubert hat, verzauberst du mich.« Er griff nach meiner Hand und deutete auf meinen Ringfinger, direkt auf Loreley. »Sie ist nur eine Sage, ein Symbol meiner Liebe zu dir. Aber du bist echt. Und du bist der Grund, weshalb ich diese Insel nicht ohne dich verlassen kann und werde.«

An diesem Morgen, von dem ich annahm, dass er schöner nicht sein konnte, raubten mir seine Worte den Atem. Alles andere umher schien unwichtig. Ich blickte in seine meerblauen Augen, in denen das Feuer der Liebe loderte, und küsste ihn lang und innig.

Fritz hatte mich am Bushäuschen des Sendekutters abgesetzt und war sofort weitergebraust. Sein Dienst begann wie meiner um sechs Uhr. Hastig rannte ich die Stufen zum Kutter hinauf, wo mich schon Rebecca empfing.

»Du hast noch sieben Minuten.«

Dabei schnippte sie ihre Zigarette weg.

»Du rauchst?«, fragte ich.

Ich hatte die Tontechnikerin noch nie zuvor rauchen gesehen.

»Eigentlich hatte ich auch längst damit aufgehört. Aber dank dir bin ich wieder rückfällig geworden.«

»Dank mir?«

Rebecca tippte während des Eilschrittes auf ihre Armbanduhr.

»Weißt du, wie spät es ist? Gott, ich dachte schon, du kommst zu spät.«

»Tut mir leid, ich …«

»Spar dir die Puste für die Sendung auf, okay?« Rebecca blieb vor dem Senderaum stehen und umfasste meine Oberarme. »Und, schon nervös?« Ich nickte zögerlich. »Entspann dich, das ist völlig normal. Du hast alle Anweisungen vom Meeting im Kopf?« Erneut nickte ich. »Gut, dann rein mit dir und toi, toi, toi.«

Rebecca erhob ihre Hand und zählte abwärts. Drei, zwei, eins.

»Good Morning, Föhr!«, rief ich ins Mikrofon und verkündete das Thema der morgendlichen Sendung, das da lautete: »Sonnenstich durch Einschlummern am Strand, ein gar nicht so seltenes Phänomen auf Föhr, wie uns die aktuellen medizinischen Notfallzahlen bestätigen. Um das nicht zu unterschätzende Risiko eines Sonnenstichs näher zu erläutern, sprechen wir heute mit dem Stationsleiter der hiesigen Notfallambulanz, Dr. Lehmann, der unseren Hörern in den kommenden vier Stunden jede Menge Tipps zur Vermeidung eines Sonnenstichs geben wird. Und natürlich werden auch Hörerfragen direkt im Studio beantwortet. Bei Fragen, ran mit euch ans Telefon und mit etwas Glück einen von vier *Welle 33*-Kaffeepots gewinnen. Ich bin Donna Röschen und bringe euch gut durch den Montagmorgen.«

Die erste Minute hatte ich überstanden. Fast schon erlösend schob ich den Schalter auf *On* und ließ mich in die Sessellehne zurückfallen. Rebecca signalisierte mir, dass unser heutiger Studio-Gast bereits eingetroffen war. Heftig debattierend trat er mit Michael Mayer vor die verglaste Studio-Tür. Über was diskutierten die beiden? Ich schob die Kopfhörer auf meine Schulter und drehte mich ihnen zu. Aber auch anhand ihrer Lippenbewegungen war nichts abzulesen. Noch vier Minuten, dann war der eingespielte Song vorüber. Mit einer eleganten Drehung wandte ich mich zurück und studierte das Programm-Skript, auf dem die wichtigsten Eckpunkte standen.

Auch die Vita des wild debattierenden Arztes, der wenig später mit meinem Chef persönlich in den Senderaum trat, sich mir vorstellte und gegenübersetzte. Michael Mayer wies ihn kurz in die Technik ein, überreichte ihm einen Kopfhörer und erklärte mir, dass unser Studio-Gast nur zwei Stunden vor Ort bleiben kann, sodass ich bitte die übrige Sendezeit improvisieren soll. Dann verließ er das Studio, noch ehe das Lied endete. Improvisieren? Ausgerechnet in meiner ersten großen Sendung? Etwas geschockt über die kurzfristige Veränderung schob ich den Regler zurück und aktivierte die Mikrofone, und damit gleichzeitig die rote On-Air-Lampe.

»Wie bereits angekündigt, ist am heutigen Morgen der Stationsleiter der hiesigen Notfallambulanz, Dr. Sten Lehmann bei mir zu Gast. Guten Morgen, Sten. Ich darf Sie doch Sten nennen?«

»Guten Morgen, Föhr, guten Morgen, Donna. Sehr gern, nennen Sie mich ruhig Sten.«

»Da bisher noch kein Anrufer mit einer Frage in der Leitung ist, schlage ich vor, Sie erzählen uns, wie viele Fälle von Sonnenstich Sie jährlich behandeln und wie hoch das Risiko ist, davon betroffen zu sein.«

Und während der smarte Doktor erzählte, grübelte ich darüber nach, wie ich zwei Stunden Sendezeit ohne ihn füllen sollte.

Die Hälfte der Sendung hatte ich überstanden. Drei eingespielte Lieder nach den Nachrichten des Tages in Folge ermöglichten mir sogar eine kurze Pause, um mich von meinem Studio-Gast zu verabschieden und mit Rebecca über eine Idee zu sprechen, wie wir die zwei verbleibenden Stunden füllen konnten. Wunschhits waren tabu, da dies aktuell Björns Bereich und Sendung war. Und so entschied ich mich, aus einem medizinischen Ratgeber die verrücktesten Badeunfälle herauszusuchen und daraus zu zitieren. Ferner rief ich spontan meine Hörer auf, mich anzurufen und mir von ihren Badeunfällen zu erzählen. Dabei hoffte ich inständig, dass mir das Schicksal keinen weiteren Strich durch die Rechnung machen würde. Denn so professionell ich auch moderierte, so unprofessionell war ich doch im Improvisieren.

»Ich warte auf eure Anrufe. Und denkt daran, ich habe noch immer zwei *Welle 33*-Kaffeepots, die schon bald euch gehören könnten.«

Der erste Anrufer zum Thema Badeunfall war in der Leitung. Gekonnt drückte ich die blinkende Taste.

»Hier ist Donna von *Welle 33*, mit wem spreche ich?«

»Hier ist Dittmar aus Dunsum und ich hab da eine lustige Geschichte, die damit beginnt, dass fünf Rentner, ein Saisonkellner und eine Radiomoderatorin zusammen einer Gruppe angehören, die sich der Heuler-Rettung verschrieben hat.«

Dittmar? Unser Dittmar?

»Ähm, ich glaube, das ist nicht die richtige Zeit und der richtige Ort für dieses Thema, Dittmar. Danke für deinen Anruf, aber …«

»Moment noch, ich bin noch nicht fertig«, fuhr mir der Anrufer ins Wort, von dem ich dachte, dass es Dittmar von den Robby Hoods war. Panisch drückte ich ihn weg, aber seine Stimme blieb in der Leitung. »Diese sieben Kriminellen fuhren also eines Tages hinaus aufs Meer, bewaffnet mit einer Pfeffersspraykanone.«

Völlig entsetzt blickte ich zu Rebecca und gab ihr das Zeichen, die Leitung zu blockieren. Aber statt den Anrufer rauszuwerfen, grinste Rebecca nur spöttisch. Was zum Teufel war hier los? Währenddessen erzählte Dittmar weiter und gab Einzelheiten der Aktivisten preis.

»Hören Sie, Dittmar, Sie sollten jetzt wirklich aus der Leitung gehen, weil ich diese dringend für andere Anrufer freihalten muss.«

»Für den Loreley-Prinzen, nicht wahr?«, lachte Dittmar. »Der ist bereits auf Leitung drei.«

Leitung drei? Wie kam er darauf, dass Fritz auf Leitung drei sein würde? Im selben Moment blinkte Leitung drei.

»Geh schon dran, Donna!«, rief Dittmar. »Dein Prinz hat dir etwas zu sagen.«

Völlig verunsichert drückte ich die Taste.

»Fritz, bist du es?«

»In Person. Und ich habe dir etwas mitzuteilen.«

»Aber, aber …«, stammelte ich. »Kannst du mir das nicht später sagen? Wir sind live auf Sendung.« Hastig versuchte ich, die Live-Schaltung zu unterbinden, aber es gelang nicht. »Bitte, Fritz, nicht jetzt, ja?«, murmelte ich hilflos, ja fast schon weinerlich.

Ich konnte das alles nicht begreifen.

»Ich kann nicht warten«, erwiderte Fritz. »Ich muss es dir jetzt gestehen.«

»Fritz, bitte …«

»Ich habe eine andere Loreley gefunden. Eine, die nicht ständig einschläft beim Sex. Eine, die …«

»Aber ich kann doch nichts dafür, dass ich ständig einschlafe«, heulte ich ins Mikro. Tränen brachen wie ein Vulkan aus mir heraus, heiß und schmerzhaft. Wieso tat er mir so etwas an? »Du wolltest mich doch heiraten«, seufzte ich, bevor alle Stimmen in Dunkelheit verstummten.

Mein Erwachen holte mich nicht aus diesem Albtraum heraus, der irgendwann davor begonnen hatte. Ganz im Gegenteil. Die gesamte Radio-Belegschaft stand im Senderaum und starrte mich an, während mir Michael Mayer lautstark verkündete, dass er maßlos enttäuscht von mir sei und ich den Praktikumsplatz aufgrund meines Fehlverhaltens vergessen könnte. Mir wurde übel. Alles drehte sich, inklusive meines Mageninhalts. Ich sprang auf, griff meine Tasche und rannte heulend hinaus. Wie konnte das alles nur passieren? Mit einem Schlag hatte ich alles verloren. Fritz, die Robby Hoods und meinen Traumjob. Alles futsch. Ich winselte wie ein junger Hund, den man von der Zitze seiner Mutter weggerissen hatte. Und so fühlte ich mich auch. Mutter. Ich musste unbedingt Mutter anrufen. Meine Hände zitterten beim Heraussuchen des Handys. Ungeschickt wie ein kleines Kind drückte ich mich schluchzend durchs Menü. Immer und immer wieder sah ich die enttäuschten Blicke des Radio-Teams, hörte ich die wütenden Worte meines Chefs.

»Hier bei Röschen«, meldete sich meine Mutter und löste damit einen regelrechten Heulkrampf mit Atemnot bei mir aus.

»Donna? Bist du das? Was ist denn los, Kind?«

Es fiel mir schwer, auch nur ein Wort herauszubringen. Ich rang nach Luft, schwer und schwerer. Meine Beine begannen ebenso zu zittern, wie es meine Hände taten. Ich kam keine zwanzig Meter weit, dann rutschte ich zusammen und erbrach mich.

»Donna? Nun sag doch was. Ich höre doch, dass du es bist!«, rief Mutter voller Sorge.

Sie ahnte nicht im Geringsten, wie schlecht es mir in diesem Moment ging. Nachdem ich mich übergeben hatte, stammelte ich:

»Ich will nach Hause, hörst du? Ich will nach Hause.«

»Was ist denn passiert, Kleines?«

»Alles ist futsch, alles. Ich komme nach Hause, ja?«

»Aber natürlich kannst du nach Hause kommen. Wieso ist denn alles futsch?«

»Ich komme heute schon, ja?«, schluchzte ich.

»Aber klar doch. Dann kannst du mir daheim alles erzählen. Hast du denn schon mit deinem Freund über deine vorzeitige Abreise gesprochen?«

Ein weiterer Heulkrampf vereinnahmte mich für Sekunden und raubte mir jegliche Luft. Jeder Atemzug fiel schwer und es fühlte sich an, als läge ein Amboss auf meiner Brust. Mutter hatte ja keine Ahnung, wie sehr mich ihre Frage innerlich zerriss.

»Nein, ich kann nicht. Ich, ich …, ach, es ist alles ein einziger Albtraum.«

»Wenn du unterwegs bist, pass auf dich auf. Und sag mir rechtzeitig, wann du ankommst. Ich stehe dann am Bahnhof, Kleines.«

»Und Benji?«, jammerte ich ins Telefon. »Ich kann ihn doch nicht zurücklassen. Sein großer Flug, seine geglückte Operation …«

»Ist er denn schon aus der Klinik heraus?«

»Seit gestern«, schluchzte ich anscheinend so herzzerreißend, dass Mutter etwas sagte, mit dem ich nie gerechnet hätte.

»Bring ihn mit, hörst du? Er kann seinen großen Flug auch von hier aus starten. Immerhin hat er mich den Großteil meines Ersparten gekostet. Da will ich doch wenigstens dabei sein, wenn er losfliegt.«

Dass die Rechnung allerdings noch nicht beglichen war, verschwieg ich. Die konnte ich auch von daheim aus zahlen.

Ein letztes Mal trat ich in das urige Haus und huschte an Ernas Küche vorbei, ohne auf mich aufmerksam zu machen. Ich war traurig, wütend und verletzt über Dittmars Anruf. Wie konnte ich mich nur so in diesem liebenswerten Ruheständler täuschen? Und überhaupt, wieso legte es Dittmar darauf an, uns alle auffliegen zu lassen? Mein Kopf brummte, während mein Ego mir die Stirn bot und mich hilflos mit meinen Fragen im Haus herumirren ließ. Ich schlich hinauf in mein Zimmer und begann alles einzupacken, was mir gehörte. Nur die Strandtasche meiner Mutter ließ ich leer, um später Benji für die lange Reise hineinzusetzen. Ob er überhaupt mit mir kommen wollte? Vielleicht mochte er mich ja auch nicht mehr und wollte viel lieber auf Föhr bleiben. Immerhin gehörte er einen Teil des Jahres auf diese Insel, die doch einst mein großes Traumziel gewesen war, wie für ihn der warme Süden im Winter. Nicht einmal Sprotten hatte ich für die Reise. Ich griff meinen löchrigen Stein, den ich einst am Strand gefunden hatte, und umfasste ihn ganz fest. Ich dachte immer, es sei ein Wunschstein, ein Hühnergott, der alles Unheil von mir und meinen Liebsten abhält. Aber das war er scheinbar nicht. Ich öffnete das Fenster und blickte hinaus aufs Meer, das von Ebbe auf Flut gewechselt hatte. Es wirkte so sanftmütig, trotz seiner brausenden Wellen, die sich weit über die anliegende Salzwiese ergossen. Die Seehundbabys robbten auf ihren Bäuchen durch das heranbrausende Wasser bis zum Maschendrahtzaun, der sie von der offenen See trennte, und von allen Gefahren. Ich blickte auf den Hühnergott in meiner Hand.

»Du bist ein Unglücksstein, nichts weiter«, murmelte ich und warf ihn so weit ich konnte ans angrenzende Ufer.

Ich wollte ihn ebensowenig wiedersehen wie Fritz.

Erna hatte nicht mitbekommen, dass ich mich heimlich an der Küche vorbeigeschlichen hatte. Und so sehr ich sie auch in meine Arme schließen wollte, so sehr hatte mich doch der Anruf von Dittmar verwirrt und verletzt. Ich konnte und wollte ihr nicht *Auf Wiedersehen* sagen. Zum Abschied hatte ich ihr zweihundert Euro auf das Nachtschränkchen gelegt, für die wundervolle Zeit, die ich in ihrem Haus verbringen durfte. Die Operationsrechnung hingegen hatte ich eingesteckt, um sie von daheim aus zu bezahlen. Daheim. Das Wort ließ mich erneut erschauern, während ich mir unbemerkt wie ein Einbrecher meinen Weg durch den unverwechselbar duftenden Vorgarten bahnte. Für einen kurzen Augenblick hielt ich inne und lauschte ein letztes Mal Erna, die mit der Vorbereitung des Mittagsbrotes beschäftigt war. Ich setzte meine Reisetasche ab und lief hinters Haus, wo Benji im feuchten Gras nach Getier suchte.

»Hey Benji«, flüsterte ich und versuchte, so unauffällig wie möglich auf mich aufmerksam zu machen.

Es gelang nach einigen Ansätzen auch. Und als er mich erblickte, stapfte er freudig auf seinen Stelzenbeinen über die Salzwiese und stieß ein schrilles »Quik, quik, quik« zur Begrüßung aus, gefolgt von einem melodischen »Klüüiit, klüüiit«, das ich an den Tagen, die er weg gewesen war, so sehr vermisst hatte.

»Komm, kleiner Mann, in die Tasche hier. Die kennst du doch noch, oder?«, näherte ich mich ihm behutsam. Dabei blickte ich nach rechts und links, wie ein Dieb, der nicht entlarvt werden wollte. Benji schmiegte seinen Kopf an mich und forderte Streicheleinheiten. Dabei zupfte er an meinem Kleid herum. »Ich habe keinen Fisch dabei. Aber ich besorge dir später einen ganz dicken, versprochen«, besänftigte ich seine Neugier.

Willig ließ er sich in die Strandtasche setzen, wobei ich feststellte, dass Benji in kurzer Zeit um einiges gewachsen war. Ich hängte mir die Tasche um und lief zurück in Ernas Vorgarten, um meine Reisetasche zu holen, die ich dort abgestellt hatte. Ich griff sie und eilte, so schnell es mir mit Rucksack und Gepäck möglich war, den kleinen Weg hinauf zum Bushäuschen. Wann die nächste Fähre aufs Festland übersetzen würde, wusste ich nicht. Aber das war mir egal. Hauptsache, weit weg von Föhr und der Katastrophe meines Lebens.

KAPITEL 28

Wieder daheim, bei Mutter

Einen Teil des Geldes, den mir Mutter für Benjis Operation überwiesen hatte, musste ich für die Fähre und die Zugfahrt nach Hause zweckentfremden. Wer hätte auch damit gerechnet, dass ich nur wenige Wochen nach meiner Ankunft auf Föhr die Heimreise antreten würde? Eigentlich war es eher eine Flucht, deren Gründe mich immer noch lähmten. Die Fahrgeräusche des Zuges machten mich schläfrig. Dennoch erwachte ich alle paar Minuten, um kurz darauf erneut einzunicken und in meine Schlaffantasie abzutauchen, wo die Welt in Ordnung schien. Fritz saß neben mir und hielt meine Hand, als wäre nichts geschehen, während uns die Schmetterlinge in Ernas Garten umflogen. Es war romantisch und friedlich. Und es war unreal. Außer Benjis Schnabelstöße, die hart gegen meinen Ellenbogen schlugen.

»Lass mich doch noch ein bisschen träumen«, murrte ich.

Aber Benji wollte mich keinesfalls weiterschlafen lassen. Als ahnte er, dass wir kurz vorm heimischen Bahnhof waren.

»Sehr geehrte Zuggäste, in wenigen Minuten erreichen wir den Hauptbahnhof von Halle an der Saale«, schallte es durch den Lautsprecher des Zugabteils.

Oh, mein Gott, ich war zuhause! Mit gemischten Gefühlen blickte ich hinaus ins Dunkel der Nacht. Vereinzelt huschten Lichter vorüber, um kurz darauf wieder im Nichts zu verschwinden. Mein Herz begann heftig zu pumpen, mein Puls raste. Neugierig drückte ich meine Nase gegen die Scheibe des Zugfensters. In der Ferne erkannte ich das Lichtermeer, das meine Geburtsstadt ankündigte. Im ersten Moment ein ungewohnter Anblick, wenn man von einer kleinen Nordseeinsel kam. Wohlige Heimatgefühle vermischten sich mit Wehmut. Ob mich irgendwer auf Föhr vermissen würde? Gab es überhaupt noch jemanden, der mich nach der peinlichen On-Air-Panne in guter Erinnerung behalten würde? Mich, die Versagerin von *Welle 33*, die ständig einschlief? Vielleicht Samuel, dem ich mit meinem Hotelzimmer einen angenehmen Start auf meiner einstigen Trauminsel ermöglicht hatte? Oder Mia, die ich ständig zum Lachen gebracht hatte? Und was war mit Frida, Erna und Inge aus Berlin? Ob sie mich in guter Erinnerung behalten würden? Kraftlos ließ ich meinen Kopf sinken. *Ach was*, flüsterte mein kaum noch vorhandenes Ego. *Du bist ja sogar vorm Bananenritt eingeschlafen, mitten beim Anstehen in der Schlange. Weshalb sollte sich Inge daran erinnern wollen?* Stimmt, mein innerer Schweinehund hatte recht. Ich taugte zu nichts auf dieser Welt. Und Schuld war diese verdammte Krankheit.

Regenwolken hatten sich im finsteren Himmel zusammengebraut und entluden die aufgezogene Feuchtigkeit direkt über der verglasten Bahnhofskuppel, auf dem der Regen hörbar niederprasselte. Zögerlich stieg ich aus und blickte mich suchend im dämmrigen Licht der Neonröhren um. Leben kehrte zunehmend auf dem Bahnsteig ein, auf dem zuvor nur wenige Personen auf die Ankunft des Zuges warteten. Drei Waggons weiter stand Mutter und winkte mit etwas, das ich nicht einzuordnen vermochte. Als sie näher kam, erkannte ich meinen Sorgen-Teddy wieder, den ich absichtlich daheim gelassen hatte. *Nie wieder Sorgen*, hatte ich auf sein T-Shirt mit Filzstift gekritzelt, bevor ich nach Föhr aufgebrochen war. Ach, Föhr. Tränen sammelten sich in meinen Augen, während mich meine Mutter so fest umarmte, dass Benji auf die Freudengeste mit ordentlich Krawall reagierte.

»Ach herrje, jetzt hätte ich ja fast deinen Seevogel zerdrückt«, murmelte Mutter und beäugte das neue Familienmitglied skeptisch. »Er ist doch stubenrein, oder?«

»Er ist mein allerbester Freund«, erwiderte ich. »Und er hat Angst, wenn du ihn so komisch anguckst.«

»Was aber kein Grund ist, meinen guten Teppich im Wohnzimmer vollzukoten. Du weißt doch, dass das ein Erbstück von Tante Irmchen ist.«

»Ja, ja«, maulte ich. »Als wenn das Tante Irmchen noch stören würde.«

Mutters Blick sagte alles. Wenn es um Tante Irmchen ging, war sie eigen. Auf ihre Lieblingstante ließ sie eben nichts kommen. Ebenso wenig auf deren Hinterlassenschaften. Auch keinen Vogelschiss.

»Wollen wir los?«, fragte ich und hob das Gepäck zu meinen Füßen auf.

Mutter blickte auf die große Uhr, die über dem Bahnsteig hing, dann grübelnd zu Boden.

»Hm, der Jan hätte schon längst hier sein müssen. Wahrscheinlich sucht er gerade einen Parkplatz. Du weißt ja, wie wenig Parkplätze es am Hauptausgang gibt, wenn überall nur Taxen herumstehen.«

»Ja, weiß ich«, entgegnete ich überrascht darüber, dass zwischen Mutter und unserem Nachbarn heile Welt angesagt war. »Ich dachte, ihr redet nicht mehr miteinander. Immerhin hat dich dieser Möchtegern-Arzt auf Föhr zurückgelassen.«

Mutter legte ihre Hand auf meine Schulter.

»Ach Schatz. Jeder hat eine zweite Chance verdient, auch der Jan. Und als ich ihm erzählt habe, dass du die Insel verlässt und in der Nacht ankommst, hat er sich sofort bereit erklärt, seinen Restdienst mit einem Kollegen zu tauschen und dich abzuholen.«

»Oh, wie gnädig von ihm«, erwiderte ich zynisch. »Vielleicht will ich aber gar nicht von ihm abgeholt werden und lieber mit einem Taxi fahren. Und überhaupt, weshalb erzählst du ihm private Dinge?«

Mutter winkte ab.

»Nun lass uns mal nicht streiten.« Sie griff nach meiner Reisetasche und lief vorweg. »Er will ja nur nett sein!«, rief sie, ohne sich dabei umzudrehen.

Wortlos folgte ich ihr. Der Weg zurück in die Heimat erwies sich als bitter, aber nicht grundlos. Und so sehr ich Jan Kruger auch verabscheute, so sehr musste ich mir doch eingestehen, dass er wahrscheinlich der einzige Mensch neben meiner Mutter war, der mich nicht für meine Krankheit verurteilte.

»Huhu!«, rief Mutter und verschärfte ihren Schritt, mit dem ich kaum mithalten konnte. »Hier drüben, hier sind wir!«

Jan Kruger winkte uns fröhlich zu. Hatte er etwa seinen besten Anzug an? Den, den er zu jedem Parteitreffen trug? Es schien so, obwohl er doch angeblich aus der Klinik kam. Er richtete seine Krawatte und lief uns entgegen.

»Willkommen daheim«, sagte er und breitete seine Arme aus, als wollte er mich umarmen.

Auf die Gefahr hin, dass es respektlos wirkte, wich ich instinktiv zurück und streckte ihm meine Hand entgegen.

»Hallo, Herr Kruger.«

Seine Mundwinkel zogen sich zu einem verschmitzten Lächeln auseinander, während er meine Hand ergriff.

»Wie ich hörte, sind Sie der Insel entflohen.«

Ich warf meiner Mutter einen hasserfüllten Blick zu.

»Ach, wissen Sie, da ist Ihrem Glauben zufolge wohl eine falsche Nachricht vorausgeeilt. Ich bin zurückgekehrt, weil ich ...«

Ich stockte. Spontan eine Lüge zu erfinden, war mir offenbar ebenso wenig vergönnt, wie ein normales Leben zu führen.

»Weil Sie?«, hinterfragte er und forderte unmissverständlich eine Antwort ein.

Ich atmete tief ein und stellte mich seiner Frage.

»Weil ich das Quietschen der Straßenbahnräder auf Stahlschienen vermisst habe, wenn ich nachts wachliege und mal wieder nicht einschlafen kann, weil ich dies ja bereits tagsüber zur Genüge getan habe.«

Mutter starrte mich an.

»Ich dachte, du hasst dieses Geräusch.«

»Ein echtes Großstadtmädel eben«, erwiderte Jan Kruger. »Darf ich Ihnen vielleicht etwas abnehmen bis zum Auto?«

Meine Hände krallten sich um meinen Rucksack.

»Nein, danke. Aber Sie könnten meine Mutter erleichtern, indem Sie meine Reisetasche tragen.«

Endlich zuhause! Mit schnellem Schritt polterte ich die Stufen zu unserer Altbauwohnung hinauf, huschte in mein Zimmer, stellte Benji ab und ließ mich mit meinem Sorgen-Teddy aufs Bett plumpsen. Alles war noch genauso, wie ich es Wochen zuvor verlassen hatte. Ich war zurück in meiner heilen, versiegelten Welt, in der mich weder Abenteuer noch blauäugige Saisonkellner überraschen konnten. Und um das Gefühl meiner Einsamkeit zu untermauern, warf ich mein saftloses Handy, achtlos der eingegangenen Anrufe in Abwesenheit, auf die anliegende Kommode. Und ich hatte auch nicht vor, es in naher Zukunft aufzuladen oder zu benutzen. Mein neues altes Leben lief auch ohne Mobiltelefon. War ich wirklich froh darüber? Nein. Aber ich gaukelte es mir vor, um nicht vollends an einem gebrochenen Herzen zu sterben. Gab es diesen Tod überhaupt? Eine Lehrerin an meiner Schule behauptete das zumindest. Ein schlimmer Tod, wie ich fand. Nein, ich wollte so nicht sterben. Nicht am gebrochenen Herzen. Und nicht an Langeweile, die mich stets ergriff, wenn Jan Kruger mal wieder von seiner langweiligen Kindheit erzählte. Wenn andere heimlich aus dem Haus geschlichen waren, um verbotene Dinge zu tun, war er daheim geblieben und hatte Knöpfe sortiert. Ja, er sammelte sie mit wahrer Leidenschaft. Und er hatte mittlerweile so viele davon, dass Mutter sich den Weg in die Kurzwaren-Abteilung ersparte, wenn sie auf Knopf-Suche war. Was Jan Kruger in seinen unzähligen Knopfkisten nicht hatte, bekam man nirgendwo.

»Wo darf ich die Reisetasche abstellen?«, fragte unser Nachbar, der mir ins Zimmer gefolgt war.

»Irgendwo«, erwiderte ich und schenkte ihm ein Lächeln.

Im Grunde hatte er eine verkorkste Kindheit, ohne Dreck und Schandtaten, auf die er im Alter zurückblicken konnte. Ähnlich meiner Sturm- und Drangzeit, die abrupt mit fünfzehn Jahren endete. Ich hatte zwar die unbeschwerte Kindheit, Jan Kruger hingegen die frei gewählte Isolation, die er jederzeit abschalten konnte. Er war klar im Vorteil.

»Sollten wir uns nicht duzen, als Geste der guten Nachbarschaft?«

»Ähm …«

Ich blickte ihn erstaunt an, während es in meinem Kopf rasselte. Sollte ich oder sollte ich nicht? Immerhin untermauerte das Sie die Distanz, die ich mir ihm gegenüber bewahren wollte.

Weshalb mein Mund letztendlich ein »Okay« ausstieß, obwohl mein Kopf *Never* schrie, war mir rätselhaft.

»Prima«, freute er sich und streckte mir die Hand zur Besiegelung entgegen. »Wenn du mal wieder im Netz surfen willst, dann komm einfach rüber.« Sein Blick fiel auf Benji, der sich aus der umgekippten Strandtasche herausrang. »Das zählt aber nur für dich. Ach ja, und tu dringend etwas gegen den Ausschlag auf deinem Arm. Eine Tube Heilcreme kannst du gleich haben.«

Er griff in die Innentasche seines Jacketts und beförderte Mirfulan heraus.

»Du trägst Wund- und Heilcreme mit dir herum?«

»Nicht immer. Nur manchmal habe ich so was parat, weil ich selbst kleinere Verletzungen habe, die ich unterwegs behandle.«

»Ah ja.« Zögerlich griff ich danach. »Und die hilft?«

»Kommt auf die Ursache des Hautausschlages an. Liegt es allerdings an einer Unverträglichkeit gegenüber deinen Medikamenten, wird sie dir nur leichte Milderung verschaffen.«

»Ich danke dir.«

»Gern geschehen. Ich verabschiede mich dann mal und wünsche eine geruhsame Nacht.«

Leise schloss er die Tür hinter sich. Danach hörte ich Getuschel aus der Wohnstube meiner Mutter. Aus irgendeinem Grund manifestierte sich bei mir der Gedanke, dass Mutter gar nicht so traurig über mein Scheitern als Moderatorin war. Immerhin hatte sie jetzt wieder die absolute Kontrolle über mich. Benji schien meine Gedanken lesen zu können. Und als wolle er mich trösten, zerrte er an meinem heraushängenden Laken herum und forderte, aufs Bett gehoben zu werden. Ich gewährte ihm die Bitte. Diesem Blick konnte auch kein Mensch widerstehen. Außer vielleicht unser Nachbar. Er hatte ja keine Ahnung, zu wie viel Liebe so ein Tier fähig war.

Ich hatte gar nicht bemerkt, dass ich eingeschlafen war. Doch die sanfte Berührung meiner Mutter ließ mich erwachen. Sie hatte sich leise aufs Bett gesetzt mit einem Teller in der Hand und streichelte über meinen Oberarm.

»Magst du nicht etwas essen, bevor du schläfst?«

»Aber ich schlafe doch schon längst«, murmelte ich.

»Aber doch nicht mit leerem Magen. Schau, ich habe dir deine Lieblingswurst draufgetan.«

Meine Gedanken waren auf Föhr. Fern ab von Lieblingswurst und daheim. Was war eigentlich meine Lieblingswurst? Ich konnte mich nicht erinnern. Stattdessen hörte ich das Rauschen der nicht vorhandenen Wellen, den Ruf der Seehundbabys und das Geschrei von Möwen. War das Fernweh? Oder vielleicht sogar Heimweh? Ich richtete mich auf und starrte auf die Schnittchen.

»Ist das Pute?«

»Natürlich ist das Pute. Die magst du doch, oder nicht?«

»Ich glaub schon«, flüsterte ich und wies mit meinen Augen unauffällig zu Benji, der sich gerade aus seiner Schlafposition aufrichtete und unter der Decke hervoräugte. »Hast du zufällig noch eine oder zwei Kieler Sprotten im Kühlschrank?«

Mutter rutschte näher an mich heran, streichelte über mein Haar und musterte unseren gefiederten Gast.

»Du meinst, er frisst diese öligen Dinger?«

»Er liebt sie sogar, wenn ich vorher das Öl ablutsche.«

»Hm, ich habe zwar keine Kieler Sprotten, dafür aber eine Büchse Bücklingsfilet in Pflanzenöl. Wenn du mir versprichst, was zu essen, hole ich den Bückling.«

Nachdem Benji den entölten Bückling verschlungen hatte, kuschelte er sich wieder unter die Decke. Mutter, die die beiden Teller herausgebracht hatte, kam mit einer Tasse Tee zurück.

»Ich dachte mir, du willst vielleicht noch etwas Warmes trinken, bevor du weiterschläfst. Und falls du deinem Herzen Luft machen willst, ich hätte jetzt gewissermaßen Zeit.«

»Danke, das ist lieb. Aber ich glaube, die ganze Sache ist einfach zu verrückt, als dass ich sie jemandem erzählen könnte.« Mein Herz begann zu rasen beim Gedanken an das, was passiert war. Wie sollte es ein Außenstehender verstehen, wenn ich es selbst nicht zu begreifen vermochte. Mit zittriger Hand griff ich nach dem Tee und umfasste ihn mit der anderen. »Vielleicht irgendwann später, okay?«

Mutter nickte.

»Gut, wie du willst. Wenn du mir nicht vertraust, bitte.«

»Doch, das tu ich. Aber …«

»Was aber?«, unterbrach mich Mutter. »Du bist schon immer ein Sturkopf gewesen. Aber eines warst du nie, nämlich verschwiegen. Und das ängstigt mich. Mit wem, wenn nicht mit deiner Mutter könntest du über verrückte Vorfälle sprechen?«

Mutter hatte recht. Den Kummer in sich hineinzufressen, brächte gar nichts. Ihn zu teilen, wäre sinnvoller und ein Akt des Vertrauens, den ich meiner Mutter schuldig war, nach all dem, was sie schon für mich getan hatte.

»Also gut«, begann ich, meinem erschwerten Herzen Erleichterung zu verschaffen. »Und du erzählst es nicht sofort unserem Nachbarn?«

Mutter hob ihre Hand.

»Ich schwöre.«

»Schwöre auf den Kaschmir-Seidenteppich von Tante Irmchen.«

»Meinetwegen auch das«, erwiderte Mutter und warf mir einen zornigen Blick zu. »Reicht das jetzt oder muss ich noch auf die Bratpfanne deiner Großmutter schwören?«

»Nein, ich denke, dass das völlig genügt«, sagte ich ebenso schnippisch und zog die Beine an, um mich im bequemen Schneidersitz zu positionieren, als wolle ich ein Märchen erzählen.

Und irgendwie war es auch ähnlich, wenn ich die Mimik meiner Mutter rückblickend zensieren sollte, die am Ende meiner Föhrer Albtraum-Geschichte ihre Augenbrauen hochzog und mich anstarrte, als hätte ich ihr gerade einen Bären aufgebunden.

»Und du hast keine Ahnung, weshalb dieser Dittmar eure Vereinigung öffentlich preisgeben und damit gefährden sollte?«, murmelte Mutter nachdenklich. »Das tut doch niemand einfach so.«

»Nein, ich habe nicht die geringste Ahnung.«

»Und du bist sicher, dass es euer Dittmar war?«

»Ja, er war es. Und es war auch Fritz, ganz sicher.«

Mutter schüttelte ungläubig ihren Kopf.

»Ich weiß nicht, das Ganze klingt mir eher nach einer Vorschlaf-Halluzination, so wie du sie vor deinen Prüfungen früher hattest.«

»Halluzination? Du meinst, das alles nur eine Sinnestäuschung war?«

»Könnte doch sein. Immerhin war der Arzt, den wir damals aufgesucht hatten, der Meinung, dass Narkolepsie gepaart mit Stressfaktoren auch hin und wieder zu Halluzinationen führen kann.«

»Und weshalb erinnere ich mich daran nicht?«

Mutter zuckte mit ihren Schultern.

»Vielleicht, weil du die unrealen Dinge von damals, die dich unheimlich erschreckt haben, verdrängt hast oder so. Aber ich bin kein Arzt und kann daher nur vermuten. Besser wäre, du würdest dich einer intensiven Untersuchung unterziehen.«

»Und einem Fremden alles erzählen müssen, was mir auf Föhr widerfahren ist? Nein, niemals.« Beleidigt verschränkte ich die Arme. »Du glaubst mir nicht und hältst mich für irre, stimmt's?«

»Und du tust mir unrecht, wenn du so etwas denkst. Ich hab dir damals geglaubt und tu es heute auch.«

Mutter stand auf, nahm mir die leere Tasse aus der Hand und verließ wortlos mein Zimmer, während ich ihr hinterherblickte und mich fragte, ob ich vielleicht tatsächlich alles nur fantasiert hatte. Ich verwarf den Gedanken jedoch wieder. Warum sonst hätte mich Michael Mayer fristlos aus dem Sender geworfen, wenn nicht wegen der peinlichen Telefonate, die hörerweit zu vernehmen gewesen waren? Erschöpft ließ ich mich aufs Kopfkissen zurückfallen. Ich brauchte dringend ein paar Stunden Schlaf. Ausgeschlafen könnte ich später immer noch darüber nachgrübeln. Zu dieser Stunde jedenfalls fehlte mir einfach die Kraft dazu.

KAPITEL 29

Ein ganz besonderes Lied

Mittlerweile waren einige Tage vergangen, in denen ich mich kein Stück von meinem Kummer erholt hatte. Kein einziger Tag war mir vergönnt, an dem ich nicht an Erna, Frida, Georg, Franz, Dittmar und Robert dachte. Kein Tag, an dem ich nicht meiner großen Liebe Fritz hinterhertrauerte, an dem ich nicht hin- und hergerissen war und mich am Ende doch nicht überwinden konnte, mich bei ihm zu melden. Was wäre das auch für eine Schmach gewesen? Kein Tag, an dem ich nicht viel lieber im Sendekutter gesessen hätte – On Air und mit Blick aufs Meer. Mir fehlten Rebecca, Tim und Michael, ja selbst der brummige Björn. Und mir fehlte das Inselfeeling, welches mich so stark in seinen Bann gezogen hatte, dass ich gewissermaßen unter Entzugserscheinungen litt.

Benji schien es ebenso zu ergehen. Er wollte sich nicht so recht an seine neue Heimat gewöhnen, die ohne Mutters

Wohnstube knapp sechzig Quadratmeter maß. Aber wenigstens war seine Operationswunde gut abgeheilt, sodass er keinen Verband mehr tragen musste. Die städtische Tierärztin hatte zuvor noch nie einen Säbelschnäbler behandelt und war begeistert von Benji und seiner Vorliebe für Kieler Sprotten. »Aber bitte nur in Maßen«, hatte sie betont, bevor sie ihn als geheilt für seinen großen Flug entließ. Ach ja, sein großer Flug. An den Tag des Abschiednehmens wollte ich nicht denken. Es war sowieso kein Wetter für große Flüge.

Missgelaunt starrte ich in den Himmel des regnerischen Augusttages. Düstere Wolken zogen vorüber, angetrieben vom kalten Nord-Ost-Wind. Ein Sommertag, der nach herbstlicher Kleidung schrie.

»Hast du meine weiße Wolljacke gesehen?«

»Die mit der Ohrenkapuze?«, rief Mutter aus der Stube zurück.

»Ja, genau die.«

»Schau mal unterm Bett in die rollbare Kleiderbox.«

Ich beugte mich herab und zog die Box hervor.

»Wieso hast du sie zu den aussortierten Klamotten gepackt?«, beschwerte ich mich.

Immerhin war diese Jacke eines meiner Lieblingsstücke.

»Ach Schatz, das Ding hat Ohren.«

»Ja und?« Ich wühlte kräftig darin herum und beförderte meine Ohrenjacke zutage. »Deshalb ist sie noch lange nicht alt und unbrauchbar.«

»Ich denke, du bist zu alt dafür geworden. Kauf dir lieber eine neue. Eine ohne Puschelohren dran.«

Eingeschnappt darüber, dass ich zu alt für die Jacke sei, schüttelte ich diese kräftig aus und zog sie über.

»Pah, von wegen. Ich trage diese Jacke, bis sie kaputt ist.«

Benji stimmte mir mit einem lauten »Plüüiit, plüüiit, plüüiit« zu. Mir ging dieser zunehmende Wegwerf-Fanatismus gewaltig auf den Keks. Aber alle sprachen von Umweltschutz.

»Bist du so weit?«, rief Mutter. »Ich will nicht zu spät dort erscheinen.«

»Ja, ich wäre dann so weit. Und nein, du wirst nicht zu spät erscheinen, weil ich alleine hingehen werde.«

Mutter kam aufgebracht in mein Zimmer.

»Was soll das denn jetzt heißen?«

Sie starrte mich entsetzt an.

»Nun schau nicht so entrüstet, ich will eben alleine mit dem Arzt sprechen.«

»Ich bin deine Mutter, schon vergessen? Ich war immer dabei, all die ganzen Jahre.«

»Ja, aber ich bin kein Kind mehr, Mutter. Ich will mein Leben und die Krankheit selbst in den Griff bekommen. Gib mir den Freiraum, das zu schaffen, ja?«

Mutters Blick wanderte herab zum Boden, dann hinauf in mein Gesicht. Ohne ersichtlichen Grund begann sie zu lachen.

»Du trägst zwar Puschelohren an der Jacke, aber meinetwegen.«

Jetzt musste ich auch lachen. Das erste Mal, seitdem ich von der Insel geflüchtet war. Ich umarmte meine Mutter, streichelte Benji übers Köpfchen und machte mich alleine auf den Weg zum Arzt.

Die Straßenbahn fuhr geradewegs ins Stadtzentrum, wo Jan Kruger für mich eine Fachärztin ausgewählt hatte, die sich vermehrt mit Narkolepsie befasste. Bisher hatte mich unser alter Hausarzt betreut. Gespannt darauf, inwieweit die Ärztin meine angehäuften Fragen beantworten konnte, stieg ich aus, öffnete meinen Regenschirm und lief die Straße entlang, die sich durch aufwendig renovierte Altbauten schlängelte. Das unebene Kopfsteinpflaster, auf dem die Autos der vorbeifahrenden Anwohner hörbar entlangrollten, erinnerte an längst vergangene Zeiten. Halle/Saale war zweifelsohne eine schöne Stadt, die mit ihrem

Charme verzaubern konnte. Dennoch hing ich meiner Traumin-sel gedanklich hinterher, auf der es weniger Verkehrslärm und mehr Weitblick gab.

»Entschuldigung, haste mal 'ne Kippe?«, fragte mich ein Fremder, der mir den Weg versperrte.

Ich verneinte und zog einen Kaugummi aus meiner Jacken-tasche.

»Bubble Gum?«

»Ach, du Scheiße, das ist ja das Gegenteil von 'ner Kippe. Ich will keinen frischen Atem, sondern 'nen kräftigen Zug Nikotin, bevor ich bei meiner Sozialarbeiterin antanze.«

»Tut mir leid«, erwiderte ich lächelnd und steckte das Kau-gummi wieder ein. »Ich rauche nicht.«

Er verzerrte sein Gesicht zu einer Grimasse und starrte auf meine Handtasche.

»Und wie sieht's mit 'nem Euro aus?«

»Damit du dir Kaugummis kaufen kannst?«

Er lachte verlegen.

»Ey Mann, du bist echt nervig mit deinen Kaugummis. Also schön, gib schon her das Ding.«

Ich zog das Kaugummi aus meiner Jackentasche und über-reichte es ihm.

»Erdbeergeschmack«, fügte ich hinzu.

»Ja, ja«, murmelte er und lief kopfschüttelnd weiter.

Ich blickte ihm noch eine ganze Weile hinterher. Vielleicht bewirkte das Kaugummi ja ein kleines Wunder bei ihm. Ein Lachen hatte es ihm schließlich bereits entlockt.

Ich war rechtzeitig an dem Ärztehaus angekommen und eilte die Stufen zur zweiten Etage hinauf. Ein klein wenig beunru-higte mich das Schild an der Eingangstür der Arztpraxis. *Olga M. Kraschinski, Facharzt für Neurologie, Psychiatrie und Facharzt für Psychotherapeutische Medizin, Psychoanalyse.* Ich dachte, ich hätte einen Termin bei einer Spezialistin für Narkolepsie. Aber da stand nirgends Narkolepsie. Stattdessen klang alles nach … Nein, ich wollte mich nicht von meinen Gedanken herunterziehen lassen. Erhobenen Hauptes trat ich ein und blickte mich um.

»Sie haben einen Termin?«, fragte mich eine freundlich dreinblickende Schwester, die hinter einem Empfangstresen auftauchte. Sie schien unter Stress zu stehen, gewillt, alle Patienten ohne Termin abzuweisen. Ich bejahte. »Gut, dann bräuchte ich Ihr Chipkärtchen.« Ich kramte meine Krankenkassenkarte heraus und schob sie über den Tresen. »Fein, Frau …, ähm, Röschen. Sie können derweil Platz nehmen, bis Sie aufgerufen werden. Dürfte sich nur noch um Minuten handeln.«

Ich setzte mich ins Wartezimmer und blickte auf die Zeitschriften. Etwas Lesestoff zur Ablenkung konnte jetzt nicht schaden. Von Frauenzeitschriften bis hin zu Auto, Motor, Sport war alles vorhanden. Ich entschied mich für eine Häkelbroschüre, während ich mich fragte, ob mir die Ärztin wirklich helfen konnte.

»Frau Röschen bitte ins Behandlungszimmer eins«, ertönte eine Stimme und ließ mich zusammenzucken.

Jetzt war es also so weit. Etwas unbeholfen umherirrend, bahnte ich mir meinen Weg ins Behandlungszimmer mit der Nummer eins, wo mich Frau Dr. Kraschinski freundlich empfing. Ihr Lächeln war ansteckend, ihr Haar streng nach oben gesteckt. Sie reichte mir die Hand zum Gruß, während sie mich über den Rand ihrer Brille musterte.

»Sie sind das erste Mal in meiner Praxis?«, fragte sie und wies auf den Patientenstuhl, der neben ihrem Schreibtisch stand.

Ich nickte und setzte mich.

»Ich war zuvor immer beim Hausarzt meiner Mutter gewesen, aber noch nie bei einem Psychiater.«

Olga Kraschinski lachte.

»Sie dürfen in mir nicht ausschließlich die Psychiaterin sehen, sondern vielmehr die Neurologin, die Ihnen die Symptome wie die Schlaflähmung, Kataplexie und die hypnagogen Halluzinationen ausführlicher als ein Allgemeinmediziner erörtern kann. Wie ich mir notiert habe, leiden Sie schon einige Jahre an Narkolepsie. Und Sie möchten speziell über Halluzinationen mit mir reden und deren Auftreten.«

»Ja, eigentlich schon.«

Ich senkte beschämt meinen Kopf, während meine Finger nervös am Trageband meiner Handtasche herumspielten.

»Und was genau wollen Sie wissen?«

»Na ja, im Grunde kenne ich meine Krankheitssymptome ja bereits ziemlich gut, als Betroffene. Mir ist bewusst, dass ich in den verrücktesten Situationen einschlafen kann, dass ich damit auch eine Gefahr für mich und meine Mitmenschen bin. Auch mit der Kataplexie durfte ich mittlerweile Bekanntschaft machen, was mich mehr als nur erschreckt hat. Aber Halluzinationen?« Ich stockte und blickte mich verunsichert um. »Unser Gespräch, na ja, eben alles, was ich Ihnen erzähle, das bleibt doch in diesem Raum, oder?«

Olga Kraschinski legte ihre Hand auf meine.

»Aber natürlich. Nichts wird diesen Raum verlassen. Also nur Mut.«

Und so erzählte ich ihr von meinen letzten Stunden auf Föhr, der vergeigten Morgensendung und meinem Rauswurf. Ich ließ nicht das kleinste Detail aus. Schluchzend und mit den Tränen kämpfend durchlebte ich den schlimmsten Tag meines Lebens noch einmal. Mitfühlend schob die Ärztin eine Tempobox zu mir, während sie hin und wieder ein »Hm …« brummte. Fünfzehn Tempotücher später hatte ich den Umfang meines gebrochenen Herzens offenbart. Einige Minuten der Stille folgten. Dann stand Olga Kraschinski auf, suchte ein Buch aus dem Regal und blätterte darin herum.

»Ist das alles wirklich passiert? Oder bin ich verrückt und schizophren?«

»Nein, ganz und gar nicht«, beruhigte mich die Ärztin und deutete auf eine Seite im Medizinbuch. »Ich denke, Sie hatten eine ausgeprägte Halluzination am Übergang vom Wach-Zustand zum Schlafen, also eine hypnagoge Halluzination.«

»Aber es fühlte sich alles so echt an. Der Schmerz, den ich empfand. Die Schamesröte, die spürbar in mir ausbrach. Bis hin zu Dittmars und Fritz' Stimmen, die ich real hörte.«

»Das ist das Tückische an einer Halluzination«, erwiderte Olga Kraschinski und blätterte um. »Schauen Sie hier, wo genau beschrieben wird, was in diesen Minuten im Gehirn vorgeht. Kein Betroffener vermag so einfach zwischen Fantasie und Wirklichkeit zu unterscheiden. Sowohl visuelle Erlebnisse, welche die direkte Umgebung miteinbeziehen, als auch visuelle Sinnestäuschungen sind möglich. Dazu zählen akustische sowie taktile, den Tastsinn betreffende, und kinetische, also die Bewegung betreffende Halluzinationen.«

»Aber es war so real.«

»Betroffenen ist es in dieser Situation kaum möglich, zwischen Realität und Trugwahrnehmung zu unterscheiden.«

Mein Blick wanderte über die Buchseite.

»Und Sie glauben wirklich, dass ich alles nur fantasiert habe?«

»Ich bin Ärztin, keine Wahrsagerin«, sagte Olga Kraschinski. »Aber ich gehe davon aus, ja. Ein hundertprozentiges Ergebnis bekommen Sie allerdings nur von den beiden Personen selbst, mit denen Sie diese Gespräche führten.«

»Ach ja, wenn das mal so einfach wäre.«

»Ist es«, erwiderte die Ärztin. Sie schlug das Buch zu und rollte mit ihrem Stuhl näher an mich heran. »Sie müssen sich nur einen Ruck geben.«

»Und mich noch einmal blamieren? Nein, danke.«

»Gut, dann werden Sie es womöglich nie erfahren und sich immer fragen, wie das Leben an der Seite Ihres Freundes ausgesehen hätte.«

Ich seufzte.

»Ja, wahrscheinlich werde ich das. Er hat mir kurz zuvor einen Heiratsantrag gemacht.«

Olga Kraschinski schlug ihre Hände freudig zusammen.

»Na, wenn das kein Grund für eine Portion Mut ist, was dann?«

»Und die Kündigung meines Praktikantenvertrages? Oder habe ich mir das auch nur eingebildet?«

»Wie gesagt, ich besitze keine hellseherischen Fähigkeiten, aber ich denke, dass Sie schlichtweg nach der hypnagogen Halluzination eingeschlafen sind, und dies vielleicht der Grund war. Inwiefern war Ihr Chef über die Narkolepsie informiert?«

Das Klingeln des Telefons unterbrach unser Gespräch.

»Entschuldigung«, murmelte die Ärztin und ging dran. »Praxis, Olga Kraschinski. Ach, Herr Kruger, guten Tag. Ja, die Patientin ist zum Termin erschienen. Vielen Dank noch einmal für die Weiterempfehlung. Hm, verstehe. Aber als angehender Arzt müssten Sie allerdings die Regeln kennen und wissen, dass ich mit Ihnen nicht über Dinge sprechen darf, die unmittelbar im Zusammenhang mit meinen Patienten stehen. Dennoch danke für den Hinweis. Ja, das mache ich gern. Auf Wiederhören.«

Ich starrte entsetzt aufs Telefon.

»Das war doch nicht etwa Jan Kruger, unser Nachbar?«

Olga Kraschinski nickte lächelnd.

»Keine Sorge, nichts wird aus diesem Raum dringen. Er lässt Sie grüßen und mitteilen, dass er Sie abholt und bereits vorm Haus parkt.«

Mir fehlten die Worte. Wieso holte er mich ab? Weshalb rief er bei meiner Ärztin an? Gut, er hatte sie mir vermittelt und vermutlich hatte ich deshalb auch so schnell einen Termin bekommen. Dennoch fühlte ich mich stark in meiner Freiheit eingeschränkt und bevormundet.

»Sind wir fertig?«, fragte ich und stand trotzig auf.

Ich war sauer und wütend zugleich, wenn auch nicht auf Olga Kraschinski selbst. Trotzdem stiegen Zweifel in mir auf, inwiefern ich ihr vertrauen konnte.

»Wenn Sie keine Fragen mehr haben, so weit ja«, erwiderte sie und fügte hinzu: »Allerdings würde ich Ihnen gern noch etwas Blut abnehmen fürs Labor und mir aufschreiben, welche Medikamente Sie derzeit einnehmen.«

Blut ziehen? Mir grauste vor dem Gedanken. Ich konnte Nadeln noch nie leiden, erst recht nicht, wenn sie in meinem Arm steckten.

»Muss das wirklich sein?«

»Keine Angst, unsere Schwester Annegret ist eine der Besten im Blutabnehmen. Ein kleiner Pieks, nichts weiter.«

Einige Minuten später hatte ich alles überstanden. Natürlich war der findigen Schwester Annegret sofort mein Hautausschlag aufgefallen, der sich durch blutige, teilweise aufgekratzte und nässende Bläschen sichtbar machte. Und natürlich musste ich noch einmal ins Zimmer der Ärztin, die mir ein anderes Medikament verschrieb. Ob mich das allerdings wacher hielt, war spekulativ. Ich hoffte es zumindest und ließ mir auch den Geist der Zuversicht nicht von meiner Zerissenheit zerstören. Ja, ich grübelte über die Wahrscheinlichkeit nach, inwiefern ich völlig umsonst von der Insel geflohen war.

Ich blieb auf dem Treppenabsatz stehen, der hinunter zum Ausgang führte und wo Jan Kruger bereits auf mein Erscheinen lauerte. Pah! Ich wollte es ihm irgendwie heimzahlen, ihm einen Strich durch seine Rechnung machen. Bestimmt dachte er, jetzt, wo ich wieder daheim bei Mutter lebte, könnte er zunehmend um meine Gunst werben. So lange, bis Mutter mich ihm auf dem goldenen Tablett rüberschob. Nach kurzer Überlegung benutzte ich den hinteren Notausgang, der über einen anliegenden und eingezäunten Privatparkplatz führte. Geschickt schlich ich mich auf dem gegenüberliegenden Fußgängerweg mit aufgespanntem Regenschirm am Auto unseres Nachbarn vorbei. Mein Ziel: die Innenstadt. Ich hatte noch etwas Geld von Benjis OP-Rechnung übrig, welches Mutter nicht zurückwollte. Stattdessen meinte sie, ich solle mir dafür etwas Schönes kaufen. Und genau jetzt war der richtige Moment dafür.

Es hatte aufgehört zu regnen. Noch immer vor mich hingrübelnd, spazierte ich über den Boulevard meiner Heimatstadt. In den Schaufenstern lockten Rabattschilder. War der Sommer schon wieder zu Ende? Für die Geschäftswelt schien es so zu sein. Und so tummelten sich jede Menge Menschen vor den Kleiderständern in den Geschäften. Ein neues Kleid brauchte ich nicht. Eine puschelohrfreie Jacke wollte ich nicht. Mein Blick fiel in die Handtaschenabteilung. Und tatsächlich, eine lederne Damentasche erregte meine Aufmerksamkeit. Ich schaute auf den Preis, der mich zu Tränen rührte. Nicht etwa, weil er niedrig war. Im Gegenteil. Knapp einhundert Euro sollte das gute Stück kosten. Dem Sommerschlussverkauf sei Dank. Der alte Preis, der vorher um einiges höher lag, war mit einem Rotstift durchgestrichen. Sollte ich oder nicht? Ich überlegte und vergaß dabei wenigstens die vorherigen Grübelgedanken. Mein Bauch schrie *kaufen*. Mein Kopf hielt dagegen. Ich wankte und entschied mich, für eine kurze Bedenkzeit in ein anliegendes Geschäft zu wechseln, welches ein Fachmarkt für Elektrogeräte war. Hier könnte ich in aller Ruhe überlegen, ohne zum Kauf verleitet zu werden, so mein Plan.

Was mir da allerdings auf mindestens fünfzig Bildschirmen entgegenstrahlte, ließ mich für einen Moment erstarren. Fritz? Was zum Teufel machte ein Bild von Fritz im Fernsehen? Ich ging näher an eines der Geräte und aktivierte die Lautstärke. Ein junger Mann im Interview erzählte von einem neuen Song, den er auf Föhr geschrieben hatte. Dabei hielt er einen Zeitungsbericht in seiner Hand, der ihn auf eine herzzerreißende Liebesgeschichte aufmerksam werden ließ, die ihn so sehr berührte, dass er kurzerhand den Kellner anrief, über dessen Geschichte die Medien berichteten, und sich mit ihm traf.

Ich blickte mich verstört um. Konnte das alles wahr sein? War ich dem Team von *Vorsicht, versteckte Kamera* auf den Leim gegangen? Aber alles schien normal. Vielleicht war es wieder eine Halluzination? Ich kniff mich so fest ich konnte in den Oberarm. Unmöglich, ich war völlig wach. Dann folgte der Song des Künstlers, der laut Moderator innerhalb kürzester Zeit zum Insel-Hit auf Föhr geworden war. Er kündigte den Unplugged-Song an und applaudierte dem Musiker.

»Und hier ist er, der Song, der eine ganze Insel zu Tränen rührt: *Whispers of Fire* von Sascha Reske.«

Wake up Lorelei and please the dawn with your lullabies
And wear that face I saw this day
The burning fires; The glowing grace

And one by one the sea is putting back this spark into me
And step by step it's been shown:
Your beautiful embrace remains unknown

I raise my flag to match the clouds
My shivers shake and turn me down
On my knees to higher grounds
And it's no shame to say: I feel a doubt

And one by one the sea is putting back this spark into me
And step by step it's been shown:
Your beautiful embrace remains unknown

The sweetest touch I ever felt
The boldest eyes; The earth my shake
My longing voice not yet to hear
My whisper is and was so real
My longing is and was so real
My calling is and was so real

Ich schwankte und eine Gänsehaut überkam mich, wie ich sie nur in Fritz' Gegenwart erlebt hatte. Fassungslos hörte ich das Lied und mit jeder Strophe spürte ich den Schmerz, den Fritz spürte, seit ich ihn verlassen hatte. Jetzt wusste ich, dass die verletzenden Worte von Fritz nur eine Täuschung meiner Fantasie gewesen waren. Es war nichts als ein böser Traum – verursacht durch meine Verunsicherung, meine Selbstzweifel wegen dieser dämlichen Krankheit.

Ich suchte einen Platz, wo ich mich für einen Augenblick niederlassen konnte. In meinem Kopf drehte sich die Welt. Dass ich ausgerechnet in der *Playworld for Kids* zwischenstrandete, bemerkte ich erst, als mir ein Junge einen Controller in die Hand drückte und mich zum Kampf über den Bildschirm einer Spielekonsole herausforderte.

»Du bist Yoschi und ich Mario, verstanden?«

Ich nickte.

»Und du musst mich besiegen mit deinem Auto.«

»Klar«, murmelte ich und gab mein Bestes.

Aber das war nicht gut genug. Der Kleine, der nicht älter als sechs Jahre war, überholte mich schon vor der zweiten Kurve und legte auf hinterhältige Art Bananen ab, auf denen ich unkontrollierbar umherschlingerte.

»Verlierer, Verlierer«, spottete er, was mich nicht wirklich verärgerte.

Überhaupt konnte mich an diesem Nachmittag nichts verärgern, außer vielleicht die Erkenntnis, dass ich Dummerchen vor dem süßesten, liebsten und bezauberndsten Mann der Welt völlig grundlos geflohen war. Ihm das zu erklären, war nun meine große Aufgabe.

»Huhu, ich bin wieder daheim!«, rief ich und ließ die Tür hinter mir ins Schloss fallen.

»Und, was sagt die Ärztin?«, schallte es aus dem Wohnzimmer. »Ich hab mir schon langsam Sorgen gemacht.«

Ich zog die Schuhe aus und huschte barfüßig in mein Zimmer, um keinen Schmutz hineinzutragen. Es roch nach Lavendel, einem Putzmittel, das Mutter immer zum Bodenwischen nahm.

»Wieso denn Sorgen?«, rief ich, warf meine Tasche aufs Bett, stellte den Schirm ab und zog die Jacke aus.

Ich wollte keine Minute verschwenden und sofort mein Handy aufladen, damit ich Fritz anrufen konnte. Seine Nummer war darin gespeichert.

»Weil du so lange weg warst.«

»Ich war noch in der Stadt bummeln.«

»Mit Jan?«

»Ähm, nein. Wieso?«

»Weil er von unterwegs anrief und sagte, dass er dich wegen des Sauwetters abholen wollte. Hast du ihn nicht gesehen?«

»Nein«, log ich und stellte fest, dass Benji mich gar nicht begrüßt hatte.

Sehen konnte ich ihn auch nicht. Ich legte mich flach auf den Boden und schaute unters Bett. Doch außer der Rollbox war da nichts.

»Hast du Benji gesehen?«

»Er ist bei mir!«, rief Mutter zurück. »Wir schauen uns eine Doku über Flugenten an.«

Benji war im Wohnzimmer? Bei Mutter? Im Zimmer von Tante Irmchens heiligem Teppich? Ich war so sprachlos, dass ich dabei fast vergaß, mein Handy aufzuladen. Aber eben nur fast. Fröhlich gestimmt, wie man es ist, wenn das Glück gerade ein zweites Mal angeklopft hatte, summte ich *Whispers of Fire* vor mich hin und ging ins Wohnzimmer. Das Handy würde eine ganze Weile benötigen, bevor ich es anschalten konnte. Und die Tatsache, dass meine Mutter Vogelsitting betrieb, konnte ich mir keinesfalls entgehen lassen. Und wahrhaftig war es ein ungewohnter, aber dennoch harmonischer Anblick. Als Benji mich sah, blickte er kurz zu mir rüber, um sich dann wieder den Enten im Fernsehen zu widmen.

»Wie, heute kein Plüüüüt zur Begrüßung?«, versuchte ich, ihn zu animieren.

Aber er ließ sich nicht vom bunten Treiben der Flugenten abbringen. Vielleicht sehnte er sich auch gerade, genauso wie sie, durch die Wolken zu fliegen.

Ich küsste meine Mutter auf die Wange und setzte mich neben sie aufs Sofa.

»Ich kann nicht glauben, dass du Benji ins Wohnzimmer geholt hast.«

Mutters Blick wanderte von mir zu Benji.

»Ja, nachdem ich seine Häufchen aufgesammelt und weggewischt habe. Und schau nur, wie brav er ist und im Sessel sitzen bleibt.«

»Danke, Mama. Ja, ich bin höchst erstaunt, wo er doch sonst nie das tut, was man ihm sagt.«

Mutter grinste.

»Tja, reine Erziehungssache.«

»Ja, mit jeder Menge Kieler Sprotten zur Bestechung«, lachte ich. Auf einem Teller befanden sich noch die Überreste davon. »Du, Mamutsch«, begann ich mit freudiger Miene. »Du glaubst nicht, was mir heute passiert ist.«

Meine Mutter hielt inne und starrte mich an.

»Das hast du schon ewig nicht mehr gesagt.«

»Was?«

»Mamutsch – so hast du mich das letzte Mal genannt, als du acht oder neun Jahre alt warst.«

»Ähm, kann sein«, erwiderte ich und wollte unbedingt die Geschehnisse im Elektromarkt erzählen.

Aber Mutter ließ mir keine Luft dazu. Mit beiden Händen umfasste sie mein Gesicht und drückte mir ein Küsschen auf die Stirn. Dabei presste sie meine Wangen so fest zusammen, dass ich imstande war, diese mit meinen Augen zu sehen.

»Du glaubst gar nicht, wie viel mir das bedeutet. Da kommen alte Erinnerungen hoch. An deinen Vater zum Beispiel, wo er am See für dich ein …«

»Bitte keine Rückblicke, in denen Dad vorkommt«, forderte ich. »Außerdem muss ich dir unbedingt was erzählen.«

»Meinetwegen«, murrte Mutter. »Soll ich uns schnell ein paar Schnittchen dazu machen?«

»Nein, ohne Schnittchen. Ich muss es jetzt loswerden, bevor ich platze. Also, stell dir vor …«

Ich erzählte meiner Mutter vom Liebeslied, dem Musiker im Fernsehen und dem Zeitungsausschnitt, der alles ausgelöst hatte.

»Donna, alles okay?«, hörte ich Mutter fragen, die gebeugt über mir stand.

Neben ihr stand Jan Kruger.

»Bin ich eingeschlafen?«, murmelte ich. Mein Mund war trocken und ich hatte Durst. »Wie lange habe ich …«

Mitten im Satz stockte ich. Wie spät war es? War mein Handy schon aufgeladen? Und überhaupt, wieso war unser Nachbar da? Explosionsartig schnellte ich nach oben, um gleich wieder torkelnd umzufallen. Jan Kruger fing mich auf.

»Du siehst blass um die Nase aus und solltest dich besser noch eine Weile ausruhen.«

»Aber ich muss dringend meinen Freund anrufen«, erwehrte ich mich seinem Ratschlag.

Er musterte mich.

»Du musst dringend liegenbleiben und dich ausruhen. Dein Freund sollte das verstehen.«

»Aber ich muss ihn anrufen, jetzt sofort«, rebellierte ich. »Ich muss ihm vom Fernsehgeschäft erzählen, von dem Lied und diesem Sänger.«

»Du fantasierst«, sagte Jan Kruger und drückte mich zurück aufs Sofa. Seine Finger tasteten sich an meinem Armgelenk entlang. »Dein Puls ist auch viel zu hoch. Das könnte zu einer Kataplexie führen.«

»Logo, dass mein Puls rast, ich bin glücklich und verliebt. Also lass mich jetzt bitte aufstehen.«

Benji hackte gegen Krugers Bein. »Quik, quik, quik!«, kreischte er aufgeschreckt und schlug heftig mit seinen Flügeln. Mutter versuchte, Benji erfolglos zu beruhigen.

»Du sollst doch schön auf deinem Sessel bleiben«, ermahnte sie ihn und hielt ihm eine übriggebliebene Sprottenschwanzflosse hin.

Aber Benji dachte nicht daran, sich auch nur einen Zentimeter zurückzuziehen. *Braver Junge*, dachte ich insgeheim. Sturköpfig wie ich war, gelang es mir aufzustehen und Jan Kruger zurechtzuweisen.

»Hör zu, Jan. Du bist unser Nachbar, nicht aber mein Hausarzt. Und ich glaube, dass ich durchaus in der Lage bin, selbst zu entscheiden, was für mich gut ist und was nicht. Also geh mir bitte aus dem Weg, bevor ich dich zur Seite schubse.«

Er warf mir einen zornerfüllten Blick zu.

»Also schön. Aber sag später nicht, ich hätte dich nicht gewarnt, wenn du einen Anfall erleidest.«

»Nun sei doch nicht sauer, Jan«, hörte ich Mutter sagen, als ich das Wohnzimmer verließ.

Selbstbewusst, wie einst auf Föhr, schritt ich in mein Zimmer. Benji folgte mir wie ein Hund bei Fuß. Ich verschloss meine Tür, griff das Handy und warf mich aufs Bett. Ich konnte es kaum erwarten, die Stimme meiner großen Liebe zu hören. Es dauerte einen ganzen Moment, bis ich im Display die dreizehn Nachrichten-Eingänge erkannte. Sechs waren Informationen zu verpassten Anrufen, sieben waren Textnachrichten von Fritz. Nervös öffnete ich sie der Reihe nach. Ich wollte sie alle erst lesen, bevor ich Fritz anrief.

Hi Donna, wo bist du? Ich werde verrückt vor Sorge, bitte melde dich! Ich liebe dich unendlich, Fritz

Donna, bitte melde dich!

Ich kann nicht schlafen, vermisse dich, Donna. Erna sagt, du hast deine Sachen gepackt und die Pension verlassen. Aber auch sie weiß nicht, wo du steckst und sorgt sich furchtbar um dich. Hast du Benji mitgenommen? Er ist ebenso weg. Ruf mich bitte zurück, Fritz

Hi Donna, beim Radio sagen sie, dass du nicht mehr dort arbeitest, weil du in der Sendung eingeschlafen bist. Aber niemand will oder kann mir sagen, wo du bist. Ich bin verzweifelt und weiß nicht, wo ich dich suchen soll. Deshalb bin ich zur Presse gegangen in der Hoffnung, sie können helfen, dich zu finden. Sie haben ein Bild von dir verlangt, um es zu veröffentlichen. Ich hoffe, du bist nicht böse, dass ich ihnen eines der schönen Strandfotos überlassen habe. Bist du noch auf Föhr? Bist du zuhause bei deiner Mutter? Und wenn ja, wo ist das? Bitte melde dich, ja? Ich liebe dich, Fritz

Ich kann nicht mehr arbeiten, bin völlig unkonzentriert. Hab heute versucht, an deine mütterliche Adresse zu kommen. Aber niemand will mir Auskunft geben. Mia lässt dich ganz lieb grüßen, sie ist ebenso in Sorge um dich. Der Zeitungsmensch hat Wort gehalten. Heute Morgen erschien ein großer Artikel über dich in der Zeitung. Sie nennen dich Dornröschen und erklären den Menschen, weshalb du beim Radio eingeschlafen bist. Ach, ich wünschte nur, du könntest ihn selber lesen. Ich hoffe so sehr, dass ich dich bald wieder in meine Arme schließen kann. Falls du meine Nachricht erhältst, bitte melde dich, bevor ich komplett durchdrehe, Fritz

Heute war ein Mann im Hotel, der mich zum Zeitungsartikel befragt hat. Er ist ein Musiker, ein ziemlich cooler sogar, und wir haben stundenlang gequatscht. Ich habe ihm von dir erzählt, von unserer Liebe zueinander und dass ich dich unheimlich vermisse. Stell dir vor, Donna, er will einen Song daraus machen und sagte, dass unsere Liebe und meine Suche nach dir ihn beflügelt haben. Ich wünschte, ich könnte dir das jetzt alles persönlich erzählen. Bitte melde dich! Ich liebe und vermisse dich so sehr, dein Fritz

Hi Donna, Mia hat es geschafft und den Nachtportier überredet, ihr Einblick in die Check-in-Dokumente der Hotelgäste zu gewähren. So kam ich an die Adresse und Telefonnummer von Jan Kruger, dem Mann, mit dem deine Mutter angereist war. Ich rief ihn an und erfuhr, dass ihr beide jetzt ein Paar seid und ich mich nicht länger in dein Leben einmischen soll. Ich weiß nicht, warum du so entschieden hast, aber ich weiß, dass ich es zu akzeptieren habe, wenngleich ich es lieber aus deinem Mund gehört hätte. Ich liebe dich noch immer und werde es wahrscheinlich mein ganzes Leben tun. Lebe wohl und viel Glück, dein Fritz

Lebe wohl? Dieses verdammte Arschloch von Kruger! Wütend sprang ich auf und stürmte ins Wohnzimmer.

»Was bildest du dir eigentlich ein? Wie kannst du meinem Freund am Telefon erzählen, dass du und ich ein Paar sind?!«, brüllte ich fast schon hysterisch durchs Zimmer.

Mutter ließ ihr Schnittchen zurück auf den Abendbrotteller fallen und starrte entsetzt zu Jan Kruger.

»Ist das wahr?«

Er setzte seine Kaffeetasse ab und wagte den Versuch einer Erklärung.

»Das tat ich doch nur um deinetwillen, Brigitte. Weil ich spürte, wie sehr du deine Tochter vermisst. Und überhaupt, ist das hier ein Verhör oder was? Ich hielt es eben für das Beste.«

Mutter stand auf, wischte sich die Brotkrümel aus den Mundwinkeln und zeigte zur Tür.

»Raus! Verschwinde aus meiner Wohnung!«

»Aber, Brigitte …«

»Nein, Jan! Du hast die Kompetenzen eines guten Freundes und Nachbarn bei Weitem überschritten. Raus hier!«

Ich stand weinend am Türrahmen, als Jan Kruger wortlos an mir vorbeilief. Er hatte mein neu errungenes Glück gerade ein zweites Mal zerstört. Mutter kam auf mich zu und schloss mich in ihre Arme.

»Nun heul mal nicht, hörst du? Was genau hat Fritz denn gesagt?«

»Ich habe ihn nicht gesprochen, sondern seine Nachrichten gelesen, die er mir in den letzten Tagen geschrieben hat«, seufzte ich.

»Ach Schatz. Nun beruhigst du dich erst einmal wieder und dann, wenn du nicht mehr so aufgeregt bist, rufst du ihn an und klärst diesen ganzen Irrsinn auf.«

»Ja, okay«, murmelte ich und wischte die Tränen aus meinem Gesicht. »Aber nur, wenn du endlich deinen Friedrich anrufst. Er wartet auch schon so lange darauf.«

Mutter errötete etwas.

»Ich weiß nicht. Er ist doch immer mit seinem Spaßmobil unterwegs und kann so einen Nesthocker wie mich gar nicht gebrauchen.«

»Aber du magst ihn doch, oder?« Mutter nickte. »Na also. Dann ruf ihn an.« Ich blickte zur Glockenuhr, die in der Anbauwand meiner Mutter stand. »Ich denke, dass es schon zu spät für heute ist.«

»Irrtum«, murmelte Mutter. »Für eine Entschuldigung ist es nie zu spät.«

Ich hatte mich dank meiner Mutter dazu durchgerungen, Fritz anzurufen. Wie abgesprochen rief Mutter auch ihren Friedrich an. Ich erklärte alles per Handy, meine Mutter plauderte per Festnetz. Und so telefonierten wir zeitgleich und lächelten uns ab und an zu.

»Das heißt, du bist nicht mit dem Arzt zusammen?«, fragte Fritz, der schon nicht mehr damit gerechnet hatte, mich je wiederzusehen, wie er meinte.

»Möchtegern-Doktor, um genau zu sein. Und nein, er hat dich schlichtweg belogen.«

Fritz atmete erleichtert aus.

»Puh, ich hatte mir schon Vorwürfe gemacht, dass ich irgendwas falsch gemacht hätte. Aber wieso bist du einfach so ohne ein Wort verschwunden?«

Ich seufzte.

»Ach, das ist eine lange Geschichte.«

»Gut, ich hab Zeit.«

Und so erzählte ich Fritz die verrückte Geschichte vom Tag meiner Sendung, in der ich eingeschlafen war. Und natürlich ließ ich auch den Facharztbesuch und den Stadtbummel nicht aus, bis hin zum Loreley-Lied, das mich glücklicherweise erreicht hatte.

KAPITEL 30

Ein Wiedersehen auf Föhr

Vier Tage später hatten wir spontan die Koffer und Reisetaschen gepackt und waren nach Föhr aufgebrochen. Ja, ich konnte selbst nicht glauben, wie ungezwungen meine Mutter mit dem Leben plötzlich umging. Benji war mindestens ebenso aufgeregt wie ich. Zuvor hatte mich ein Brief erreicht, der vom gesamten Redaktionsteam von *Welle 33* unterzeichnet war und dessen Inhalt mich nicht mehr daran zweifeln ließ, wo mein Lebensmittelpunkt lag.

Liebe Donna,
nach deiner letzten Sendung erreichten uns unzählig viele
Anrufe und Briefe von Hörern, die sagen, dass die Zeit,
während du schliefst, die schönste des ganzen Tages war, und
die sich das Dornröschen, so wie dich die Zeitung in einem
Bildbericht nannte, gern wieder auf Sendung wünschen.

Und auch wir, das gesamte Team von Welle 33, wünschen uns, dass du zum schnellstmöglichen Zeitpunkt, sofern du noch interessiert bist, wieder »Good Morning, Föhr« übernimmst.

Ferner möchte ich, Michael Mayer, mich in aller Form bei dir entschuldigen für den übereilten Rauswurf. Er wäre allerdings nicht passiert, hättest du uns von deiner Erkrankung erzählt. Diese haben wir nunmehr durch die Medien zur Kenntnis genommen und würden uns freuen, mit einigen vorherigen Absprachen bezüglich deiner Narkolepsie, dich bald wieder in unserer Mitte begrüßen zu dürfen.

Herzlichst, dein Team von Welle 33

»Benji, Mama, stellt euch vor, der Radiosender will mich zurück. Die Hörer wollen mich wieder auf Sendung«, hatte ich gejubelt und war auch sofort in Traurigkeit verfallen. Wo sollte ich wohnen? Und nachdem alles Ersparte aufgebraucht war, fiel auch der Hotelzimmer-Gedanke weg. Fritz hatte allerdings eine gute Nachricht parat. Er hatte mit den Robby Hoods gesprochen und eine vorübergehende Lösung gefunden: Ernas Pensionszimmer. Weshalb dies nur vorübergehend war, hatte er nicht verraten wollen. Nur so viel, dass es noch eine große Überraschung gäbe und die Robby Hoods sich etwas Besonderes hatten einfallen lassen.

Meine Mutter, die vor unserer Abreise genügend meiner neu verordneten Medikamente eingepackt hatte, rutschte im Zugabteil dicht neben mich und lächelte mir zuversichtlich zu.

»Jetzt wird alles gut, so wie in den Märchen, die du als Kind mochtest.«

»Die waren grausam und der Wolf hat ständig irgendwen gefressen.«

»Aber am Ende waren sie alle glücklich und der böse Wolf tot.«

Benji, der zu meiner Linken ruhte, hatte seinen Kopf tief in die Strandtasche gedrückt, um den für ihn schwindelerregenden Blick aus dem Zugfenster zu vermeiden. Für ihn war es eher eine Strapaze, die ich ihm allzu gern erspart hätte. Ich lehnte meinen Kopf gegen Mutters Schulter.

»Du, kann ich dich was fragen?«

In Mutters Augen blitzte die Neugierde auf.

»Na klar kannst du.«

»Bist du verliebt in Friedrich?« Sie suchte nach Worten. »Komm schon«, hakte ich nach. »Man sieht dir doch förmlich an, wie sehr du dich freust, ihn wiederzusehen.«

»Wir kennen uns doch kaum, der Friedrich und ich. Obwohl er schon ein sehr charmanter Mann ist, so wie es dein Vater früher war.«

»Das ist er«, bestätigte ich. »Abgesehen von deinem Vergleich. Vater hat uns in einer Zeit verlassen, wo du ihn am dringendsten gebraucht hättest.«

Mutter nickte und schwieg, während ich aus dem Zugfenster blickte, an dem die Dächer einer Gartensiedlung vorbeirauschten. Die Welt schien in Ordnung, das Glück greifbar nah. Ich kuschelte mich noch enger an meine Mutter und schlief bald darauf beim Lauschen der Zuggeräusche ein.

»Komm schon, Donna, wir müssen raus.« Meine Mutter rüttelte an mir herum. »Ich kann da hinten schon die Fähre erkennen.«

Benji wurde ebenso unruhig, als ahnte er, wohin die Reise ging. Er warf seinen Kopf wild hin und her und verlangte, aus der Tasche genommen zu werden. Ich streckte mich und gähnte.

»Hab ich so lange geschlafen?« Zwei Frauen, die während meines Schlafes hinzugestiegen sein mussten und mir gegenübersaßen, blickten ängstlich auf Benji, der seine Gefühle mit schrillen Tönen äußerte. »Er tut nix«, beruhigte ich sie und erhob mich, um das Zugfenster zu öffnen. »Er freut sich nur auf sein Zuhause.« Ich atmete tief die Luft ein, die durchs geöffnete Fenster strömte und mein Haar aufwirbelte. Ein befreiendes Gefühl, gepaart mit einem Weitblick übers Meer. »Schau, Mama, da hinten ist Föhr!«, rief ich und hielt meine Hand hinaus, um die Richtung anzuzeigen.

»Es zieht, junge Frau«, beschwerte sich eine der Damen. »Wenn Sie so lieb wären und das Fenster wieder schließen könnten.«

Ich schloss es, um weiteren Diskussionen aus dem Weg zu gehen. Mutter begann, unser Gepäck zurechtzustellen.

»Trägst du Benji?«, fragte sie mich.

»Ja, und die große Reisetasche.«

»Du solltest lieber den Rollkoffer nehmen, der lässt sich leichter durch den Zuggang rollen«, wandte Mutter fürsorglich ein.

Die Aufregung war auch ihr ins Gesicht geschrieben. Ich willigte ein, griff die Tasche mit Benji und lief mit dem Koffer voraus zu einer der Zugtüren. Im Gang des Zuges herrschte zunehmend Gedränge. Immer mehr Menschen kamen aus den Abteilen und schoben sich durch die wartende Menge. Gleich. Noch wenige Minuten, dann wäre es so weit. Dann wäre ich Föhr eine Meeresbreite nah. Mein Herz schlug höher. Es raste regelrecht beim Gedanken an Fritz und die Robby Hoods. Ob sie mir wirklich alle verziehen hatten? Frida, mit der ich lange telefoniert hatte, sagte das jedenfalls. Ihre Worte hallten in diesem Moment nach: *Ach Kindchen, nicht immer auf den Verstand hören, sondern auf das Herz vertrauen. Niemand ist dir böse.*

Die Überfahrt mit der Fähre war ein kleiner Meilenstein. Ich hakte meine Mutter ein und blickte aufs Meer hinaus. Benji tat es uns nach, obgleich er zunehmend rebellischer wurde, je mehr wir uns der Insel näherten. Möwen begrüßten uns mit lautem Gekreische und zogen Runden über unsere Köpfe. Ich blickte zu ihnen hinauf.

»Sind sie nicht wunderschön?«

»Ja, das sind sie«, murmelte Mutter zufrieden. Sie schien meine Nähe ebenso zu genießen wie ich ihre. »Schon aufgeregt?«, fragte sie.

»Oh ja, ich kann es kaum erwarten, Fritz um den Hals zu fallen.«

Ein Seufzer untermauerte die tiefen Gefühle, die mich ergriffen.

»Dann ist das Schicksal doch kein so elender Verräter?«

Ich lachte.

»Na ja, im Moment scheint es eher mein bester Freund zu sein.«

»Und du wirst ihn heiraten, deinen Fritz?«

Ich lächelte verschämt und blickte Mutter an.

»Wenn du uns deinen Segen dazu gibst, ja.«

»Natürlich bekommt ihr beide meinen Segen«, erwiderte sie. »Allerdings erwarte ich dafür jede Menge Enkelkinder, die bei ihrer Oma immer herzlich willkommen sind.«

Ich kicherte und zeigte auf Benji.

»Eins hast du ja schon.«

Mutters Hand fuhr liebevoll über Benjis Kopf.

»Ja, ich mag ihn mittlerweile sehr.« Dann wurde sie nachdenklich. »Wird er uns in diesem Spätsommer verlassen?«

»Du meinst den großen Flug nach Süden antreten?« Sie nickte. »Ich denke schon. Und auch wenn es wehtut, müssen wir ihn loslassen und darauf hoffen, dass er sich gut in die Vogelwelt integriert.« Benji posaunte melodisch »Plüüiitklüüiit, plüüiitklüüiit«. »Du hörst es ja, er will unbedingt die Welt erobern und wird uns niemals vergessen.«

»Das konntest du seinem Ruf entnehmen?«

Ich lachte.

»Säbelschnäblerisch ist eben kurz und knackig.«

Ich konnte ihn schon von Ferne erkennen. Da stand er, der Mann meines Herzens. Und neben ihm stand Frida in einem geblümten Kleid. Sie winkte uns zu. Fritz hielt einen Strauß Blumen in seiner Hand. Nervös ergriff ich Mutters Hand.

»Gleich sind wir da.«

»Ja«, hauchte sie zurück.

»Und wann triffst du Friedrich?«

»Ich habe ihm gesagt, dass ich anrufe, sowie ich auf Föhr bin.«

Ich setzte meinen Rucksack ab, wühlte mein Handy heraus und hielt es ihr hin.

»Dann tu es.«

Mutter lehnte dankend ab.

»Gib mir noch etwas Zeit, ja?«

»Du kneifst schon wieder«, argumentierte ich dagegen. »Aber bitte, wenn du denselben Fehler machen willst wie ich.«

Mutter griff nach dem Handy.

»Also gut.«

Sie tippte seine Nummer von einem Zettel ab, welchen sie seit ihrem letzten Besuch auf Föhr bei sich trug. Ich konnte nicht hören, was er sagte. Aber was es auch war, es bescherte meiner Mutter einen eigenartigen Glanz im Gesicht. Ihre Wangen liefen rot an und sie kicherte fröhlich. Dann legte sie auf, blickte mich an und sagte:

»Friedrich hat mich eingeladen, mit ihm auf Kreuzfahrt zu gehen, sobald die Saison zu Ende ist.«

»Das ist ja wunderbar«, freute ich mich für sie. »Du wolltest doch schon immer mal die Welt bereisen.«

»Ich weiß nicht.«

»Doch, du wirst dir diesen Luxus gönnen, nach all den schwierigen Jahren. Und du wirst gefälligst Spaß haben und nicht ständig meinem Vater hinterhertrauern. Schluss damit! Das Leben findet jetzt statt, nicht irgendwann.«

Die Fähre drehte ab und legte sich seitlich ins Wasser, um anzulegen. Im Meer spiegelte sich die Sonne, getragen von jeder Welle, die gegen den hölzernen Steg schwappte. *Föhr, ich komme!* An der Reeling wurde es hektisch. Urlauber eilten übers Deck, um zu ihren Fahrzeugen zu gelangen. Andere blieben auf den Bänken sitzen und genossen den Ausguck vom Fährschiff. Ich lief mit Benji und der Reisetasche voraus, die Stufen herab zum Ausgang.

»Donna, hier drüben!«, hörte ich Fritz rufen. Dann sah ich den Blumenstrauß aus der Menschenmenge herausragen. So schnell mich meine Beine tragen konnten, lief ich auf ihn zu und umarmte ihn. Er drückte mich ganz fest an sich heran. »Gott, wie hab ich dich vermisst.«

»Und ich dich erst.«

Dann wandte er sich Benji zu:

»Und du, kleiner Mann, was macht der Flügel?«

»Alles gut verheilt und wieder belastbar«, erörterte ich die End-Diagnose der Tierärztin. »Er darf also jederzeit starten.«

»Gut, das klingt nach Abenteuer, nicht, Benji?« Fritz streichelte über den Kopf des Säbelschnäblers, der das sichtbar genoss. Dann trafen sich unsere Blicke und seine Lippen kamen näher. »Tu mir das nie wieder an«, säuselte er leise, bevor er seinen Mund auf meine Lippen presste und mich küsste.

»Ach, hier seid ihr!«, rief Frida und winkte mit ihrem Gehstock. Unter lautem Gemurmel zwängte sie sich zu uns durch. »Ich hasse Menschenansammlungen«, schimpfte sie. »Die konnte ich noch nie leiden.« Ich überreichte Fritz die Tasche mit Benji, lief los und umarmte Frida. »Ach herrje, so eine Begrüßung hatte ich das letzte Mal, als ich noch Lippenstift trug und ein heißer Feger war.« Sie musterte mich. »Sag, Kindchen, du bleibst doch jetzt hoffentlich für länger?«

»Ja, das tue ich.«

»Gut. Und du trägst noch immer Größe sechsunddreißig?«

»Ähm, ja, weshalb?«

»Erklär ich dir später. Deine Schuhgröße?«

»Sie hat neununddreißig«, antwortete meine Mutter und reichte Frida die Hand zum Gruß.

Frida notierte sich alles und zwinkerte Fritz zu.

»Das war's auch schon. Und wenn ihr wollt, dann wartet bei Erna ein großer hausgemachter Eintopf darauf, gegessen zu werden. Und für Benji gibt es auch eine große Portion Fisch und Krabbelgetier.« Sie drehte sich mit elegantem Schwung um und streckte ihren Gehstock aus. »Hier entlang, meine Herrschaften.«

»Moment«, wandte Fritz ein und blickte meine Mutter an. »Wenn Sie gestatten, möchte ich Ihnen gern diesen Strauß Blumen als Willkommensgruß überreichen.«

Mutter errötete.

»Danke, aber das war doch gar nicht nötig.«

»Und was bekomme ich?«, neckte ich ihn.

Fritz kniete sich nieder, ergriff meine Hand, küsste sie und sagte:

»Donna, mein geliebter Schatz. Vor nicht allzu langer Zeit habe ich schon einmal vor dir gekniet und dich gefragt, ob du meine Loreley werden willst, und du hast Ja gesagt. Dennoch möchte ich dich noch einmal in aller Form und im Beisein deiner Mutter fragen: Willst du meine Frau werden?«

Meine Augen füllten sich mit Tränen.

»Ja, das will ich, das weißt du doch.«

»Meinen Segen habt ihr zwei«, murmelte Mutter, zückte ein Taschentuch aus ihrer Hosentasche und tupfte sich die Tränen aus den Augen. »Der Loreley-Ring ist ja auch wirklich bezaubernd. Donna hat ihn daheim nicht einen Tag abgelegt.«

Frida, die ebenfalls mit den Tränen kämpfte, räusperte sich.

»Genug der romantischen Worte, mein Magen knurrt. Und ihr wisst ja, wenn alte Leute Hunger haben, dann werden sie knurrig.«

Fritz nickte Frida zu, griff nach meiner Reisetasche, die zu seinen Füßen stand, und blickte meine Mutter an.

»Darf ich Ihnen den Rollkoffer abnehmen?«

Mutter lächelte ihn an.

»Gern, mein Junge. Und bitte, nenn mich Brigitte.«

»Na dann, auf zur Bushaltestelle!«, rief Frida und eilte uns voraus. »Ihr wisst ja, knurrige Rentner und so.«

Vor Ernas Pensionshaus angekommen, blieb ich stehen. Es hatte sich nichts verändert, außer vielleicht die Farbe der Blätter am Buschwerk. Schmetterlinge tanzten flatternd im Sonnenlicht, das Rauschen der anliegenden See, die sich über den Salzwiesen ergoss, der Geruch nach verblühendem Strandflieder und die Heuler, die hinterm Haus geräuschvoll auf sich aufmerksam machten. Ich war zuhause. Fritz ging hinein, um unser Gepäck aufs Zimmer zu bringen, während ich mit Mutter noch immer vorm Haus stand und jede Sekunde genoss.

»Spürst du es?«, fragte ich. »Dieses Insel-Feeling, den Spirit der Unendlichkeit, den es in einer Großstadt nicht gibt.«

»Na ja, ich schmecke die Meeresluft, die mich daran erinnert, dass ich schleunigst meine Blutdrucktabletten mit einem Glas Wasser einnehmen sollte.«

»Herzlich willkommen!«, rief Erna und trat aus dem Haus. Sie warf die Hände in die Hüften und lächelte. »Was steht ihr hier draußen herum? Der Eintopf ist warm und will gegessen werden.«

Ich lief zu Erna und umarmte sie herzlich.

»Danke.«

»Wofür?«

»Weil ihr mir nicht böse seid, nachdem ich weggelaufen bin.«

Erna schüttelte ihren Kopf.

»Ach was, wir wissen doch, warum du weggerannt bist. Alles halb so schlimm.« Dann wandte sie sich meiner Mutter zu: »Und für Sie, wenn Sie erlauben, habe ich das Nebenzimmer hergerichtet. Mein Neffe Robert ist derzeit auf Sylt und benötigt es nicht.«

»Das ist lieb von Ihnen, danke«, erwiderte Mutter.

»Gut, denn die jungen Leute wollen ja gewiss die Nacht ohne mütterlichen Schutz verbringen«, lachte Erna, wendete sich um und ging ins Haus.

»Wollen wir?«, fragte ich Mutter.

Sie nickte.

»Eintopf klingt doch gar nicht so übel. Also lass uns die Küche unsicher machen.«

Der Abend verlief in gewohnt familiärer Atmosphäre. Dittmar, Franz und Georg waren hinzugestoßen und saßen mit am großen Tisch in der Küche. Fritz hatte sich extra den ganzen Tag freigenommen, sodass er mir an diesem ersten Abend auf Föhr nach meiner Rückkehr erhalten blieb. Ich kuschelte mich dicht an ihn heran.

»Verträgst du das neue Medikament besser?«, fragte er.

Ich bejahte und zeigte ihm meinen Arm.

»Siehst du, keine neuen Bläschen, keine aufgekratzten Stellen.«

»Gut«, murmelte er und streichelte über meinen Arm. »Ich habe mich schlaugemacht und, während du weg warst, Literatur bestellt, um mich über Narkolepsie zu informieren.«

»Und ich habe dich wie irre vermisst und mir die ganze Zeit eingebildet, du hättest eine andere Frau.«

Er küsste meine Stirn.

»Du bist meine Frau, sonst keine.«

»Noch bin ich es nicht offiziell.«

»Aber die Betonung liegt bei *noch*. Denn schon morgen …«
Er zögerte und blickte zu Dittmar. »Meinst du, ich sollte es ihr
verraten?«

Dittmar nickte.

»Ich meine schon. Immerhin ist sie ja auch die wichtigste
Person auf der Party.«

»Welche Party?«, hakte ich nach. »Von was redet ihr?«

Frida trat Dittmar so auffällig vors Schienbein, dass ich es
mitbekam, während sie ihm ein »Pst« entgegenzischte.

Meine Neugierde war geweckt, meine Hartnäckigkeit ange-
spornt.

»Jetzt will ich es wissen. Raus damit.«

Aber Fritz blieb stumm. Stattdessen grinste er in die Runde
der Robby Hoods. Irgendwas lief da im Hintergrund, irgendwas, das ich nicht erfahren sollte, aber mit mir zu tun hatte.

»Ich gehe noch mal zu Benji, um nach ihm zu schauen«,
sagte ich mich erhebend. »Und wenn ich wiederkomme, würde
ich gern etwas trinken, in dem Rum ist.«

»Eine *Tote Tante* wäre im Angebot«, scherzte Fritz und wies
auf Erna, die am Tisch eingeschlafen war.

Georg lachte.

»Ich befürchte nur, dass wir das Sahnehäubchen nicht überleben, so wie diese Frau zupacken kann.«

Erna, deren Kopf auf die Brust gesunken war, schnarchte
in aller Ruhe weiter. Nur ab und an zuckte sie zusammen und
murmelte etwas, das wie *Fische fangen fürs Futter* klang. Selbst
im Traum war sie hoch engagiert.

Fritz war mir hinaus gefolgt. Er kauerte sich neben mich
und blickte aufs Meer.

»Du hast ihn dort drüben hingeworfen.«

»Was meinst du?«

»Deinen Glücksstein.«

»Den Hühnergott?«

»Ja, ich habe ihn gefunden und für dich aufbewahrt.«

»Verrate mir lieber, was ihr vorhabt«, erwiderte ich und zog eine Schnute, um mein Eingeschnappt-Sein zu untermauern.

»Okay, ich sage es dir. Wir fahren morgen zu einem Künstler, der sich der Musik verschrieben hat.«

»Der Musiker, der den Liebessong geschrieben hat?«, setzte ich begeistert nach.

»Nein, aber fast. Es ist ein guter Freund von ihm, der auf Föhr lebt und wundervolle Insel-Musik macht.«

»Insel-Musik? Was ist das?«

»Bevor ich es dir erkläre, kannst du nachher mal reinhören. Ich habe eine CD geschenkt bekommen, als ich in dem kleinen Ladengeschäft bei ihm saß und mit Sascha, dem Mann, der das Loreley-Lied geschrieben hat, gesprochen habe.«

»Und, wie ist er so? Ich meine den Sänger vom Loreley-Lied.«

Fritz lächelte.

»Ist schon ein cooler Typ, finde ich. Er hat mich aufgrund des Zeitungsartikels angerufen und mich um ein Treffen im Ladengeschäft seines Freundes gebeten. *Art & Weise* heißt es und ist ein uriger Ort voller Inspiration. Man hat das Gefühl, dass die Zeit an diesem Ort stillsteht. Aber bevor ich dir jetzt alles im Detail beschreibe, kannst du dir morgen Vormittag selbst ein Bild davon machen.«

»Wir fahren dorthin?«

»Nicht nur das. Wir heiraten an diesem bezaubernden Ort der Begegnung.«

Mein Herz raste wie wild.

»Du meinst, wir heiraten schon morgen? Aber ich …«

Fritz legte seinen Finger auf meine Lippen.

»Pst, es gibt keinen Grund für ein *Aber*, denn es wird für alles gesorgt sein, inklusive Hochzeitskleid, Pfarrer und Brautstrauß.

Es wird eine kirchliche Zeremonie, die keinen Einfluss auf den rechtlichen Familienstand hat. Wir müssen also irgendwann noch einmal vor einen Standesbeamten treten.«

Ich fiel Fritz um den Hals und warf ihn zu Boden.

»Du bist verrückt, weißt du das?«

»He, du zerdrückst mich. Komm, lass uns reingehen zu den anderen.«

KAPITEL 31

Im Dornröschen-Kleid zum Ja-Wort

Die ganze Nacht konnte ich nicht schlafen. Immer und immer wieder wachte ich auf und schaute zu Fritz, der neben mir lag und seelenruhig schlief. Es war kein Traum. Es war Wirklichkeit. Und in wenigen Stunden wären er und ich ein Ehepaar, wenn auch vorläufig nur vor Gott. Ich stand leise auf und deckte Fritz liebevoll zu. Ich wollte ihn keinesfalls aufwecken. Mein Blick richtete sich auf das Fenster, durch das zunehmend Licht fiel. Ich öffnete es und schaute hinaus auf die Salzwiese. Ein leichter Morgennebel stieg auf. Auch Benji schien bereits wach zu sein. Mit langsamen Schritten suchte er im feuchten Grund des Ufers nach Nahrung. Er war wahrhaft groß und stattlich geworden. Tief in mir spürte ich, dass bald der Moment gekommen war, an dem er aufbrechen und mich verlassen würde. Ein Tag, den ich mir doch eigentlich für ihn gewünscht hatte, der mir aber auch Schmerzen bereiten würde.

»Guten Morgen«, sagte Fritz und lächelte mich an. Er hatte seine Arme hinter dem Kopf verschränkt und musterte mich mit skeptischem Blick. »Du hast doch nicht etwa Lampenfieber?«

»Ich? Nein. Es ist nur Benji, um den ich mir Sorgen mache.«

»Das musst du nicht.«

»Wenn er aber losfliegt und keinen Anschluss findet, was dann? Du und ich wissen, was alles passieren kann.«

»Er ist ein schlauer Kerl, genau wie ich. Und er wird ebenso wie ich seine große Liebe finden.« Fritz winkte mich heran. »Komm her.«

Ich setzte mich neben ihn und streichelte über seine Brust.

»Ja, du hast wahrscheinlich völlig recht.«

»So, und da wir das jetzt geklärt haben, wünsche ich mir einen grandiosen Morgenkuss von meiner zukünftigen Frau, bevor ich mich in Schale werfe und das erste Mal in meinem Leben in einen Anzug schlüpfe.«

Ich kicherte.

»Das erste Mal?«

»Ja, das erste Mal. Auch wenn meine Kellnerkluft ähnlich hochtrabend wirkt, ist sie doch kein Vergleich zu dem, was dich erwartet, junge Frau.« Dabei zwickte er mich mit den Fingern in die Hüfte. »So, und jetzt hopp-hopp, der wunderschönste Tag in unserem Leben ruft nach uns.«

Eine Stunde nach dem Frühstück ging Frida ins Nebenzimmer und rief mich kurz darauf zu sich. Am Schrank hing ein Hochzeitskleid, dessen Schönheit mich zum Weinen brachte. Es war glamourös und märchenhaft zugleich – ähnlich der Kleider, die Prinzessinnen trugen.

»Ach Kindchen, nicht doch weinen«, sagte Frida und nahm mich in den Arm. »Zieh es über.«

»Es ist wunderschön«, schluchzte ich vor Glück. »Das kann ich unmöglich annehmen.«

»Wo denkst du hin«, erwiderte Frida. »Das ist nur geliehen für die Hochzeit. Danach geht es zurück ins Theater, an meine alte Freundin Hilde, die dieses Kleid eigens für eine Vorstellung kreiert hat.« Frida wies auf einen Karton. »Die Schuhe allerdings, die kannst du behalten, sagt die Hilde. Sie hatte vorsorglich drei verschiedene Größen geschickt. Diese im Karton müssten dir passen.«

»Oh, danke schön. Aber woher wusstet ihr ...«

»Dass du Ja sagst und deinen Fritz heiraten würdest?«, komplettierte sie meine Frage. »Ach Kindchen, das lag doch auf der Hand. Und nachdem du dich bei Fritz endlich gemeldet hattest und wir die Nacht darauf im Rettungseinsatz waren, kam uns eben die Idee mit dem Kleid. Und ich muss dir ja nicht erzählen, wie gut wir im Organisieren sind, wenn es einem guten Zweck dienlich ist. Ach übrigens, magst du Pferde?« Klar mochte ich Pferde. Doch noch ehe ich ein Wort sagen konnte, zeigte Frida zum Fenster und öffnete es. »Zwei schicke Weiße passen doch prima zu einer Hochzeitskutsche, oder?«

Hörte ich da etwa Hufgetrappel? Ich ging zum Fenster und blickte hinaus. Und wahrhaftig standen da zwei Pferde vor eine Kutsche gespannt, auf der ein gut gekleideter Kutscher mit Zylinder saß. Er trug weiße Handschuhe und erinnerte ein wenig an die städtischen Bestattungsunternehmer, die ebenso elegant gekleidet waren. Sprachlos schaute ich auf die märchenhafte Kutsche. Erneut kullerten kleine Freudentränen über meine Wangen.

»Ihr seid unglaublich verrückt!«, rief ich und umarmte Frida heftig. »Danke, danke, danke.«

»Du solltest deinem Fritz danken, er hat die Kutsche ausgewählt und bezahlt. Ich habe nur den Termin bestätigt.«

»Fritz hatte die bezaubernde Idee?«

Ich lief zurück zum Schrank und strich mit meiner Hand über die rosaweiße Spitze des Prinzessinnenkleides. Ein wahr gewordener Traum, der direkt vor meiner Nase hing und danach schrie, angezogen zu werden. Ich wischte die letzten Tränen aus dem Gesicht und entledigte mich meiner Sachen. Frida half mir, das Kleid überzuziehen.

»Noch nicht gucken«, mahnte sie mich. »Erst will ich den Reißverschluss schließen und es auf Figur ziehen.«

Ungeduldig wankte ich von einem Bein aufs andere. Wie ich wohl darin aussehen mochte? Mein Haar hing wellig und kraftlos herab und hatte nur wenig Ähnlichkeit mit dem einer Prinzessin. Erst recht nicht mit dem einer Braut.

»So, jetzt kannst du schauen«, meinte Frida und positionierte mich vor den Spiegel. »Und? Was sagst du?«

»Es ist …«

Mir stockte der Atem. Ich sah nicht nur wunderschön darin aus, sondern wie die Märchenfigur, deren Name mir die hiesige Presse verliehen hatte – Dornröschen. Ich drehte mich nach links, dann nach rechts. All die überraffende Spitze, die aufwendig eingesetzten Perlen, es war die Vollendung eines Meisterwerkes.

»Ja, und?«, forderte Frida eine Bewertung ein.

»Es ist märchenhaft schön. Nur mein Haar …«

»Wird noch auf dicke Wickler gedreht und ordentlich mit Festiger eingesprüht. Gelingt immer und hält auch bei stärkeren Windböen«, erörterte mir Frida ihr weiteres Vorhaben, um mich hübsch für die anstehende Hochzeit zu machen.

Ich zog die Schuhe an, die sie mir ausgewählt hatte, und drehte mich vorm Spiegel. Auch ohne die Wickler im Haar fand ich mich wunderhübsch darin. Ich griff mit beiden Händen in den unteren Teil des Kleides und stolzierte auf und ab.

»Sieh nur, Frida, es passt hervorragend.«

»Fein«, lächelte sie. »Dann sollten wir uns jetzt um dein Haar kümmern.«

Als ich vierzig Minuten später in den Flur trat, verhallte das Küchen-Getuschel. Alle waren still. Dann kam der große

Moment, den Frida mit einem »Aufgepasst, meine Herrschaften, ich präsentiere die Braut!« ankündigte.

Mit erhobenem Haupt, so wie Frida es mir gezeigt hatte, schritt ich fast königlich in die Küche. Alle starrten mich an. Dann ging ein Raunen durch die Gruppe. Mutter begann zu heulen, Dittmar verschluckte sich am Tee und Fritz rieb seine Augen.

»Bist du das wirklich?«, fragte er. »Du bist so unglaublich schön, ja, noch schöner als …«

»Dornröschen?«, erwiderte ich keck.

Fritz lachte, küsste meine Stirn und ergriff meine Hände.

»Auch das. Obwohl ich eigentlich *schöner als in meinen Vorstellungen* sagen wollte.«

»Aber du siehst ebenso entzückend aus«, schwärmte ich.

Und damit hatte ich noch weit untertrieben. Fritz sah göttlich aus, wie ein moderner Prinz im Anzug. Hatten die Prinzen früher nicht Strumpfhosen getragen? Ich musste für einen Augenblick kichern bei der Vorstellung – Fritz in Strumpfhose. Das wäre doch schon recht makaber, so vor einen Abgesandten Gottes zu treten.

Erna, die sich ebenfalls zur Hochzeit herausgeputzt hatte, klatschte in ihre Hände.

»So, meine Lieben, jetzt sollten wir das noch unvermählte Brautpaar hinaus zur Hochzeitskutsche begleiten, damit wieder etwas mehr Ruhe einkehrt.«

»Und ihr?«, fragte ich in die Runde blickend. »Kommt ihr nicht sofort mit?«

»Wir folgen in geringem Abstand«, erwiderte Erna. »So um die zwanzig Minuten, schätze ich. Der Major sagte, er wäre bereits auf dem Weg.«

Ich stieß Fritz an.

»Sagte sie *der Major*? Jener welcher?«

Fritz zuckte mit den Schultern.

»Ich habe nicht die geringste Ahnung.«

Dabei wich er meinen Blicken aus.

»Von wegen, keine Ahnung«, murmelte ich, ohne auch nur ansatzweise böse auf ihn zu sein. Ich griff nach seiner Hand. »Wollen wir?«

Fritz nickte.

Die anderen folgten uns, außer Georg, der zum Füttern der Tiere eingeteilt war. Trotz der Tatsache, dass er sich in seinen besten Sonntagsanzug gepresst hatte, wie Frida es witzigerweise nannte, wirkte er in seiner festlichen Kleidung doch eher schlicht und einfach. Für die Arbeit auf der Salzwiese hinterm Haus hatte er sich Gummistiefel angezogen. Gerade als wir in die Kutsche einsteigen wollten, rief Georg:

»Benji fliegt! Hört ihr, er fliegt!«

Ein Schreck durchfuhr meinen Körper. Benji flog davon, ohne mir *Goodbye* zu sagen? Ich raffte mein Kleid hoch und rannte auf meinen Hochzeitspumps durchs Gartentor auf die Salzwiese.

»Nicht doch!«, rief Frida. »Du ruinierst das schöne Kleid!«

Aber ich konnte in diesem Moment an nichts anderes als an Benji denken.

»Benji, Benji!«, rief ich und blieb mit dem Absatz im feuchten Boden stecken. Ich verlor den Schuh und lief linkerseits barfüßig weiter. »Benji, machs gut, mein Junge. Und vergiss mich nicht!«

Aber Benji blickte nicht zurück, sondern zog mit gleichmäßigem Flügelschlag höher und höher, bis er vollends zwischen den Wolken verschwand. Fritz, der mir gefolgt war, nahm mich in den Arm.

»Komm, sei nicht traurig. Du und ich, wir wussten doch, dass es eines Tages so kommen würde. Sieh mich an.«

Tränen rannen bachartig über mein Gesicht.

»Ja«, seufzte ich. »Es war ja auch mein allergrößter Wunsch, dass Benji eines Tages fliegen kann.«

»Na, siehst du, dein Wunsch ist in Erfüllung gegangen, also freu dich.«

Ich hätte mich so gern gefreut, und im Grunde tat ich das auch. Aber der Abschied kam so plötzlich, so unerwartet. Ich senkte meinen Blick.

»Deine Schuhe sind voller Matsch«, schluchzte ich und musste dann schmunzeln. Denn auch ich sah ziemlich merkwürdig aus, mit nur einem Schuh am Fuß. »Ich glaube, wir sollten dringend unsere Füße saubermachen.«

Fritz lachte, nahm mich auf und trug mich bis zur Gartentür. Dann lief er noch einmal zurück, um meinen steckengebliebenen Schuh zu holen. Er kauerte sich vor mich und ergriff meinen völlig verschmutzten Fuß. Mutter, die sich neben uns stellte, hielt Fritz ein Tuch entgegen.

»Ist ein Feuchttuch«, sagte sie.

Er griff es, wischte meinen Fuß sauber und streifte mir den Pumps liebevoll über. »Na, sieh mal einer an, er passt«, scherzte er dabei, um mich wieder etwas aufzuheitern.

»Ach Kinder, ist das nicht romantisch?«, rief Frida, ihre Hände freudig vors Gesicht schlagend.

»Jetzt, wo der Schuh wieder da ist, wo er hingehört, solltet ihr euch langsam auf den Weg machen. Pfarrer Antonius hält von Verspätungen rein gar nichts«, merkte Erna streng an und wies zur Kutsche.

Mutter nickte mir zu.

Ich glättete mein Kleid und nahm Fritz bei der Hand.

»Bereit?«, fragte ich ihn.

»Bereit.«

Bestimmt hatte es noch nie zuvor ein Hochzeitspaar gegeben, das so dermaßen schmutzige Schuhe getragen hatte wie wir. Aber uns war das egal, zumal meine Gedanken immer noch bei Benji weilten. Ob er gut im warmen Süden ankommen würde?

Ich sorgte mich, so wie es eine Mutter um ihre Kinder tat. Ja, der kleine und viel zu schnell groß gewordene Säbelschnäbler war wie ein Kind für mich, das ich immer lieben würde. Ein Gefühl der Zerrissenheit machte sich in mir breit. Einerseits fuhr ich gerade dem schönsten Moment meines Lebens entgegen, andererseits trauerte ich einer Liebe hinterher.

Fritz bemerkte meine Unruhe und zückte sein Handy aus der Jacketttasche. Er zappte sich durchs Menü und hielt es mir gegen mein Ohr.

»Hör hin und entspanne«, flüsterte er.

Ich lehnte mich an seine starke Schulter und lauschte den sinnlichen Klängen einer Panflöte, die mit Naturgeräuschen unterlegt waren. Ich atmete tief ein und schloss die Augen. Der Hufschlag der Pferde, der liebliche Klang der Flötentöne, das Vogelgezwitscher, das Meeresrauschen – eine Sinfonie der Unbeschwertheit. Für einen Moment war ich im Himmel, bevor ich einschlief und die Inselmusik verhallte.

Das Schönste an einem Märchen ist der Moment, wenn die Prinzessin wachgeküsst wird. Ähnlich war es bei unserer Ankunft in Oldum auf Föhr. Die Kutsche stand bereits in der kleinen Straße, die zum Haus des Musikers führte. Und während ich das Schnauben der Pferde vernahm, spürte ich einen sanften Druck auf meinen Lippen. Ich schlug die Augen auf und blickte Fritz an, der mich auf dieselbe Weise anlächelte wie am Morgen.

»Du verschläfst noch unsere Trauung«, säuselte er.

»Tu ich nicht«, widersprach ich und küsste ihn.

»Und du hast auch deine Medikamente heute Morgen genommen?«

»Warum? Hast du Angst, ich könnte mitten in der Zeremonie einschlafen?«

»Immerhin bist du schon in ganz anderen Situationen eingeschlafen«, erwiderte er keck.

»Pst«, flüsterte ich und warf ihm einen bösen Blick zu.

Der Kutscher stand unmittelbar an der Tür, bereit, sie jederzeit für uns zu öffnen. Er rührte sich keinen Zentimeter. Erst als ein Mann auf uns zukam, räusperte er sich und öffnete die majestätisch verzierte Tür der Kutsche.

»Was für eine bezaubernde Braut, Sie müssen Donna sein«, empfing mich der Fremde. Sein helles Haar glänzte im Sonnenlicht. Er reichte mir die Hand und half mir die zwei Kutschenstufen hinunter. »Hauke Nissen, aber nennen Sie mich Hauke. Willkommen in meiner meditativen Welt, die unmittelbar in meinen Musikstil einfließt. Ich freue mich sehr, dass ich Ihnen heute persönlich begegne, wo ich Sie bisher nur aus der Zeitung kannte.«

Ich spürte die Pein, die in mir aufstieg. Und mir wurde bewusst, dass die gesamte Insel mich nun auch optisch zu kennen schien.

»Ja, diesen Artikel sah ich im Fernsehen, wo ein Musiker die Zeitung in seiner Hand hielt.«

Hauke nickte mir zustimmend zu.

»Sie meinen Sascha, einen guten Freund von mir. Er war nach Föhr gekommen, um Inspiration zu tanken. Und an einem Morgen, ich glaube Samstag war das, las er den Bericht in der Zeitung und war von der unglücklichen Liebesgeschichte nahezu gefesselt. Nur drei Tage später stand der Song *Whispers of Fire*, aufgenommen in meinem Studio, in erster Version. Sie kennen das Lied?«

»Oh ja, ich war vollkommen überwältigt davon. Ein wirklich schöner Song.«

»Der sofort in die regionalen Charts auf Platz fünf einstieg, wenn ich das anmerken darf, und mittlerweile der Insel-Hit ist.«

Der Text des Liedes schoss mir sofort in den Kopf und bescherte mir eine Gänsehaut. Er war traurig und sinnlich zugleich.

»Ja, ich hörte bereits davon.«

Hauke lächelte.

»Ich hoffe doch, Ihre Stimme bald wieder auf *Welle 33* zu vernehmen. Ich muss gestehen, dass ich nur selten das Radio einschalte. Aber die Sendung, durch die Sie moderierten, hatte schon etwas Erfrischendes.«

»Danke, das freut mich zu hören.«

»Sie kennen auch meine Musik?«

Ich nickte ihm zu.

»Ja, das tu ich. Und ich muss sagen, die Melodien, vor allem aber die Panflöte, haben in mir eine eigenartige Ruhe bewirkt.«

»Es ist Entspannungsmusik, gepaart mit einer Band, die in sich alle natürlichen Geräusche vereint.« Er hakte mich unter und führte mich in seinen kleinen Laden, der sich im reetgedeckten Friesenhaus des Insel-Musikers befand. Über dem Eingang hing ein handbemaltes Schild, auf dem *Art & Weise* stand. »Bitte, schauen Sie sich in aller Ruhe um. Und wenn Sie etwas Schönes entdecken, und wir haben nur schöne Dinge hier, würde ich mich freuen, Ihnen dies als kleine Aufmerksamkeit zur anstehenden Hochzeit schenken zu dürfen.« Er blickte auf die Uhr an seinem Handgelenk. »Oh, jetzt wird es aber langsam Zeit für die Ausrichtung der Büffetplatten, die der Service vor Ihrer Ankunft geliefert hat. Ich war so frei, meinen *Secret Garden*, so wie ich ihn nenne, für die Trauung und die Nachfeierlichkeiten zur Verfügung zu stellen. Ihr zukünftiger Mann fand diese Idee durchaus bereichernd, zumal sich in den Büschen sehr viele Singvögel mit lieblichen Klängen begrüßen und austauschen. Aber genug der Worte, ich möchte Sie nicht länger dem Bräutigam vorenthalten.«

Kurz darauf trafen die Gäste unserer Hochzeit ein. Mutter trug ein elegantes schwarzes Kleid, das sie sich mal für Operetten-Abende gekauft hatte. Musste es ausgerechnet das schwarze sein? Ich überlegte, ob es wohl Unglück bringen könnte, kam aber zu keinem Ergebnis. Die Robby Hoods waren fast vollständig versammelt. Nur Robert fehlte. Statt seiner stieg ein kräftiger, älterer Herr mit strengem Blick aus und fixierte die Umgebung. Er trug eine Ausgeh-Uniform. Als er mich erblickte, huschte ein Lächeln über sein markantes Gesicht. Festen Schrittes kam er näher, blieb vor mir stehen und salutierte.

»Gestatten, Major Schulze.«

Erschrocken wich ich zurück.

»Ähm Donna, Donna Röschen.«

»Ich weiß«, erwiderte er und reichte mir seine Hand zum Gruß. »Sie sind die Seevogel-Frau, nicht wahr?«

Die Seevogelfrau? Ich presste mir ein »Ja« heraus und wusste gleich, woher ich seine Stimme kannte. Er war der Major, welcher auf Sylt die Einsätze zur Heuler-Rettung koordinierte. Er war der berühmte und allseits beliebte Aktivist, den alle nur den Major nannten. Vertrauensvoll trat ich näher und flüsterte:

»Sie sind der Major, nicht wahr?«

Er blickte sich verstohlen um.

»Positiv und in Person. Wenn ich abschweifen und mir die Aussage erlauben darf, Sie sehen umwerfend in diesem Kleid aus. Ich hoffe sehr, dass Sie und der fesche Bursche im Anzug glücklich miteinander werden.«

»Huhu!«, rief Mutter und winkte mich zu sich. »Der Pfarrer ist da.«

Ich nickte ihr zu und wandte mich nochmals dem Major zu.

»Ich glaube, es ist so weit. Wenn Sie mich entschuldigen würden.«

»Angenommen und genehmigt«, lachte Major Schulze. »Ich mische mich dann mal unter die Gäste. Und für den Fall, dass Sie meine Hilfe benötigen, was mir bei einer Hochzeit eher nicht der Fall zu sein scheint, scheuen Sie nicht, mich zu alarmieren. Ich bin ein ebenso guter Braut- wie Heuler-Retter.«

Der Garten, den Hauke Nissen liebevoll seinen *Secret Garden* nannte, bot die perfekte Kulisse für eine Traumhochzeit. Fritz stand mindestens ebenso aufgeregt neben mir wie ich neben ihm. Alle Gäste, auch Mutters heimliche Liebe Friedrich, der nicht ganz unverhofft dazugestoßen war, starrten auf den Pfarrer, der alle Anwesenden willkommen hieß, bevor er sich dankend und lobend in einem Gebet an Gott wandte. Danach folgten ein Lied und ein Bibeltext mit religiösem und philosophischem Inhalt.

Mein Herz pochte, meine Knie zitterten, während ich des Pfarrers Worten lauschte. Ob Mutter wohl vor Freude weinte? Ich wagte es nicht, mich umzudrehen und senkte ehrfürchtig meinen Blick, während der Pfarrer seine Predigt hielt. Gleich würde er kommen, der Moment, den ich schon unzählige Male zuvor im Kopf durchgespielt hatte – die Traufrage und das Ja-Wort. Durch meinen Kopf huschte ein verrückter Gedanke: Was, wenn ich mitten in dieser Phase der Trauung einschliefe? Was, wenn ich einen Anfall bekäme und mich nicht bewegen könnte? Was, wenn … Nein! Gott würde das verhindern. Gott wusste, dass das Schicksal Fritz und mich zusammengeführt hatte. Gott wusste um unsere ehrliche Liebe zueinander. Ich versuchte, meine aufkommenden Gedanken zu unterdrücken und konzentrierte mich wieder auf den Pfarrer, der sich nun an Fritz und mich wandte:

»Sie sind in dieser entscheidenden Stunde Ihres Lebens nicht allein. Nein, Sie sind umgeben von Menschen, die Ihnen nahestehen. Sie dürfen die Gewissheit haben, dass Sie mit dieser Gemeinde und mit allen Christen in der Gemeinschaft der Kirche verbunden sind. Zugleich sollen Sie wissen: Gott ist bei Ihnen. Er ist der Gott Ihres Lebens und Ihrer Liebe. Er heiligt Ihre Liebe und vereint Sie zu einem untrennbaren Lebensbund. Ich bitte Sie zuvor, öffentlich zu bekunden, dass Sie zu dieser christlichen Ehe entschlossen sind. Darum frage ich Sie, Fritz Ilmer: Sind Sie hierhergekommen, um nach reiflicher Überlegung und aus freiem Entschluss mit Ihrer Braut Donna Röschen den Bund der Ehe zu schließen?«

»Ja.«

»Und ich frage Sie, Donna Röschen: Sind Sie hierhergekommen, um nach reiflicher Überlegung und aus freiem Entschluss mit Ihrem Bräutigam Fritz Ilmer den Bund der Ehe zu schließen?«

»Ja.«

»Wollen Sie Ihre Frau lieben und achten und ihr die Treue halten alle Tage ihres Lebens?«

»Ja, das will ich«, sagte Fritz, blickte mich an und lächelte.

Dann wandte sich der Pfarrer an mich:

»Wollen Sie Ihren Mann lieben und achten und ihm die Treue halten alle Tage seines Lebens?«

»Ja«, erwiderte ich und griff nach der Hand meines Bräutigams.

Oh, mein Gott, es war ein so wundervolles Gefühl, dass sich mein Herz fast überschlug vor Freude. Spätestens jetzt würde meine Mutter Rotz und Wasser heulen, dachte ich. Und bestimmt war sie ebenso glücklich und stolz.

Der Pfarrer breitete seine Hände aus und sah uns beide an.

»Sind Sie beide bereit, die Kinder anzunehmen, die Gott Ihnen schenken will, und sie im Geist Christi und seiner Kirche zu erziehen?«

Ich blickte Fritz an, der meine Hand fest umschlossen hielt.

»Ja«, sagte er und auch ich bejahte.

»Sind Sie beide bereit, als christliche Eheleute Mitverantwortung in der Kirche und in der Welt zu übernehmen?«

Wir bejahten.

Dann segnete der Pfarrer meinen Ring, den ich zuvor von Fritz erhalten hatte. Fritz hatte einen ähnlichen, der das Symbol unserer Liebe untermauerte. Auch dieser erhielt den Segen des Kirchenmannes.

»Herr und Gott, du bist menschlichen Augen verborgen, aber dennoch in unserer Welt zugegen. Wir danken dir, dass du uns deine Nähe schenkst, wo Menschen einander lieben. Segne diese Ringe, segne diese Brautleute, die sie als Zeichen ihrer Liebe und Treue tragen werden. Lass in ihrer Gemeinschaft deine verborgene Gegenwart unter uns sichtbar werden. Darum bitten wir durch Christus, unseren Herrn.«

Er bekreuzigte sich, während ein *Amen* durch den wohlig duftenden Garten hallte.

Fritz steckte mir den Loreley-Ring an. In diesem bewegenden Augenblick schien es nichts außer uns beide zu geben. Alles umher verblasste und verstummte. Nur die Stimme meiner großen Liebe war zu hören.

»Vor Gottes Angesicht nehme ich dich an als meine Frau. Ich verspreche dir die Treue in guten und bösen Tagen, in Gesundheit und Krankheit, bis der Tod uns scheidet. Ich will dich lieben, achten und ehren alle Tage meines Lebens.«

Jetzt war ich dran. Ich spürte die Blicke der Anwesenden, die auf mich fixiert waren. Dann sprach auch ich die zeremoniellen Sätze, während ich Fritz den Ring auf den Finger schob.

»Reichen Sie nun einander die rechte Hand.« Der Pfarrer legte seine Stola um unsere ineinandergelegten Hände und sprach: »Im Namen Gottes und seiner Kirche bestätige ich den Ehebund, den Sie geschlossen haben. Donna Röschen, deren schicksalhafte Flucht dazu geführt hat, dass ein liebendes Herz auf Reise ging und mithilfe menschlicher Gabe eine Brücke baute, woraus ein Lied entstand, welches, von Gottes Hand getrieben, sich auf den Weg in die Welt machte, um das Brautpaar heute durch Gottes Segen zu vereinen.« Er wandte sich an die Gäste und streckte ihnen auffordernd seine Hände entgegen. »Sie alle, die zugegen sind, nehme ich zu Zeugen dieses heiligen Bundes. Was Gott verbunden hat, das darf der Mensch nicht trennen.«

Eine seltene Windstille herrschte, sodass man die rauschende Brandung des Meeres vernehmen konnte. Wunderschön und grenzenlos lag die See vor unseren Augen, auch wenn wir jene Augen nur füreinander hatten. Fritz küsste mich. Unsere Lippen bekräftigten das, was wir anhand des Pfarrers vor Gott besiegelt hatten. Mutters Gesicht war immer noch verweint, als sie uns gratulierte und uns in die Arme schloss.

»Jetzt habe ich einen Sohn dazubekommen, wie schön«, schluchzte sie vor Freude.

Friedrich, der neben ihr stand, sprach uns ebenfalls seine Glückwünsche aus. Dann kamen die Robby Hoods. Jeder von ihnen umarmte uns herzlich, inklusive Major Schulze, der mir auf seine ganz eigene Art zuzwinkerte. Ich wusste nicht, warum, aber ich mochte ihn, den gestrengen Major mit dem ernsten Blick. Die Geräuschkulisse der Naturgewalten vermischte sich mit fröhlichem Gekicher und sinnlicher Insel-Musik, die über einen Lautsprecher im Laden nach außen drang.

Ich schloss die Augen und atmete tief durch. Es roch nach Rosen, die im Garten des Musikers zuhauf in voller Blüte standen, und nach Lavendel. Einen kurzen Augenblick dachte ich an Benji. Zu gern hätte ich ihm von meiner Trauung erzählt, während er seinen Kopf zum Streicheln auf meinen Schoß bettete. *Nicht traurig sein, Donna*, redete ich mir ein. *Er wird es viel besser haben, dort im Süden, wo er gewiss auf viele seiner Artgenossen trifft.*

Noch einmal ging ich in das kleine Ladengeschäft und sah mich um. Es gab Düfte, Landschafts- und Kunstbücher, ausgesuchte Spiele, Maharishi-Ayurveda-Produkte und -Literatur, Klangspiele, Fotodrucke, Malblöcke, Aquarellmalstifte und Inselnatur-Entspannungs-CDs vom Insel-Musiker selbst. Mein Blick manifestierte sich auf eine der vielen CDs – *Ein Spaziergang am Strand.*

»Dies ist ein Resumee aus zwanzig Jahren Musikeinspielungen«, ertönte es plötzlich neben mir. »Sie können sie gern behalten, als kleines Hochzeitspräsent.«

Ich bedankte mich und setzte mich mit meiner Ausbeute auf die hölzerne Friesenbank, die neben der Terrassentür stand. Hauke setzte sich daneben. Er deutete auf die CD in meiner Hand und dirigierte mit seinen Händen zur Musik, die im Hintergrund über einen Lautsprecher im kleinen Laden lief.

»Ein Entspannungsstück aus der CD *Insel der Stille*. Mögen Sie es?«

»Ja, sehr.«

Wir plauderten eine ganze Weile, bis Fritz angelaufen kam und zum Hochzeitstanz aufforderte.

»Das Brautpaar muss beginnen«, war sein Argument und meinerseits nicht von der Hand zu weisen.

Hauke gab mich lächelnd frei, während mich Fritz an der Hand hinterherzog. Dann schaltete Frida den alten CD-Player an, den die Robby Hoods eigens für diesen Zweck mitgebracht hatten, um das ultimative Hochzeitslied abzuspielen – den Dornröschen-Song, wie ihn die Inselbewohner nannten. *Whispers of Fire* ergriff erneut mein Herz und löste unsagbare Emotionen aus. Ich umschlang den Hals von Fritz und säuselte:

»Ich liebe dich.«

Rhythmisch ließ ich mich führen und summte das Lied mit. Im Rausch der Liebe glitten wir eng umschlungen über die kleine Tanzfläche im *Secret Garden*.

Für einen kurzen Augenblick war mir, als sah ich meinen Chef Michael Mayer, was mich alarmierte und zurück auf den Boden der Tatsachen katapultierte. Wo sollten wir als Brautpaar leben? Und woher käme im Winter das Geld dafür? Selbst wenn ich meinen Job zurückbekäme, würde das bei Weitem nicht für eine Miete auf Föhr reichen. Ich war eine auszubildende Praktikantin mit dem Gehalt eines Lehrlings. Und Fritz? Er würde Ende Oktober seinen Saisonjob verlieren und vor Frühjahr keinen Cent verdienen. Ich schaute hinüber zu den Feierlichkeiten, wo sich die Gäste köstlich amüsierten. Michael Mayer? Erneut erblickte ich ihn und glaubte nun nicht mehr an ein Trugbild meiner Fantasie. Er schaute sich ebenfalls suchend um. Als er mich auf der Terrasse sitzen sah, kam er näher.

»Hi Donna, bezaubernd siehst du aus.« Dabei zückte er einen Blumenstrauß und hielt ihn mir entgegen. »Zur Vermählung alles Gute vom gesamten Radioteam.« Ich bedankte mich und legte den gemischtfarbigen Rosenstrauß auf die Sitzfläche neben mir. »Ich erfuhr von deiner Hochzeit und dachte mir, ich sollte vielleicht persönlich kommen, um deinem Mann und dir zu gratulieren. Ist der Teambrief angekommen?«

»Ja, ist er.«

»Das ist schön. Und?«

»Was, und?«

»Wirst du die Entschuldigung annehmen und zurückkehren? Deine Sendezeit stünde noch.«

»Vielleicht«, erwiderte ich und ließ meinen Boss ordentlich zappeln. Ich war noch immer sauer auf ihn, weil er mich wie ein Aschenbrödel behandelt und rausgeworfen hatte. »Woher erfährt man denn, wo gerade Hochzeit auf der Insel gehalten wird? Nicht, dass ich mich nicht freuen würde über die persönlichen Glückwünsche, aber interessant wäre es schon zu erfahren.«

Michael lachte.

»Da schlägt das Herz einer Moderatorin in dir, die auch locker das Zeug hätte, für den Sender auf Außenkorrespondenz zu gehen.«

»Läge denn die Antwort darin?«

»Nein, das tut sie eher nicht. Aber so sehr ich auch wollte, muss ich doch die Quellen des Senders schützen.«

»Ah, der Datenschutz, verstehe. Im Übrigen tut es mir leid, dass ich mitten in der Sendung eingeschlafen bin. Ich hätte vorher …«

»Schon gut, Schwamm darüber«, sagte Michael Mayer und zeigte auf die CD in meiner Hand. »Eine vorzügliche Wahl, wenn man dem Alltagsstress entfliehen möchte.«

Fritz, der sich um mich sorgte, kam näher.

»Alles in Ordnung?«, fragte er und blickte skeptisch zu meinem Chef.

»Ja, alles in Ordnung«, bestätigte ich. »Darf ich vorstellen, mein Chef Michael Mayer.«

»Sehr erfreut, Fritz Ilmer. Ich glaube, wir kennen uns flüchtig.«

»Tun wir das? Ich habe ein schlechtes Menschengedächtnis, aber wenn Sie das sagen. Ich gratuliere zur Vermählung. Und wie ich Ihre frischgebackene Frau bereits unterrichtete, freuen wir uns, sie recht bald wieder im Sendekutter begrüßen zu dürfen.«

»Vielen Dank. Erinnern Sie sich wirklich nicht mehr? Ich wollte die Adresse von Donna haben, aber …«

»Aber was? Du hast sie nicht bekommen?«, fragte ich empört. »Der Sender hat dir die Adresse verwehrt?«

»Wir müssen uns eben an gesetzliche Vorschriften halten. Da darf niemand so ohne Weiteres Adressdaten herausgeben. Allerdings wäre das unter den jetzt gegebenen Umständen anders.«

Ich musste plötzlich lachen.

»Na toll, Eheleute kennen in der Regel die Adresse ihres Partners.«

»Stimmt«, erwiderte Michael Mayer. »Und wenn sie das nicht tun, sollten sie dringend eine Eheberatung in Anspruch nehmen.«

Jetzt musste auch Fritz lachen.

»Ist ja noch mal gut gegangen. Braut gefunden, geheiratet, Happy End.«

»Na ja, noch nicht so ganz«, erörterte ich meine Gedanken. »Von meinem Geld können wir uns keine Wohnung leisten.«

»Vielleicht gibt es dazu ja eine Option«, meinte Fritz und legte ein merkwürdiges Grinsen auf.

»Was denn für eine Option?«

»Hauke Nissen bot mir das Haus seiner verstorbenen Tante an. Es ist zwar nur ein kleines Haus mit wenigen Quadratmetern, dafür aber supergünstig.«

»Was heißt günstig?«, wollte ich wissen.

Ein günstiges Haus auf Föhr kam mir ehrlich gesagt spanisch vor. Heutzutage hatte niemand mehr etwas zu verschenken.

»Ach Schatz«, säuselte Fritz und legte seine Hand auf meine. »Wir bräuchten nur die Nebenkosten bezahlen. Allerdings müssten wir uns um die Renovierung alleine kümmern. Und ich hätte in der Nebensaison einen Job im Laden des Musikers. Die Bezahlung wäre zwar nicht immens hoch, dafür aber eine Sicherheit. Na ja, und wir hätten die allerschönste Aussicht aufs Meer.« Fritz zeigte hinaus auf die See. »Und hör nur, die Brandung.«

»Du meinst, das Haus liegt an diesem Strand?«

»Ja, nur zirka dreihundert Meter von hier entfernt.«

Ich sprang auf und fiel Fritz um den Hals.

»Das ist ja megafantastisch.«

Michael Mayer, der sich mit uns mitzufreuen schien, wirkte zunehmend ungeduldig.

»Ich verabschiede mich nur ungern, aber die Pflicht ruft. Momentan laufen wir ja auf Unterbesetzung, weil eines der wichtigsten Team-Mitglieder fehlt.« Er blickte mich fragend an. »Darf ich dich wieder einplanen?«

Fritz nickte mir zu.

»Ja, ich freu mich schon sehr darauf. Allerdings habe ich auch Angst, dass ich irgendwann wieder einschlafe.«

»Kein Problem«, beteuerte der Radio-Boss. »Auf diese Eventualität werden wir gut technisiert vorbereitet sein. Dazu aber später mehr. Für heute verabschiede ich mich und wünsche dem Brautpaar alles Gute und vor allem aufregende Flitterwochen. Wo geht's denn hin?«

Ich starrte ertappt zu Fritz, der mit seinen Schultern zuckte.

»Ich denke, wir haben jede Menge Spaß auf Föhr. Wattwanderungen, Eisbecher-Wettessen und ein ganzes Haus, das renoviert werden muss.«

Ich stimmte meinem Mann zu. Immerhin gab es für Flitterwochen ja keine vorgeschriebenen Regeln. Und wer sagt, dass man nicht auch in Gummistiefeln flittern konnte?

Der Hochzeitstag neigte sich dem Ende zu. Möwen zogen am dämmernden Horizont entlang zu ihren Schlafquartieren, während der dunkelorangene Sonnenplanet bereits zur Hälfte im Meer versunken war. Optisch zumindest. Die See lag ruhig und still und verbreitete ebensolche Entspannung, wie es Hauke Nissen mit seiner Musik vermochte. Sein kleiner Laden war das Zentrum seines Lebens, das Tor zur Welt, das mit schönen Dingen, aber hauptsächlich mit Musik Brücken baute. Ein letztes Mal blickte ich in den *Secret Garden*, dessen Schönheit auch am Abend ungebrochen schien. Ein friedlicher Flecken Erde, weitab von Einflüssen, die dem Menschen nicht sonderlich guttaten. Und an diesem magischen Ort würden Fritz und ich bald leben. Meine Mutter, der ich die Neuigkeiten nicht lange vorenthalten konnte, freute sich für uns und unser Glück. Sie selbst hatte auch gute Nachrichten und erzählte von ihrem Vorhaben, sich mit Friedrich nach Saison-Ende auf Kreuzfahrt zu begeben. Aus ihren Augen sprühte die pure Lebensfreude, der Geist der Zuversicht. Frida und Erna waren mit all den Entwicklungen höchst zufrieden. Erst recht mit der, dass Fritz und ich die Zukunft auf der Insel planten. Alles war nahezu perfekt, nur ein Kummergedanke blieb: Benji.

Die Rückfahrt im Kleinbus des Majors war familiär und fröhlich. Mutter hatte sich kurzfristig entschuldigt. Sie und

Friedrich hatten für den Abend andere Pläne. Und so fuhr ich mit den Robby Hoods mutterlos zurück, um den wundervollsten Tag meines Lebens an der Seite meiner Freunde ausklingen zu lassen. Georg hatte Futterdienst. Aber was wären Freunde, wenn nicht jeder für jeden da wäre. Und so zogen wir die festlichen Sachen aus und schlüpften in bequemere. Nur Major Schulze behielt seine Uniform an. Er war heute in Zivil, wie er es nannte. Sechs Heuler waren zu versorgen, die schon ungeduldig auf unsere Rückkehr gewartet hatten. Sie streckten uns ihre hungrigen Mäuler entgegen. Fisch für Fisch verschwand so in ihren Mägen. Ein bereicherndes Gefühl, etwas Gutes getan zu haben.

»Wie fühlst du dich?«, fragte Fritz.

Er strich liebevoll über meinen Rücken.

»Ganz gut, wenn man bedenkt, dass ich heute fast Kammerflimmern bekommen habe, als wir vorm Pfarrer standen.«

Er lachte.

»Und du freust dich wirklich auf unser, na ja, zugegeben spontanes Zuhause?«

»Ja, das tue ich.«

»Nein, das gibt es doch nicht!«, hörte ich Erna rufen.

Im selben Augenblick erklang auch schon das melodische »Klüüiit, klüüiit, klüüiit«, welches lauter zu werden schien und die Stille durchbrach. Ich blickte in den Sommerabendhimmel hinauf, der hell genug war, um zu erkennen, dass es Benji war.

»Komm her, mein Junge!«, rief ich und rannte ihm entgegen. Nur wenige Meter neben mir landete der Säbelschnäbler, der mir an diesem besonderen Tag so unendlich gefehlt hatte. »Schau, Fritz, er ist zurückgekehrt, er ist zurückgekehrt«, heulte ich vor Freude.

Benji kam mit weit geöffneten Flügeln auf mich zugelaufen und begrüßte mich. War der Süden vielleicht doch nicht sein Traumziel? Ich wollte es in diesem Moment auch gar nicht wissen. Er war umgekehrt, nur das zählte. Benji hatte selbst so entschieden.

Frida schüttelte erstaunt ihren Kopf.

»Ich glaube, dieser Gast wird wohl ein Dauergast bleiben.«

»Ach, was soll's«, meinte Georg. »Auf den einen oder anderen Kleinfisch kommt es wahrlich nicht an.«

Franz, der mit Major Schulze die Begrüßung vom Bootsschuppen aus betrachtete, lachte.

»Was halten die Damen von einer ordentlichen Tasse mit Seele?«

»Tasse mit Seele?«, wiederholte ich.

Noch waren mir nicht alle nordfriesischen Traditionen vertraut.

»Erinnere dich an den Tag zurück, an dem wir uns begegneten«, erwiderte Fritz. »Der *Pharisäer* ist ein handgebrühter Kaffee mit frischer Schlagsahne und einem guten Rum. So eine Art heiliges Rezept aus alten Tagen, das man auch *Tasse mit Seele* nennt.«

»So ist das, mein Junge«, bestätigte Major Schulze. »Doch wenn ihr jungen Leute glaubt, dieses alte und vielleicht simpel klingende Rezept auf die heutige Zeit der Kaffeemaschine übertragen zu können, dann irrt ihr euch gewaltig. Es gehört schon ein bisschen mehr dazu, um einen wirklich guten *Pharisäer* aufzutischen, stimmt's Franz?«

Franz nickte.

»Einen richtig guten *Pharisäer* bekommt man nicht in den Gasthöfen und Restaurants. Den gibt es nur in den Küchen echter nordfriesischer Hausfrauen.«

Erna wischte ihre Hände an der Schürze ab.

»Also ich hätte nichts gegen ein Tässchen einzuwenden. Du, Frida?«

»Ich bin dabei. Bauer Johannsen kann man gar nicht genug gedenken.«

Ich verstand nur Bahnhof, signalisierte jedoch, dass ich ebenso bereit für eine Tasse mit Seele war, woraufhin die beiden Herren in Ernas Küche verschwanden.

Zwei Monate später hatten wir das Haus von Haukes verstorbener Tante bezogen und waren mit fast allen Föhrern per Du. Das Saison-Ende war längst eingeläutet. Und so herrschte eine ungewöhnliche, aber auch friedvolle Stille über der Insel, die von vielen die *friesische Karibik* genannt wurde.

Fritz, der nun hauptsächlich im kleinen Laden des Insel-Musikers tätig war, hatte seine Mutter auf die Insel geholt. Dass ihr der Ortswechsel guttat, war an ihrer Genesung erkennbar. Immer häufiger brachte sich Hannelore, so der Vorname meiner äußerst liebenswerten Schwiegermutter, in die häuslichen Arbeiten ein und unterstützte mit Freude die Ideen ihres Sohnes. Der Rollstuhl hinderte sie daran kein bisschen.

Mia, die mittlerweile zur Service-Leiterin aufgestiegen war und nun auch den Winter über ihren Dienst im Hotel ausübte, wohnte dauerhaft in meinem alten Zimmer bei Erna. So oft es ihr möglich war, kam sie uns besuchen und half, auch die letzten Zimmer des urigen Hauses zu renovieren.

Zusammen waren wir ein gutes und vor allem starkes Team. Und so fiel mir der Abschied von Mutter nicht ganz so schwer, die sich mit Friedrich auf große Kreuzfahrt begeben hatte. Sie schien zweifelsohne verliebt in ihn und offenbarte mir, dass sie über einen Wechsel ihres Lebensmittelpunktes nachdachte.

Ich selbst war zum Radio zurückgekehrt. Die Moderation der Sendung *Good Morning, Föhr* bestimmte weiterhin mein berufliches Leben. Und es machte mir unheimlich Spaß, zumal unser Team um eine Person bereichert wurde, die ungeheuer Schwung in die Programmwelt brachte und nicht nur die Zuhörer mit ihrem Humor begeisterte. Inge aus Berlin bezauberte ebenso unseren bis dahin gestrengen Chef, der sich, inspiriert von ihrer Lebensart, zu einem überdurchschnittlich guten Kumpel mauserte. Dass die beiden Wochen zuvor durch mich zufällig am Sendekutter aufeinandergetroffen waren, machte mich ein wenig stolz. Dadurch bekam die rasante Bananenfahrt rückblickend einen poitiven Sinn. Und auch bei Samuel gab es wundervolle Neuigkeiten. Er sprach zunehmend gut Deutsch und hatte eine nette Partnerin gefunden, die wie er zum Rettungsschwimmerteam gehörte.

Das Allerschönste am ausklingenden Spätsommer jedoch war, dass *Whispers of Fire* weiterhin der Insel-Hit blieb, den ich auf Hörerwunsch immer und immer wieder einspielen durfte. Und jedes Mal lehnte ich mich entspannt zurück und summte leise mit, während eine Ameisenarmee über meinen Körper lief.

Meine Liebe zu Fritz war ungebrochen stark. Und sie wuchs mit jedem Tag, den ich an seiner Seite verbrachte. Manchmal setzte ich mich an meinen freien Tagen auf die hölzerne Bank am kleinen Laden *Art & Weise* und lauschte den Ausführungen meines Mannes, wenn er am Telefon mit Kunden aus aller Welt sprach. Aus seinen Worten klangen hörbar die Liebe und Begeisterung heraus, mit der er jedes noch so kleine Insel-Detail beschrieb. Und weil es so gut zum kleinen Laden passte, bereitete er für die Urlauber und Nachsaison-Touristen je nach Wunsch einen *Pharisäer* oder eine *Tote Tante* zu – und erzählte ihnen die Geschichte von Bauer Johannsen, der den *Pharisäer* im 19. Jahrhundert aus einer Not heraus erfunden hatte.

ÜBER DIE ENTSTEHUNG DER GESCHICHTE

In dem Augenblick aber, wo sie den Stich empfand,
fiel sie auf das Bett nieder, das da stand,
und lag in einem tiefen Schlaf.
Und dieser Schlaf verbreitete sich über das ganze Schloss:
Der König und die Königin, die eben heimgekommen
und in den Saal getreten waren, fingen an einzuschlafen
und der ganze Hofstaat mit ihnen.
(Gebrüder Grimm)

»Dornröschen auf Föhr« ist der dritte Buchtitel einer märchenhaften Insel-Reihe. Wie bei »Cinderella auf Sylt« und »Rapunzel auf Rügen« dreht sich auch in dieser Geschichte alles um das Schicksal und die Liebe. Dennoch ist dieser Roman anders als seine Vorgänger, weil es für das Buch einen konkreten Auslöser gab.

Die Idee zu »Dornröschen auf Föhr« kam mir nach einer Fernsehsendung zum Thema Narkolepsie. Darin erörterte die betroffene Christine Lichtenberg, wie schwierig sich das Leben mit der chronischen Erkrankung gestaltet. Auszug aus der Sendung »Unter uns« (MDR/03.02.2012):

»[...] Christine Lichtenberg leidet seit ihrem 15. Lebensjahr an der Schlafkrankheit Narkolepsie. Sie wird mehrfach am Tag von Schlafattacken überwältigt, ohne etwas

dagegen tun zu können. In der Regel muss sie sich alle zwei Stunden hinlegen. Ihre Tiefschlafphase erreicht sie zwischen acht und zehn Uhr morgens. Es dauerte 25 Jahre, bis Ärzte die richtige Diagnose für diese Erkrankung stellten. Vorher war Christine Lichtenberg hilflos. Sie verlor dreimal ihren Job und wurde wegen ihrer ständigen Müdigkeit von Kollegen gemobbt. Auch ihre Ehe zerbrach und ihr Lebensmut sank so stark, dass sie sogar einen Suizid versuchte. Mit der richtigen Diagnose ihrer Krankheit konnte Christine Lichtenberg ihr Leben ordnen und sich wehren. So stellte sie mit 40 Jahren den Antrag auf Erwerbsunfähigkeitsrente. Sie engagiert sich für den gemeinnützigen Verein ›Narkolepsie Deutschland e.V.‹, hilft anderen Betroffenen und klärt über die Krankheit auf [...].« Quelle: programm.ARD.de/TV

Auch noch Tage nach dieser Sendung bewegte mich das Thema – fesselte mich Christine Lichtenbergs Geschichte. Ich überlegte, wie ich als Autorin dieses ernste Thema aufgreifen, aber dennoch meiner Leserschaft einen gewohnt humorvollen Chick-Lit-Roman präsentieren könnte. Nach den ersten Gesprächen mit Christine Lichtenberg waren alle meine Zweifel verflogen. Bei meinen Recherchen zum Buch fungierte sie als Botschafterin – als Sprachrohr aller Narkolepsie-Patienten. Ich lauschte ihren Geschichten, die traurig, mitreißend, aber auch oftmals so skurril waren, dass wir beide herzhaft darüber lachten. Ich glaube, sie hatte den stärksten Einfluss auf meine Geschichte.

MEDIENSTIMMEN ZUM BUCH

»Ein sehr rührender und humorvoller, aber auch tiefsinniger Roman, der dem Leser oder besser der Leserin die wenig bekannte Narkolepsie-Erkrankung näherbringt und einen Einblick in das Leben von Betroffenen vermittelt. Der Spagat zwischen Ernsthaftigkeit des Themas und humorvoller Handlung ist der Autorin gut gelungen. Ein typisch märchenhafter Sommerroman à la Emma Bieling.« Bert Hähne, *Blitz! Stadtmagazin*

»Sommer, Strandkorb, und ein märchenhafter Roman von Emma Bieling. Mehr braucht es nicht für ein paar tiefsinnige, und trotzdem humorvolle Genussmomente. Ich wünsche allen Lesern ein spannendes, leicht verträumtes und doch aufgewecktes Abenteuer. Und dem Dornröschen: Toi, toi, toi!« Ingolf Kloss, *radio SAW*

DANKSAGUNG

Ich bedanke mich bei …

Christine Lichtenberg, Vorsitzende des ehemaligen Vereins »Narkolepsie Deutschland e.V.«

Jacqueline Walter, Inhaberin des Cafés *Zum Wattenläufer*, http://www.zumwattenlaeufer.de/

Föhr Tourismus GmbH; http://www.foehr.de/

Hauke Nissen, Natur-Entspannungsmusik zum Genießen und Träumen, für Meditation, Yoga, Autogenes Training. Live und intuitiv eingespielt auf der Insel Föhr; http://www.hauke-nissen.de/

Sascha Reske, Sänger, Musiker und Songschreiber. Das im Text abgedruckte Lied *Whispers of Fire* erschien im Album »Where Grace Grows Wild«; http://www.sascha-reske.de/

Rebecca Humpert, Lektorin, Korrektorin, Moderatorin, Bloggerin und aus meiner Freundinnenliste nicht mehr wegzudenken; http://www.rebecca-humpert.de/

Rita Wolff, Bloggerin, Krimi-Fachfrau, meine persönliche Inspirateurin, Kopf-zurecht-Rückerin und manchmal auch mein Fels in der literarischen Brandung; http://wolffsbeute.blogspot.de/

Bert Hähne, Chefredakteur, *Blitz! Das Stadtmagazin*; https://www.blitz-world.de/

Ingolf Kloss, Radio-Moderator, *radio SAW*; http://www.radiosaw.de/moderatoren/ingolf-kloss

… und natürlich beim gesamten Autorenteam von Amazon sowie den kreativen Köpfen, denen ich mein bezauberndes Cover verdanke. Ohne euch wäre die Geschichte um Dornröschen niemals so schön geworden. Danke!

Made in the USA
Middletown, DE
28 July 2016